U0934365

刘心武文粹

飘窗·无尽的长廊

刘心武——著

译林出版社

2014年写完《飘窗》后游黄山

玉泉山（水彩）

总序

这套26卷的《刘心武文粹》，是应凤凰壹力文化发展有限公司之邀，从我历年来的作品中精选出来的。之前我虽然出版过《文集》《文存》，但这套《文粹》却并不是简单地从那两套书里截取出来的，当中收入了《文集》《文存》都来不及收入的最新作品，比如2015年1月才发表的短篇小说《土茉莉》。

《文粹》收入了我八部长篇小说中的七部。因为《飘窗》和《无尽的长廊》两部篇幅相对比较短，因此合并为一卷。其中有我的“三楼系列”即《钟鼓楼》《四牌楼》《栖凤楼》,我自己最满意的是《四牌楼》。《刘心武续〈红楼梦〉》这部特别的长篇小说,我把它放在关于《红楼梦》研究各卷的最后。我将历年来的中篇小说和短篇小说各选为四卷，再加上一卷儿童文学小说和两卷小小说，这十七卷小说展现出我“小说树”上的累累硕果。我的小说创作基本上还是写实主义的，但在上世纪八十年代，改革开放，国门大开，原来不熟悉、不知道、没见识过的外国文学理论和作品蜂拥而入，现代主义、后现代主义引起文学创作的借鉴、变革之风，举凡荒诞、魔幻、变形、拼贴、意识流、时空交错、文本颠覆甚至文字游戏都成为一时之胜，我作为文学编辑，对种种文学实验都抱包容的态度，自己也尝试吸收一些现代主义、后现代主义的手法，写些实验性的作品，像小长篇《无尽的长廊》，中篇《戳破》，短篇《贼》《吉日》《袜子上的鲜花》《水锚》《最后金蛇》等，就是这种情势的产物，至于意识流、时空交错等手法，也常见于我那一时期的小说创作中，但总体而言，写实主义，始终还是我最钟情，写起来也最顺手的。短篇小说里，《班主任》固然敝帚自珍，自己最满意的，还是《我爱每一片绿叶》《白牙》等；中篇小说里，《如意》《立体交叉桥》《木变石戒指》《小墩子》《尘与汗》《站冰》等是比较耐读的吧。我的中篇小说里有“北海三部曲”《九龙壁》《五龙亭》《仙人承露盘》，是探索性心理的，其中《仙人承露盘》探索了女同心理；另外有“红楼三钗”系列《秦可卿之死》《贾元春之死》《妙玉之死》。短篇小说里则有“我与明星”系列《歌星和我》《画星和我》《笑星和我》《影星和我》，这展示出我在题材上的多方面尝试。但我写得最多的还是普通人的生活，特别是底层市民、农民工的生存境况和他们的内心世界，长篇小说里不消说了，像中篇小说《泼妇鸡丁》，短篇小说《护城河边的灰姑娘》，还有小小说中大量的篇什，都是如此。我希望《文粹》中从自己“小说树”上摘取的果实排列起来，能够形成一幅当代的“清明上河图”。

我的写作是“种四棵树”。除了“小说树”，还有“散文随笔树”“《红楼梦》研究树”和“建筑评论树”。《文粹》的第 17 卷至 21 卷是“《红楼梦》研究树”的成果。虽然这些文章此前都出过书，但是这次在收进《文粹》时又经过一番修订，吸收了若干善意批评者的合理意见，尽量使自己的立论更加严谨。第 22 卷《从〈金瓶梅〉说开去》是新编的，其中收入了我研究《金瓶梅》的若干成果，可供参考。这也是我的一本文史类随笔。第 23 卷收入我两部自己珍爱的散文作品《献给命运的紫罗兰》《私人照相簿》。第 24 卷《命中相遇》收入的散文，记录的是我生命中难以忘怀的岁月、事件和人物。第 25 卷《心里难过》则收入的是与自己生命成长相关的散文，其作为卷名的一篇曾经人录为配乐朗诵放到网上，广为流传，也获得不少点赞，我也很高兴自己的文字不仅能以纸制品流传，也能数码化后云存在，从而拥有更多的受众。

第 26 卷则把我此前由中国建筑工业出版社出版的《我眼中的建筑与环境》，以及由中国建材工业出版社出版的《材质之美》合并在一起，还搜集了那以后散发的建筑评论。我的建筑评论从建筑美学、城市规划、对具体建筑的评论……一直延伸到建筑材料、施工，以至家居装修装饰等领域，展示出我“建筑评论树”上果实满枝，蔚成大观。

购买这套《文粹》的人士，不仅可以阅读到我“四棵树”上的文字，还可以看到我历年来的画作，以水彩画为主，也有别的品种。春风催花，夏阳暖果，不以秋叶飘落为悲，不以冬雪压枝为苦，在生命四季的轮回中，我感觉自己创造的风帆还在鼓胀，《文粹》只是总结而非终结，祝福自己在命运之河中继续航行，感谢所有善待我的人士！

2015 年 4 月 23 日　温榆斋

目录

CONTENTS

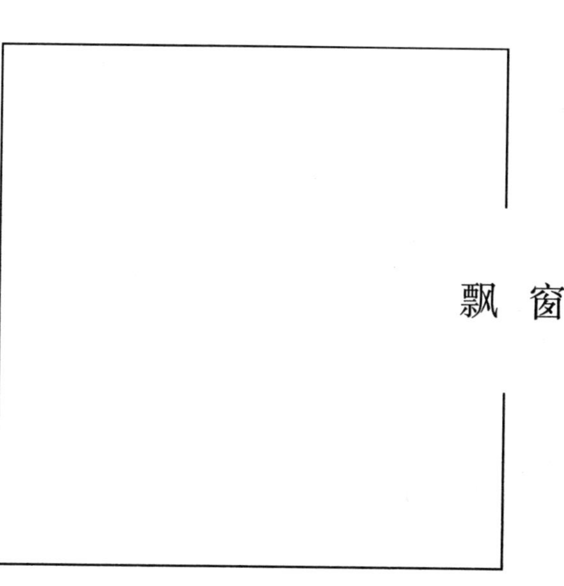

飘窗

长篇小说《飘窗》人物表

[出场为序]

庞奇	**高级保镖**
糖姐 [唐淑仪]	**歌厅妈咪**
薇阿	**歌厅小姐、准妈咪**
叶先生	**台湾商人**
雷二锋	**麻爷的保镖**
麻爷	**难以弄清楚的社会强人**
薛去疾	**退休高级工程师**
薛去疾老伴	在美国
薛恳	**薛去疾儿子，先在美国后回国创业**
梅菲	薛恳妻子，在美国
薛去疾孙子孙女	在美国
顺顺 [方忠顺]	**卖水果的**
顺顺媳妇	原来扫大街
林倍谦	**从台湾去美国定居的商人**
某高位要员孙女婿	身份是否真实待考
夏家骏	**报告文学作家**
林倍谦儿子	在美国，为研究大分子的科学家当助手
女秘书	当年在麻爷老板间外值班
“东北虎”	麻爷保镖
两个少林和尚	麻爷保镖
三个退伍特种兵	麻爷保镖
四个“蒙古野狼”	麻爷保镖
顺顺母亲	
顺顺弟弟	收购倒卖旧电器
顺顺弟媳	

顺顺隔壁邻居　　制作假证件的犯罪嫌疑人
文嫂　　姓赵，大嗓门的四川妇女，家政小时工
四川妇女的丈夫　　姓文，油漆工
砍人的东北汉子
东北汉子的媳妇及幼子
何海山　　**“文革”中的何司令**
何海山妻子　　已离婚，带走一对儿女
小潘　　**电工**
小潘妻子　　已生两个女儿又怀孕
楼盘中被杀的女子
遇难女子的亲属　　不知是其母亲还是姑妈
庞奇的父亲　　**农民**
庞奇的母亲　　农民，病逝
庞奇的哥哥　　在外地打工并全家迁往那里
庞奇的弟弟　　**农民**
庞奇的叔叔　　**在县城开武馆，教授岳家拳**
姿霞　　**农村妇女，一度在歌厅当清洁工**
瑞瑞　　歌厅小姐
楼盘门口的保安
某区城管头儿　　姓王
城管头儿二奶　　姓钟
钟家保姆
钟力力　　**取得硕士学位移民外国的女青年**
余先生　　某机构会计
女头儿　　余先生的上级
冯努努　　**取得学士学位的园艺师，庞奇女友**
冯努努母亲　　**小学教师**
冯努努的父亲　　中学教师，已故

冯努努舅舅舅母	
冯努努姥姥	
二磙子	**打卤面馆老板，倒卖火车票的老前辈黄牛**
铁路公安局几个大小头儿	
矮个子黄牛	
中等个黄牛	
跟夏家骏同系统的竞争者	
夏家骏妻子	
夏家骏女儿及其白人丈夫	
公路上的袭击者	
麻爷替身	
雷进	雷二锋父亲
张班长	雷进当时所在部队的一位班长
大牛	雷进当时所在部队的一位战士
军营后门站岗的士兵	
海芬	**将军之女，钟力力、冯努努中学同学**
海芬父亲	将军
海芬母亲	将军夫人
二锋的战友们	
丙区警局副局长及警察	
出版社头儿	
出版社编辑	
薛恳所在美国公司的心理医生	
尼罗	**流亡诗人**
覃乘行	**学者**
出租车的哥	大谈政治抨击贪官
戚续光	**薛恳中学同学，餐馆老板**
薛恳的合伙人	

领座小姐

张经理　　　　　　　戚续光餐馆的店面经理

张老师　　　　　　　薛恳上中学时思想教育组的组长

夏家骏的父亲母亲　　在回忆中出现

缺腿的残疾男子　　　资霞的丈夫

赵聪发　　　　　　　**文嫂弟弟，送啤酒的**

被小潘杀害的独居演员

卖烤串的摊主

赵聪发雇的伙计

唐广立　　　　　　　**车主，糖姐之弟**

徐主任　　　　　　　**女，来自外省某县**

黑收容所的黑看守

薛恳公司所在地的干部

美国某研究大分子的科学家

小魏　　　　　　　　海芬家的司机

骑自行车的年轻人　　追求一个叫姜雅琦的女子

某青春靓女　　　　　可能是演员

某中年长发男子　　　可能是副导演

旗袍女　　　　　　　麻爷私宅女仆

表演二人转的女子

表演二人转的男子

1

庞奇站在街口，一条街抖三抖。

街上不少人都知道，一年前他离开那条街的时候，撂下一句话：“我不回来则罢，如果有一天我回来，那一定是来杀人的。”

2

薇阿跑去找糖姐，糖姐正在精雕新美容过的指甲。

薇阿是一口气跑上三楼的，气喘吁吁：“糖姐，你怎么还有心思坐在这里修指甲？！”

糖姐头也不抬：“那你要我修理哪处？人老色衰，也就指甲还有点良心，没起皱纹，我怎么不该多给它点呵护？”

她们正好在落地玻璃墙边上，可以把半条街尽收眼底。薇阿让糖姐望街那边，马路尽头，水果摊前……糖姐依然不抬头，问：“怎么，你那高雄客来啦？”

薇阿很不高兴。她刚到这金豹歌厅的时候，也印了张名片，正面是她的艺名阿薇，背面是她的手机号码。某日，进来几个客人，其中一位仪表堂堂，最喜欢她陪着K歌，一起吃果盘里的火龙果的时候，她递上自己的名片，那人看了说：“薇阿！好怪的名字！”原来那人是台湾来的观光客，横印的汉字，习惯从右往左读。其他的客人就起哄：“咦，怎么只给叶老板，不给我们？”她就义正词严地说：“你们以为我是什么？你们自己以为自己是什么？我高兴把名片给谁就给谁！谁也不给又怎么着？”乱哄哄当中，叶老板又牵手请她一起合唱《外婆的澎湖湾》，最后总算文明分手。自从那次以后，歌厅里的人就都不再叫她阿薇，改叫她薇阿了。她自己也觉得薇阿听起来更那个些，再印名片，就印成薇阿，但又时时会有本地客诧异：“该是阿薇吧？”她就冷冷地说：“随便。只是背后的电话号码要读顺溜了。”

薇阿现在也不当小姐，当准妈咪了。她只等着妈咪糖姐快些隐退。本来一年前糖姐就要退休去经营服装店的，薇阿一度都接手妈咪的权力了，没想到后来糖姐出了岔子，那事就没落实。薇阿闲来读一本《新编唐诗三百首》，言谈话语间，会恰当或生硬地引一两句唐诗，此刻她就对糖姐说：“你呀，真是‘商女不知亡国恨’！”她这次的引用是非常精当的。她再督促糖姐朝她指的方向看。糖姐终于抬起头，把挂在脖子上的一个精致的望远镜搁到眼前，右手食指对焦，于是她看到了站在离街口不远的，马路那边的庞奇。

见糖姐脸色陡变，薇阿心想：大奇是来杀糖姐的吧？

3

听到庞奇到街的消息，二锋很镇定。

他思忖，如果庞奇真的是来兑现杀人的誓言，那第一个要杀的，是麻爷。第二个嘛，应该是糖姐。第三个该是他吗？像庞奇那样的人，杀仇家，一个足矣。庞奇不会是杀人狂。

二锋刚从另一端的闪电健身俱乐部里出来，他游了泳，在健身房练了胸肌和腹肌，正打算开车去五里外那家最喜欢的馋嘴蛙去吃饭。他开的是一辆本田。他的车穿过整条街，驶过水果摊那儿时，他从车窗里瞥见了庞奇，车窗贴了膜，他相信庞奇并没有发现他。

二锋姓雷。可知他老爸给他那样取名的苦心。他参军三年后复员。复员应该加引号。不仅是他，他那些离开部队的战友，没有哪个真的回到原地当个留守农民。虽说“复员”的战友们是八仙过海、各显其能，但大多数是走上两条道，一是当司机，一是当保镖，或者说根本就是一条道，比如他，最后成为麻爷的司机兼保镖，深得麻爷信任看重后，九个月前，麻爷先是让他出任麻爷产业旗下的健身俱乐部的经理，后来更让他入股，干脆成了那俱乐部的老板之一。时下他只在麻爷有特别需求的时候才给麻爷开车随侍。

麻爷最早的司机兼保镖，是庞奇。他们一度超越主仆关系，堪称生死之交。但是一年前，麻爷和庞奇忽然分崩离析……

4

薛工住的那栋楼，卧房飘窗外，正是那条街最繁华的地段。说繁华，是指商铺林林总总，铺面也都浓妆艳抹，但真要准确形容，却只能谥以三个字:脏、乱、差。

那条街街名很暧昧，即使是老住户，也理抹不清。有人叫它打卤面街，若问七十岁以上的老居民，多是这个说法。但查老住户的户口本，上头却一定写着是功德南街。也还有另一个叫法，是红泥寺街，知道的人不多，却明明白白写在一本老版的地方志里。

之所以脏、乱、差，最主要的原因，是近几十年来，行政区划发生若干变化，这一片成为三个区边缘的衔接处，三个区都嫌这一片难治理，因此你推我诿，甲区说该乙区管，乙区则说该甲区管，有时候则甲、乙区都说本应丙区来管，而丙区更振振有词地说，它管不着，至于究竟该谁管，它也不追究，那是市里的事，谁有能耐谁到市里讨说法去。

也确有些人往市里反映，但情况没什么大改进。三个区的环卫工人一般都只打扫到这条街周边，说街里不归他们管，只有时逢全市有重大涉外或会议活动的时候，三个区的相关部门才会配合一下，命令环卫工人不留死角地彻底清扫，这条街也就只在那段时间里能干净几天。甲区的城管值勤车开过来，无照小贩就往马路那边跑，因为据说马路那边就是乙区了，而乙区的城管车一来，不用说，无照摊贩又往马路对面躲，两区城关齐出动的时候极其罕见，丙区城管则一贯不到此街来。

薛工住的那个楼盘，在这条街甲区辖内，是个不小的楼盘，他住的那栋楼，以及临街的另几栋楼，是盘内相对便宜的。盘的核心部分有很高档的公寓，没有小户型，全是200平米以上的大户型，七层楼，有电梯，一梯两户。其中有几个顶层的公寓，两户其实是一户，居住面积达到400平米，有楼顶花园和小游泳池。盘内的公用绿地花木繁盛，有假山荷塘，盘内一角有会所，而二锋掌管的那个闪电俱乐部，有扇后门就开在会所边上，持VIP卡的人士可以很方便地进入俱乐部健身。

薛工住四楼，他很喜欢这个高度，既有一定的安全感，又可以很方便地观察外面街道的动态。脏、乱、差固然也令他愤愤然，但也给他和楼盘里的一般中产阶级人士带来许多方便，比如街头的那家水果摊，渐渐发展成营业面积超过五十平米的规模，夏天有大帐篷覆盖，冬天增添可拆卸的玻璃围墙，所出售的品种十分齐全，像榴莲、山竹、莲雾、人心果乃至菠萝蜜全有，其智利大樱桃一百多元一斤，照样有人买。那可是个无照果摊，却几年屹立不倒，它等于是侵占马路而为，当然不用缴纳房租和营业税，所以上好的水果，却可以比街对面那家超市里的还卖得便宜。

街上的无照摊贩，卖菜，卖各种零碎的日用品，也有卖煎饼、烤白薯、风味扒鸡、炸臭豆腐、爆玉米花，以及各种批发价饼干桃酥的，薛工只买菜，不会买那些立刻可以进嘴的吃食，但那些吃食的顾客不少，他们多是住在马路对面那些商铺后面，巷子里面的那些切割成很多不同院子里的外地租房住的各色人等，一到天气稍暖，街上更会出现很多烧烤摊，会摆上许多简陋的桌椅，供应白酒和啤酒，生意会非常之好，且会营业到午夜以后，晨曦中会看到遍地狼藉的垃圾。

那些走进巷子以后被切割成不同院落的出租房，并不是农民房，而是早已倒闭的国营工厂遗留下的库房及职工宿舍。那些老房子被间隔为平均10来平米的小屋，出租给外地人。

薛工常对来访亲友指着窗外说：虽然脏、乱、差，却是一幅“清明上河图”，来往于这条街的，有富豪，有中产阶级、小资产阶级，更有原住贫民和形形色色的外地人，有的外地人是当装修工的、当保姆的、当环卫工的、卖水果蔬菜和其他东西的、卖烧烤啤酒的、收废品的、开黑摩的的、修理自行车的、拎桶水摇晃着大抹布招呼开车人停车擦洗汽车的、卖盗版光盘的、磨剪子磨刀的、卖金鱼小兔豚鼠的、卖花木的、收长头发的……正是因为这许多的“社会填充物”，我们的生活才如此丰富多彩、黏合难拆……

当然，这都是两年前的情况了。一年前，薛工的生活发生了一些变化，心情也越来越不好。

那天下午，薛工把自己的心情调理到比较平静的状态，倚在飘窗的大方枕上，想跟两年前那样，从容地欣赏窗外的“清明上河图”，不经意间，发现水果摊前有个魁梧的身影反常地屹立在那边厢，久久没有移动。他仔细端详那背影，不禁沉吟：莫不是庞奇吧？

他和庞奇，两年前在这条街就有过交往。他也听闻过庞奇那“若回来，要杀人”的恶誓。庞奇果然不期而至。他会杀谁？

5

水果摊的老板叫方忠顺，熟人都叫他顺顺。他个头很高，薛工头次买他水果的时候就问过他究竟多高，他乐呵呵地说从来没量过，后来多次碰上多次问，顺顺总还是乐呵呵地回答没量，有次薛工说他会带个卷尺来给他量，顺顺摇头摆手：“量它干啥？多高不也一样活着？”

顺顺来自河南许昌地区。原是种烟叶的农民，也宰过猪，后来嫌熏制烤烟累个臭死还挣不上几个钱，就带着媳妇到这大都会来干上了卖蔬菜水果的营生，也曾在官方指定的集贸市场交摊位费摆摊，后来觉得摊位费既高，还得不到好位置，就干脆在这打卤面街的巷子里租了房，每天蹬平板三轮，过半夜就去二十几里外的大批发市场进货，一早拉到这街上来卖，这样既不用缴纳摊位费，又可以流动，很是惬意。当然也有城管来扫荡，他们那伙无照摊贩就你从街这边来，我往街那边逃，城管多半拿他们毫无办法。

男人该有个头，“一高遮百丑”，薛工估计顺顺有一米八五左右。身子虽高，顺顺却并不怎么健壮。“男高女爱随”，顺顺媳妇的个子在女子里面也算高的，白净丰腴，让同院的一起无照卖货的男子们羡慕。顺顺的媳妇争取到了个扫马路的工作，环卫部门是给上“三险”的，大有公务员的味道，就凭这一点，也很招人羡慕。

有一回顺顺正在给顾客称鸭梨，甲区城管忽然来了，其余摊贩急忙往乙区逃亡，顺顺也要逃，那买鸭梨的顾客却拉住他不让跑，说是他那秤有问题，正纠缠时，顺顺被城管逮了个正着，狼狈不堪，那顾客还在埋怨他，城管却要将顺顺的整个三轮车往他们的执法卡车上掫，正在此时，不远处的薛工正跟庞奇走在一起，薛工马上让庞奇出面救急，庞奇几个箭步赶过去，对那执法城管叫声：“兄弟！”几个城管定睛一看，不是别人，竟是庞奇，忙缩住手，纷纷露出笑脸，回应道：“庞大哥！出来走走？”顺顺趁便赶紧把三轮车蹬跑了。

顺顺原来并不清楚，他所来谋生的这块地盘，全是麻爷的，而庞奇，也就是庞大哥，乃麻爷跟前第一号。自那以后就对庞大哥敬畏不已。又因常买他蔬菜水果的薛先生跟庞大哥是朋友，就对薛先生尊敬有加，常常是心甘情愿要白送薛先生东西，薛先生哪里能白要，不但不白要，还常常不让顺顺找零头。

那天顺顺在果摊棚里发现了庞大哥，多年不见，又长时间只是个侧面，虽然庞人哥在棚外站了半晌，顺顺还是不敢贸然呼唤，后来终于认准了，才走过去招呼：“庞大哥，真是您呀？啥时来的？”

顺顺并不知道庞大哥一年前发恶誓的事。他把奇哥请到棚里坐，问庞大哥想吃哪样？他说感谢庞大哥当年解救过他，庞大哥望着他好生奇怪，庞大哥完全不记得了。顺顺剖开一个硕大的菠萝蜜，挖出里面的果肉递上去，庞大哥没有拒绝，扔嘴里猛嚼猛咽，腮帮筋和喉骨跳动着。

顺顺提到薛先生，庞大哥问：“他还住这里？”顺顺答：“今早还来买过香蕉。”

庞大哥脸上的线条，似乎变得柔和些。

6

薛工名薛去疾，是个退休的高级工程师，搞了半辈子的轴承，跟老伴含辛茹苦地把儿子培养到美国取得博士学位，又有了份相当稳定的工作，儿子在那边娶妻生子，薛工两口子几次赴美探亲后，最后老伴决定就留在那边，因为老伴在这边哮喘总好不了，一到那边，不治而愈，这样薛工就独自住在这边这条街的这个三室两厅的公寓里，除了每周定期跟大洋那边亲人通个长达一小时的电话，就是一个人过日子，他自称是空巢人而非空巢老人——因为他还不满七十岁，现在这个城市里九十岁以上的老寿星几乎条条街有，他们那个楼盘的会所餐厅里，几乎月月有晚辈为八九十岁的老人办生日宴的；他又自称是“不是鳏夫过鳏夫日子”。

薛去疾这个名字，不消说，是因为一出娘胎，就体弱多病，父母为了祈求神佛能保佑他成活，取下的。因为父亲的阶级成分，1950 年后被定为小业主，开头比起地主、富农、资本家来，似乎还算好些，后来随着“继续革命”的不断深入，小业主也就跟资本家划等号了，不过由于父母谨小慎微，倒也没招惹出什么大祸，薛去疾也总算上了大学，学的机械专业，毕业后分配到一家大型国企，当了十几年技术员，改革开放以后，成为工程师，因为领导人提出来，科学技术是第一生产力，他那样的人吃香了，因为有好几种发明创造，取得了专利，工厂应用中大获成功，就被吸收加入了共产党，并且被安排为政协委员，呵，可有七八年的风光日子。

但是，后来薛去疾出于真情真性，卷进了大事情，被清查、劝退，一时间仿佛风中黄叶，而没几年，他们那个大厂，说是合资转型，其实就是卖出关闭，工人纷纷下岗，行政人员分流，技术人员留下的较多，但因他“犯科”，也就提前退休，后来档案移到街道，退休金也由那里划拨到他的银行折子上，若不是儿子在美国站稳了脚跟，反哺的力度很大，回来探亲，张罗着将原来父母住的旧单元卖掉，添钱为父母买下了现在住的这套公寓，现在他的日子，就难以摆脱灰暗。

老伴是三年前去美国再未返回的，不是二人感情出了问题，是老伴去了以后哮喘虽然平息，腿脚又出现了问题，据美国医生说，是一长串英文命名的一种病症，总而言之，是行走不便了，儿子儿媳买的“号司”，连阁楼三层，老伴只能在一层活动，上面去不了，全家在一楼聚餐毕道“拜拜”后，儿子儿媳孙子孙女上楼去，她有什么事情，或有什么话想说，就给他们往上打电话；好在她会电脑，会跟薛去疾互通“伊妹儿”，本来还可以通视频电话，但薛去疾和老伴双方都不愿意在电脑上安装摄像电眼，有“越看越老不如声音常好”的共识，也就只是通常规的越洋电话。薛去疾这三年也没有再往美国探亲，因为连续十三个小时的航班他已经无法承受，儿子儿媳表示要来探望他，他说:“现在没什么好看的，你们把妈妈照顾好，把孩子教养好，就行了。等我想你们来的时候，自然会打电话叫你们。放心吧，我过惯了独居生活，得大自在呢！”

他没事就坐到飘窗台上依着大靠枕欣赏他所谓的“清明上河图”，也常常下楼，爽性进入到那世俗画卷里，成为其中的一个芥豆，就这样，从老伴还在身边的时候，他陆续结识了庞奇、顺顺，以及更多的“画中人”。

7

薛去疾这名字现在很少有人称呼，甚至根本不知道，原先工厂里人们都称他薛工，后来工厂解体，流落到社会上，有称他薛师傅、薛老师、薛先生的，他对后一种称呼，应答起来脸上微笑最多。

但是，那年那一天，忽然电话铃响，接听，对方称他“去疾兄”，呼唤顺耳，却觉陌生，谁呀？对方提起以前的事情，他才想起来，是一位台湾人士，此人又常居美国，当年他因是政协委员，被安排在一个代表团里，去美国访问，见到过这位仁兄，大体上可算同龄人，聊起天来，当时出去的人士，都颇拘谨，薛去疾在言谈上更是唇上挂锁，生怕说错话，回国后被追究，出国前开预备会，团长强调，一定要“四个坚持”，到了那边，却发现被领馆介绍为进步人士可作为统战对象的，固然有顺着我们这边说话的，但大多数却一个“坚持”也难恪守，几句话里，就会有“冒泡”的地方，只好姑妄听之。但是这位打来电话的人，他想起来，叫林倍谦，在那次访问中，曾陪团一起游览当地名胜，跟他找到了共同语言，他们都热爱一种舞台演出，林先生称国剧，他称京剧，原来两家上几辈，都是大戏迷，林家还存有许多当年高亭、百代录制发行的老艺人的唱片，提起来，薛家也大都有过，薛去疾小时候也听过不少，林先生问他家那些老唱片可还都在？“‘文革’当中全当‘四旧’给砸了”这句话溜到唇边，忽见团长尖着耳朵生硬地朝他笑着，忙让“唇锁”锁住，含混应对，只谈戏，不牵扯别的。林先生提到《虹霓关》，薛去疾就告诉他小时候父亲曾带他在广和楼看过“四小名旦”之一的毛世来的演出，第二本毛世来扮演的东方氏被那王伯当追杀的时候，有从桌子上翻下来的抢背、扑跌等许多惊悚动作，林先生很小就被父亲带往台湾，哪里有那样的眼福，连道羡慕。薛去疾又忍不住告诉林先生，自己所居的大都会，查地方志，有条街就叫红泥寺街，“红泥”二字，很可能就是“虹霓”的俗化。回国后，薛去疾心里不踏实，因为《虹霓关》这个剧目被认为思想内容有问题，而且毛世来的版本加重了色情成分，但那团长根本不懂戏，勉强知道梅兰芳罢了，毛世来何人？听了也记不住，就不但没有追究薛去疾，还在总结报告里，以薛林二位谈戏为例，说明了统战工作的技巧性，对薛去疾大表扬，又因林先生称京剧为国剧，就又夸赞其坚持“一个中国”的立场，认为如此爱国的同胞，应该多多邀请到祖国访问，团长尚记得红泥寺街，就说以后请林先生过来，就安排一次他和薛去疾同去踏勘考证红泥寺是否就是虹霓寺的活动。

但是那次访问回国以后没多久，薛去疾很快就被从庙堂里清出，流落江湖。他曾偷听外国电台的中文广播，有一次恰好干扰音不强，正好是电台记者采访林倍谦，听那林先生愤愤地说，倘情况没有根本性变化，他是再不会踏上中国大陆土地的，那几句话由耳入心，令薛去疾感动不已。

毕竟不再“以阶级斗争为纲”，震荡波渐成涟漪，后来薛去疾乔迁，恰好就迁到了红泥寺街一侧的楼盘，常坐在飘窗，瞭望窗外的“清明上河图”，就知如今江湖的空间已经非常之大，不是只能在庙堂里取得乐趣，当然有庙堂江湖通吃的主儿，但只占江湖这一头，也很不错，照样可以过得有滋有味。

多年过去，薛去疾已经把林倍谦忘记了。没想到那天忽然来电话，热络地呼唤自己“薛兄”。开始，薛去疾还以为是境外来的电话，一问，敢情林先生就在这个都会，下榻在一家落成不久的五星级酒店里。说是明晚有个饭局，力邀薛兄赏脸莅临，也许席间还可以继续聊聊《虹霓关》……薛去疾本想婉拒，却未能道出口，对方却把饭局的地点交代得一清二楚，那么，就去吧。

那次饭局是在一家豪华的海鲜饭庄的大包间里，一进那包间，薛去疾就感觉一别多年的庙堂气息，扑面而来。薛去疾原来对这种饭局是轻车熟路应付裕如的，那次却浑身不自在。虽然林先生也将到局的人士一一介绍，薛去疾却大都记不住系何许人也，只模模糊糊意识到，曾郑重宣布若不如何就绝不再踏上大陆土地的林某，应该是实在撑持不住了，因为不是五年、八年、十年……谁的人生经得起那么长期的等待，尤其是，林先生所经营的生意，在大洋那边和海峡那边都因金融危机而陷于困境，到头来不仅不能失却大陆这块至关重要的市场，简直是要将其视为救命稻草，所以，当年的誓言是真诚的，如今的变通也是合理的。饭局里的几位从面相和端起的架子，以及安排的重要座席，就可知是某几个部门的官僚，还有一位大约才三十出头的小伙子，嬉皮笑脸的没个正型，安排的席位也在薛去疾以上，从席间林先生等人的话语中，意识到竟是某高位要员的孙女婿，但那高位要员究竟有没有孙女儿？殊难考证，但一桩成功的生意里，似乎这样的角色总会有的，也算是本地特色之一吧。林先生用了好几分钟回忆当年在美国跟薛去疾聊国剧《虹霓关》的事，说没想到如今薛兄就住在红泥寺边上，“红泥”或者就是“虹霓”的俗称，那寺或许就是当年关隘的附属部分，表示这回来了若抽得出时间，还想麻烦薛兄引去现场踏勘……听那意思，林先生特意邀他来，念旧的成分虽有，倒在其次，主要还是以他做个活见证，证明他是个“统派”，一口一个“国剧”嘛，以时下台湾的政治颜色而论，他不仅是蓝的，而且是深蓝，这样，这边的合作方应该可以对他大大地放心，并且应该多予优惠。

那次的饭局围着一张大圆桌，算下来是十一个人，说是有位临时来不了，于是席间就有个人打电话叫来一个人，凑足十二位。那个打电话的人坐的，是埋单席，于是薛去疾心知林先生虽邀了他，却另有埋单者，而这位埋单者，似乎之前也并不认识林先生。听有人称那埋单的麻爷，只觉如雷贯耳，因为住在红泥寺一带的人，大都听说过这称谓，却极少有人能一睹真佛面目。

薛去疾听到的信息，综合起来大体是：没有人能说清这麻爷是本地人还是外来人，他的崛起，是在那个大事件之后，红泥寺街这边的楼盘，是后盖起来的，所使用的地皮，据说就是麻爷转让的，而街那边的一大片，不说巷子里头，单说临街的，超市、连锁旅店、大小五家不同规格的饭馆、网吧、量贩式金豹

KTV 歌厅、足疗中心、服装店、点心房、自选式大药房、电脑洗车店、手机店、烟酒店、花店、炫风美发厅……全在他掌控中，或是他出租使用空间，或是他控股，或是他卵翼下的买卖，他要灭掉任何一家，咳嗽一声足矣。但这条街的营生到后来不过是麻爷原始积累阶段的“小意思”，现在他早已托付给底下人照管，自己有了更大的舞台，据说他多数时间是住在郊区他那个乡村高尔夫俱乐部人造湖畔的一栋别墅里。这麻爷怎么这么厉害？就有谣言说，其实麻爷原也不过是一极普通的草根人物，因为某一机缘，有人不好自己出面，就让他充当法人，他其实只是更厉害的主儿的“白手套”罢了。

薛去疾那次在席间冷眼细观，只见那麻爷其貌不扬，微胖，眯缝眼，脸上果然有麻点，不是天花所致，早听到传说，是他落魄的时候，有次为了躲避，急不择路，从农村平房的窗户蹿出去，一下子栽到了柴火堆上，被那柴火堆里大量的酸枣枝子上的尖刺，给刺麻了一片。那次饭局是夏天，大家穿衣不多，麻爷也很随便地穿了件圆领 T 恤，可能是大名牌，看上去倒也平常，引起薛去疾注意的是，他发现那麻爷左边脖颈，有明显的疤痕，越看越像是刀砍的，这么说，此人曾有过刀搁在脖子上，并且因为不服而反抗，导致被刀砍割的经历。

麻爷打电话从楼下叫上来的，以破除十一的忌讳使满桌达到十二位的，就是庞奇，那时候庞奇是麻爷最信任的司机兼保镖，一般情况下都是在楼下散座用餐事后报销，遇有特殊情况，才能到包间忝列末席。席间因为庞奇离得较远，而且不能饮酒，只是默默吃饭，薛去疾没怎么注意到他。

那次饭局让薛去疾不愉快的，是林先生除了邀请他，还邀请了另一位跟薛去疾同团访美的夏家骏，而且让他们挨着坐。当时薛去疾、夏家骏都是政协委员，不过薛是科技组而夏是文化组的。夏家骏何许人也？

8

席间，众人交换名片。别人递薛去疾名片，他接过，道声：“抱歉，我没有名片。”后来他注意到，不备名片的，席间除他外，还有三人，庞奇无名片不奇怪，麻爷和那要员孙女婿也无名片，却意味深长。身旁的夏家骏派过别人，最后才派他一张名片。那名片左侧印着好几行头衔，第一行自然是政协委员，然后是什么全国委员、什么理事、什么大学客座教授……最后一行是享受国务院特殊贡献专家津贴。名片右下边虽然印着些地址、电话、传真、局域网之类的联络方式，但经验令薛去疾懂得，那些都是机构通用的，凭借那些根本是很难联系到其人的。那样的名片功能就只是一种庙堂身份的炫示，若他真想跟你联络，会在背面用签字笔写上手机号码，薛去疾眼尖，瞥到夏家骏递给两位官员和麻爷及那要员孙女婿的名片，就是事先备好的背后有手书手机号码的。

薛去疾将夏家骏递他的那张背面是白板的名片塞进衬衫口袋，懒得理他。但夏家骏在与其他人过了不少话，吃完鱼翅羹以后，却扭过头来对薛去疾大为示好，表示虽然多年没见着，实在还是经常念及的，当年一起出席会议，一起坐主席台后排，一起参加官方团拜活动，一起站在高架台第二层等待首长来临一起合影，一起参团到国外访问……夏家骏笑道："我出息不大，也就是在主席台上往前挪了两排，跟首长合影能站在他们椅子后头第一排罢了，还有就是出访国增加到了二十八个……唉，头年争取到了单项副部级待遇，就是医疗那项，今年争取全面化，住房待遇最要紧啊！老兄，你现在住得怎么样？还在原来那个宅子里吗？"薛去疾就不无自豪地告诉他："我萎了，儿子还争气，在美国混得不错，帮我买了个商品房，比起原来舒服多了！"夏家骏就问："多大呀？"薛去疾告诉他："一百五十平吧！"夏加骏嗤鼻："不到二百？哎，你要那年没那个，如今也能争取到副部级住房待遇嘛，二百三十平不成问题，也可以自购，价位当然比商品房便宜多了！"又问具体位置，薛去疾实报，夏家骏抛出一句："南边呀？没听过老话吗？'宁要北边一张床，不要南边一间房'！"薛去疾就跟他一瞪眼："你去住你的副部级房吧！"夏家骏并不生气，而是无限同情地来了句："哎，老兄，你是给搁到死角里啦！"

这句话给了薛去疾一个锥心裂肺的强刺激。

9

席间开始有人下座游动敬酒。夏家骏敬过那位要员孙女婿，就去给麻爷敬酒，麻爷也不站起来，夏家骏赞美麻爷“您个人的经历就是一部生动的中国腾飞史的缩影”，意思是想跟麻爷约时间采访，为他写部报告文学，麻爷根本不理他的茬儿，又有人过去敬麻爷，麻爷转过身，站起来，大喉咙嚷：“一口闷！”薛去疾这才看清楚，站起的麻爷个头偏矮，身子很胖，脖子后头鼓起来，应该是个良性的脂肪瘤……

忽然觉得有人轻拍他的肩膀，原来是林倍谦过来敬酒，薛去疾要站起来，林先生把他按下，自己坐到他旁边，夏家骏暂时空着的椅子上。林先生跟薛去疾干过杯，又拍着他手臂，极表亲切，低声跟他说：“薛先生近些年的情况，我还是知道的。佩服！相忘于江湖，说起来容易，做起来难。我这些年思来想去，锐气减了许多。我小儿子是研究大分子的，研究基因，有一天老子低下身段请教儿子：生命的存在，究竟有什么意义？你猜他怎么回答？他正颜厉色地告诉我，生命的存在没有意义，非要找意义，就是完成基因的传递，如此而已。生命的起始就是走向死亡。我就问他，那追求理想，比如民主、自由、公正、人道等等，难道都不是意义吗？他说，那是社会赋予生命的外加意义……我就又问：那快乐呢？他点头，说那或许是生命本能驱使要追寻的，但也并非意义……这些年我做生意，全世界飞来飞去，虽说飞机是世界上相对来说最安全的运载工具，但是，也说不定哪一天，我乘坐的那个航班就掉地下了……大儿子会继承我的生意，小儿子呢，他会得个诺贝尔生物学奖吗？哎，说来真是伤感，不说了，咱们不算老朋友也算老相识了，来来来，再斟上一杯，干掉！”

林倍谦发现夏家骏已经回来，站在椅子背后，忙站起，把没干净的余酒敬给夏家骏，夏家骏是不是有点醉了？竟笑道：“开头，他们说有个美国来的林什么，我给听成了林培瑞，那可是个问题人物啊，我怎么能跟那样的人聚呢？后来才听明白原来是林倍谦，深蓝啊！林先生这次在北京停多久？若有工夫我想采访……”谁知林先生对“深蓝”之类的恭维最觉刺耳，含混地笑笑，回自己座位去了。夏家骏落座后忍不住还叨唠：“起初真听成林培瑞了，那年的那个违规把敏感人物带到最高外交场合，能说一口流利中文的美国佬……我这乌纱帽可没必要为那么个林什么丢了啊！”

薛去疾百感交集。他明白，林倍谦那样一番话，既是为了向他解释为什么立誓不变化不来大陆以后还会这样地回来，也是为了寻求自我的心理平衡。夏家骏呢，薛去疾分明记得，那一年比他还激昂，他们还和另外几个委员联名发表过声明，登在最重要的报纸上，只不过夏家骏运气好，没给搁到死角，倒在庙堂的活池里游动得更惬意了。生命的意义是什么？也许，林先生和夏某人跟他本在一个答案中，就是寻求当下的快乐。

10

席散后，众人陆续出了饭庄，沐浴在霓虹灯的光瀑中。薛去疾只听夏家骏在那边尖声地问："我的车呢？"那一问并无对象，其实多余，只不过是炫示他是享受公车待遇的，等候他多时的那辆奥迪 A6 因为被另一辆车挡住，没能及时开到他跟前。夏家骏餐后很快乐，他知道薛去疾那样的江湖生存，也可以花自己的钱过得不错，但是，哪里能跟他那样的连家里卫生纸都可以报销的庙堂待遇相比？薛去疾那是"拉硬屎"，想想就更有"给搁到死角里去啦"之叹。

薛去疾要绕过那些人和车去街边打的，他来的时候就是打的，但是麻爷注意到唯独他没有车，就招呼他，让庞奇用他那辆新款宝马送他回家，他也就不谦让，坐了进去，坐妥往窗外一瞥，夏家骏也刚坐进那辆奥迪 A6，也在朝他这边一瞥。夏家骏看到薛去疾竟然坐进一辆价值约在自己那辆待遇车两倍以上的豪车，心头不禁滋出不快，但很快也就释然："他那不过是偶然一遇，我这却是日常生活。"

11

"你单送我，麻爷怎么办？"

庞奇觉得这样问很好笑，但是没有笑，回答说："他办法多。也许叫他那辆宾利过来。多半会让警车来送他。"

"是呀，麻爷就是叫架直升机来，也不稀奇是吧！"

薛去疾坐在副驾驶座上。他往左边观察庞奇。个头没显得很高，比顺顺矮多了。但是恤衫紧箍躯体，好强壮的胸大肌。短袖把胳膊也紧绷着，肱二头肌的轮廓好刚硬。从 V 形敞领里，胸毛肆无忌惮地蹿出来，再一细看，下臂上的汗毛也很浓密。

那是薛去疾头次接触庞奇。没想到就在那次送他回家的一路上，他们双方彼此就都产生了好感，开始有了交往。

庞奇后来告诉薛去疾，麻爷自己，还有他那些朋友，坐他开的车时，从来没有哪个会坐到副驾驶座上，跟他齐肩的。麻爷坐后头，会跟他说话，除了下达些指示，也会闲扯，喝酒喝高了，甚至会跟他掏出点肺腑之言，但是麻爷从来不会让自己喝得烂醉，他什么时候都会保持着至少三分清醒。但是，麻爷以外的那些人物，除了简单的命令，比如道出个让送达的地址，或者敦促他快点，基本上不跟他过话。而薛去疾主动坐到副驾驶座，又跟他平等交谈，蔼然可亲，让他不知不觉地也就话多起来。偏那天遇上大堵车，从饭庄把薛去疾送回他住的楼下，花了一个多钟头，因此，他们对话的内容，也就颇为丰富。

回到家以后，薛去疾一边烫脚，一边回味跟庞奇的交谈。其中留下印象最深的，是庞奇怎么被麻爷招聘上成为贴身一号保镖的经过。

那一年，马路这边，薛去疾现在住的这个楼盘，还没有盖成。马路那边，开业的店铺，也还不多。麻爷的事业还处在初创阶段。麻爷当时在那边一栋四层的旧楼里办公。但是金豹歌厅那时候已经开业，档次还不高，却也有若干豪客光临。

庞奇开头只是金豹歌厅做夜场的。夜场保安多是部队下来的，个头一般都在一米八以上。庞奇却直接来自农村，个头只有一米七七。金豹歌厅那时候是麻爷的支柱产业，他本人常带朋友到那里 K 歌，糖姐是歌厅的一号小姐，麻爷很喜欢她。有天糖姐陪麻爷 K 歌，俩人 K 完“夫妻双双把家还”，麻爷接了个电话，就骂起人来，说办公楼雇的保镖都不中用，一群饭桶！糖姐趁他气稍平，就跟他推荐庞奇，说绝对是一个顶俩，功夫了得，关键时刻，冲得上，压得住，保证主子毫毛不损，而对方从此会知难而退，再不敢轻易到麻爷跟前犯贱。麻爷就让庞奇来见他，一见，貌不惊人，一问，没当过兵，学过拳，问学的是少林拳还是武当拳？却又不是，竟是什么岳家拳，岳飞是个冤死鬼，那拳术能牛逼吗？庞奇只说：“您可以试我一试。”麻爷再上下打量他几眼，就让他明天下午三点钟到旁边那栋办公楼四楼去见他，再面试一次。

第二天下午庞奇准时登上四楼，进了麻爷的办公室。那时候的办公室哪有如今的气派，但是在当年庞奇的眼里，已经是超级豪华了。庞奇进去以后，麻爷才从老板桌后面的转椅上旋过来，面朝庞奇，叼着个大烟斗。

麻爷不看庞奇，只问：“上楼的时候都见着什么啦？”

庞奇老老实实回答：“没见着什么。”

“你仔细想想！”

庞奇想了想：“楼梯……楼梯扶手……还有什么？”

“好个目中无人！他妈的，你没见着我的保镖吗？”

“啊，那，见着了。”庞奇想起来，上楼时，是仿佛有几位哥儿们，倚着楼梯栏杆，双臂抱在胸前，朝他斜眼。

“几个？”

“几个？不止一个吧。”

“当然不止一个。我这层门外一个，一米八三，东北虎。三楼两个，学过少林拳的。二楼三个，受过特种训练。一楼现在该有四个，把着门呢。你算算，几个？”

“三个，六个……一共十个。”

“你想不想当我贴身保镖？待遇比你现在做夜场高十倍。干得好我还另外有赏。”

“想当。”

“你凭什么想当？”

“我练的岳家拳，拳法好其次，关键是能精忠报主！”

“说的倒漂亮！我跟你说，今天你有两个选择，一是给我鞠个躬，抱个拳，转身下楼，还回金豹……”

“那为什么？”

“因为，你要想跟我，你得从这个门出去，在我这层，你要打败门外的东北虎；到三楼，你得打败两个少林和尚；到二楼，三个特种兵等着你；到一楼，那四只蒙古野狼拼死也不能让你出楼门……你如果把他们全打败，冲出了楼门，我就收了你！是鞠躬抱拳下楼，他们让开你，还是运足了气，别让他们把你打残，两样，你自己选！”

见庞奇咬牙，麻爷笑笑说：“小子，我嘱咐过，他们不会打死你，打残难说，全看你骨节眼上会不会求饶……不管你是在哪一层被打趴下的，你敢打，我就有重赏。你成不了我的一号保镖，我就另招去。”

庞奇的回答是：“我一路打下去。如果我打死打残了他们哪个，你负责，我是不管的。”

麻爷一下站了起来，把烟斗往老板桌上一磕：“他妈的，有种！你要带血冲出了楼门，赶紧去医院，养好了，来找我，上班！”

庞奇脖颈一挺：“我一定打出楼门，出去了就再上来见您！他们可不许再拦我，您呢，要说话算话！”

麻爷吼一嗓：“你个混小子给我打下楼去！”

庞奇转身几步迈出了老板办公室，立即响起打斗声，以及门外秘书席女秘书忍不住被惊吓的尖叫声。

紧跟着是三楼楼梯拐弯处的打斗声；过一会儿是二楼，拳脚声听不见，但双方的怒吼声清晰可闻……

后来没有了声音。麻爷正要打电话命令秘书下去看个究竟，忽然传来咚咚咚的登楼声，庞奇大步迈进来，眼睛通红，脸上、身上有血，麻爷注视着他身上的血迹，他喘息着把双拳一挥，吼道：“那是他们的血！”

麻爷绕出老板桌，过去抱住庞奇，拍着他肩膀夸赞道：“好！好个岳家拳！好个大庞子！”

当年的这些情况，庞奇在送薛去疾回家的路上，讲得当然没有这么详细，但那粗线条的叙述听下来，也足令薛去疾回味无穷。

庞奇在车上问过：“薛先生，您是搞写作的吗？”

薛去疾说：“我不是。不过我喜欢跟你这样的江湖英雄交往。江湖之乐远胜庙堂啊！”

薛去疾那话庞奇并无共鸣。薛去疾自己却很得意。心想，那夏家骏倒是搞写作的，但是他整天黏在庙堂，根本不接地气，哪里听得到这样的素材！

12

金豹歌厅门口，有两个造型极其夸张的号称是镏金的豹子，从门外朝里望，只能见到亮闪闪的钢化玻璃楼梯，非常宽，营业时间，钢化玻璃楼梯里面的霓虹灯会打开，变幻出七彩光芒。其实没有那些闪烁的霓虹灯光，那楼梯倒更显得气派，有种水晶宫殿的感觉。

薇阿的高跟鞋把楼梯踩得弹钢琴般响，她匆匆跑上去，糖姐不在原来的座位上，倚在外厅吧台旁，啜着一杯鸡尾酒。

薇阿向糖姐报告："庞奇没影儿了。不过他一定没有离开这条街。他是暂时藏起来啦。他会在晚上动手吗？"

糖姐不理这个茬儿，只是吩咐："一会儿姑娘们都来了，你要把规矩跟那三个新来的再讲讲。像昨天那样惹人家生气的事情，再不能有！"

薇阿就望着糖姐的眼睛，仿佛要从那里头捞出点什么来。糖姐仰头把杯里的余酒饮净，移过眼光，不跟薇阿对视。

"是啊，糖姐，您是'曾经沧海难为水'，什么样的大惊大险没经历过？这点威胁，小小不言，对不？"薇阿边说边在心里自问：这句唐诗搁在这儿是否有点格涩？但不管引的诗句是否贴切，她见糖姐那强作镇静的德性样儿，很有些幸灾乐祸的麻酥快感。

这时那三个不久前才来的小姐上楼来了，薇阿就过去跟她们拉长一张妈咪脸。但那三个只叫她"姐"，令她十分不快。她们过几天就会叫她"大姐"也就是认她作妈咪了吧？

糖姐转移到她的那个空间，依旧坐到修指甲的那张转椅上。透过玻璃墙朝外面望去，天色已经晦暗，第一批灯光已经燃亮。半年前，她有些担心庞奇回来，后来，生活里有太多别的人别的事，她渐渐把庞奇淡忘，忘到绝不在梦里出现了，此刻，这个男人从记忆里鲜明地浮现出来……

庞奇刚招进歌厅做夜场，十分土气。有回他跟她说，他还没有喝过葡萄酒。

糖姐原来叫唐淑仪，其实也来自农村，刚到这条街的时候，也是只闻过洋酒味儿没舔过洋酒杯儿，还是麻爷收她那晚，才痛痛快快让喉咙跟法国红葡萄酒亲热了一番。糖姐有天就私下跟庞奇打招呼，让收工以后，别让人觉着，跟在她身后走。歌厅是半夜两点打烊，小姐、调酒师、厨子、电工、保安、杂工……个个都疲惫不堪，匆匆收拾完，逃跑似的离开，各奔自己租的小窠，谁会特别注意谁呢？庞奇跟在糖姐身后十多步远，拐出街口，糖姐叫停了辆出租车，两个人坐了进去,来到糖姐租的那个楼里的单元。糖姐那时候是歌厅小姐的头牌，她已经洗净了土气，说话一点口音都没有，甚至有人觉得她说的不是大陆普通话而是台湾国语。那时候歌厅里的人只有她租得起楼房里的单元，虽然只是个一室无厅的独单元，但是有厨房和卫生间，她把屋里布置得相当洋气。

进了那单元，糖姐就单刀直入地说："大奇，我喜欢你的胸毛。可从来只能见着从领口蹿出来的。你脱了，让我看个痛快。"

庞奇就把T恤脱了，赤裸着上身。糖姐禁不住"呀"的一声，因为她看清楚，庞奇身上的胸毛，像一棵树，胸沟两边最茂密，向喉结和胸大肌两边蔓延，然后顺着腹沟往下长，最后在肚脐那里收住。糖姐先用手摸，然后就用嘴唇去亲,这时糖姐感觉到庞奇裤裆里仿佛有个弹簧蹦起来了,糖姐欢喜地"呀""呀"好几声，可是，庞奇却往后退，脸变得跟关公一般红。糖姐就知道，这家伙竟然还是个处男。

糖姐笑着跟庞奇说:"有句俗话,'好男一身毛,好女一身膘',我们两个正好，你的毛好性感，我呢，你看——"说着就脱光衣服，上了床，作姿作态，庞奇只愣愣地看着，糖姐就笑:"怎么？你喜欢骨感美人？你搂上就知道了，光有一把骨头不香！"又跳下床，拎过大半瓶法国红酒，再仰卧床上，把那红酒倒在耸起老高的乳房之间，招呼庞奇:"快来！喝你的第一杯葡萄酒！"

庞奇忍不住扑了上去，搂住糖姐身子，狂饮那乳窝里的酒，红酒像血一样溢到床单上……后来，庞奇也就不再是处男了。

那以后他们常幽会。但是他们互相从未说过"我爱你"。糖姐自己问过自己：爱大奇吗？答案是否定的。所以后来她把他推荐给麻爷当贴身保镖。庞奇随侍麻爷，就难得有接近糖姐的机会了。庞奇爱糖姐吗？他也不知道，只是接近糖姐不容易以后，偶尔遇到糖姐，心跳会稍稍加速，但糖姐对他却总是再没有什么特别的眼神，他也曾向糖姐暗示过，他还愿意去她那里，糖姐却总无回应，他心里头就觉得丢失了什么东西。但这绝不是庞奇要报复糖姐的原因。如果庞奇恨上糖姐并且要杀她，那是后来发生的事情所致。

13

那时候顺顺还只是蹬着平板三轮游动兜售菜蔬，有回薛去疾买他的菜，顺便聊几句，薛去疾问他租的那房住着怎么样？盖得结实不结实？顺顺就说，别人租的那些房若比成桃酥，他租的那间就是个牛皮糖，租金一样，他那间却结实得多，因为他那间房的墙上嵌着个石碑，上头刻着好多字，他只认出有“红泥”两个字……薛去疾一听，如获至宝，立刻表示哪天有空，他会去顺顺住处拜访。

那晚与老伴越洋通话，老伴又说：“我这边毕竟有儿孙，你那边是空巢老人，你可怎么打发日子啊？”他就笑：“你又不放心啦？怕我寂寞生邪？其实我充实得很，出得庙堂，下得江湖，我的人生更丰富多彩了！这不，我找到个线索，过两天就去拓那个红泥寺的碑去，真是一大发现啊！我会把寻访经过，还有照片，放‘伊妹儿’附件里给你发过去……”老伴闲聊里，说起他们那附近，又有中国人去买“号司”，都是一次性付款，住进去的人，开的是豪车，穿的是名牌，但是会大喉咙爆粗，令老居民们侧目。老伴的议论是，头些年来这儿的，大都是他们儿子那样的，苦读，奋斗，站住脚，贷款买房买车，兢兢业业工作，老老实实还贷，中规中矩邀请父母探亲……现在可好，移过来的净是些莫名其妙的人，儿子跟她说，在一个派对上，因为对方问了自己的职业，也就顺便问对方在做什么？对方耸耸肩膀，告诉他：“我什么也不做。”因此那人也就根本不去努力学习英语，后来又在几个派对上遇见，英语还是那么烂，敢情人家是带着够活一辈子的钱移过来的，所需要做的，就是把钱花掉。薛去疾就和老伴在电话里感叹了半天这边越演越烈的腐败，以及腐败的输出对那边的污染……结束电话，薛去疾有种更强烈的清白自豪感。

于是就跟顺顺约了，一天下午去顺顺那里拜访。薛去疾表示耽搁了顺顺生意，愿意给他赔偿，顺顺说如果您这么样，那就别去了。双方是在有了感情的前提下来往，心里头也就都很舒服。

虽然薛去疾对红泥寺街的街面十分熟悉，但是，那天他还是第一次往巷子里走。他们楼盘对面的那边马路，有四条狭窄的巷子深入到里面。顺顺住在头一条巷子里。巷子的路面铺的是劣质的柏油，早已磨损破败，有些院落没有完善的排污管道，一些生活废水流溢到巷子路面上，蒸发出阵阵恶臭。薛去疾找到顺顺住的那个院子，有两扇生锈的铁门，大约很久没有关拢过了，门扇下的野生酸模已经蹿得很高。走进去，等于又是一道巷子，往里很深，推敲起来，应该是原来国营大工厂的宿舍排房，窗户朝南的那排应该是原来的旧房子，窗户朝北的，应该是在借对面那排原来的宿舍房后墙，这些年新盖出来的简易房，墙面和屋顶都十分单薄，纯粹是为了多收房租增加出来的小窠。几乎每间屋子外面都有独立的电表，屋顶上支着许多接收电视信号的小锅，但是自来水管却只有两个公用水龙头，分布在院里前后相距数十米。每间屋子并无明显的编号牌，薛去疾走进去以后只好大声呼唤“顺顺”，而顺顺也就很快笑吟吟地从一间窗户朝南的屋子里走出来，迎接他。

顺顺租的那间屋子，虽然陈旧，但是当年盖得很结实，比对面后盖的那些简易房强多了，何况窗户朝南冬暖夏凉，因此房租比对面同样面积的贵，他这样的是每月 400 块，对面的只收 300 块，电钱各家买电卡自理，没什么纠纷，水钱每季度按水表总数字按每户人口分摊，一到夏天，就会发生冲突。

顺顺请薛去疾进屋。掀开薄薄的布门帘走进去，薛去疾望了几眼，就感慨万端。大概只有十多平米，安放了一张双层床，下面是双人铺，上面是单人铺。其余空间是旧柜子、旧饭桌和几把折叠椅。一台旧的显像管电视机斜摆在柜子上，躺在床上或坐在饭桌旁都大体能看到荧屏。一个台式电扇，挤放在电视机旁边，薛去疾告诉顺顺那样很不安全，顺顺说不要紧，不到热得很，电扇不开的，开电扇的时候，也就不开电视。烧饭的煤气灶架搁在屋外自搭的塑料棚子下面，上货卖货的平板三轮车也歇在那棚子下。

顺顺给薛去疾沏好茶，没喝，望望，薛去疾就想起《红楼梦》里晴雯被撵出去以后，贾宝玉偷偷到下人的住处去看望她，所描写到的那种带膻味的粗茶。

在《红楼梦》里，晴雯落难的那个旧屋破炕，离怡红院至多三里路远，那么，顺顺所租住的这个憋屈的空间，距离薛去疾他们那个楼盘中心区的豪华公寓，也正好差不多三里路的样子。为什么人世间到如今，还是如此地贫富悬殊？而且，他们那个楼盘还远不是最高档的，顺顺的这种出租屋也远不是最糟糕的。一瞬间，薛去疾想起夏家骏对副部级住房待遇的追求，减去了许多鄙夷，增加了许多理解。

从顺顺表情上，倒丝毫看不出他对自己住处有什么自惭形秽，脱去套头衫，露出不算健壮的身躯，顺顺不把薛去疾当外人，很爽朗地回答他的一切询问。顺顺还有个弟弟，也来北京挣钱，是收购倒卖旧电器的，顺顺屋里的电视机、电风扇，都是从弟弟那里白拿来的。弟弟另租了不远处的一处地下室的屋子住。他们兄弟在老家都盖好了房子，起的楼，但闲置着没住，说是等老了再回去住着养老，现在挣的正是将来养老的钱。他们父亲没了，母亲还在，如今母亲也在北京，轮流在他和弟弟家住，但是弟媳妇对婆婆不好，他媳妇非常孝顺，母亲只愿意跟他们住，母亲来了，就和媳妇睡下铺，他到上铺去睡，弟弟那里比较宽，母亲能有单独的床，大床小床之间还能用三合板界开，但是母亲还是喜欢到他这里跟大儿媳妇挤着睡，听多了母亲对他弟媳妇的怨言，他也曾跟媳妇商量，要么就干脆让母亲在他们这里长住好了，媳妇先不吭声，后来捶他一拳：“你是要我憋急了给你戴绿帽子是不？”顺顺就给她作揖：“别。我也不能总憋着。”

薛去疾就感叹：“贪官奸商占有那么多社会空间，底层民众却在如此的蚁穴里蜷着，腐败不除，何来公正！”就告诉顺顺他所知道的种种腐败现象，比如那海鲜饭庄包间，就是官商勾结的场所，一顿下来，动辄两三万。顺顺也就告诉他，在他们老家，村干部改选，公开地买选票，你不收那钱还不行，收了钱不投他一票更不行，等那主儿当选以后，就只给私下给他钱财的人办事儿，像他和弟弟那样的一般人，只丢个白眼珠给你……

聊得投机，薛去疾竟然忘记所来为何了，顺顺手机彩铃响，是他媳妇打来的，说就要下班，扫完马路收了工，要不要买点熟食回家？他媳妇不仅记得这天薛先生要来作客，而且记得是要来看碑的。薛去疾这才赶忙问，那碑在哪儿呢？

顺顺站起来指给他看，幸好不是在那双层床和那边柜子后头，是在饭桌旁的那面墙的下部，顺顺去取下门帘，又燃亮电灯，光线还是不大行，就找来大手电，给照着。俩人蹲下看，果然，当年盖这排房时，把一块旧碑，嵌在了山墙底部，估计当时的宿舍排房，就到这间打住，但是后来这面山墙又成了隔墙，那边又接续着盖出了很多间。顺顺说他是有天把耳挖勺掉在了地上，跪下去细找，才发现那面墙底下部分是个碑，模模糊糊还能看出碑头上雕出的花纹，碑上的字大多认不清了，但是分明有“红泥”两个字……薛去疾蹲着看不分明，也就跪下，确实，有“红泥”两个字，在顺顺举着的手电筒的光圈里，又认出了“红泥”两个字后面的那个字，应该是个“庵”字。薛去疾非常兴奋。在顺顺的帮助下，他先将碑面清扫擦拭干净，然后取出带来的墨汁宣纸排笔，拓那碑文……正忙乱着，顺顺媳妇回来了，见状大惊。后来顺顺媳妇就将买来的猪头肉用盘子盛好，又有自家存着的炸花生米，先让薛先生和顺顺就着喝现成的二锅头，自己在那边小炕桌上麻利地包上了包子，不一会儿就在屋外棚下蒸出了一大笼豆角粉丝的素包子，热腾腾地端到他们面前，薛去疾一尝，竟非常可口，觉得比吃那天麻爷埋单的鲍翅宴舒服多了！

卷起干了的拓纸，薛去疾亢奋地议论：“不管这个红泥庵跟京剧里的那个虹霓关有没有关系，这个碑都是一大发现！这里地名俗称红泥寺，有道理的！古时候庵寺在俗人嘴里就不分的，庵也可以叫成寺的。可惜还不能看到这碑的那一面，你们隔壁住的谁？那一面也该拓。估计这个功德碑，就是一面记录这庵的营造缘由和过程，另一面镌刻当时捐钱人的名录，捐钱修寺庙就是功德嘛！现在外面那条街的正式名称叫功德南街，也就得到解释了！”议论完又追问隔壁租屋子的是谁？顺顺就告诉他，原来住着个见人总低着头不吭声的人，也不知道干什么营生的，总归都以为是个最老实的人，没想到前些日子忽然开来警车，给铐上手铐逮走了，从隔壁他租的那屋子里，搜出了两麻袋假公章假证件，原来，这附近人行道上、电线杆上，用小喷枪喷出的那些“办证”两个字连着一串手机号码，全是他留下的广告，也就真有人打电话约他见面办证，他做成了假证，再约地方，一手交证，一手收钱，听说从他身上搜出的银行卡上，有十几万呢！现在他租过的那间屋门上还贴着封条，不过房东把关系疏通好了以后，很快也就会重新出租吧，那时候顺顺可以帮忙联系，看能不能进去把碑的那一面也给拓了。

薛去疾听了就感慨：“你们这院子里还真是什么角儿都有啊！邻居们都相处得怎么样啊？”顺顺媳妇就说：“要说好，也真好，谁也不管谁的闲事，真有了难处，求求，九家冰冷，总还有一家是热和的。要说坏，那随时就会闹起来，动刀子，出人命，不稀罕的！”顺顺就举例子，院子最里头，住隔壁的两家，都租的是简易房，墙薄。一家是四川来的，男的是油漆工，跟着包工头搞装修，女的给楼盘里的人家做家政小时工；再一家是东北来的，男的秋天也光膀子，半边身子上刺着个龇牙咧嘴的东北虎，也不知每天出去靠干什么挣钱，他媳妇就在家带孩子，孩子还小，不足岁吧；那四川人就是嗓门大，他家来了亲戚，女人家们高兴，大呼小叫的，你以为是吵架，其实是亲热，那天两家的男人不知为什么都在家歇着，东北来的那家就嫌四川来的那家太吵闹，先是敲墙壁，一点不见收敛，后来那东北汉子就到隔壁门口去嚷，骂的粗话，意思让他们闭嘴，那四川娘儿们，还有她的女亲戚就出屋，一起吵，意思是我们说笑关你什么事？那东北汉子就越发骂的难听，四川汉子就冲出屋，跟他对骂，骂得更难听，其实究竟骂的是个什么鬼，两边也未必都听明白了，总归都辱没了八辈子祖宗，那东北汉子就指着那四川汉子说：“我好男不跟女斗！你小子要再敢骂一声，我就拿刀来砍你！你信不信！”那四川汉子越发骂得欢，还把脖子往前梗着，意思是你有种你拿刀来砍呀！没想到那东北汉子真的回去操来把菜刀，抡起就砍，东北人高大，四川人矮小，那四川人用胳膊一挡，顿时刀就砍上了胳膊，血花四溅，这时候不少邻居出来了，见那血光都惊叫起来，顺顺两口子也出屋看见了……薛去疾听了心口有兔子撞，原来这个院子里凶气不少！忙问：“出人命了吗？后来谁报的警？怎么收的场？”顺顺媳妇就接着报导：四川那家没报警，邻居们也没人报警，他们两口子也没想起要报警，血溅出来以后，那东北汉子把刀撂地上，扇着肩膀就大步走出院子去了，四川那家媳妇跟亲戚就赶忙用平板三轮把他丈夫往医院送，听说把胳膊上的筋都砍断了一根，缝了好多针……后来那东北来的女人带着孩子也离开了，从此再没露过面，一定是搬到远处去了。那四川媳妇后来跟顺顺媳妇说，她那个时候本应该冲到东北那家屋里，把他们那孩子抢过来抱走，那样那东北坏蛋就早晚会给逮起来，可是倒被他男人骂了一顿，说冤仇不能那样越结越深，就是给人家判了刑，几年以后出来，咱们家不更得提心吊胆地过日子？再说那家女人孩子有什么罪过，非拿人家当人质？于是也就算了，没多久他们家也就离开了这个伤心地，另租地方过了，后来顺顺媳妇还在街上遇到过那四川女子，她说她男人如今干活时，那只胳膊都还支撑得下来，可是一到下雨天，那被砍过的筋肉还要隐隐作疼……

薛去疾只觉得信息满溢，而且这些混乱的信息大大减弱了原来心里洋溢的那种“遨游江湖深水区，桃花源里沐清风”的欢愉感，增添了一种今后再来这种空间务必小心谨慎的自戒。

顺顺送薛去疾往院外走。没想到快接近院门时，一个沙哑的声音从旁响起：“不是辛弃疾而是薛去疾，哪阵风把你吹来的？”薛去疾正纳闷，已经被一个从旁边转到他正面的人搂住了。

14

搂住薛去疾的那人，浑身酒气，朝顺顺摆手：“我们老朋友啦！你就把他交给我吧！”顺顺见状，就回自家屋去了。那人就搂着薛去疾往他租的那间屋里去。在移动的过程里，薛去疾认出来，那人是何司令。

何司令当然不是其本名，但那些年里，不仅薛去疾所在的工厂里的人们都熟悉他，就是其他几个大厂的人们，也都知道他。

简而言之，本名何海山的何司令，是“文化大革命”期间，工厂里造反派的司令。运动爆发前，他不过是一个初中毕业后刚进厂半年的学徒工，默默无闻。是那场“大革命”造就了他。开头，厂里两派对峙，一派里党员、干部、出身好的居多，运动初期占据上风；另一派，就是何司令所率的那派，开头司令也不是他，后来两派激烈相争，何海山既率众击败了对方，也将自己这派的“机会主义分子”淘汰，成为叱咤风云、远近闻名的造反派司令，运动中期，称霸一方；后来两派对立发展成武斗，对方那派死了人，何司令这派被追究，他本人被逮捕判刑；到运动后期，两派都不再风光，但是成立“革命委员会”

时，何司令他们那派没人被结合进去，倒是另一派里有好几位，成了副主任或委员。薛去疾运动爆发时是个技术员，开头观望，后来形势容不得逍遥，自己出身不怎么好，投靠党员、干部多的那派，人家不欢迎，就只好参加了何司令这派，随波逐流。那时候何司令听说他“有几笔刷子”，就是能写文章，抄写大字报字体也清爽，就把他招纳到“造反总部”，充当御用笔杆，何司令知道古时候有个词人叫辛弃疾，见到薛去疾总跟他打趣：“不是辛弃疾而是薛去疾，反正没毛病！”但是薛去疾在那个总部，写文章不多，主要是誊抄别人写出的那些“战斗檄文”，他抄出的墨笔字确实清爽好读，因为当年誊抄大字报太多，对写墨笔字生腻，退休以后，同龄人多有以练习书法为乐的，他却绝少再沾笔墨。何司令那派土崩瓦解以后，也曾将他送入“学习班”让他“说清楚”，他很快就被解脱了，因为查出的那些有问题的文章的底稿，均是别人所写，他不过是誊抄，武斗他不但没有参加，有人出来作证，他在何司令跟前是苦谏过的。为他开脱的人说：“咳，他不过是个在何司令身后，等着随时给接那军大衣的！”何司令风光的那些日子里，常在大会上高声演讲，刚上台时，肩膀上必披着件军绿棉大衣，讲到得意处，两个肩膀一抖，军大衣就往后落下，而站在他身后一侧的薛去疾，就会麻利地接好那件军大衣，绝不会让它落到地上。何司令进牢房以后，给何司令接军大衣的镜头，不光是别人提起时薛去疾会脸红，就是夜深人静自己想起，也觉惭愧。但是时光会把许多事情冲淡，以至令别人和自己都几乎忘却。改革、开放以后，薛去疾以发明创造的实绩迈进了新的局面，也一度成为相当中心的准庙堂人物。后来何海山被提前释放，他们也曾照过面，何海山给他笑脸，他还以笑脸，但不再过话。再以后，他就把何海山这位当年的司令忘到南极洲去了。

万没想到那么多年以后，竟在那么个地方，那么个情况下，与何司令邂逅。

何海山将薛去疾强拉进他住的那间屋子。薛去疾望了几眼，就大体上明白了何海山的狼狈处境。想必是工厂解体前，何海山跟许多员工一样，买断工龄，拿了一笔钱，又不再找个营生，经济上越来越困窘，以至沦落到跟那些外来的杂人混住在这么个院子里。

何海山老婆跟他离婚了，一对儿女都随老婆去了。离婚前他们把当年厂里分的居民楼里的小单元卖掉，卖得的钱对半分了。这些年何海山是坐吃山空。他住在这里，却不缴房租，他已经很久不买电，不使用电灯，晚上点蜡，他从来不交水钱，用水却绝不节约，他那越来越缩水的积蓄，除了用来维持最低水平的温饱，就是买最便宜的白酒喝。

何海山把薛去疾拉进他那望去甚至比顺顺家还要简陋的屋子里时，天光已经暗了下来，每天那个时辰何海山还舍不得点蜡，但是因为这天迎来了客人，他提前把破桌上的蜡烛点燃了，那已经流下一滩烛泪的剩蜡上，蜡焰跳动着，薛去疾别的没有看清楚，只发现那边床上，撂着一件既熟悉又陌生的军绿棉大衣。

眼前的这个当过司令的人，年龄比薛去疾小许多，但是已经严重歇顶，额头两旁只剩两片黄白的头发，脸上的皱纹如同蜘蛛网，但是双眼却依然炯炯有神。

何海山让薛去疾在桌边椅子上坐下，薛去疾不坐，何海山也就不坐。

何海山问："你也成了走资派啦？"

薛去疾说："你这是什么话？"

何海山再问："听说你不是当了那什么委员了吗？"

薛去疾说："老皇历了！早给抹了！"

何海山想了想说："唔，可能是吧。走资派是不会到这种地方来的。哪阵风把你吹这儿来的？"

薛去疾说："我给从庙堂里赶出来了。我喜欢江湖。这里是江湖的底层。这里有真金。"

何海山露出了笑容："当年，你能跟我们站到一起，不是偶然的。"

薛去疾本能地辩解："其实很偶然……"又想转换话题："你怎么到这么个地方住？你的生活质量好像也太差了些？"

何海山收拢笑容，非常严肃地说："生活质量？生活还要讲究质量？资本主义那一套！你现在生活质量高？住商品楼吧？吃宴请吧？给媳妇买金首饰吧？把儿子送美国吧？……你当年多多少少还有点子革命理想吧？现在恐怕是成了行尸走肉了！你别那么看着我！我知道如今像我这样的应该是稀有的了，但是我生活得很充实，因为我还一直保持着革命的理想和激情！”说着端起放蜡烛的碗，举着，照向一面墙壁，那上面，贴着三张人像，当中一张是印刷的毛泽东，两边则是手绘的，一边是江青，一边是张春桥。烛光中，那三张肖像显得非常诡异。

薛去疾忍不住问：“王洪文和姚文元呢？”

何海山啐出一口：“叛徒！懦夫！别再跟我提他们！让我恶心！”又高声说：“无产阶级专政下的继续革命，多么伟大的理论啊！江青说的‘文攻武卫’，就是个摧毁‘保皇派’的法宝啊！春桥那篇《论对资产阶级的全面专政》，颠扑不破啊！……”

薛去疾就说：“你怎么还怀念‘文革’？把你送进大牢的，正是‘文革’啊！还多亏改革、开放，才把你减刑释放。你太脱离实际了！”

何海山说：“我这一生，最辉煌的一段，就在‘文革’当中。要不是‘文革’，我那么个学徒工，怎么能成了司令？成了风云人物？你亲眼目睹的！”

薛去疾说：“人在历史里，不能只从自我的角度来观察，来评价。”

何海山说：“自我？你拍拍你的良心，仔仔细细回想一下，那时候，我冲锋陷阵，一不怕苦，二不怕死，有一丝一毫是为自己吗？我都是为了把无产阶级专政下的继续革命进行到底！为了对资产阶级实行全面专政！为了人类最壮丽地实现共产主义的伟大事业！我把国有资产变个戏法就成了自己私人的吗？我一人得道，就鸡犬升天了吗？把儿子送到美国入美国籍了吗？我包二奶、养小三了吗？我在外国银行里存钱了吗？我一顿饭就花他妈的三五万了吗？……可是现在，你看看这个院子里都是些什么景象？那最里头是个‘鸡窝’，你懂吗？就是最没相貌最没身段最没办法的下等妓女呆的地方，打一炮，只收十块钱！你微服私访，访到了吗？……”

薛去疾说：“是有腐败，有贫富差距越拉越大，等等等等的问题，可是，这些问题是不能通过‘文化大革命’那样的办法来解决的！”

何海山恨恨地说：“文化大革命不会只有一次！会有第二次、第三次……直到把还在走的走资派，把所有的牛鬼蛇神，全扫荡干净！”

薛去疾说：“可是，‘文革’的最必须的那个条件，不存在了！就是毛主席，他已经在纪念堂里面永远地休息了！”

“那就一定会有第二个毛主席！”何海山几乎是咆哮了。

薛去疾有些害怕。他赶忙告辞：“天不早了，我要回家了。祝你好运吧！”说着就往屋外逃。

“我不信什么运气！我只信‘人间正道是沧桑’！”当年的司令把这句话从屋里重重地扔到门外他的背上。

15

那真是古怪的一天，那一天显得特别漫长。

薛去疾回到楼盘里自己那个住处，进门就按门厅灯的开关，灯不亮，去按别的开关，都不亮，见鬼！忙用手机给物业打电话，物业说马上派电工过来给他解决问题。

电工小潘来了。给换了保险丝，所有的灯全可以亮了。灯光下，他看那小潘额头上汗津津的，就找出湿纸巾递过去，那小伙子好像还没使用过湿纸巾，没接，他就拿湿纸巾给小潘拭去额头上的汗。小潘的个头，跟他差不多，体格很健壮，因为站得近，他发现小潘的一个门牙，有点颜色不对头，随便问怎么回事？小潘说，是用那牙开啤酒瓶的时候，把那颗牙的釉面整个儿给别下来了。他就说：“应该修补一下。其实你很英俊的，这牙让你略微地破了相，很遗憾。”他去拿了瓶果粒橙来，请小潘喝，小潘先是推让，后来接过，仰脖喝。

薛去疾问小潘：“我出门的时候，一切正常，怎么回来一按这开关，就出问题了呢？”

小潘就说：“估计你这门厅灯的开关有了毛病，我给检查一下吧。”就去撬开那开关盒，给他检查，最后的结论是，虽然刚才开的时候能亮灯，其实里头有问题，搞不好还会形成短路，再影响到全局，应该换一个新的开关盒。小潘当时带来的工具袋里没有现成合适的那种开关盒，就回物业办公室那边给取一个来。

以前小潘，也上门服务过，给他换过顶灯的灯泡，但是印象比较一般，这回他觉得小潘服务态度真好，小潘给换开关盒的时候，他就在一旁跟小潘聊天，换完以后，又请小潘坐，再给他一瓶果粒橙，继续聊了一阵。原来这小潘是河北张家口那边的人，如今在这楼盘打工，住在物业安排的地下室宿舍里，媳妇接来了，已经有两个女儿，最近媳妇却又怀上了孕，打算再生一个，但愿是个男娃。

薛去疾就说："呀，你们怎么连续超生呀！不罚你们款呀！你交得起那么多钱呀？"

小潘梗着脖子说："罚我款？他们罚不着！"原来他们那边计划生育是管得很严的，头一胎以后，就给媳妇做了输卵管结扎，却偏又有第二次受孕，第二个闺女生下来以后，逼他做了输精管结扎，难道他们结扎了就不过夫妻生活了吗？不是他们非要超生第三胎，是管计划生育的找的是瞎糊弄的医生嘛，你们结扎不灵，能怪我们吗？小潘说他和媳妇在理，已经反映到上一级去，他们这个儿子是非生下来不可！

薛去疾问他："就算不缴罚款，你挣的这点钱，养活那么多人，不吃力吗？"

小潘就说："所以我得挣更多的钱呀！今天我值夜班，所以过来了。我不值班的时候，就接装修的电工活，上个月是在那边商厦里，我包了一层，挣得还行。可是这样的活儿也不是常有。您能不能帮我找点外活？"

薛去疾就说："如果碰巧有线索了，我会给你打电话。"

小潘很高兴："您真是好人！跟您说吧，我什么活儿都接，不是非得电工的活儿。前天我就挣了搬死人的钱……"

"搬死人？"薛去疾非常吃惊。

"可不是。就在咱们楼盘，那边 C9 楼 1506 单元，那娘儿们都死好几个钟头了，血从门缝流出来，才有业主跟物业联系，派出所的人来了，才开的门锁……按说拍完照片录完像，公安局的人就该把那尸体抬走，可是那死人家的，也不知是她妈还是她姑，哭哭啼啼赶过来，另叫了急救车，非要把那死人往医院送，公安局的人就说往急救车上搬，他们不管，那哭哭啼啼的老太太，就说谁把那娘儿们抱上急救车给谁 300 块钱，谁愿意挣那个钱啊？偏我一旁听见了，我就把那钱挣了……"

薛去疾听了，忙问："那女的究竟是怎么死的？是自杀吗？"

小潘说："这两天听物业经理说，公安部门初步判断，是他杀。"

薛去疾毛骨悚然："他杀？怎么杀到这楼盘来了？"

小潘说："所以大家要门户更加谨慎。我们物业也没高招儿。杀人犯进楼盘来，他脑门上也没写字，谁能拦住他？保安也不能乱盘问人是不？"

小潘走了以后，一个人在空落落的单元里，薛去疾把所有的灯全燃亮，踱来踱去。回想起这天下午直到刚才所目睹耳闻的种种，心乱，气闷，空前地失却了安全感。

他想起了庞奇。庞奇曾经跟他说过，如果遇到什么安全方面的问题，可以给他打电话，不管多晚，只要麻爷没安排他什么事情，能抽开身，他都可以赶过来为薛先生效劳。

薛去疾就给庞奇手机打过去，马上就接了，他刚说了句："我需要你帮助……"庞奇就回应道："我半小时以内到您那儿。"

16

迎进庞奇以后，薛去疾渐渐心安。庞奇浑身洋溢着阳刚之气，光那气场，就足以驱走企图侵入的凶险邪气。

薛去疾没有细说那天午后到晚上的种种见闻，只强调 C9 楼有凶杀案的事，说这阵心里不踏实，请他来，是为了说说话，壮壮胆。

庞奇就说帮他查看一下各处窗户，以及窗外空调室外机的位置，有没有让坏人容易攀上来的漏洞，最后说，其他各处问题不大，只是卧室外头的空调室外机离窗户太近，他这又只是四楼，如果有坏人起了坏心，是可以从一楼顺着各层的空调室外机攀上来的，提醒他出门时和晚上睡觉前，一定要把那扇窗子关严划好保险扣，更建议他至少把那扇窗改造成双层，既增加保险系数，又可隔音。

薛去疾更加感谢庞奇。

庞奇看到那书房两面墙的书架上，满满腾腾全是书，叹口气说："可惜呀，我有工夫的时候不懂得要多读书，现在想读书了，又完全没有了工夫！”

薛去疾就请庞奇再到厅里坐，沏上一壶铁观音，两人对坐在沙发上聊天。

薛去疾有一搭没一搭地问，庞奇有问必答，但庞奇并不向薛去疾提问。其实薛去疾也并不是非要知道些什么，只是在那个夜晚，尽情享受一位孔武有力的保护神在自己身边的超级安全感。

事后回忆起来，薛去疾凡问及麻爷的情况，庞奇都极简单地回答，有的回答等于没有回答，这说明作为麻爷跟前第一人，庞奇很有职业道德。归纳起来，大概的情况是，凡重要的场合庞奇必随麻爷，凡麻爷交他去办的必是重要的事情，但是麻爷身边的人很多，许多场合许多事情也不必都是庞奇亲历亲办，他会支使另外的保镖司机去办，他相当于一个安保部的主任吧。

庞奇讲得多的，还是关于他自己的事情。他老家在南方的贫困山区。他父亲在当年修水库的时候砸坏了腰，多少年来就扛着越来越严重的腰病干农活养家。他母亲前年病故了，他没能赶回去见最后一面，回去奔丧的时候，父亲告诉他，母亲临闭眼以前，说的那句话是："奇儿啥时候娶上媳妇啊！”他哥哥、弟弟都是在本地娶上了媳妇生下了后代，哥哥后来全家迁往打工的城市，跟父母渐渐淡了联系，弟弟在本村盖起了两层楼，就近照顾父母，但给不了父母什么钱，独有他，每年几次汇钱给父母，数量都很可观，虽然春节都得跟着麻爷，回家探亲赶不上节期，但是他回家给父母带去的一大堆东西，总会引起邻里的羡慕。母亲去世的前一年，那时候已经查出了癌症，他回家探望，一进屋，就见有个妇女在床边伺候他妈，开头以为是嫂子或弟妹，后来那妇女抬起头来，羞怯地望了他一眼，才发现是个生人……他父母，特别是他母亲，是希望他娶那女子为妻，就是他们邻村的人，又要推托，又不能得罪父母，他好难……

庞奇的拳术，是跟他叔叔学的，叔叔后来到县城里开武馆，发了点小财，就要庞奇在他那武馆当教练，庞奇没干足一个月，就跑到这大都会来了，开始，怎么也找不到挣钱多的工作，后来，一个偶然的机会，到金豹歌厅做夜场，再后来，就成了麻爷身边的人，工资不老少，跟着吃香喝辣，什么鱼翅、鲍鱼、燕窝、龙虾、发菜、松茸……好东西吃遍了，当然，他不能像麻爷那样，由着性子吃，弄出脂肪肝来，他总是适可而止，而且注意保证蔬菜和水果的摄入量，还每天练功至少一小时，保持充足的爆发力;酒嘛，茅台、五粮液、剑南春……那些个高档白酒，人头马XO、红标黑标威士忌、拉菲红葡萄酒、正牌香槟……那些个高档洋酒，也都尝遍，当然，因为要开车，他饮酒总是在收车以后，而且要保证第二天下午酒气散尽再摸方向盘;住嘛，他还没有买房，也没有租房，麻爷就让他住在麻爷旗下的一家酒店里，长包一个标准间，里头什么都是现成的，如果在酒店里用餐，签单就是了，自己完全不用掏钱……

乍听起来，庞奇的生活似乎挺美，但是，他跟薛先生坦言，他就好比虽然开着辆豪车，听着美妙的歌曲，在高速路上畅快地往前，但是，他的目标在哪里？哪里是他的终点？哪里是他自己的家？家里有哪些自己的人？

去年回家看望父亲，父亲铁青着一张脸，跟他说姿霞嫁人了，他问："谁是姿霞？"父亲甩了他一巴掌，他就明白了父亲说的是谁，母亲因为他拒绝了那姿霞恨恨而去。父亲从此不肯跟他多说话。他心知对不起父亲，可是，他的心事如何跟父亲言说？父亲怕是永远不能理解他了。

薛去疾问了句："那你就永远当光棍吗？"庞奇笑了："光棍？只有那总摸不着女人的男人，才叫光棍。我的'棍'早就不光了。是那歌厅的糖姐给我的'棍'破的戒。可是她对我，恐怕是只有性欲，没有爱情。她喜欢我的胸毛。也是怪了去的。原来我还以为那是我身体的缺陷哩。也不止她一个女子喜欢胸毛，也是那歌厅的，叫什么薇阿，也来招惹过我，我把她约到酒店我那包房，她一进屋，我就跟撕开桶水外头那层塑料包装似的，唰地把她剥个精光，她就高兴地跳起来用两条腿勾紧我的身子，我就搂住她不停地抽……咳，太黄了，是不是？可我看见您书柜里有《金瓶梅》，咱比那西门庆，花样怕是少多了啊！……"

庞奇见薛先生很好奇的样子，就接着讲："其实我要找个小姐结婚，太容易了。可我能把那样的女子娶成媳妇吗？而且有的小姐，说起来滑稽，有个花名叫瑞瑞的，她见不得男人胸毛，有个去玩的台湾客人叶先生，胖乎乎的，她不嫌他胖，可是那人有胸毛，一露出胸毛，她就尖叫，就晕死过去，真的休克了，那叶先生也就哇哇大叫，说是歌厅陷害他，糖姐那时快当妈咪了，就招呼我去收拾残局，我说我不能去，等那瑞瑞醒过来，一眼再看见我的胸毛，再尖叫，那就死定了！后来还是薇阿过去，又救起了瑞瑞，又安抚了叶先生……歌厅是流水的小姐铁打的妈咪，那些小姐露一阵脸就又消失了，有的跳槽到更高档的歌厅夜总会了，有的从良嫁老百姓了，有个别的攀上了大款官员，成二奶小三给包起来了，有的，因为姿色本来就差，岁数不好瞒了，混不出来，就去站街，甚至租个小旮旯贱卖了！后来麻爷让糖姐当了妈咪，不过薇阿一直盯着妈咪那个座儿，如今也拿些事儿，不知道糖姐今后怎么样，是嫁人，还是另立门户？薇阿的心事我知道，她一直联系着那个叶先生，说不定哪天，她会从台北打电话给我，说在 101 大楼顶层咖啡厅喝正宗蓝山咖啡哩！……薛先生，我说太多了吧？实在话，跟着麻爷，我总没个人能坐我对面，听我说话，让我说个够啊！”

薛去疾就说：“你就跟我说个够！”

庞奇便接着说：“我的心事，没跟别人露过。您看得起我，我把您当我伯父，愿意跟您说。我想留在这个大都市里，最后有自己的生意，娶个有城市户口的干净女子做老婆。可是我学历太低，只是初中毕业。一年年过去，我这保镖行，也是吃青春饭，麻爷再器重我，最后也只能还是淘汰掉，只希望他能把他旗下的一个小买卖，赏给我，起码让我控股，独立运行。这两年，麻爷新招的，就是一般的保安、司机，都只要部队里下来的，这不，来了个雷二锋，他爹真会取名字，第二个雷锋，能拒之门外吗？这小子是跟我试过拳脚的所有人里，唯一我略微感觉有点吃力的一个。他们部队里来的多了，互相称战友，而且都会使枪，聊起新起的歌星影视明星，能说到一块儿，又都能去网吧上网，什么 QQ 聊天，用起手机，一天发好些个短信，他们就跟连成片的水一样，让我成个岛了。我就想，第一步，我得跟麻爷争取到更多的私人时间，比如像今晚，能坐在您这么个伯伯面前，这么畅所欲言，多好！也许，通过您，我就能有机会认识到小姐妈咪以外的干净女子，有机会看到听到跟麻爷他们那个世界不一般的人和事。薛先生，以后我就叫您一声伯，好吗？”

薛去疾难以拒绝：“我既然比你父亲岁数大，你叫我伯当然合适。”

庞奇先站起来，先抱拳，再腾地跪在薛去疾面前，磕了三个头，仰起头望着薛去疾，睁着浓眉下的大眼睛，几乎是喊：“伯！收下奇哥儿吧！”

薛去急忙把他扶起。从那晚起，薛去疾跟庞奇的关系就发生了质变，除非当着某些人不便，他们交往时，薛去疾就叫庞奇奇哥儿，庞奇就只一个字唤他：“伯！”

17

算起来，奇哥儿和伯，一个月里顶多见面一次。但每次质量都很高。

都是在晚上。多半是奇哥儿把赌桌上赢了钱或喝得醉醺醺的麻爷送回到住处以后，给伯打来电话：“伯，我能去您那儿吗？”伯高兴地回应：“你知道我是夜猫子。来吧来吧。”

奇哥儿到达之前，伯会准备好茶水和开心果蔓越莓干等零食，偶尔奇哥儿进来后会笑说：“今天能陪伯小酌，二锋开车送我来的，他也还愿意接我，说不管有多晚。”伯就会拿出好酒，再增添些熟食酸黄瓜什么的，无论是品茶还是饮酒，爷俩都会进入到乐陶陶的最佳状态。

他们会先漫无边际地闲扯一阵，后来，渐渐的，就不仅是形而下的谈论，而能升华到形而上的高度。

发现奇哥儿简直没有读过什么中外文学名著，就是知道点，也大都是从据之改编的影视里获得的极不准确的印象。有一晚伯就给奇哥儿讲起了法国文豪雨果的《悲惨世界》，虽然伯书房书架上就有全套《悲惨世界》的译本，奇哥儿哪有工夫借去阅读原著，于是伯就跟他说书，讲得有板有眼，悬念抓人，高潮迭起，奇哥儿是强阳性生物，俗话说“男儿有泪不轻弹”，他干脆是“猛男无泪”，他对书里穷人遭罪的同情，咬牙捏拳，对书里主角冉阿让的崇敬，击掌抱拳,他的感动,从眼睛的反应来说,没有泪光,只是喷火。伯分几次才把《悲惨世界》的故事大体上讲完。讲述中爷俩就有所议论，讲完以后更几乎用了一整夜来讨论。

对奇哥儿来说，伯跟他讲述讨论《悲惨世界》，不啻是一次精神启蒙与心灵沐浴。伯就跟他讲到平等、公正、尊严、自由、正义、人道……一直分析到谅解与宽恕，但是，虽然伯自己有基督教倾向，毕竟还没有真正成为教徒，就没有再往宗教上引导。奇哥儿渐渐地在精神上对伯有了依赖性。离开伯那里以后，按说多半是东边现出淡红天光了，他应该回到酒店呼呼大睡，以便下午好伺候午后才起床的麻爷，却精神亢奋，怎么也睡不着，他有非常好的习惯，就是不抽烟，于是他会为自己冲一杯速溶咖啡，再提神，好反刍从伯那里获得的精神食粮。虽然他几乎没有睡什么觉，那个下午在麻爷跟前却依然精神抖擞，一点不露马脚。他需要利用接下来几天忙碌中的空档抽工夫将缺失的睡眠补足。

有一天上午他正在酒店标准间里呼呼大睡，忽然感觉到身上仿佛有蛇爬过，他警觉地弹跳起来，才发现是一个赤裸的女人趴在他身边，刚才是用手指抚摸欣赏他的胸毛。看清了，那个女人是薇阿。他二话不说就揍那薇阿，薇阿发出快活的叫声。薇阿花了一千块，买通酒店前台的人，获得了能刷开他这间房的房卡。后来他就以狂暴的肢体动作糟蹋薇阿，薇阿更是快活得吱哇乱叫。把薇阿轰走以后，他接着呼呼大睡。中午起床淋浴的时候，他才充分意识到薇阿这个行为的危险性。但是分析起来，薇阿实在是出于爱他，薇阿会通过这种办法让人来杀他吗？可能性几乎等于零。他查出了那受贿违规的大胆前台，也不用报告麻爷，让酒店经理以别的理由将她炒了鱿鱼，自己换到另层另房去住，也给薇阿打去警告电话，薇阿用哆哆嗦嗦的声音服软告饶，他知道她再不敢了。何况他是通晓法国大文豪雨果《悲惨世界》故事的人了，按伯的教诲，也是《悲惨世界》的主题之一，他应该以大悲悯的情怀来对待无权无势只不过是想跟他肌肤相亲的那么个痴狂的女子。

每次跟伯分别以后，奇哥儿就盼能再去伯那里。但麻爷是事情越来越多，也越来越难伺候了。奇哥儿会在别人听不到的时候和地方，给伯打去电话问候，倘若伯那边座机无人接，手机又关机，他就会为伯担心，直到终于通话，才安下心来，但伯听了电话，知道他只不过是想念、问候，一时也还到不了他那里，就会怅然若失。

18

那天在楼盘大门口，薛去疾和夏家骏巧遇。

夏家骏乘坐的奥迪 A6 被保安拦住了，司机替夏家骏说明是到 A 区某楼，保安要求登记，坐在后座的夏家骏火了：你这不过是个商品楼盘，又不是那上谱的高干楼，啰嗦什么！但那保安还是不放行，夏家骏就跳下车，命令保安用对讲机把物业经理叫过来……正争执着，偏薛去疾走过来，他是要出楼盘去买点东西。薛去疾本不想招呼夏家骏，夏家骏却迎上去，也不称呼薛去疾，而是愤愤地说："你们这个楼盘的物业经理是谁？没看见这是公务车吗？耽搁了公务他能负责吗？你帮我说说这些个保安！哪儿招来这么群土鳖虫儿！"薛去疾就对他说："你怎么这么大气性？这些外地来的小伙子们也挺不容易的！原来门禁也没这么严格，前些天不是出了凶杀案吗？物业也是为了我们业主的安全！"其实所谓登记也很简单，无非是所访楼号、房号、车牌号及要求留下个手机号码，有个保安就主动给他们往登记单上填了，问手机号码，夏家骏听见，喊一声："隐私！你们不配知道！"保安见他实在不好惹，只好算了。夏家骏回到车里前，才对薛去疾露出个笑容，算是友好招呼，又说："国民素质亟待提高！他们一点眼力见没有！难为你住在使用这种劣质保安的楼盘里！你最近还好吧？"薛去疾心中不平，"国民素质亟待提高"，说谁呢？你这"国民"是怎样的"素质"？！不理他，管自走出大门，夏家骏坐进车里，对司机说："是个以前的熟人，他大概是住在次一点的 B 区或者 C 区，咱们去的是 A 区。"

那楼盘 A 区住的是名副其实的富人。另有雕花铁栅栏围绕，也另有保安门卫，保安问明到几号找谁，直接用视频对讲器与几号里的业主沟通，业主命令："请他们进来。"保安就放行。A 区里的花木档次也比别的区高，春有樱花，夏有牡丹，秋有金桂，冬有蜡梅，更有四季常青的翠竹。那时正当盛夏，门里的喷泉吐珠溅玉，夏家骏就感叹到底是高档商品楼盘胜过部长楼，怪不得有些享受到部级待遇的人，还要另购商品楼特别是郊区的别墅倒换着住。

夏家骏这天是去拜访一位级别并不高的人士，说起来不过是区里的一位城管头儿，撑死了往高算是个副处级罢了，但是，人家却能住在这样的一梯两户的大户型高档公寓里。夏家骏造访的由头，是从晚报上看到条报导，说这个区的城管创造了一种"鞠躬执法"，就是对违规的摊档，不是呵斥更不是粗暴动手，而是深度鞠躬，劝其撤离。后来又打听到，是住在这里的那个头儿，到日本旅游，见日本人动辄九十度深鞠躬，甚至街上两位交警换班，也如此毕恭毕敬，于是深受启发，回来就创造了这种“和式鞠躬”的文明执法方式，效果不错，主动联系到晚报，也就做了报导，但发稿时，审稿的头儿把“和式鞠躬”改成了“深度鞠躬”，也删去了头儿在日本受到启发的内容。头儿看了晚报报导很不以为然。

夏家骏是以报告文学起家的。报告文学一度极火，而且时兴题目里带“大”字的长篇报告文学，大地震呀，大迁移呀，大转型呀，大崛起呀……夏家骏也曾以一篇大 ×× 红极一时，得登龙门，奠定了如今庙堂一隅的地位。他深知，能获得这庙堂一隅的座席，大不易，应知足，成为部长级人物，无可能，不妄想，但是，争取正式的副部级，是他日思夜想的人生目标，副部级哟……

夏家骏要实现全面的副部级，不能吃老本，必须立新功。但是这几年报告文学身价大跌，也很难找到可报告的人与事，即使自己觉得是挺不错的选题，去联络采访对象，往往是碰钉子，不是硬钉子就是软钉子，改革开放初期，那些创业的人士，第一家领到私营餐馆执照的老板呀，第一个自主创业的制造商呀，第一块街头商业广告的竖立者呀，第一批淘到满桶金的股民呀，第一批通过“走穴”将自己的名气转化为金钱的演员呀……都不难联系到，也大都巴不得你去采访，写成报告文学配上照片发表，但是，现在越是发财的人士，越要隐姓埋名，比如那位麻爷，至今夏家骏也还没打听到其作为法人的姓名，你愿意给他写一整本书树碑立传，人家却连正眼也不白你一下，是既厌恶报告，更鄙夷文学，再比如这个楼盘 A 区的富人，他们轻易不会透露自己的身份，据说其中以外地小官僚和煤老板房产最多，当然住在里面的却并不一定是其本人或元配，他们轻易不会约人到自己住的地方来，夏家骏能被邀请，他很得意，觉得这也证明着他的身价非同一般。当然，他知道，邀请他来的那位区城管头儿，当然是在另外的区管事，很少有傻到在哪个区拿权只在哪个区筑窝的官员。

19

这是个公休日，夏家骏调动司机比较费劲，但他绝不愿意打的来。那城管头儿能约他到家里去，可见知道他的分量。

按响了门铃，开门的是保姆，被放进去，换了地毯鞋，迎上来的，却并非那位城管头儿，而是一位保养得猜不出年龄的美貌女士，她是元配还是二奶啊？颇难判定。那女士带路，穿过豪华的客厅，出得落地大玻璃门，来到宽阔的平台，请他落座在遮阳伞下的休闲椅上，平台上的游泳池，竟被改成了一个种植着睡莲的水域，紫红的睡莲被碧绿的圆叶陪衬得格外妖娆。保姆端来全套英式下午茶，放在遮阳伞下的休闲桌上，那女士在夏家骏对面坐下，看那表情，不是男主人要接待他，而是这位女士要跟他说话。

果然。那女士告诉夏家骏，老王打高尔夫去了。老王并不需要什么报告文学，他那“鞠躬执法”的创意有报纸报导就够了。之所以还以他的名义约夏教授来，是因为有件事，希望夏教授帮忙。

夏家骏喜欢别人唤他夏教授。但是那老王如此拿他开涮，实在出乎他的意料。他可是有身份的人啊！不过，也还好奇，不接受采访，有事相求，那是桩什么事体呢？

“也不算什么大事。”那女士打个手势请夏家骏喝细瓷杯里斟好的大吉岭红茶，把方糖罐和小小的牛奶杯朝他那边挪了挪，慢条斯理地说了起来。夏家骏听着，先是觉得匪夷所思，接着就非常生气。

原来，王家千金就要移民某西方国家，老王和这位女士，已经为千金在那边唐人街买下了一个超市，办的是投资移民手续，在移民资格审核当中，王家千金，那女士称她丽丽（或者莉莉、俐俐，总之是那么个发音），填表时，学历填了个硕士，其实她只是个学士，并非硕士，但是既然那么填了，就必须提供硕士学位证书，这不就给自己添麻烦了吗？代理办理移民手续的机构说，交过去的表格，无法更改。西方最讲究诚实，其实你就是学士也无所谓，投资移民嘛，但是虚荣心作怪，填了硕士，那就必须提供硕士证书，而且必须是真实的证书，那么怎么办呢？丽丽现在就紧急准备硕士论文……

夏家骏插进去问：“咱们这边的硕士学位，也是有一整套审核程序的啊，能轻易取得正式的证书吗？”

那女士，应该是丽丽的生母，就说：“当然，也不能完全请枪手。丽丽自己还是努力的，她已经整出了个草稿。现在，就希望您，夏教授，帮她顺一遍。”

夏家骏觉得受到了侮辱，他们把自己当成什么了？他毕竟是得过奖的作家，是政协委员，是享受国务院特殊津贴的专家，怎么能为这么个毛丫头去“顺一顺”什么狗屁不通的硕士论文？这不就是让自己当那丽丽的枪手吗？他差点被一口茶呛住，咳嗽起来，好不容易恢复正常，用抽纸揩嘴，以愠怒的眼光朝丽丽她妈望去。

那女士却以为夏家骏是在考虑条件，于是说了句：“钱不是问题。”

“钱不是问题”这五个字，这几年夏家骏听得多了，比如在麻爷埋单的那次宴请中，人们谈生意，其中就出现了这五个字。如今世界经济低迷，风景这边独好，中国的官员、商人，口中多会呐出这五个字来。没想到现在对面的这位女士，为她的丽丽能顺利移民，也以这五个字为誓。

夏家骏当时心中充溢着饱满的正气。他再环顾四周，不过是个城管的头儿，怎么就积累出如此的财富？过上如此的生活？已经为女儿购下国外一个超市！能有如此的手笔！腐败啊！写什么“鞠躬执法”的报告文学，干脆改写“某城管老爷的财富探秘”罢了！

夏家骏就说：“这不是钱的问题。这里头有个原则。难道那充当他导师的人，就能让她这样的论文通过吗？上头还有校学术委员会吧？”

丽丽母亲又说出五个字：“那我们有人。”

这五个字也并不陌生。“钱不是问题”加“那我们有人”，原是拴在一起的。这实际上也是当下中国人从上到下把事情办成的绝对法宝。以前听到这十个字从未觉得刺耳，这次却不仅觉得刺耳，而且锥心。

“你们既然又有钱又有人，那直接取证书不齐了吗？把我诳来算怎么回事儿？”

夏家骏站了起来，表示告退。

忽然玻璃门里边发出一种似乎是惊喜的声音，接着那丽丽冲了出来，她脸上还敷着面膜，无法弄清其“庐山真貌”。她跳到夏家骏跟前，抓过他的手就喊：“哎呀！太好啦！我是您的粉丝啊！快给我签个名！”接着转身跑回去，又飞快跑回来，拿着一本前几个月出的杂志，上面有夏家骏的一个篇幅很长的报告文学《中国大超市》，请他在那题目下签名。

夏家骏勉强地签了名，丽丽看出他不高兴，就又过去搂着她妈妈的肩膀摇：

"姆妈，你干吗为难人家夏教授啊？"又转身对夏家骏娇嗔："夏教授，为什么不多坐会儿呢？我还有好多问题要请教您哩！"又活泼地甩手，"别走，等等我！"飞快地跑开，又飞快地返回，这次揭去了面膜，用化妆棉清理着颜面，在那休闲桌旁的空椅子上坐下，对夏家骏甜笑："现在，您是我的客人啦！"

那丽丽果然美丽，夏家骏望着她，不由得化怒为喜。

丽丽跟夏家骏聊了起来。原来她确实在修工商管理硕士，论文题目是《超市管理中的盲点及清除方略》。如果她这篇论文确实通过，令她获得硕士学位，那么，她去成为在那边投资超市的移民老板，移民局加快接纳她的可能性无疑将大大增加。人家已经写成了一个文本，请夏教授做的事，无非是顺一顺、润润色，更何况人家也是冲着他那篇《中国大超市》的报告文学才恭请他帮忙的，丽丽称，她的论文后面有 86 个注脚，其中 13 个引用了他的大作。这么说，所面对的人和事，也还不是那么离谱，而且，他想起了丽丽妈妈所说的那五个字"钱不是问题"，他被某些评奖班子邀去当评委，动辄会拿个三五千的红包，那么，给眼前这位千金移民助一臂之力，怎么也该拿个三五万吧？

丽丽母亲看出夏家骏脸色的变化，就招呼保姆："李嫂，换壶热的茶来！把提拉米苏端过来！"

20

在打卤面街，薛去疾遇到了推着平板三轮卖水果的顺顺，两人互相亲热地打招呼。顺顺要白送薛去疾上好的苹果。哪能白要！薛去疾硬要他过秤，报出价钱，顺顺不要零头，薛去疾坚持全款，说："你小本生意，哪里经得起白拿去零的！什么时候你在这街上开家打卤面馆，而且叫虹霓寺打卤面馆，借地名发力，肯定大赚！那时候我进去白吃你面，你也痛快，我也痛快！"顺顺就叹口气说："那铺面得多贵的租金！开不起啊！我的想法，能摆个大的水果摊，就不错了！"薛去疾就想起，另一条街，一个楼盘门外，就常年有个水果摊，偶尔他也在那里买回些水果，于是说："那边街，楼盘门口，不就摆了个大摊吗？要不，你在我们楼盘门口，也摆个摊，怎么样？"顺顺说："人家那是有铁人，咱们没有啊！你要是个铁人就好了，我就在你们楼盘门口摆大摊了，谁动得了我啊？”薛去疾听不懂，什么叫“铁人”？顺顺的发音，是“贴茬”，就更一头雾水。

顺顺解释，薛去疾终于弄明白，“铁人”，就是有权有势别人轻易推不倒的人物。比如那边街那个楼盘门口的果摊，听说后台就是一个“铁人”，城管找果摊麻烦，卖果子的立刻打通手机，让城管听，那边传出的，竟是一位上级的声音，让本来气势汹汹的执法人员立刻偃旗息鼓，以后就再也不会去管那果摊了。当然，果摊一定会给“铁人”进贡，究竟进多少，外人就难知道了。

薛去疾心想：所谓“铁人”，不就是腐败分子吗？“找铁人”，不就是去跟腐败分子勾结吗？他跟顺顺的交往中，对腐败分子的愤恨，不是主要的共同语言吗？但是，他还没来得及说什么，就听顺顺跟他说：“薛先生，咱们是好朋友了嘛，您自己不‘铁’，可是一定认识几个‘铁人’，您给我联系联系，找到个‘铁人’，让我也能在人行道上划出一大块摆个不用交房租的大果摊，多好呀！您跟那‘铁人’说，我顺顺是最忠诚的，孝敬他只会越来越多！您那时候吃果子不也更方便了？我进的品种会最齐全！”

薛去疾见顺顺满脸热切期盼的表情，心里有些难过。怎么连顺顺这样最底层的人，本来是最恨贪腐的，一旦算计到自身的利益，所向往的路子，也还是找个“铁人”来保护自己的非法经营？他不知该如何应答，含混地说了句“我该回去了”，便转身走了，后面顺顺喊：“您忘拿果子啦！”追几步把一兜水果塞给他。

薛去疾往家走，心里又想，本来顺顺这样推着平板三轮卖蔬果，也是法外生存，我买他的蔬果，也是助长法外活动，现在他道出心声，希望能在“铁人”庇护下，把水果生意做大，也不过是从法外五十步，迈向法外一百步罢了，又有多少可责难的呢？就是那些庇护这些商贩的“铁人”，比起更大的贪腐分子，不也算不上什么角儿吗？痛恨贪腐，反贪腐，先要打老虎，但老虎还在那里若无其事，顺顺，甚至包括自己，不也只好是先混沌地过着吗？倘若对自己也较起真来，那么，购买无照摊贩顺顺的蔬果，不也等于帮他逃税，不也是一只苍蝇？哎，这世道，要想绝对纯净，难！

21

那以后好多天，薛去疾没有再在街上遇见顺顺，想来顺顺那些天是推着平板三轮到别处卖水果去了，也就没有多想。

但是，有个晚上，奇哥儿来了，他也很多天没有见到奇哥儿了，奇哥儿说：“伯，真想你啊！”他就跟着说：“我也想你啊！”爷俩就热络地聊起来。

伯问奇哥儿：“怎么这么多天，你不来也罢，电话怎么也不打一个？发个手机短信问个好，你以前惯熟的，怎么这阵子音信全无？”奇哥儿就告诉他：“是跟麻爷去了趟澳门。你知道麻爷是立了规矩的，去了外地，我没他的允许，是不能随便打手机发短信的。”伯就知道，奇哥儿能透露是跟麻爷去了澳门，已经很不简单，等于是对不起麻爷，而把他视为了高于麻爷的生命存在。当然不能问他们去那里做什么，想来无非是进赌场吧，也许还有什么生意上的事情，不能问，自己也没兴趣知道，于是只淡淡地问：“澳门那边气候怎么样啊？有什么特别的见闻？”奇哥儿就说：“热多了。还不是老样子，能有什么新鲜的？不过，对了，你怕想不到，我看见顺顺了。”伯笑：“那边有人长得像方忠顺？”奇哥儿说：“不是长得像。就是他本人。”伯摇头：“怎会呢？你怎么会看花了眼？”奇哥儿说：“我眼从来不花。我要没有过眼记准，再见必认的眼力，麻爷也不会用我。”伯就诧异：“怎么会呢？”奇哥儿说：“就是顺顺。不光是他，还有他媳妇。”伯越发惊奇了：“不会吧？……”奇哥儿说：“我看见了他们，没让他们看到我。千真万确是他们两口子，还有另外几个人，他们在一起。他们可能是参加个旅游团，港澳几日游吧。”后来奇哥儿又聊起别的，伯的思绪却好一阵萦绕在这件事上，虽然是如今中国大陆居民出境旅游的越来越多，像他们楼盘里的业主，常常是飞这里飞那里，还有乘游轮旅游的，但毕竟是富裕人士，起码是中产阶级，像顺顺那样的无照游商，顺顺媳妇那样的扫街女工，还是离出境游很遥远的社会族群的成员，这究竟是怎么回事呢？

奇哥儿说起他在高尔夫球场的艳遇，说是这回可能真能实现他的梦想，内容太刺激了，这才让伯暂时搁下对顺顺夫妇居然出现在澳门的悬疑，集中精神听奇哥儿讲述，又帮奇哥儿预测好事能否兑现的前景……

就在奇哥儿那次拜望以后，没多少天，顺顺就不再推着平板三轮卖蔬果了，他居然大摇大摆占用了打卤面街街角的一大片人行道，设了个水果大棚，做起了红火的生意。不少人啧有烦言："怎么能占用这地方呢？城管也不来管管？"有人就去向城管反映，这个区的城管部门回答说："是那个区的管辖区。"那个城管部门的回答，一模一样。也有个别人往市里反映，石沉大海。薛去疾去那水果摊，顺顺脸上笑成一朵花，抓几个山竹要送给他。薛去疾就问："顺顺，你找着'铁人'啦？"顺顺就说："薛叔！我这下可真是顺顺溜溜啦！"以前跟顺顺聊天，知道顺顺那过世的父亲早薛去疾几年出生，顺顺唤他叔，跟奇哥儿唤他伯一样，顺理成章，薛叔听了顺顺的回答，就知道他真是有了"铁人"撑腰了。就又问他："你这下本钱大啦，是在澳门赌场赢了一大把吧？"顺顺就脸红了："瞧您说的！我这辈子还不知道赌场是个什么模样哩！"薛叔就不再深究。后来看顺顺那生意越来越兴旺，就心想，顺顺毕竟还属于农民的范畴，他这生意虽是在"铁人"卵翼下违规，只算小恶，绝非大恶，又交往过几年，算是老朋友了，跟社会大腐败划清界限有必要，跟顺顺较真就未免矫情了吧？

薛叔始终不清楚顺顺两口子去澳门是怎么回事。后来他也没再跟顺顺提过澳门。顺顺跟他说"我这辈子还不知道赌场是个什么模样"，那可是句真话。

22

事情的缘由，是有一天顺顺媳妇正在扫马路，忽然有个骑电动车的男子在她身边把车停下，她抬眼一看，那人在对他微笑，她认出来，那个斯斯文文的男子，是雇用她那个机构的会计，姓余，就招呼："余先生，您路过啊？"那余先生也就招呼她，问她："你想不想去澳门看看？"顺顺媳妇开头没听明白："什么门？我哪个门都想看，可哪有工夫去看？"余先生就强调："是澳门。香港、澳门，合称港澳，电视上常有的。想不想去？去趟澳门！"顺顺媳妇就笑："别拿我们乡下人当开心果！澳门，那是我们去得了的地方？"余先生就说："不光请你去，你的先生，方忠顺，一块儿去！我领你们去！"顺顺媳妇就捏着扫帚把，愣住了。

后来的事情，像做梦。可那都是真的。顺顺和顺顺媳妇双双回到原籍，办理了港澳通行证。顺顺媳妇那份工，找临时工暂时替代。除了顺顺和顺顺媳妇，还有另外两对农村来的夫妻，也都回原籍办理了通行证。余先生和另一个人，带领他们一行八人，乘飞机飞往了澳门。下了飞机，余先生临时找旅行社为六个农村人办理了报关单，因为他们那样的通行证，是不能获得自由行签注的，但付给旅行社每人50元，也就很快获得报关单，享受到和余先生那两个人同样的自由行待遇。排队顺利过关，进入澳门境内，但并没有出机场，就在那机场里面，属于澳门出境候机室的部分，余先生和他的那个同伴，把三对农村夫妇的证件，包括国内身份证收走，让他们坐在免费椅上休息，他们去做的事情，顺顺他们三对夫妇，至今并不清楚，只模模糊糊觉得，是到设在机场里面的银行办事处，利用他们的证件，还有余先生他们自己的证件，开了户头，在那里转账；他们当然永远也不会知道，一个户头最多允许转50万人民币，那么，应该转走了400万人民币，换算成了外币，转到某西方国家，某私人账户上了；余先生和他那同伴，也是帮人办事，帮的谁？应该就是他们那个机构的某个头儿；这种事情，他们办理过不止一次了，经手的款项，加起来，好几千万了。余先生和他的同伴，每办一次转账，当然都有相当丰厚的酬劳，但是，支使他们的人，是把那他们再支使的人的酬劳，算在给他们的酬劳里的，头几次，余先生他们俩找的，是本城的人，虽是穷人，但懂得提要求，比如要至少1000元的酬劳，到了那边，要求去观光，进赌场在老虎机上试试手气，等等，回来后还嘴不严，会漏风，于是，后来他们就不再找本城的人，干脆找顺顺两口子这样的人，他们从未坐过飞机，能跟着坐飞机，就觉得变成神仙了，哪里还有别的要求，而且，他们回原籍办理证件的来回车票、办证费用，全给报销，所需要付出的，不过是“千万不能说出去”的信诺，有什么不愿意的呢？

那回余先生把他们带到澳门，根本没让他们出机场，去看一眼澳门的样子，转完账，就又带着他们出海关，乘飞机回来了，反正飞机上给吃的喝的，在澳门机场里，顺顺说实在是口渴，余先生都舍不得掏钱给买杯饮料，顺顺渴极了，就到卫生间去，偏那洗手水盆的水龙头，是自动感应，想把嘴伸过去接水，够不着，只能用手引出水来，捧点喝，让那扫厕所的人，瞪圆眼睛无比惊奇。回程飞机上，顺顺猛要饮料，后来就内急，飞机颠簸，卫生间停用，差点尿裤子。不过回到有红泥庵碑的那个住所，顺顺和他媳妇还是很高兴的。咱们去过澳门啦……

又过了些天，顺顺跟他媳妇说："那余先生，看来是个铁人，咱们就该找他，把摆果摊的事情搞定！"媳妇说："他呀，看起来，未必中用。我再想想办法。"顺顺媳妇也真有办法，有一天，她逮个机会，出现在那机构的女头儿面前，笑嘻嘻地递过一兜水果，说："谢谢您啦！要不是您，我们哪能上澳门去呀！"那女领导吃惊："你说的是什么呀？你怎么给我行贿？要不得要不得！你该做的，就是把本职工作做好啊！"说完扭身往她乘坐的那辆公车快步走去。但是，第二天余先生就找上了门，顺顺两口子就提出摆果摊的事情，余先生说："你们就在那地方摆吧。有我。只是再不能提澳门的事儿。"再过几天，顺顺的果摊就开张了，城管的车从跟前开过，视有若无。余先生骑个电动车过来，顺顺给他一兜鲜果，果子底下用废报纸包了 1000 块钱，正是他们私下谈好的"月份钱"数目。后来顺顺媳妇告诉顺顺，他们那机构的那位女领导，跟这边城管的头儿，不是两口子，也是亲戚，顺顺说："管他是什么呢。如今咱们每天流水都在 1000 块以上，只盼'铁人'能铁到底，别涨月份钱。"

薛叔时不时会去买水果，顾客少时，会坐下来说说话。对社会不公、贫富差距、贪污腐败的不满与叹息，仍是他们经常的话题。

23

那真是个美丽的浪漫故事！

奇哥儿说，那天，在高尔夫球场，照例来了些官员、商人以及他们的家属，有的打高尔夫，有的在会所弹子房打台球，有的在棋牌室打麻将、斗地主……有些年轻人，就在球场周边的树林花丛里跑来跑去。

麻爷和一位官员一位房地产开发商慢悠悠地玩高尔夫，有球童驾着电瓶球杆车随他们身后，保持一定距离随时准备伺候，保镖们隐蔽在不同的树荫下，奇哥儿把具体的保卫任务交给了新来的二锋，自己松弛一时，他顺着树林边散步，时不时挥臂，扩胸，深呼吸，回味着从薛伯那里听来的西方古典小说的故事与内涵，前一阵伯给他讲了英国狄更斯的《孤星血泪》、俄国普希金的《上尉的女儿》、美国杰克·伦敦的《海狼》，以及法国大仲马的《基督山伯爵》，奇哥儿对《基督山伯爵》最感兴趣，可是伯却告诉他，这几位作家和作品里，大仲马和他的《基督山伯爵》文学地位最低，属于通俗小说家写的通俗小说，他很不理解，但是他相信伯教给他的是真经，他努力地反刍伯讲给他的那些人道主义呀，平等理念呀，民主追求呀，独立意志呀……等等的普世价值，他为自己有伯这样一位精神导师而深感自豪与欣慰。

忽然，他听见有女子惊叫："努努！那枝子马上要断了！你抓紧呀！呀！呀！救命呀！……"

原来，是一棵大树上，爬着个姑娘，树底下有个姑娘，两手握着脸，弯着腰在惊叫。

奇哥儿两秒钟就看明白是怎么回事：那淘气的姑娘在树上所踩的树枝，正在吱呀呀地断裂，而她双手抓住的那个树枝，根本悬不住她的身体，也在吱呀呀地断裂……又两秒，他已经跑至树下，在树下姑娘的尖叫声中，树上的姑娘落下树来，伴随着断裂的树枝和刮落的树叶……而奇哥儿，以巧妙的姿势，正好将那落下的姑娘揽在怀中，使其发肤无伤。

奇哥儿说，姑娘落在他怀里以后，他们两个的脸，离得那么近，眼睛对着眼睛，一刹那间，仿佛都看到对方心里去了。他现在鼻子里，似乎还保留着那姑娘的气息，一点香水呀化妆品呀的味道都没有，就是如花的姑娘身体本身的那种香气。他陶醉了。那姑娘在他怀里，望过他，就闭上了眼睛。原来在树下的那个姑娘，就急匆匆去叫车，觉得应该马上把她的玩伴，送到医院去检查。后来那叫努努的姑娘告诉他，她也是被他身体那自然的气息陶醉了，她还是头一次被一个男人如此亲昵地拥在怀里，她闭上眼睛，装成晕过去的模样，只是为了多在那救他的强壮小伙子胳臂里，多享受一会儿。再后来他们交往上，那姑娘说，她觉得他应该把络腮胡子留起来，那样他会显得更有魅力。

奇哥儿讲述这段艳遇当中，停下来想跟伯讨论："我是把络腮胡子留起来，更有男人的魅力吗？”伯说：“不好说。那是女人家的眼光。你留不留络腮胡，我看起来都一样。”又问：“那努努既然希望你留起络腮胡子，你怎么现在还是刮得干干净净，只剩些铁青的印子呢？”奇哥儿叹口气：“我试探了麻爷，他不让我留，他是觉得我这个保镖应该天天刮净胡子显得利落吧。”

奇哥儿继续向伯汇报。那叫努努的姑娘，姓冯。那个树底下的姑娘，姓钟，叫力力。他们俩的母亲，生她们的时候，是在同一所医院的妇产科，住同一间病房，冯努努比钟力力早落生三个小时，听说她妈妈给她取名叫努努，另一产妇就把自己后生的女儿取名为钟力力。她们都是随母亲姓。后来她们上同一个幼儿园，同一所小学和中学，直到上大学的时候，才一个去学了园艺，一个去学了工商管理，本科毕业以后，一个当了园艺师，一个修硕士学位。两个姑娘的母亲，一度是非常要好的闺密，后来不知怎么的渐渐疏远了，钟力力的父亲姓王，某机构的官员，非常富有，前不久给力力办了投资移民，移民手续还没全妥，就已经在国外买下一家超市，好让力力去那边从经营超市起步，发达以后，再陆续把父母也都移到那边去。努努呢，家境就不那么好了，父亲只是个中学教员，而且前些年患癌症去世了，母亲呢，只是个小学老师，那所小学也不是什么重点小学，收入就很一般，努努本科毕业以后，找的工作专业对口，薪酬比母亲高，家里才将陈旧的显像管电视机换成液晶的，仅此一例，就可见如今也非富裕之家。但努努和力力的友谊，持续了下来。那天力力的父母让机构司机开车来这里，力力自己开着他们家为她买的法拉利跑车，约上努努也来玩玩。力力的父亲在练习场和朋友打高尔夫，母亲在会所跟几位太太搓麻将，力力就和努努在绿茵上和树林里疯跑疯玩。努努说作为园艺师，她认为这个高尔夫球场投资巨大，园林设计上却败笔不少，力力就说努努只懂得审美，不懂得投资者所考虑的，主要是如何快速回收和策划上市，不过两个姑娘并不把争论进行到底，她们快活地互相追逐，最后把鞋子故意甩飞，努努更是具有野性，她敢爬树，到树上去坐着，跟力力扮鬼脸，奚落力力胆子小……结果，努努从树上掉下，这一掉，就正好掉在了奇哥儿怀抱里！

奇哥儿跟伯说，他以前总觉得所谓一见钟情，是拍电影演电视写小说的那些人，生造出来的说法，他跟女人亲密接触过，比如糖姐，他对她何尝钟情？

他是在混混沌沌的情况下，被糖姐引诱，被她索要了第一次的，虽然后来见到糖姐也会冲动，但那都并不是爱。再比如薇阿，一见未钟情，二见觉恶心，不过是互相都想解决点问题罢了。但是努努掉在他怀抱里，两个人脸对脸，那眼神，那气息，哎呀呀，真是一见钟情了啊！他跟伯说："那晚上我一直想着她，可并不是想扒开她的衣裳，跟她上床，我想的是，我该怎么爱惜她啊？我能娶她当媳妇吗？她是我媳妇了，我跟她做那种事，我可得让她舒舒服服啊……您说，这种心情，是不是就是真爱呢？"伯予以肯定的回答。

奇哥儿跟努努有了秘密联系和来往。努努跟力力透露了吗？奇哥儿是绝对不能让麻爷发现的，但是，到伯这里来，奇哥儿愿意坦白，不过，他也不能和盘托出。他不能讲述他们的联系和来往方式，但是，他忍不住一再地问伯："她是大学本科毕业，我只有初中学历，她到头来能嫁给我吗？"伯就坦率地回答："只怕激情飚过去，理性来主宰，她就会收拢爱情的缰绳了。再说，还有她母亲那一关。母亲会劝诫她：学历差太多，没有共同语言啊！"奇哥儿就说："我们怎么没有共同语言？我跟她聊西洋古典小说，她高兴得脸上开出花儿来，眼睛跟点了灯一样，她好惊讶，我连法国有个作家叫巴尔扎克都知道，能讲出《欧也妮·葛朗台》的故事……当然，我没告诉她，是有你这么个伯，点拨了我……有一回我们一起讨论财富和爱情、婚姻的关系，到最后，您猜怎么着？"伯就笑："我怎么知道你们究竟达成了什么共识？"奇哥儿就说："最后我们都忍不住，也不知道哪儿来的命令，老天爷下的命令吧，我们俩同时，一秒不差，一下子搂在一起，亲嘴，亲了好久好久……"伯就在心里评判：当年那糖姐让你喝的酒，哪有这一杯纯净甘甜啊！

奇哥儿和努努热恋的时候，一个二十七岁，一个二十四岁。

24

那一年的秋天，打卤面街果然开了一家"味美打卤面馆"，薛去疾到顺顺棚里买水果，指着街对面那边，跟他说："你不开，人家开了。"顺顺就说："我本钱没他多。二磙子谁不知道？这些年我们回乡过年，买不上车票，都是找他。"

薛去疾就明白，那打卤面馆老板，原是个老牌的倒卖火车票黄牛，那样积累起来的本钱，开个面馆当然不成问题。

薛去疾有天想去尝尝二磙子的打卤面，走近面馆门口，只见楼盘物业的电工小潘，正在面馆外蹬着人字梯，给安装从铺面招牌延伸到人行道边上的白蜡杆树枝子上的瀑布灯，就是那种由无数的小灯泡构成的装饰灯。小潘从梯子上下来，招呼他，他也点头致意，问：“你那儿子，生了吗？”小潘满脸沮丧：“他妈的，还是个丫头！”他就劝：“丫头有什么不好？如今对父母孝顺的，九个丫头一个儿！你有三千金，福气啊！”小潘脸上稍有笑意：“他妈的特别像我！”又叹气：“只是养一个媳妇仨闺女，在这城里真费钱，闹不好，还得把她们四个送回老家去。那就能省一大半的开销！”他附议：“倒是个办法。老家还有老人吧？也能帮着带孩子。”小潘脸上现出怪笑：“那我可就守寡啰！”他不以为意：“反正你还可以回去探亲嘛。”小潘却来了句：“那我在这儿怎么熬？我可没钱找小姐！”小潘这话可就不雅了，他不再回应，进了面馆。

面馆里头倒也干净，端上来的打卤面，比想象的可口。看见小潘进到面馆，找老板要安装那瀑布灯的工钱，那老板二磙子，是个瘦高嘬腮的男子，年龄估计奔五十了，对那小潘说：“你春节回老家吧？到时候我让你买到车票不就结了？”小潘说：“你白给我车票吧。”二磙子说：“美的你！”小潘说：“到时候该加多少我给多少，成不？现在我缺钱，爬上爬下地安灯，没功劳有苦劳，你怎么也得给点现钱吧？”二磙子说：“你是不是想春节没车票爬回去？少在这儿磨叽！好吧，也不能让你今儿个白干，赏你碗打卤面吧！”小潘就嘟囔：“瞧你这人……”

薛去疾没听完那二磙子和小潘的对话，就出了面馆。他的收获，是更真切地懂得，每到春节，铁路春运，小潘那样的底层人，要买到一张回老家的车票有多难，而社会也就因此出现了二磙子这样的填充物，他能给你加价的车票，每年那个时段，二磙子都能大赚一笔……但是薛去疾也就想起，每到春运期间，电视新闻报导里，都有公安系统打击票贩子的内容，会出现在车站前广场上，临时宣判的镜头，一排被逮住的黄牛，低头站在那里，狼狈不堪，难道那二磙子就一次也没落过网吗？……

秋深了，奇哥儿总没露面，薛伯估计是坠入爱河，总跟那努努幽会了。又去买水果，顺顺跟他说："薛叔，如今我把隔壁那间屋也租下来了，那红泥庵碑的那面，您也可以去拓啦！"他很愿意去拓碑，可是，有个心理障碍，就是怕再遇上那何司令，何司令是历史的阴影，也是现实的麻烦，他本想开口问："那姓何的还在你们那儿住吗？"后来没问，因为替那何司令想想，他又能到哪儿去住呢？顺顺催促他："薛叔，您要再不去拓碑，我兴许就搬走了啊！托'铁人'的福，如今水果卖得火，媳妇也不扫街了，我们打算租个旧楼里的单元去住了，中介正帮我们找合适的房源呢，一要离这儿近，二要楼下能放我们上货的平板三轮，三要租金在1500块以内……虽说挺不容易找的，可也说不准哪天就有了，一有了就要赶紧搬啊。"薛伯听了，就答应最近找个时间去拓那红泥庵碑的那一面。

入冬了，过阳历新年了，奇哥儿才终于露面。他很焦虑。果然，进入到谈婚论嫁的层面，努努不得不跟她母亲说清楚，努努母亲当然不同意，她说自己思维还是很开放的，努努有这么个男朋友，初尝爱果，她想得开，但是，跟这么个人结婚，她不敢想象，以后日子怎么过？劝努努只把这交往，当作一段青春罗曼史。奇哥儿问伯，西方有那灰姑娘的故事，结局很圆满，有没有灰小伙子的故事呢？伯就努力搜索阅读记忆，说中国古典文学里倒有不少灰小伙子爱上比自己富有的姑娘，最后终成眷属的故事，比如卖油郎独占花魁，可花魁是妓女，这样的例子不举也就罢了，还有那京剧《红鬃烈马》里的王宝钏，那可是大官的女儿，爱上了穷得叮当响的薛平贵，薛平贵参军入伍以后，王宝钏硬是在寒窑里坚守了十八年，最后那喜剧的结局也未免太夸张了，薛平贵竟然当上皇帝，那戏的最后一折就是《大登殿》……至于西方嘛，伯一时能想起来的，是英国的勃朗特姐妹写的两本小说，一本叫《简·爱》，一本叫《呼啸山庄》，唔，那《呼啸山庄》，讲的就是灰小伙子的故事，不过，那结局是悲剧……奇哥儿就说："呼啸山庄是个什么山庄？男主角是灰小伙子？结局悲剧也不碍事，您就讲一讲……"伯就跟他讲《呼啸山庄》，其实小说也记不大清了，主要是根据改编拍摄的电影来讲，奇哥儿听着，就把自己比作那小说里，好心老主人从大城市拣来的孤儿希斯克厉夫，心想若是娶不到努努，他怕也就会像那希斯克厉夫一样，变成怪人，对所有妨碍了他幸福的人无情地报复！……

努努父亲那家，因为爷爷奶奶早没有了，父亲去世后就断了来往了，但是努努的姥爷虽然也早没了，姥姥却还活着，在南方一个小城市里，和她舅舅舅妈一起生活。那年春节，努努和她母亲，决定去舅舅家看望姥姥。那个小城倒是在铁路线上，但是只有普通列车，才会在那一站停留三分钟，要买到卧铺票或有座位号的车票，非常困难，以前努努母亲带她去那边，往往就只能买到站票，带两个小马扎，将就在过道里挤着坐，熬到目的地。现在母亲临近退休，身体大不如前，怎么也得给她弄到张卧铺票啊！奇哥儿说起这事，伯说："如今有了你，什么票弄不到？她们有福了。"奇哥儿就说："麻爷底下，专有给他办票的人。上星期三说是麻爷指定的那个飞银川航班的头等舱没有了，办票的人就有本事把一个订了票的副部长的那张票给黑了，愣让麻爷按时飞走。火车票也一样，软卧硬卧，公司的人出差没有说为票发愁的。可是这回给努努和她妈找票，我能通过公司吗？更不能让麻爷知道。不过，我会让二磙子给我办妥，还要他不得走漏半点风声。"

伯就说："二磙子那儿的打卤面，确实挺香。"奇哥儿提醒："伯，您可再别去吃了。他那卤的配料里有鸦片，吃了上瘾，副作用可说不清的。"伯说："怪不得他又瘦又黑，嘴唇发紫，他是不是吸毒啊？"奇哥儿说："到底是伯眼力见。这种人少接触。不过，这回努努她们母女的卧铺票，他得给我弄妥。"伯说："我常在报纸上跟电视新闻里，见到严厉打击票贩子的报导，照片上，镜头里，黄牛一抓一大排，就在车站广场批斗处罚，这二磙子凭什么总能逍遥法外？"奇哥儿告诉他："我刚到这条街，在金豹做夜场的时候，过年返乡为票发愁，糖姐就把二磙子介绍给我，一张紧俏的票，硬座能加到 100 块，卧铺能加到 200 甚至 300 块。你想他一个节期能赚多少？越到年关，票越紧，往往是，想买到车票的人，回家心切，你说他加的价高？有那为了弄到真票，愿意加更多钱的人呢！"伯问："那二磙子是不是并不去车站广场冒险，只靠糖姐什么的帮他介绍急着买票的人呢？"奇哥儿说："那也不是。光凭找上门，那能卖多少？再说，弄票需要跟车站售票处的勾结，一般是在火车发车前三四个钟头，票才出笼，加价才高，二磙子那些日子是天天蹲在车站的。你问怎么他没栽过？我头二年也纳闷，总是在打击票贩子的突击队到来前半拉钟头，在车站内外你就再也见不着他的影儿了……”伯感叹：“有人跟他通风报信啊！”奇哥儿笑：“岂止是通风报信！这您就太憨厚了。您这样的水晶人儿哪里想得到是怎么回事儿！就在那年春节前，金豹歌厅来了几个人，唱完喝完酒满屋子空酒瓶子，临到打烊前，有把沙发吐得一塌糊涂的，有睡在地毯上打呼噜的，有个家伙居然抡起空酒瓶砸KTV的监视器，我做夜场的能不管吗？过去就拎着他衣领把他给放到走廊里了……我还以为我立功了呢，谁知被糖姐好一顿骂！糖姐说他砸了自有人帮赔，你得罪了他们，你还想不想要张有座的车票了？我当时还糊涂，他们？他们是谁？后来知道，来的那几个客，都是铁路公安的大小头儿，给他们买单的赔钱的，不是别人，就是二磙子！人家互相是论哥儿们的！据说也有人往上揭发他们，没有用！那砸东西的头儿跟上头解释，二磙子是他们的线人，没有二磙子，车站现场抓黄牛，怎么会一抓一个准儿？一抓一大帮？电视台报导时，才会有那么震撼的画面，老百姓看了，才会拍手称快！那二磙子也确实是他们的线人，因为黄牛分好几帮好几派，凡是得罪了二磙子的，或是二磙子怕他们做大了妨碍自己这边生意的，都拉了名单，都让铁路公安的记住了长相外号，所以，铁路公安采取打击行动前，二磙子必会提前撤离，哪里是逃跑躲避？人家是共同战斗！”一番描述，令伯目瞪口呆。奇哥儿告退后，伯就想，跟这么个大保镖的交往，也真是互补。伯给他灌输文明观念，奇哥儿让伯明了野蛮世道。

25

那年春节逼近了，火车站内外人头攒动。努努和母亲好不容易才在车站附近一家有名的快餐店占了个靠窗的座位，把行李箱搁在安全的位置，喝着热巧克力，等庞奇把火车票送来。

努努的母亲冯老师，坐在那里时不时抬腕看表，有些个心神不宁。努努对母亲说：“妈，离发车还有一个半钟头，离开闸放人也还有一个钟头，误不了的。我跟他交往这么久，他没有一件事，说了不算，做不成功。阿奇肯定一会儿就到。他也许已经到了，只是还没找到停车位吧。”

本来，庞奇是要开车送努努母女来车站的，努努倒愿意，努努母亲却觉得不合适。庞奇就没有坚持。庞奇倒是见过冯老师，是有一次送努努回家，在楼下遇上的，努努给双方介绍了，冯老师对庞奇的第一印象还不错，对庞奇也还算热情，说了句："家里坐吧。"庞奇当然没有去坐，努努也还没有把他带进家里去坐的计划，但是后来庞奇和努努回忆起那天努努母亲的那句话，心里都暖暖的，毕竟是个有修养的知识分子。

庞奇跟二磙子约定，在那趟火车发车前两个半小时，在车站广场尽东边的那个广告牌下碰头。庞奇准时到了，二磙子却姗姗来迟。庞奇见他摇摇晃晃踅过来，两眼喷火："我的事你也敢耽搁！票呢？"二磙子就说："票我这就给你捞。两张卧铺不是吗？准能有。"庞奇有些着急了："票还没弄到？"二磙子说："我也是好久没到这儿来了。我不是金盆洗手了吗？"庞奇恨不得扇他耳茄子："你别误了我的事！"二磙子说："哪能呢！"说着眼珠乱转。广场上那么多人，二磙子能一眼认出哪个是黄牛，虽然那些新手黄牛他事先并不认识。庞奇还没看清楚，二磙子已经叫过一个矮个子来，问他有没有那趟车的卧铺票，那家伙张口就答："没有没有。"二磙子揪住他那羽绒服领子，摇晃他："你看清楚，我是谁？"那黄牛挣脱，说："你爱谁谁。你要真想要那趟的票，一张加300块钱。"二磙子没等他话音落地，就扇了他一耳光，那家伙跳起来："你干吗？"二磙子又扇了他另一边脸，跟他说："我干吗？我操你妈！告诉你，我是二磙子！"那人一听"二磙子"，上下打量一下，信了，结结巴巴地说："我这就拿票去，拿去……"完了跑开了。庞奇有点担心："他要没影儿了怎么办？"二磙子掏出香烟抽着，啐一口："他敢没影儿？他想上电视，低头让亿万人看吗？"果然，没过几分钟，那家伙回来了，递上两张车票，二磙子就着灯光看仔细，看完，啪啪又扇那家伙耳光，那家伙捂着脸带哭腔地说："都是真票，您怎么当成假的？"二磙子说："知道真的，要敢假，早把你脑袋揪下来了！"那家伙不敢再吱声，二磙子就说："拿他妈的两张上铺糊弄我！给我换两张下铺去！再捎张站台票来！"那家伙就哀求："哎呀，下铺太难了，窗口里头那主儿要我们加500块，我们再加怎么卖得出去？没多久车就开了，人家铁路不怕没卖走，反正上车想补票的多的是，我们要是砸手里，可就惨了，车开了，那座儿人家铁路还能再卖一次呢……"二磙子知道这些话是冲着庞奇说的，那家伙看出来想拿票坐车的是庞奇，二磙子还要扇那家伙，那家伙闪开求饶："得，得，我给您换去……"又过一会儿，是两个人过来，除了那矮个子，还有个中等个儿的，那中等个儿的来了先给二磙子作揖，说："这兄弟不知道是您来要票，您多包涵！"递上两张卧铺票一张站台票："实在不好意思，窗口里的主儿今儿个特横，我们只弄到一张下铺一张中铺，您饶了我们吧，对不住了！"二磙子满脸怒气，意思是还得给我去都换成下铺的，庞奇一旁劝住了，并且还掏出准备好的钱，要递过去，二磙子拦住，不让给钱，那俩人简直要给二磙子跪下，中等个儿的就不住地作揖："二爷赏碗饭吧，一个蹦子儿别多，让我们收下原票款吧，我们也不容易啊！"庞奇赶紧把那票款塞到黄牛手里，黄牛接过赶紧塞进口袋，二磙子就喊："滚！"那两个黄牛就屁滚尿流地消失在人丛中了，二磙子跟庞奇道声："哪天来吃打卤面！"转身离去，庞奇打开手机看时间，正在那趟车开闸放人进站的五十分钟前。

十分钟以后，庞奇出现在努努母女面前，恭恭敬敬叫声冯老师，仿佛那车票他早就购好，气定神闲地递给努努。努努让他喝杯热巧克力，他说："还是赶早不赶晚吧，咱们现在往站里走吧，一进去，也就赶上开闸放人了。"

往站里走的时候，庞奇帮着拉那旅行箱，另一只手上还提着一兜给他们母女路上预备的东西，除了吃的喝的，还有湿纸巾和小药等等，考虑得十分周到。努努和庞奇并肩前进，冯老师紧跟在后，望着前面两个年轻人的身影，冯老师心里掂掇着：这庞奇很有阳刚之气啊，谈吐确也不俗，自从丈夫亡故，家里一直没有男人，阴柔过剩，如有这样一位女婿入赘，倒也很能取阳补阴，只是他那学历，还有那职业，唉……

26

那一年火车虽然有了动车，但没有停靠努努母女要去的那个车站的，她们乘坐的是一趟普通列车，它要停靠许多小站。冯氏母女所要去的那个小城停靠三分钟，而在他们之后的下一站，只停靠两分钟。

夏家骏要去那下一站。

夏家骏本来就烦恼，发现冯氏母女竟然跟他在同一节硬卧车厢里，更是又添三千烦恼丝。所幸的是他们的铺位号码差许多，还不至于导致面面相觑的尴尬。

夏家骏没有见过冯努努的母亲，但是见到过冯努努。

夏家骏经过一番过山车般的心里活动，最后揽了那个帮钟力力修理硕士论文的活儿。他是直到把力力交给他的U盘插入自己电脑，将那硕士论文文档复制到自己电脑，打开看那文档，才发现署名是钟力力。他联系的那位"鞠躬执法"创造者分明姓王嘛，怎么这女孩姓钟？而且，其名字并非他原来想象的丽丽、莉莉、俐俐、荔荔……而居然是力力。再后来，曲线打探，才闹明白，那王领导和钟女士都是离异后再结合的，力力随母姓，那王领导之所以在系统里敢于大做廉政报告，是因为他自己名下确实没有什么财产，他跟元配离婚是净身出门的嘛，夏家骏所造访的那个居所，以及钟力力的移民费用，包括力力的跑车，等等财产，都是人家钟女士名下的，而且他们做过婚前财产公证，那些动产与不动产均系人家钟女士自己的，至于钟女士似乎并不工作，稳当全职太太，何以有那么多的婚前财产？虽然机构里某些人啧有烦言，但那本属钟女士个人的经济隐私，岂能随意刺探？

为给钟力力的论文润色，钟太太往夏家骏的账户上划了五万元。确确实实，"钱不是问题"。夏家骏看上了钟力力的美色，就起了不良之心。借口论文里有的问题需要面谈，先是把钟力力约到酒店大堂吧喝茶，后来又约她到酒店日本料理店吃和食，他的算盘，是倘若对方从崇拜他的文字发展到欣赏他的风流倜傥，则在酒店里开房，老牛啃一番嫩草，也是不无可能的。谁知那钟力力，茶也喝了，刺身、寿司、天妇罗、铁板烧……也吃了，甚至梅兰竹清酒也喝了，秋波流转，腮红唇润，他就说："我们各自开间房，都单独休息一下吧。"忽然就听见一阵咯咯咯的笑声，从那边座位上跑过来另一位美女，搂住钟力力肩膀说："醉了醉了你醉了！你怎么开车回家啊？"钟力力就说："夏教授要给我单独开间房休息哩！睡一觉酒醒了再开车回家不迟！你来得正好！怎么不早过来跟我干几杯？正好你可以在房间里陪我睡！"于是把那女孩介绍给夏家骏："我的发小，我们在同一个医院先后落生，她比我早看见这个世界三个钟头，我们的名字是关联的，她叫冯努努，我叫钟力力，每逢到钟点，我们都要互相鼓励：努力努力再努力！”两个女孩子搂着笑作一团……夏家骏心里好懊悔，不该色胆膨胀，不但餐饮埋单，还只好真去为她们开了房，眼睁睁看着那两朵花嘻嘻哈哈飘进去客房的电梯里。后来回过神，就知道钟力力绝非纯真少女，她一定是到酒店来之前，就安插好了冯努努，如今的这些少男少女，哪一个那么容易上当？更何况是上他这么个半老头的当？

夏家骏怎么会来坐这趟车？他是要回原籍，去更正他的出生时间。都老大不小了，还改什么出生时间？对于夏家骏来说，那可是至关重要的事情！春节过后，又要举行每年例行的盛会，通知到会的信函，一般会在节期过后发出，他这次有点担心，怕收不到；虽说与会的名单一般是不会在会前临时变动的，可是例外的情况也曾出现过，他所在的那个组别，去年就有一位人士，被别人取代了，而且事前并未及时知会那人，后来那人才被告知，一是近年在那个领域那人无大成就，而取代者的成就、影响都超过了那人，二是那人年龄临界，也该退出。前些时夏家骏在一个场面上迎面遇到政协一位副主席，以往见到他总是很热情的，那天却淡淡的，那是否就预示着他的没落呢？如果保不住政协委员，则全面的副部级待遇也一定泡汤！更何况，他夏家骏岂止是要保委员席位，他还要争取当上常委呢！

夏家骏感到的直接威胁，来自于跟他一个系统的某人，那人的一部主旋律作品，头年被广泛宣传，还改编成影视，捧了好几个体面奖项，而那个人比他小一岁。彼将取代己乎？夏家骏已经两三个月耿耿于怀。对付这份威胁，夏家骏表面上不动声色，甚至在场面上遇到那人，对其获奖表示祝贺时，热烈拥抱，高声赞美，但是，暗地里，夏家骏却在搜集对那人不利的材料，逮准机会，他是要递上去的。再，就是他联系好了原籍的相关人士，表面上是礼贤下士、回去一起过春节，实际上，是一定要在节后头一周就将更正的出生材料带回来，正式入档，那么，那位风头超过他的某人，就比他高两岁，至少没有什么年龄优势了！“钱不是问题”加上“那我们有人”，一定战无不胜！何况，夏家骏营造的理由也非常充分：当年家里为了让他早些上学，故意把他的年龄提高了三岁，如今父母虽然双亡，还有伯妈堂叔等健在，均能作证嘛！尽管和原籍那些管理户籍的人士一起吃喝对他来说不啻受罪，但是也只有在酒肉气息中，才能建立起拍胸脯论哥儿们的关系啊！

夏家骏近年来出行一般都乘飞机，偶尔坐火车，也只乘软卧车厢，但是，这趟车不挂软卧，他也只好接受硬卧的下铺。大晚上的，他却戴着个墨镜。虽然他戴了墨镜，送冯氏母女上到这节车厢，庞奇还是一眼就认出了他。庞奇作为高级保镖，专业能力之一，就是雪亮的眼力和记忆力，他虽然只跟那夏家骏在一次饭局上同过桌，却过目未忘。夏家骏一时却并未认出庞奇来，因为那次饭局，庞奇临时被麻爷叫去忝列末座，夏家骏对他根本不屑一顾。但是夏家骏却一眼认出了冯努努,他赶紧把头转开,所幸冯努努经过他身边时,并未发现他。

庞奇把冯氏母女安顿好，下得车厢，心中不免嘀咕：这位姓夏的，会不会在近期遇上麻爷，并且把在这趟车这节车厢里看到他护送一对母女的事情，讲出来呢？倘若麻爷知道了问他，又该怎么解释呢？

庞奇遇到夏家骏生出的不快，很快也就淡化了。夏家骏遇到冯氏母女引出的不快，却随着火车开动后车轮的咣当声，越来越浓酽。躺在卧铺上，蒙着头，他怎么也睡不着。胡思乱想中，夏家骏就觉得，那来送冯氏母女的壮小伙子，似乎也在什么地方见到过，究竟是在什么时候什么场合呢？忽然就想起了有林倍谦的那个饭局，于是不由得又想到薛去疾……他那天对薛去疾非常刻薄地说到“宁要北边一张床，不要南边一间房”，但是，这冯努努的发小，那钟力力，她家，那么富有，却也是在南边置的房啊，而且，薛去疾竟也住在那个楼盘里，尽管是在房型比较差的区域……又想到，他虽然讥讽薛去疾“你可是给搁到死角里啦”，人家这些年却也还混得可以，儿子也在美国安了家，自己呢，女儿在美国，嫁了个白种人，原来他和妻子都大自豪，谁知那洋女婿绝对是西方思维西方做派，他和妻子去探亲，明明两口子那栋“号司”很大，有若干间卧室，却安排他们住进附近的连锁旅店……哎，听说薛去疾老伴被儿子邀请去长住，那中国种的儿媳妇非常孝敬，他妻子无比羡慕，他那女儿和洋女婿，可是不会接他们去长住的！将来可怎么也到那边安度晚年呢？看来,像钟力力父母那样，积累起足够的财富，投资移民，才是个最稳妥的办法，可是，自己和妻子又怎么才能积累起那样多的财富呢？画饼不如烙饼，所以妻子跟他同仇敌忾，坚决支持他回原籍过春节，不能让那头年捧了奖杯的家伙戗了他夏家骏的委员席位，还是副部级可望而可及，副部级哟……

那硬卧下铺令夏家骏觉得非常难耐，卧具有种不雅的气息，对面中铺和上铺的旅客都在打鼾，令他太阳筋疼，他一时觉得整个世界和人类都对不起他……

27

那一年春天，一天夜里，庞奇开着白色宝马，朝远郊一个射击场驶去。

去射击场，是因为麻爷有天问他："你说，我跟你，有个什么缺陷？"庞奇不敢轻易回答，说："我的缺陷很多。您呢，我还真想不出来，有什么明显的缺陷。"这话不是谄媚，当时庞奇觉得麻爷似乎什么都拥有了，可以随心所欲，活到他那个份儿上，还挑剔什么呢？当时他俩站在窗里，窗外不远处二锋快步走过，麻爷就用下巴指指二锋："他就没那缺陷。"庞奇立刻懂了，就说："那我陪您练枪吧。"二锋是武警部队下来的，一批保安保镖都从复员兵里招来，都会使枪。就在麻爷说那话前些时候，麻爷已经为二锋配了枪，当然是藏在衣服里头，而且，暂时还没有同时配备子弹。麻爷就说："大庞子，我喜欢你的一点就透、一句话到位！"拍了拍他的肩膀。庞奇这名字很少有人叫，麻爷叫他大庞子，麻爷身边别的人不敢跟着那么叫，糖姐、薇阿叫他大奇，二锋一帮兄弟还有打卤面街顺顺等一干人则叫他庞大哥，薛伯叫他奇哥儿，努努叫他阿奇……

那晚大庞子开车，护送麻爷去练枪。他当然更要练。时代在发展，像他那种只能靠拳脚或者加上冷武器制服对手的保镖，若再不会使枪，很快就会被淘汰掉了。当然，预先已经跟射击场的人联系好了。

月黑风高，宝马车在公路上疾驰。忽然，大庞子看到，车子前方大约100多米的路中央，显现出一个巨大的障碍物，他急刹车，下车去看个究竟，就在一两秒的间隙，他不是靠眼睛而是靠背后的声息，意识到那充气障碍物不仅是人为的，而且目的还并不一定是要让车撞上，搞鬼的人要的就是司机下车探究，于是他一个后空翻，落下之前，有个手持钢管的家伙已经挥起钢管，就要朝后车窗砸去，他在落地之前，就准确地踢中那家伙握钢管的手，那人哎呀大叫仰翻在地，他的右脚刚沾地面，脚尖就借力一跃，身体飞过车身，落在另一边的后车窗外，那边有个家伙挥起的钢管正好重重地砸下，也是要砸碎车窗，意在危害坐在后座的麻爷，他偏身一挡，脑袋被那钢管砸中，顿时溅出血来，但他头脑异常清醒，身手也依旧矫健，他夺过那人手中的钢管，一脚将那人踢飞，又再跃过车顶，趁那边那家伙还没有将再次抓起的钢管握紧运好气力，便一钢管砸过去，砸得那家伙吱哇大叫，那人的血溅到他身上，跟他自己额头流下的血混在了一起……

车子两边的家伙都被大庞子击败，但是，路边树林里又蹿出两个人来，也都握着钢管，他们直奔车前，举起钢管就要砸发动机，就在这时，后边开来一辆车，还没刹住，车里就有人朝那要砸发动机的家伙开枪，枪声一响，四个握钢管的家伙，受伤和没受伤的，就都慌忙遁入公路边树林里去了。

那个夜晚，那条僻静的远郊公路上虽说是车子稀少，却也还有载货的卡车和几辆小车在前后出现，听到枪声，就或停到路边躲避，或调头另觅路径，不过，那晚无人就那路段上的事情拨打 110 报警。

袭击未能成功，宝马车后门自动打开，里头出来个胖子，拿块手帕直擦冷汗，惊魂未定地念叨：“真悬真悬真悬……”那是麻爷的替身。

后面开来的，是辆黑色别克。那里面后座上，才是真的麻爷。开枪的是司机二锋。麻爷下了车，走到大庞子跟前，细看他的伤势。大庞子这时候才感到一阵晕眩。麻爷像头一回招聘时那样，抱住他的腰，拍着他的背赞叹：“好个大庞子！”

二锋的枪里，仅有一发子弹，也再没有备用的子弹，倘若袭击者也有枪，而且跟他对射，那结果不堪设想。麻爷还是第一次发给二锋子弹，给他子弹的时候，二锋问过：“是拿它打死人还是打伤人还只是威慑？”麻爷的回答是：“自己动脑子！”这晚那子弹只起到威慑作用。

二锋请示：“还去吗？”麻爷说：“我开车送大庞子去医院。你把那个我送回去。”

于是，那辆白色的宝马和黑色的别克，就调过头，另换路线，回城里去了。

28

在医院的病床上躺着时，庞奇脑子里时断时续是梦非梦地萦绕着谜团，企图将其解开。袭击麻爷，是谁指使的呢？那晚动身去射击场，公司这边知道的人很少，难道是射击场那边有人走漏风声？自己的功夫身手，总算在实战中有了良好的成绩，但是，仍不能玩枪，的确是个极大的缺陷……钢管袭击者，为什么开头不去砸发动机呢？他们是要绑架麻爷，还想把车开跑？那又为什么立马奔后座去了？是要立马打死麻爷？……麻爷的缺陷，看来不是能不能使枪的问题，是他事业太大水太深了啊，看来，人发太大的财，有太大的势，那本身就是个缺陷，倒不如像薛伯那样，薛伯说过一句什么话来着？啊，是“小康胜大富”。达不到小康，超过了小康，看来都是缺陷呀……

庞奇昏昏沉沉，脑子里转悠的，开头是谁和为什么袭击麻爷，后来就把这些烟圈似的淡化，满脑子里是努努了，自己的这个职业，就是个最大缺陷啊，人家如花似玉的姑娘，为什么要嫁这么个随时会被开瓢的家伙呢？春节从老家回来，努努跟他实话实说：“舅舅舅妈，还有姥姥，都不能接受你，不让我嫁给你，妈妈听了更动摇了，哎，我们就做个很好很好的，永远的朋友吧……”他就把她揽在强壮的臂弯里，并不强迫，只是做出个态势，而努努就主动把嘴唇送上，他们就深深地长吻，吻完，他就问：“朋友能这样吗？”努努不肯回答，只把头埋在他两块雄壮的胸肌之间的沟槽里……努努的眼睛是多么好看啊！可她的眼睛为什么是潮湿的呢？谁欺负她了呢？……

庞奇用力眨眼，不是在梦里，或在想象里，分明是努努俯下身，眼睛里噙着泪花，朝他深情地探望。

努努怎么能找到这家医院这间病房？

麻爷把他送到了一家高档医院，而且，为他安排了一间本来只有一定级别的官员才能住进的病房，公司里只有很少几个人知道他住在这间病房，二锋和少数几个保镖负责轮流看望并给他送营养品，他在这间病房里养伤是保密的呀。

可是努努分明就站在了他的病床前。

“阿奇！是努努！你看清我了吗？你还疼吗？”

努努的脸离他很近，让他想起他们第一回面对面的情形。他对努努说：“对不起，我破相了。”他的额头左边，被钢管击中，医生说裂了三条缝，有两个小的碎片，给他进行了手术处理，初步的判断是，所幸没有伤害到脑组织。事后麻爷他们分析，袭击者开头的分工，是引得大庞子下车查看障碍物以后，有个家伙到他身后用钢管砸他的后脑，如果那一下击中，他可能命也没有了，但大庞子却在一两秒钟里就迅速应变，飞起一个倒空翻，那本来要砸他后脑的就冲到后车门一边，去袭击他们以为是麻爷的那个人，接着从潜伏处冲出去的那两个家伙，按袭击主谋的策划，既是要使宝马瘫痪，也是要准备对付后面可能跟来的车辆，按麻爷出行的惯例，他总坐宝马，后面一般会有越野车载着其他保镖及随员跟着……事后麻爷盛赞大庞子的应变能力和超强武功，让二锋等一干人好好学习，也感叹大庞子命大，他托人把大庞子送到这个一般人进不来的病房时，那被托付的人把伤者听成了大胖子，心中好生奇怪：麻爷的高级保镖怎么会是个大胖子？及至亲眼见到，才知是绝无脂肪感一身腱子肉的壮汉，只不过姓庞而已。

努努俯身注视着阿奇的脸，绷带已经拆除，剃成了秃瓢的左额头，确实凹进一块，周边颜色与脸庞其他地方很不协调。努努要用手去摸阿奇的额头，阿奇制止她：“医生不许的。”又移开对视的眼光，说：“破相了。你别盯着了。”努努就说：“简·爱会抛弃破相的罗特斯契尔吗？”《简·爱》那本小说里的那个男主人公罗特斯契尔，不仅大破相，眼睛都瞎了。阿奇就说：“里头也许撞坏了。我会变成傻子，要么，会像希斯克厉夫一样，变得特别古怪。”努努就说：“《呼啸山庄》里的凯瑟琳永远不嫌希斯克厉夫的性格！”然后故意问他：“是哪个写的《简·爱》？艾米莉吧？”阿奇不加思索地回应：“是夏绿蒂。她们还有个妹妹安妮，也写小说，可那小说我连名字也记不住，更不知道讲的是什么故事。”努努就高兴得拍手笑：“你大脑一点损伤也没有啊！”努努就去亲阿奇的脸……

29

要不要把努努闯进病房的事向麻爷报告？二锋也有一番内心挣扎，就像他父亲当年一样。

二锋的父亲雷进，十八岁的时候也曾参军入伍，那时候军队里搞“四好连队”“五好战士”评定，他所在那个连队连续几年都评上“四好”，他自己也连续两年评上“五好”。他们的班长，更是学习毛主席著作的模范，曾被安排在全团大会上“讲用”（讲述自己如何活学活用毛泽东思想的心得），深受包括雷进在内的战友们崇敬。那一年班长和另外几位战士服役期满，要复员了。开过欢送会，正好是个休息日，过了休息日，部队就要用卡车安排他们去火车站各奔家乡了。那时候的休息日没有什么娱乐，主要是理发、洗衣服。那时部队发给战士洗衣服的肥皂，一个月一块，是很粗糙的肥皂，没有花纹也没有包装纸，而且为了防止浪费，他们班是每半个月发半块，有的战士为了表示特别能节约使用，到发肥皂的日子，还暂不领取。发肥皂这件事由班长负责。那班长姓张。雷进一辈子忘不了他，皮肤很黑，右眼下面有颗挺大的痣。特别能吃苦，扛码战壕的沙袋（其实里面不是沙子而是渣土），要求一个战士一次扛一个，他却能一次扛两个，每个都有百十来斤啊！他的肩膀后面，鼓出两块看上去不那么顺眼的肌肉。开饭的时候菜里面有肉，他总是搛给别人吃，自己只吃菜叶子。战友们跟张班长相处得很好，他的退伍复员，令雷进等老兵有些个难舍。

那天傍晚，吃过晚饭到睡觉之前那段时间，有的战士去练双杠，有的借着夕阳学习《毛主席语录》，有的写“斗私批修”日记，有的则“一对一，一对红”，那是当时很流行的一种二人谈心方式，就是两个人一起交流学习毛泽东思想的心得，一般是一个先进的跟一个相对落后点的拴对子，所以又叫“一帮一，一对红”。雷进就很想跟老班长“一对一”。可是他去找老班长的时候，却不见其踪影。哪里去了呢？几个往常能发现老班长的地方，竟然全都寻觅不到。

雷进他们部队的驻地，后门外有条河，河边布满芦苇丛，在休息日，是准许不值班的官兵出后门在河边散步的，也有淘气的战士趁机蹚水逮鱼，还会在苇丛里发现鸟窝，因此除了提着鱼也有捧着蛋去交给炊事班的。雷进那天转到后门，跟后门站岗的战友打个招呼，就往外找，站岗的哨兵提醒他："别走远了，晚汇报号响前一定回来！""晚汇报"是跟"早请示"配套的政治礼仪，都是为了坚固对毛主席的忠心而设置的。"晚汇报"以后熄灯号响，就得躺下睡觉了。

雷进本来没觉得会在河边找到老班长，老班长很少到这河边来。他往前找了一段，没有任何人的影子，正要退回，忽然发现，那边在晚风中摇动的苇丛里，有人影，再仔细看，是两个人，一个正是老班长，另一个呢，认出是他们连里另一个班的战士，外号大牛，那大牛是老班长同乡。难道是老班长要还乡，大牛要托付他什么事情？那为什么非到芦苇丛里来托付呢？再说，雷进想起来，那天下午，大牛用口琴吹着"打靶归来"的曲调，来过他们班宿舍，跟老班长说过话的。因为是老乡，就有说不完的话吗？雷进有些嫉妒大牛，因为他自己，申请入党好久了，老班长只是一般性地鼓励，并没有像现在对待大牛那样，能"一帮一，一对红"，临走了，还跑到芦苇丛里耐心指教。

雷进以沮丧的心情返回。没多久，老班长也回到宿舍，而"晚汇报"也就开始了。老班长站好最后一班岗，以洪亮的声音，再一次带领大家向毛主席表忠心。在熄灯号响起的瞬间，雷进看到，老班长把他那陈旧简单的一个旅行袋，搁到了枕头边。那东西一直都是放在床底下的。灯熄了，雷进那上铺的位置离老班长那下铺的位置还隔着两张上下铺，他自己睡不踏实，也觉得老班长似乎翻身次数不少。他很惭愧，自己不能安睡，对得起毛主席吗？能保持旺盛的精力投入明天的军事训练吗？老班长的不能安睡，则完全可以理解，那是一个革命战士对部队的依恋！

第二天开过早饭后，老班长在内的一批退伍军人，戴上大红花，在热烈的掌声和口号声中，登上卡车，前往火车站。雷进他们班有了新的班长。

尽管部队纪律很严，传递小道消息是不应该的，但是在第二天开晚饭的时候，连雷进也听说了，他们军营里有个战士失踪了，可能是开小差了，那个战士就是大牛。开小差？雷进觉得万不可能。那个时代，多少年轻人向往参军入伍啊！而且，在部队里，无论吃的住的穿的用的，都比在农村家里好啊！再说了，大牛是老班长的同乡，他跑回家乡去，有什么脸见老班长呢？

几天以后，部队开了大会，宣布，在营地后门外那条河的下游，发现了大牛的尸体，他一定是被阶级敌人杀害了！部队首长要求全体官兵，一起提供线索，来将那杀害大牛的阶级敌人抓住，绳之以法！

这种情况下，雷进就猛然想起，他没有阶级敌人的线索，可是，他亲眼看到了，芦苇丛里，大牛和老班长在一起。他没看花眼，就是他们俩。那么，他要不要向首长报告这个情况呢？也许，那阶级敌人要杀害的，是老班长，大牛是被误杀了吧？……实在难懂！他若向首长报告，部队必去找老班长调查，那会不会给老班长惹麻烦呢？

那天在后门站岗的哨兵，被要求回忆见到营地里哪些人出过后门。他当然会被哨兵讲出。哨兵也会记起来，老班长也曾出去过。可是他们不是又都返回了吗？对他们怀疑的可能性几乎是零。他完全可以守口如瓶。但是，经过一番激烈的“斗私批修”，雷进还是决定去汇报他所见到的，风中芦苇里露出的那两个身影，一个是大牛，一个是老班长。

二锋听父亲讲这段故事，一直到父亲去报告之前的情节，他都不怎么感兴趣。但是，父亲所交代的那个结局，却令他极为震惊。那震惊将伴随他的终生。

雷进的汇报引起了部队首长的重视。很快就找到了复员回乡的张班长。张班长一见拉长脸来找他就慌了，开头胡说八道，后来搁不住严厉逼问，终于直供不讳，是他杀了大牛。他为什么杀大牛？因为那天下午，大牛吹着口琴到了他们宿舍，没经过张班长同意，就把张班长床底下的旅行袋拖出来，拉开拉链，他是要把一包糖果塞到那个旅行袋里，托张班长带给家乡他的弟妹。别的人没有注意他们。晚饭后张班长把大牛约到了河边，隐蔽在芦苇丛里，问大牛看到他旅行袋里的东西没有？大牛说看到了好些半块的肥皂。原来张班长是想把历年积攒下来的，没有发给战士，而战士们也没有在意的那些半块一份的肥皂，带回家去。加起来一共是十七个半块。那时候他们那地方农村生活极其艰苦，一般家庭洗衣服都用不起肥皂，妇女们常在村外河里用皂荚树上摘下的皂荚来洗衣服，要么就用木棒槌在石头上猛力敲打，以驱除衣服上的秽物。张班长多年来生活在思想行为都必须完全正确的氛围里，他通过实际努力也确实获得了完满的评价与荣誉，他觉得倘若大牛把他贪污肥皂的事情说出去，他的一切，过去的美名今后的前途，就全完蛋了！唯一的办法，就是灭口！他承认，大牛还哀求过他，保证为他保密一生一世，他还是没有饶过大牛，先掐晕了他，再给他绑上石头推到河里……事发后在他带回家的旅行袋里，搜出了剩下的十六块半拉的肥皂，那些天里，他只送了半块给他喜欢的一个姑娘。姓张的那个当过班长的农民，被押回部队，作为现行反革命分子，经军事法院审判，判处死刑，宣判后立即执行。雷进虽然因为及时汇报受到首长肯定，但是被提前复员，首长在他返乡前告诫他，这件事绝对不能扩散，因为事关部队的声誉。雷进懂得。这应该是极其个别的怪事，不典型，不应当外泄。但是，当儿子二锋也要去当兵的时候，他觉得应该把他人生中所经历的这桩怪事，讲给儿子听，他的用意是："孩子，人心难测。你得永远防着。"

二锋当年听完父亲的讲述，追问："爸，你为什么非要汇报？本来不会有人怀疑到那张班长，也不会怀疑到你。大牛固然死得冤，你又何苦让张班长吃颗黑枣？"父亲就叹口气说："人活在世上，总有那很大很大的东西在你头上，你得服。"

那么，现在对于二锋来说，麻爷就是那很大很大的一种存在，他必须服从麻爷、孝顺麻爷。尽管他知道庞大哥对他很好，也难估计麻爷知道庞大哥有了女朋友而且还闯进了保密的病房，会给庞大哥带来什么后果，但是，不能耽搁，他必须汇报。他离开庞大哥病房后，到得楼下，立刻给麻爷打去电话。

30

西餐馆里，努努和力力占了个车厢座，对面吃西餐。

她们本来约了高中同学海芬，努努之所以能混进常人难抵的高级病房，直达阿奇床前，就是因为有海芬这过硬的关系，正是海芬在上次会面时无意中提及："高干病房竟然住进了保镖，你们信吗？就因为他是什么麻爷的保镖，所以可以破例。"当努努要求海芬帮她进入那保镖病房时，海芬甚至不去追问她怎么会对一个保镖感兴趣，只是得意地说："进入那病房区是有严格限制的，可因为我是海芬，所以你可以破例。"海芬父亲是个将军，她大学学的医，毕业后在那医院任职。努努、力力、海芬都只有二十多岁，她们性格各异，却对当今社会只要有了过硬的关系就能破法律法规制度守则之例，坚信不疑，只是努努在实践上，经验少些。

喝过酥皮奶油蛤蜊汤，吃完头盆凯撒沙拉，她们的争论更趋激烈。她们从来都志趣有别，见面的乐趣就是将不同的观念针尖麦芒地对阵。

“你好重的口味！肌肉男，胸毛汉，超级阳刚，香港人所谓的‘大只’……真不明白你究竟是怎么了！”力力的眉毛挑起老高。

“你的口味也不轻啊！”努努反唇相讥：“那个什么夏作家，夏委员，吓死人……原来，是他钓鱼，想钩上你，你还请了我，一起逼他‘正照风月宝鉴’，把他要弄得七荤八素！最近你怎么啦？你把他当鱼钓起来啦，设的好局！这回不让我插手，还保密，可是，要想人不知，除非己莫为，你妈妈为了查你，电话打到我手机，还不谢谢我！多亏我给你遮掩得天衣无缝……”

“怎么啦？”服务生端来葡萄牙风味罐焖鸡，力力看也不看，只顾争辩：“纳博科夫的《洛丽塔》，谁推荐给我的？那改编成电影的DVD，港台翻译的片名是《一树梨花压海棠》，坐在我们家沙发上一块儿看的时候，你是怎么说的？‘原来乱辈恋，也能这么美好……’”

服务生又端来法式烤蜗牛，努努倒还注意看，提醒那服务生：“配的葱油面包片呢？”服务生报告：“马上拿来。”努努这才对力力说：“可是那夏某人，算得上‘一树梨花’吗？我怎么看怎么觉得是‘一把稻草’！”

葱油面包片补送来了，两个人把两种主菜分而食之。

力力说：“也许，我真是鬼迷了心窍，不过，至少到今天，我还是难以摆脱他的魅力，他有种熟透了果子的酒香……”

努努笑：“果子的酒香？你犯鼻炎了！他那人，爱在他那乔治·阿玛尼的条纹衬衫上，洒点子男用香奈尔香水，你就昏了头，以为正好跟你的路易·威登包，还有范思哲绝版套裙般配……想起他来我就反胃！”

力力把叉蜗牛的叉子往台面上一摔，愠怒地说：“你那什么阿奇整个一块发酸的马肉，我现在就要去卫生间一吐为快！”

但是努努依然嚼着用番茄酱焖软的鸡肉，力力喝了一小口冷水，撕下一角葱香面包片丢进嘴里。

“唉，”力力叹口气说：“我反正不过是尝一口老姜罢了，过俩月就去那边了。在那边超市里，我会一边打理生意一边想念他吗？才不会呢！我期待着新的生命体验。可是，你呢？你居然认真起来，说什么要考虑跟那头公牛结婚！你妈同意你嫁一个只有初中学历的保镖？你能把对他的那种新鲜感保持下去？你脑子肯定进水了！”

“你不要唯学历论。他可是一个熟悉西方古典名著的人。就是现在的大学本科生，西语系的除外，有几个能像他那样，对谈起来让你心里有种浸在温泉里的感觉。”

“西方古典名著？启蒙读物？什么人道呀，个性解放呀，大悲悯呀……早过时啦！西方在古典文化以后，有现代派，又有后现代派……讲究荒诞、魔幻，要么就把一切都解构掉，以平面化、无意义为最高境界！夏家骏告诉我的，现在还读什么维克多·雨果，什么列夫·托尔斯泰，会被认为是茹毛饮血！现在要读马尔克斯，读博尔赫斯……”

“读夏某人的大作，《中国大超市》，才是最时髦最前卫的，对吧？”

“你挑什么衅！”

“你发什么火！”

……

等餐后甜点和卡布西诺咖啡端上来时，和以往一样，两个小女子又都安静下来，不约而同地用小勺子搅着咖啡，各自凝望着窗外的某一并非刻意选定的事物，任伤感袭上心头。

力力自言自语：“我要的究竟是什么？”

萦绕努努胸臆的是同一问题，只是她没有吐出唇来。

31

一年后的那一天，二锋开着他的本田去了馋嘴蛙。是跟几届的战友聚会。

他一进单间，屋里的人就乱哄哄地唤他“大哥”。这大哥的称谓来之不易。

原来都只叫他二哥，他名二锋嘛，而且，山东人，习俗上也不兴称大哥，因为武大郎是大哥，三寸丁谷树皮，谁愿意被当成武大？武松才威武，都愿意被唤作山东二哥。但是，自从跟了麻爷，大哥是那庞奇，虽说庞奇确有一身好拳脚，可只会弄点棍棒之类的冷兵器，不会使枪，开头服，后来就不怎么服了，耳边总听一帮保镖保安大哥大哥地唤庞奇，自己免不了也那么叫，心里头是越来越发堵，取彼而代之的欲望，日渐膨胀，就不免在麻爷耳边，给那庞大哥下点子蛆。那回庞大哥护主受伤，住进高档医院高级病房，忽然闯进个小女子，不管不顾地跟庞大哥亲热，自然立马汇报给了麻爷，但紧接着出现的局面，却让二锋大出意料……九曲八拐，坐过山车般地惊险，才终于走了庞大哥，换上了他雷大哥，他雷大哥混到今日，容易吗？

雷大哥坐到主座，其他人纷纷择椅坐下，还没开席，屋子里已经是烟味弥漫。照例是互问近况，照例是从“胡混呗”的回答里知道一切如常，照例是拿个头最小挣得最少的开涮，照例是一串串的黄段子……

烟味里很快就掺进了酒气。干锅牛蛙一气叫来两份，麻辣未及舌尖先袭鼻腔。有几位划上了拳。有的对雷大哥露骨地谄媚，希望在他那闪电健身俱乐部里谋个美差。

雷二锋每次宴请战友时，都因享受众星捧月而心花怒放。这回虽然表面上也兴高采烈，心里却着实地忐忑不安。庞大哥回来了。雷二锋开车往这馋嘴蛙来时，分明见那庞奇站在街角的水果棚外头。庞奇庞大哥此来不善。他是故意在那个地方站一站，好让整条街抖三抖。他是来兑现恶誓的吧，他要杀人了。庞奇庞大哥会杀他雷二锋吗？……

在烟酒和麻辣气息中，雷二锋回忆两年前那天，他在医院病房楼外，给麻爷打电话汇报有小女子闯病房的意外情况，麻爷最初的反应，是一声响亮而拖长的“唔”……雷二锋深知，麻爷对贴身保镖玩女人是无所谓的，但是，瞒着他正儿八经地搞对象，甚至谈婚论嫁，那就是大大的不忠了！雷二锋等待着麻爷进一步的反应，也许雷霆万钧，马上就会劈向昨天还深得他宠爱的庞奇！……果然，麻爷“唔”完以后，停顿了几秒，或者十几秒，命令说：“你这就来一趟！”……雷二锋不敢怠慢，很快站立在麻爷面前，麻爷就让他细说端详，他确不是吃素的呆货，在见麻爷前的极短时间里，他已经掌握住了最重要的信息，遂向麻爷汇报：“那个女子叫冯努努，是个园林设计师。她是通过医院办公室的一个女士达到目的的。那帮她的女士，老爸是个将军。”麻爷听了，就又是一声响亮而拖长的“唔”，又停顿了几秒，或者十几秒，然后挥挥手，雷二锋就知趣地退下……

麻爷确是大手笔。隔了两天，麻爷又叫过雷二锋，先问大庞子情况，回答是恢复得好快，医生说差不多就可以出院了，麻爷淡淡一笑，递给雷二锋一个信封，有点沉，里头的东西不像是信纸或钞票，跟他交代：“就说本来我要亲自给他，忙，分不开身，让你带过去。他要娶媳妇了，好，我送他一套房，这是钥匙。”当时雷二锋像着了雷轰，万没想到，他的告密，不仅没有撼动庞奇大哥的地位，反倒让其白得一套住房！后来知道，那是麻爷罩着的开发商新开的一个楼盘，虽然所赠户型在那楼盘里属于最小的，却也价值百万了！庞大哥娶了媳妇得了房，岂不更会死心塌地地保卫服侍麻爷，雷二锋岂不是十年的媳妇也熬不成婆？……

那天，在馋嘴蛙，雷二锋正被禁止不住的回忆困扰，手机发出蛐蛐叫，是有短信，一看，只有一个字：来。就知道麻爷一定是因为庞奇归来，召唤他去吩咐。

庞奇往那街角一站，一定会有人设法报告麻爷，他自然也报告了，但未必是头一个。麻爷自身使用的手机号码连雷二锋也不掌握，他不召唤你也不能主动去往他那里，但来短信的号码是女秘书的，可以确定是麻爷的本意。

包间里乱哄哄。雷二锋把一个啤酒瓶往地上一摔，众人不由停止喧哗。雷二锋宣布：“我有事撤了。你们尽管把已经上的酒水吃食扫荡。我去结账。”他刚出包间，那里头又乱哄哄闹成一片。

32

再拖下去，顺顺就要搬家了，薛去疾带上宣纸墨汁碗子排笔等工具去那排房，拓那红泥庵碑的背面。

薛去疾拖延着不去，是怕又遇上何司令。

真是怕什么来什么。薛去疾刚踅进那院，偏就遇上了何司令。何司令是到院子里的水龙头那儿接水去了，一眼看见薛去疾，如获至宝，硬把他又拉到他那间破败的屋子里。

只见屋子里饭桌上，摊着宣纸，也有墨汁毛笔，是何司令在用大字报形式抄写歌篇。

何司令兴奋地告诉薛去疾，现在他每周有两天是到市中心的公园里，同红歌会的同好们一起唱红歌，他说："有的人净爱唱些软红歌，什么《我爱北京天安门》《北京的金山上》……还有的把那些个苏联歌，什么《喀秋莎》《莫斯科郊外的晚上》也当红歌唱，我跟几个老哥们儿姐们儿提倡唱硬红歌，特别是毛主席语录歌，他们有的就说，忘了调调，没谱子唱不来，所以我就每回带几大张歌篇去，到了那儿挂在树上领着唱！也没有当年的歌本了，全凭记忆，好在我简谱还成，写出来意思全到位，比如这首《下定决心》，我能带领大家伙儿分三部重唱……"说着就挥拳唱了起来："下定决心，不怕牺牲，排除万难，去争取胜利！……"见薛去疾木然地站在那里，叹口气说："大浪淘沙，多有晚节不保的主儿，你还算背叛得不深的……还是伟大领袖说得对，凡是有人群的地方，都有左中右，一点不假，就好比前天去聚，有的挂出的歌篇上是什么《渔光曲》，说是总比《夜来香》好吧，我就跟他辩论，特别是跟年轻一点的歌友们扫盲:《渔光曲》是所谓上个世纪三十年代的'左翼电影'里的插曲，那电影那歌都属于文艺黑线上的产物，跟毛主席的革命文艺路线是对立的！正如伟大领袖所说，有的人顶着共产党员的名义，却写些个反党的名堂，对人民群众欺骗性更大！从这个意义上说,《渔光曲》的反动性,超过了《夜来香》！……后来，他们有的唱那《渔光曲》，我们真左派就高唱《红灯记》里李玉和的唱段……"

薛去疾真怕何司令把那唱段吼上一遍，就截断他说："你忙你的吧，我是来找顺顺的，他等着我呢……"

何司令拦住他不让走："知道你不是找我来的。当年你紧跟我，如今你紧跟走资派。不过，我问你，今天是个什么日子？"

薛去疾觉得对面这个人真的神经不正常了。今天是个什么日子？很平常的日子，没有重大政治活动，没有大新闻，没有大促销也没有环城马拉松……

何司令的脸色变得十分诡异，他宣布："今天是五月十六日！"

薛去疾过了几秒钟才倏地醒悟：1966 年 5 月 16 日，中共中央有个《五·一六通知》，那实际上也就是"文化大革命"的总动员令，不过当时工厂里所有的人，从后来被打成"走资派"的厂领导，到后来成为造反派司令的何海山，更别说薛去疾那样的政治上一贯缺乏敏感性的技术人员，谁都没有意识到，《五·一六通知》里号召全党全民与之斗争的所谓"睡在我们身边的赫鲁晓夫"，竟然是刘少奇！……往事不堪回忆，他也不愿意去回忆，此时此刻，他意识到，何海山依然将他的生命，同那个《通知》黏连在一起，而他，早已经和"文革"切割开了……

不想再停留，薛去疾挪脚，何司令却捏住了他的胳膊，他也不便强行挣脱，何况铸工出身的何司令虽然英雄末路，余下的力气仍是他难以抗衡的。

"你给我写几个字再走！"何司令发布命令。

想当年，何司令演讲时肩膀一抖，军大衣一落，薛去疾会麻利地接到怀抱中；何司令将一摞别人写好的大字报稿往他跟前一撂，命令："抄出来！"他便会立即兢兢业业、废寝忘食地抄写。

"写什么字啊？"薛去疾问。

"写：星星之火，可以燎原！"

薛去疾面有难色。

"好，那就方便你，写'星火燎原'四个字好啦！"

薛去疾还试图推却："那是毛主席写过的，我可写不了毛体，当年抄大字报，也不能用草书，是吧？"

"你也不配写毛体。就跟当年抄大字报一样，楷体就行，不过要写个中堂，我要挂起来，每天看，激励自己。"

薛去疾朝那屋里正墙一瞥，依然挂着那天看见的三张头像，当中是印刷的，两边是手绘的。难道何司令要把那四个字挂画像上头？……管不了那么多，早点脱身才好，薛去疾就把自己的东西搁一边，用何司令的纸笔墨，给他写下了那么四个大字。

何司令端详那四个字，摸着下巴，基本满意，拍了薛去疾肩膀一下，说：“你还属于统战对象。去吧！”

薛去疾赶紧拿好自己的东西，一溜烟出了那屋。

33

尽管窗户外面的景象不雅，是一片瓦砾场，但在那栋新建成的楼房的那个单元里踱步时，冯老师还是怦然心动。

外面的瓦砾场，意味着这个楼盘还将扩建。这个楼盘离地铁站不远。相信很快可以成为一个配套设施齐全的社区。

这个单元只有 82 平米，是楼盘里最小的户型，但是比起自家住了二十来年的那个旧楼的单元，要大出 27 平米。如果努努在这里结婚生子，应该是非常幸运的生活。

努努此前只跟阿奇来看过一次。那回他们不曾兴高采烈，这回把妈妈带来看，努努也未见喜笑颜开。

“真的白送给你们？怎会有这样的好事？”

“祸兮福所倚，福兮祸所伏。”

冯老师并不太以为意。她觉得女儿不过是还在强调，如果没有那个夜晚的惊险也就不会有今天这套新房。

努努的心思，还没有跟妈妈道出。

刚开始，她也为阿奇奋勇救主获得这样的褒奖，惊奇而又喜悦，但是，阿奇告诉她，麻爷虽然没有明说，但这褒奖的含义，应该是从此他要更彻底地卖身投靠在麻爷麾下，起码五十岁以前，他还得在关键时刻跟在麻爷鞍前马后，必要时奋不顾身地为其卖命。这不是他想要的生活前景。当然更不可能是努努对今后的期盼。

那么，如果他们接受了这贵重的馈赠，而在不久以后，阿奇提出辞职，麻爷会应允吗？按努努的想法，阿奇应该在半年后辞职，然后，用他和她的积蓄，开一个苗圃，这样，他们就可以过一种田园牧歌式的生活。

在阿奇用那把钥匙打开那单元的门之前，他们已经达成共识：无论如何，他们既然相爱，要结婚，那阿奇就应该换一种职业，与园艺师最匹配的职业，莫过于苗圃老板，而努努实际上也就成了苗圃的老板娘……他们来看看，不过是出于好奇，就像去看看朋友新买下的单元一样，他们是舍得放弃的，如果麻爷的意思真的是以房栓人，扣下阿奇，那么阿奇就会义无反顾地退回钥匙，净身离职。

但是，当那单元的门开启，努努和阿奇迈进去以后，他们两个的心就都不同程度地动摇了。尽管那是未装修的清水房，但是，在这个大都会里，这单元里的每一个空间，每一处细节，都昭示着他们：这天上掉下的馅饼非同一般，是个金馅饼，而且在如今的世道里，随着时间的推移会迅速升值。

努努回想起，她很小的时候，一家人住在那个教育局盖的宿舍楼里，是其乐融融的，但是，等到她上小学的时候，父母就常为住房的窄小而龃龉，虽然有两间卧室，平时父母和她各占一室倒也安然，但是父母两边外地的亲戚一来，便顿感转圜不开。到她上中学的时候，楼里一些人家不知都是怎么抓住时代机遇的，或获取到不菲的灰色收入，或子女发了财，在其他地方购买到大而新的商品楼房，搬往新居，这楼里的住房在结束福利分房一律低价自购以后，就或以高价转卖，或以相当不菲的金额出租，因条件未得改善而留住在楼里的人家，便觉得颜面羞赧。后来父亲去世，家里减员，但努努和妈妈却并未觉得居住空间变宽敞了，因为她们所住的六楼，其余各户全都或卖或租迁往新的楼盘，她们每天还得爬楼梯回家。努努第一次到中学同学钟力力家去时，才知道六层以下的楼房不设电梯的规定早被突破，人家所住的高档楼盘，六层也有电梯，而且一梯两户，就是住二楼的，一般情况下也不用走楼梯。努努上大学以后，回到家，常对妈妈说的一句话是：“妈，我一定能挣钱改善咱们的居住条件！”而妈妈惯常的回答是：“你嫁个有大房子的男人就好！我一个人住这里足够宽敞了！就是爬楼越来越吃力，不过我也还不甚老，天天爬上爬下也是很好的锻炼！”

阿奇对独立住房的追求，以前比努努淡一些。他已经用挣到的钱，在家乡为自己盖了一栋两层的住宅。在这大都会里置套房，以他那不算低的报酬，若要攒够首付，也得七年八年，何况他是外地户口，还没有在这边贷款的资格，若是全款买下一套稍微像点样的单元，则真不知要攒钱到何时方可圆梦。他每月还要给父母汇钱，对其余亲友的求助从不推托，加上对跟前弟兄们大手大脚，请吃请喝，来借必应从不催还，甚至很少查验自己的存款，遇上冯努努，由真爱而生结婚之想，这才意识到自己应该负起在这大都会置房的责任，痛下决心，从此开源节流，认真攒钱买房！但这追求浓酽起来，注意各处新楼盘价位，才惊悚于愿望与实际之差距巨大！

麻爷所赠单元的诱惑，阿奇和努努都难抗拒。看完那房，他们转移到一家餐馆车厢座，直到服务生送来菜牌，他们才打破各自想心思的沉默。阿奇这就辞职吗？退回钥匙，需要多么大的勇气啊！

努努带妈妈来看房，是再做一次内心的调整。也许，她应该接受阿奇那保镖的职业。各种职业都是平等的，不是吗？保镖是高危职业？其实，许多职业都潜伏着危险，比如医生，前两天还有心怀不满的患者闯进医院乱砍的新闻，被砍死的，并非那他认为是对他态度不好的医生，而是另一个新上岗的青年医生！还有影视明星因拍戏受伤的消息，多少俊男靓女涌向艺术院校的考场啊，他们难道不知道当演员拍戏也是个高危职业？再说，阿奇再干个十来年，麻爷必会给他另安排个工作，她也还可以从长计议……

“这厨房真不算小！”冯老师在那单元里转悠。她对庞奇的不满意，不仅是职业，对她来说，更要紧的是学历。初中毕业！她真不敢多想。她含辛茹苦地将女儿培养到成为学士，怎能让鲜花插到牛粪上？

但这牛粪却能为鲜花提供如此现成的好房子，好房子又怎能放弃？虽说卫生间是个进去就必须开灯的暗卫，但足够宽敞，而且整个单元分割成三室一厅，将来小孩有独立空间，她也可以来住一间……

冯老师满脑子转悠的是：这女婿的学历问题该怎么化解呢？踱到阳台，见女儿正倚栏发愣，就过去说：“努努，你那阿奇虽说快三十了，补个学历也应该还来得及，进不了正式大学，上函授班考个本科学历也还是可以的，他既然喜欢文学，就去考个中文系文凭好了……”

本是柔声跟女儿商量，没想到努努突然转过头来，满脸怒容，跟她激动地嚷起来：“你又来了！学历学历学历！你烦不烦人呀你！因为学历的事情你把爸爸憋出了癌，你还要我也憋出癌来呀！”

确实，当年在那所中学，评职称的时候，因为努努爸爸只有师专的学历，不是大学本科学历，就没能评上高级职称，分配宿舍之所以安排在六楼，也是因为按学历排队排不到前头，为这事儿妈妈没少叨唠爸爸，以至有一回爸爸气得跟妈妈说：“你那中等师范的学历岂不更寒碜？你要是高学历评上个教授，我跟你住教授楼去！要不我们离婚，你另嫁个教授！”

冯老师对女儿的大变脸毫无准备，深受打击，忍不住也吼她：“你这是些什么话？告诉你，你青春反叛期最厉害的时候，我都没让你吓倒，你以为你有了这房子就成阔太太了？告诉你，我还真不稀罕！多余跟你来这么个破单元！”说着就噔噔噔往外走。

努努紧跟在她妈身后，气急败坏地说：“学历学历！少跟我说什么‘学历差距大，没有共同语言’，我跟阿奇共同语言多着哩！倒是跟你这么个半瓶醋的师范生说不到一块儿！我也告诉你，你更年期最厉害的时候，我也都没让你吓倒，你以为你这么着再闹更年期，我就让着你！”

冯老师大脑里迸金星，噔噔噔冲下了楼去，努努跟出单元，还想朝楼梯口嚷，却大脑里顿成空白，她蹲在那单元门口哭了起来。

34

连续好几天，薛去疾都在研究那红泥庵的碑拓，正面碑文是道光年间重修此庵的缘起，其中并无与京剧《虹霓关》沾边的痕迹。京剧《虹霓关》所演乃隋末唐初故事，瓦岗寨英雄王伯当射杀了虹霓关守将辛文礼，辛妻东方氏出战，将王伯当擒获，却因王伯当英俊倜傥生爱慕之心，安排丫鬟出面求婚，竟嫁与仇家，但王伯当在洞房中申斥东方氏不守妇道，将其杀死。旧时代《虹霓关》分头本、二本开演，梅兰芳将此戏演红，头本中饰东方氏，二本中改饰丫鬟，1935 年梅兰芳访问苏联时，大导演爱森斯坦还将其头本《虹霓关》拍摄了舞台纪录片，但是 1949 年以后这戏很多年绝迹于舞台，因为其内容一是涉黄，二是宣扬了封建旧道德，直到改革开放以后，才有头本对阵擒拿的演出。薛去疾从顺顺住处拓下的碑文，乃距王伯当东方氏故事约 1200 年后，很难想象当年那个虹霓关就在如今这个地方。但是，那碑的背面开列的居士捐赠名单里，多有王姓，也有辛姓，难道是王伯当的后人和辛文礼家族的后人？

薛去疾自命从庙堂入江湖，大隐隐于市，最喜结识下层人物，在与美国亲人通话时，常举些例子，说明江湖小人物如何淳朴，对比于在庙堂钻营的如夏家骏辈的虚伪贪婪，称在江湖中得大自在，有大乐趣。其实，这几年与江湖众生的交往里，已经出现了诸多“毛刺”，如顺顺夫妻投靠贿赂“铁人”占人行道开店，等等，令他痛感庙堂虽多贪腐，江湖也有卑污。

那晚自己弄完晚饭吃罢，正在电脑前将拓下的碑帖上的内容录入，忽然电脑旁的座机响铃，拿起一听，是物业电工小潘打来，问他是否刚才往物业打过电话找他？是不是家里用电方面又出了问题？他说家里用电情况正常，并没求助过物业，小潘就表示愿意上门给他再仔细检查一下电路，他觉得小潘一向服务态度很好，印象不错，生下三胎女儿，经济上困难，很值得同情，就是平时在楼盘内外遇上，也很愿意停住脚步，跟小潘聊上几句，现在小潘愿意主动上门，就是没什么电工活儿，聊聊也好，就热情地说：“那你这就过来吧！”

小潘穿着个背心短裤就来他家了。那年初夏，气温就很高，薛去疾自己也只穿个白色圆领恤，下面一条薄的条纹休闲裤。开门迎进，小潘笑嘻嘻的，露出他那只因硬咬啤酒瓶盖而损坏掉釉面的门牙。进门以后，小潘有个小动作，将薛家防盗门的保险旋钮扭到外面即使有钥匙也开不开的位置，薛去疾当时也没在意。小潘并没有带个工具袋来。进门站稳以后，小潘将门边的那个开关关了又开，开了又关，薛去疾理解，那是在查验以前给他换上的开关座子有没有问题。

小潘在单元各处转悠，似乎是在检查电路，薛去疾去从冰箱里取出果粒橙，又怕太凉，另取出冰箱外常温的，问小潘：“你喝冰过的还是常温的？”

小潘站在薛去疾面前，笑嘻嘻，问他：“您喜欢看我？”

薛去疾觉得这话很怪，一时不知如何作答。

小潘就唰地脱掉背心，把背心甩到沙发上，使劲地绷起胸肌，又轮流绷起左右胳膊的肱二头肌，仿佛健美运动员在比赛台上展示，依然笑嘻嘻，问："您喜欢吗？您摸摸！"

薛去疾心中有些诧异，又不免暗笑，他那也算健美吗？奇哥儿不比他强壮百倍？而且，他那个脱了釉的门牙刺眼，甚至令人恶心，便闪开视线，递给小潘冰过的果粒橙，小潘接过，仰脖咕嘟咕嘟灌下半瓶，剩下的搁到茶几上，抹抹嘴说："您真疼我！"说完就坐到单人沙发上。

薛去疾在斜对他的长沙发上坐下，问他："你最近过得怎么样？"小潘叹口气，说："难过啊！您也不帮帮我！您可是说过要帮我的！"薛去疾就问："怎么个难过？物业又拖欠工资啦？"小潘忽然腾地一下换坐到长沙发上，紧挨着薛去疾，说："都在这里养不活了，老婆孩子都回老家了！"薛去疾说："是呀，长安米贵居大不易，回老家节省多了！老家你们双方的老人还都在吧？也能帮着带带孩子。"小潘满脸愁苦地说："媳妇都回去三十八天了！我，我，我实在熬不住了！"说着，竟然就把裤裆里的老二掏了出来，顿时膨胀起来，超粗超长，把薛去疾吓了一大跳，本能地抬起屁股挪开几寸，没想到那小潘忽然像饿虎一般，猛地往他身上挤靠，直挤到沙发扶手那里将他夹住，然后把头靠到他脖子上，嘴唇紧贴到他耳朵底下，同时，一只手穿过他的恤衫，拇指和食指捏住了他的乳头，另一只手就穿过他的裤子，直截了当地去捏他的老二与阴囊，喘着气哀求他："帮帮我，您答应帮我的……救救我，救救我……去床上，让我捅捅您的菊花……保能让您也爽透！……求您了！"

事后回忆起这一幕，薛去疾还心头小鹿乱跳。活了这么大，此为头一遭！后悔不该对小潘那么样地不设防！原只以为庙堂多凶险，没想到江湖更诡谲！

当时薛去疾又羞又怒，骂起来："你耍流氓！你滚开！我把你当人，原来你是野兽！"使出浑身的劲头挣扎，先把小潘那伸到下面的手分离抓开，又把捏他乳头的手驱赶，那小潘却还死赖着把嘴唇贴着他脖子，他双手死命推开小潘，怒吼："你想强奸我吗？我要报警！"小潘这才离开他身体，仍坐在沙发上，其老二萎缩了，小潘掩面啜泣起来。

薛去疾去到电话边，抓起话筒，要报警，但是回望那小潘，又犹豫起来。

他搁下话筒，厉声说：“姓潘的，你快给我滚！”

小潘把双手从脸上挪开，把裤子恢复到正常状态，拾起背心，穿上，眼里充满恐惧与怯懦，问：“你，你真要把我送进局子吗？那，那谁养活她们？”

薛去疾提醒自己不能心软，但也确实下不了狠心报警。他训斥小潘：“你性苦闷，性饥渴，不能采取犯罪的手段来解决问题啊！而且，说白了，就是犯罪，也只该犯小罪，比如去找小姐……”小潘说：“我舍不得花钱。我怕得脏病。怕染上艾滋。”薛去疾指着他鼻子骂：“所以你就想欺负我！真没想到，你原来是个变态狂！你既然是个搞同性恋的，怎么又跟女的结婚？”小潘就说：“您别报警，我坦白，我不是坏蛋，我是把您看错了……”

根据小潘交代，原来，他结婚以前，做电工活，是在这城的另一边的楼区，有次在一家独自干活，也是热天，他光着膀子，那家当时只有一位男主人，也大他好几十岁，个头长相跟薛先生都很像，先是总拿眼打量他，后来就走上前夸赞他健壮，让他绷紧肌肉，伸手抚摸他的胸肌臂肌，后来竟搂住他亲吻，最后，把他带上了床，让他捅自己的菊花……但那只是“一夜情”，后来再没有来往，他也再没有向往过男人的菊花，他结婚以后，跟他媳妇非常恩爱，只是他欲望特强，别说离开三十八天，两天不做那事都欠得慌……小潘说自己千不该万不该错看了薛先生，把以往薛先生对自己的平等、热情、同情跟那位先生有那样的心思划了等号！小潘交代完，站起来，连说“对不起”，又鞠几次躬，往门外走，走几步又回过身，说：“您放心，我不会再做糊涂事。我回宿舍自己撸吧。”他自己旋回门内的保险扭，出门前，又回身，怯怯地问：“您会把我送上法庭吗？”薛去疾厌恶地摆摆手，警告他：“你别再接近我！躲我远远的！”小潘开门出去，又撞上了门，薛去疾快步过去，将那保险钮狠狠地扭到关闭的位置。

35

机场到港大厅聚集了大群年轻人，小姑娘居多，被保安在出港通道旁拦成两个方阵。当出港通道上出现头几个人影，方阵立即爆发出欢呼，但稍后欢呼声又变成了嘘声，再后，竟归于沉寂……通道上陆续出现一些推着行李车和拖着拉箱的人士，也有只拎小包和空手走出的男女……方阵中的少女少男们引颈期待，他们是在等候一个境外著名组合的明星出现，这个组合这时候乘坐的班机已经抵港是不争的事实，不知他们动作为何如此迟慢，已经有那么多不相干的旅客走了出来，他们却还千呼万唤不见影……

方阵中有的成员不耐烦了，开始抱怨上当受骗，这时那招呼他们来到这里的歌迷会领袖就站到一个自带撑开的折叠板凳上，满面笑容地挥手打起拍子，周边的一些铁杆歌迷就唱起他们迷恋的曲目当中的一个叠句，将失望的焦躁化为兴奋的痴迷……

那歌迷会的领袖，就是功德南街金豹歌厅的薇阿，这是她几个兼职中的一个，此刻她戴着埃及女王克莉奥佩屈拉式样的银色发套，假睫超长，嘴唇猩红，一身翠绿超短连衣裙，银色高跟长靴，完全看不出她的真实年龄，浑身活力，连续爆发，很快扭转了方阵中蔓延的失望焦躁，忽然，那通道拐弯处出现了推着行李车的组合中的鼓手，薇阿立即指向那人，口中喊出其英文名字，啊！真佛之一出现，方阵顿时沸腾，涌动起来，保安不得不牵起手拼力往后挤压……又一个明星出现，又一阵尖叫，等主唱出现的时候，歌迷们蹦跳狂呼，有节奏地连呼着其艺名，那组合的明星们则不停步地穿过通道，在保安的护卫下快步走出大厅，直奔等候着他们的车辆，而方阵中的少男少女们终于突破保安防线，洪水决堤般地涌向偶像，争取签名，争相用手机相机拍照，尖叫声持续不绝，引得附近不知底里的旅客们目瞪口呆……

“难道是爆发了革命？”也乘这个航班到来的商人叶先生不禁笑叹：“没想到中国俗世进化到了这般地步，胜过台湾！”

跟他走在一起的商人林先生就说：“今天是星期二，这些少男少女应该在学校上学啊，怎么聚集在了这里？此情此景，胜过台湾和美国！”

他们哪里知道，如今通过手机网络联络号召的歌迷会，法力强劲，学校教师与学生家长对这些中学生歌迷的逃学，罚责无计，而演出公司所操纵的歌迷会，雇佣薇阿这样的人，只需付她有限的报酬，便能以手机短信网上 QQ 等形式的造势，凝聚出可观的票房，其中奥秘，外人当然难以知晓。

保安终于将失控的歌迷驱散，随着组合登车离去，歌迷们“来是一窝蜂，去是鸟兽散”，空港也就恢复到常态。

叶先生、林先生两位商人，同一航班飞来，而且恰好邻座，一路上闲聊，虽然都各自保留不少信息，但能以道出的信息交流，已拉近二人心理距离。叶先生定居台南，林先生定居美西，但叶先生美国那边也熟，林先生根在台北，二人这些年的生意，中国大陆又都成重点，而提起麻爷，又都尽在不言中，更巧的是，这回来此，预订的酒店，又都一样，不禁感叹缘分二字，果真不能轻亵。

叶、林二先生正往出租车召唤处走，忽然一女子出现在他们面前，满面笑容地招呼叶先生，把二人吓了一跳。女子将头上的银色假发揭下，摇散盘起来的真发，叶先生这才认出，是曾去过几次的金豹歌厅的薇阿。叶先生不便向林先生介绍，林先生是大陆常客，并不为怪。薇阿就热情邀约两位先生去金豹歌厅散闷，递上新印的有副总经理头衔的名片，声称："最近歌厅新装修了，服务人员的素质提高了，档次绝对一流，二位，'花开堪折直须折，莫使无花空折枝'哟！"

36

常住酒店的人，一般都不会在酒店内部的餐厅就餐，加收15%服务费，昂贵还在其次，往往食之无味，所以都会在酒店外觅食，但叶、林二位入住酒店后，本来约在大堂聚齐，去酒店外品尝美食，却因都感疲惫，懒得再跑路，就去了酒店里的潮州菜餐厅，吃东西其次，聊天为主。

点了青岛啤酒和潮州卤水拼盘，感觉啤酒十分爽口，而卤水拼盘竟意外地出色，于是主菜从简，啤酒和卤拼再来，而聊兴渐浓，忘却早些歇息的互嘱，叶先生先兴奋得满面红光，林先生也倦意顿消。

两人都不记得是第多少次来中国大陆了，但初来那几次的印象，弥久愈深。

叶先生从政治谱系上论，属于绿营，原本更不惮以深绿自居，只是在商言商，中国这边有生意做，赚钱似颇容易，也就逢人只谈买卖，不触及政治，这边的官商，多对台湾政治生态懵懵懂懂，酒宴上称兄道弟，渐渐热络，互给好处，各有其乐，也就管他什么红黄蓝绿，厮混一起。叶先生对大陆最不满处，是汉字简化。提起来，就气愤填膺。林先生说，他刚登大陆，对此也是痛心疾首，亲不见，爱无心，产不生，厰空空，面无麦，运无车，导无道，儿无首，飞单翼，有云无雨，开関无门，乡里无郎，圣不能听也不能说……广本来下面有黄，意味着黄土之邦无限宽广，竟去黄成空！叶先生就激动得拍桌子："你姓林的，到了这边毕竟还姓林，我呢？我姓葉，草字头，当中是个世，下面是个木，竟他妈的给简化成了口字边一个十！那时他们请我上主席台，立的牌子上就将我的姓写成十张嘴，我拒绝就座，说你们请的那位先生不是我，他们就解释，是用了简化字啊，我就跟他们说，繁体字里有叶字啊，叶韵的叶啊，你们去查《百家姓》，有姓那个叶的，跟我不是一个祖宗啊！他们后来就知道，不能把我的姓写成叶，必须写成葉，否则合同形同废纸。但是，后来我慢慢习惯一般大陆民众把我写成叶先生，比如今天机场见到的那位歌厅妈咪薇阿，她发短信'叶先生欢迎您光临'，我不见怪了，可是，大陆的官员和商人，却又流行把他们的名片用繁体字来印制派发……"林先生就呵呵笑："他们又往往弄巧成拙，比如一位官员递我的名片上，写的地址是三裏河，我就问他，有这么个地方吗？是不是一里路二里路三里路的那个三里河吧？他说是呀。我就告诉他，几里路的那个里，在繁体字里是有的，跟裏外的那个裏，衣服裏子的那个裏，不是一个字，不能互相置换替代啊，但他居然听不懂。"

两个人聊来聊去，又都抒发起近年对大陆的喜爱来。叶先生说："这边的歌厅实在好，小姐便宜，质量高；更有那足底按摩，由足及身，手法多样，令人舒泰。"林先生坦言："原来我对此地干部特权，十分鄙视。但是，那年在某省会，他们欢迎我，动用了摩托车队，沿途实行交通管制，真是当了一回大总统，一般大总统怕也不便那么嚣张，那回我呢，车窗外是清爽的街道，风驰电掣，唯我独尊，皇帝的感觉，不过如此吧，哎呀呀，那一刻，真是飘飘然，心想千万不要改掉啊，这样不是很好吗？原来转悠在胸臆的那些观念诉求，一扫而空，始信只要你进入了这个利益系统，一定会知今是而昨非……"叶先生听了，充分共鸣，告诉林先生，他前些时竟有了一个某市政协委员的头衔，是因为市里感谢他去投资，非要他"笑纳"的，他现在算是"酒后失言"，讲了出来，如在台南，万道不出口的，岂有此理嘛！他也真地非常尽责，已经去那市出席了几次“两会”了，未去，也履行请假手续，而且也曾递交提案，建议加大该市旅游地的吸引力，以改变他所看到的景点中游客稀少的景象，谁知后来有人告诉他，那里的旅游景点早已是开发过度、游人如粥的状况，他因为是市领导陪着“考察”，事先清过场的，才觉得清淡啊。林先生听了，心内多少有些嫉妒，自己也算不小的贸易伙伴了，怎么没有奉送“政协委员”的美事？不过再一细想，那叶先生多在小城市里活动，大码头里似乎拳脚还未施展开来，大码头行事哪能像小码头那般离谱？但若能在大码头的棋盘上做活一两个眼，则远比在小码头得顶“政协委员”的帽子快活！

叶先生虽然这大码头进出多次，甚至连麻爷旗下的金豹歌厅也早是常客，却始终未能一睹麻爷真容，跟林先生热络，也确有希望林先生这次能引荐他到真佛面前的用意。

林先生跟叶先生经营的领域并不相同，目前利益无有冲突，故而也就答应向麻爷引荐，而叶先生也就邀约林先生抽暇到金豹歌厅找乐，两人碰杯尽欢。

37

“瑞瑞！你歇了吧！底薪照算！”薇阿满张罗，糖姐只是冷笑。

“我今天精神好，不想歇。”瑞瑞正对着小镜子用镊子理眉，不以为然。

“台湾叶先生要来！”

“他来他的，我不见他就是。”

“不是一个人来，他们有联谊会，要来一群，多是有胸毛的！”

“见鬼！”瑞瑞哌地把折叠小镜子合上：“这儿要成大猩猩王国了！我倒乐得回去睡个大觉！”咯咯咯一阵鞋跟响，瑞瑞跑下楼了。薇阿朝她背影道：“挥手自兹去，萧萧班马鸣！”

薇阿巡视各屋，忽然发现佛罗伦萨厅里，二磙子大摇大摆横陈在长沙发上，正对着茶几上锡纸里冒烟的东西，扇着鼻翼往里吮吸，两眼眯成缝，很享受的模样。她就跑出屋到吧台，问糖姐：“二磙子什么时候溜进来的？眼错不见，他就又上瘾了！等会儿来的可都是文明客，见不得这个，而且那叶先生最喜欢佛罗伦萨厅，因为有大窗户可以透气，人家最见不得那些个只靠空调换气的包间！你快把二磙子赶走！”

糖姐在高脚屁兜椅上翘着二郎腿，啜着鸡尾酒，笑眯眯地对薇阿说：“你不是说要全挂子本事上阵，让我早享清福吗？怎么又来麻烦我？”

薇阿起急：“人家这就要来了，咱们有大把的赚头，难道就听凭揩油的二磙子在这里丢人现眼？无论如何得把他清出去！”

糖姐气定神闲：“谁清得掉他？除非大奇来，可如今谁叫得动大奇？”

薇阿双手在胸前乱搅，咬着嘴唇一筹莫展。

糖姐提醒：“你是知道的，那二磙子吸了冰毒，他裤裆里那家伙就雄起，就嚷嚷着要小姐给他打飞机，这个骨节眼上他倒是舍得给赏，谁给他撸出来他给一千，可他那玩意儿往往就跟铸铁似的，没个把钟头还真射不出来，有几个愿意挣那辛苦钱的？……”

薇阿就转身招呼一个女子，不是小姐，是歌厅清洁工，那乡里来的女子从头发到眉眼到体态都粗糙，薇阿记得，上一次二磙子来犯贱，吸完毒吱哇乱叫，几个小姐上去轮流给他打飞机他都还是射不出来，最后他嚎：“我给三千！三千！”“给一万也不伺候你！”小姐们一哄而散，二磙子趟在那儿扯着头发双腿乱蹬，这时候，刚收拾完别的包间呕吐物的那位清洁工，看明白听明白了，就走到糖姐、薇阿跟前问：“他真给三千？”她们告诉她，那是真的，她们掌握客人的银联卡，若完成服务，她们可以代付她三千现金，那妇女就说：“我要挣三千。”那妇女走到二磙子身边，没几下，就让二磙子大满足了。薇阿想起这事，决定再次速战速决，跑过去先跟迷迷糊糊的二磙子说：“这回还是老手来，你还得出三千！”二磙子点头如捣蒜，薇阿就让那妇女上，那妇女也就趋前使出老手段……但是薇阿在门外等候消息，屋里却只有双方不同的呻吟与用力声，竟不像前次那样立见成效，而这时她手机彩铃响了，叶先生告诉她汽车已经停在了金豹门口……

38

好多日子没见到奇哥儿，一旦坐到面前，薛伯真觉得身心俱畅，且不问奇哥儿近况，忙把物业电工小潘对他性骚扰的事情道出，说:“这些天他倒没在我视野里出现过，想必是远远看到我就躲避了。一直想跟物业反映一下，让他们炒他鱿鱼，只是难以出口。你坐到我面前，我有了安全感，否则总觉得会被他再次骚扰，他若是怕我告他，做出更恶劣的事情来，那就更恐怖了！”

奇哥儿就细问端详，薛伯对他绝不见外，就把那天情景叙述了一遍。薛伯以为奇哥儿听了会气愤不已，急着为他善后，谁知奇哥儿听罢只是淡笑:“这小子，性苦闷，至于猴急到跑这儿来！”劝慰薛伯:“不必把这件事看大。我们农村出来的娃子，大多性欲亢进。记得在外地打工的时候，睡的是土炕，我醒得早，一坐起，哇，一溜的工友，被单底下全撅起着老二，低头一看自己，老二也挺挺的！有个工友，特奶油，有回在浴室洗澡，别人先走了，他就扑到我身上，把我搂得紧紧的，我推他，他就哭，他那老二，比他上头还激动，我就拍他的背，花洒下头，帮他弄了出来，他要跟我亲嘴，我拒绝，正告他：下不为例！他浑身发抖……他不是坏人，拒绝了他，不至于做出恐怖的事情，后来我们相安无事。再后来，工地的人都知道，经理把他调去跟前，他们两相情愿，暗地里亲热，也没影响到工程什么的，再后来那经理当官去了，把他带走，聘为了秘书，再后来没消息了……那小潘，看来跟他们还不一样，本是直男，不过是老婆不在身边，找机会 419 一下，您觉着恶心，拒绝他那是当然的，现在是他怕您做出砸他饭碗的事情，您不必怕他……这样吧，伯，我想个法子，也别泄露这事情，给他转到远处楼盘做电工，您把他忘记也就是了。”

薛伯对奇哥儿失望:“这次，咱们爷俩出现分歧了。小潘的行为，是要流氓，不可原谅的。你听了，不跟我一起气愤，却为他辩解。可见我们的道德观，因为成长背景不同，也就大相径庭。”奇哥儿听了这话，面色严肃起来，一时无语。原以为自己跟薛伯，心灵的汁液已经流平，现在薛伯等于宣布，他们毕竟是不同阶层的人，所谓成长背景，主要指文化教育和家庭教养的背景，那确实是很难扯平的。薛伯见奇哥儿色变，心里也忐忑起来。反省一下，自己从学识上，似乎也早就对性欲呀，情色呀，同性恋呀，乃至 SM 即虐恋，等等，有所认知，中国的《金瓶梅》、西方的《十日谈》，不是都读过吗？狄德罗的小说《修女》，最后也写到女同性恋，英国的王尔德，行为写作，搞同性恋，那时法律不容，还坐过牢，但后人对他的评价，却多非负面；从弗罗伊德，到福科，关于性的理论，也多少涉猎过啊，更看过劳伦斯的《查泰莱夫人的情人》、纳布科夫的《罗丽塔》，也没有大惊小怪，但是在自己的性生活中，即使夫妻之间，也对任何“出格”的行为耻感强烈，回想自己婚后，就没有在亮光下做过爱，绝大多数情况下都是黑灯操作，做爱的姿势，永远是自己伏在上面，无论自己还是妻子，都从未叫过床……认识奇哥以后，听见奇哥儿讲述他那些性经验、性行为，往好说是耳目一新，往坏说是姑妄听之，性，以前从不是他们交谈的重点，这回因小潘大胆猥亵才引出关于性的聚焦，没想到，二人头一回难以共鸣。

听见奇哥儿重重地叹出一口气，薛伯决定且把二人内心的分歧搁置起来，遂问奇哥儿近况如何？奇哥儿汇报：他已经向冯努努正式求婚，但冯努努仍没有给予最后的回答，更准确地说，是冯努努的母亲还没有下定决心同意这门亲事。麻爷赠予的住房嘛，如果接受，那就等于签下了卖身契，以后很难独立出来了，如果拒绝，那就等于现在跟麻爷摊牌要求独立。而婚事和房事，两件事是搅和在一起的。如果冯努努最后决定放弃他，他也就收下那麻爷的馈赠，长久地服侍麻爷，今后别再提什么爱情，找个差不多的女子住进去生儿育女罢了。如果冯努努答应嫁给他，那么或者按他和努努的意愿，辞职退回那房携手奋斗，或者尊重冯妈妈的意愿，接受那房，他仍在麻爷麾下混事由，经营苗圃的事情或者由努努一人先支撑，或者放弃，先把小家安顿好再说。奇哥儿求伯指示，伯说：“你的身价，就值那么一套房吗？要勇于跟麻爷说‘不’，虽然这一个‘不’字有百万的分量！”奇哥儿听了眼睛发亮，但伯却忽然又心内忐忑：自己说得轻巧，搁到自己头上，那“不”字是那么容易说出口的吗？忙补充一句：“我的话仅供参考，大主意还是你跟努努自己拿！”

39

就在奇哥儿和薛伯聊天的时候，金豹歌厅那边出大事了。

那功德南街，或者说打卤面街，或者说红泥寺街，不是“三不管”的城市死角吗？马路两边的甲区、乙区谁也不想管，有事互相推诿，丙区因为只有一角与其相连，更多年对其忽略不计，但是不曾想丙区公安局新来了个局长，新官上任三把火，查看全区地图，发现边沿上有功德南街，街上有金豹歌厅，便知定是藏污纳垢之所，于是布置在那天晚上突击到该处扫黄，街上的各色人等正如往日一样地逍遥，忽然几辆警车呼啸而至，街边无照商贩慌忙收拢东西逃窜，那烤串的抛下炭火匣子就躲，连有“铁人”照应的果棚里的顺顺夫妇，见那么大阵仗,也头皮发麻……那几辆警车却对一干无头苍蝇般的商贩不感兴趣，冲到金豹歌厅门口紧急刹车，警车上的警灯呜哇呜哇持续发威，一群警察在一位副局长带领下，雄赳赳气昂昂跨进门，警靴乱响，踏上玻璃楼梯，直扑各个包间……

糖姐和薇阿起初不慌，以为不是甲区就是乙区来的警察，两区管事的警局头儿和下边的警员，一多半是熟人，有的根本就是歌厅的常客，就算咋咋呼呼突然来袭，要么不过是虚应公事，要么不过是又缺奖金来源，来变相化缘罢了……没曾想冲进来的一水生面孔，掏出证件，竟是万年没露过面的丙区警员，几个盯住糖姐查执照及种种许可证，大群直奔各个包房，不容薇阿解释，只听一片厉声吆喝:“靠墙！蹲下！双手抱头！”……

二磙子尽管被薇阿撵出了佛罗伦萨厅，还是没回他那面馆，赖在普罗旺斯厅里，毒瘾未消，螃蟹般蜷缩在沙发上，一只手还死拽着那给他打飞机的清洁工，当然被警察逮个正着……

在佛罗伦萨厅里坐定不久，刚选了陪酒、陪唱、陪聊的小姐，尚未开始玩乐，叶先生和林先生就被警察搅了局，自然十分败兴，但都保持绅士风度，掏出台胞回乡证，说明自己身份，并为两位小姐担保，绝无离谱行为，警察只好客客气气劝他们离开，但对他们选来的小姐，却声色俱厉，喝令她们拿出证件，一顿有罪推论的盘查……

其他包间里的客人多被警方气势震慑住，倒是小姐们见多识广，嘴角噙着冷笑，并无畏惧，只恨今日又颗粒无收……至于保安们，早就从厨房那边的后门撤退。

薇阿还来得及跑过去送叶先生和林先生，连连道歉，他们走下楼梯时，还在他们身后抛出两句唐诗：“感时花溅泪，恨别鸟惊心！”惹得林先生忍俊不禁，扭回头瞟她一眼……

糖姐有麻爷的应急电话号码，那是绝对不能乱打的，但眼前的事态非同小可，就拨了过去，麻爷那边立即转到庞奇的手机上，如今庞奇这手机号码如不通过这样的途径，糖姐她们也是不掌握的，庞奇在薛先生家里接到糖姐来电，语气急促，显露慌张，就回应：“你运气，我现在就在边上，马上到。”心里想，你糖姐老妈咪了，怎么今天沉不住气？

庞奇赶过去时，丙区警察正查封金豹歌厅，封条早准备好了，先往各个包间门上交叉粘贴，而且也开出了很重的罚单，糖姐、薇阿知道这时候无论辩解还是求情都没有用，一切只有等到明天再想办法疏通。庞奇去了，说明自己是金豹上面的总公司的，顺口提起麻爷，那丙区领队出动的副局长跟局长一起刚调来，居然不知麻爷为何物，跟庞奇斜眼歪嘴，于是有资深警员附在那副局长耳边说了些什么，那副局长才稍微客气了一点。

女客和男女同来的早已放行，男客有的抗议他们粗暴，看去似乎有些个身份，也挥挥手放行，男客中越显得怯阵的，越被吆喝训斥，搁到最后才被放行；小姐们最后全集中到吧台边休息室，照例要待客人们散尽才能打发……

二磙子被抓，活该，警察拎起他的脖领，他就跟吊死鬼般地旋动，他的毒劲还没有消，却也清醒了一半，只听他喃喃自语：“你们……春节……不想要……火车票啦？”他后来被拎着脖领带下了楼，待他在拘留所彻底清醒以后，他自会设法解救自己，倒不必为他操心。

大悲剧只发生在那清洁女工头上。本来，警察也没把她当回事儿，薇阿将她从二磙子手里解脱出来，告诉警察她是清洁工，是二磙子吸了毒犯了浑，愣把她拽住的，警察看她也确实不是小姐，通体是清洁工的模样，就让她走开，她却朝薇阿要钱："我的那三千块啦？"薇阿恨不得扇她耳光："你胡吣什么？还不到开工资的日子呢！你想钱想疯啦？"那清洁工却指着二磙子说："不是说好他给三千的吗？不是让我到你们柜上领吗？我不能白干呀！"这话一出，警察如获至宝，等于她自首了卖淫，揭发了二磙子嫖娼，更坐实了歌厅妈咪组织卖淫嫖娼。当时糖姐就忍不住去扇那清洁工耳光，薇阿也发狠踢她。那清洁工跌倒在地，嚎啕大哭："我要那三千！我丈夫摔断了腿，包工头说不算工伤，治腿花了好几千，现在连饭钱都续不上，你们为什么欺负我？为什么说话不算话？我做那下流的事，我破了脸，我为的什么？你们不能赖账！我要！我要那三千！上回不是给过吗？为什么这回不给？我不能白白地破脸！……"

清洁工一番哭诉，把警察们也听愣了。这是怎样的一个淫妇啊！那淫妇知道来了歌厅上面的管事人，就跪着蹭到庞奇身边，先磕头，又抱住他膝盖哀求："行行好！让他们给钱！这点钱在你们眼里不算什么，还不够一瓶洋酒的价儿，可是我们等着钱用！我丈夫要治腿！他要是残了，我们这辈子可怎么过啊！呜呜呜……"

那淫妇哭着仰头哀求时，庞奇一瞥之中，心中一惊，这女子仿佛以前在哪里见过的，是在哪儿见到过呢？而且那口音……

法律无情，执法如山，那副局长发出命令："铐走！"就有警察去拉起那淫妇，把她铐上，两个警察把她往楼下拖，她声嘶力竭地哭喊："我没犯法，凭什么抓我！我今晚上还要给丈夫换药！你们有没有良心！我不活了！我跟你们拼了！"

那清洁工的哭喊，令几位小姐心酸，有的不禁用手绢擦拭眼睛。糖姐不恨她，对副局长说："是二磙子可恨。她和我们都是无辜的。今天也不多解释了。问题总能妥善解决的吧。"薇阿心软了，说："她精神不正常。你们关她有什么意思？也罚不出她款来。她说的是实情。最好过两个钟头就放他回去，租的那边红泥寺的小破屋，她丈夫确实摔断了腿。"那副局长则表示："教育总还是要教育的！"问："她叫什么名字？"薇阿就说："她让我们叫她姿霞。"糖姐补充道："姓彭。还在用第一代身份证，说是没路费回去办二代证。"

庞奇乍听还麻木，但猛地想起，当年他妈要他娶的那个女子，不就叫姿霞吗？心脏就仿佛被尖钩钩了一下，难道……

40

又坐到飘窗台，倚着大方枕，朝红泥寺街览望，薛去疾这次却并无“清明上河图”的怡人联想，只觉烦乱、郁闷。

小时工文嫂，每周四午饭后来给他收拾屋子，主要的工作是拖地板与擦拭窗台与桌儿，擦拭工序已完，薛去疾坐上窗台，也是为了不影响文嫂拖地。

文嫂是从家政服务公司请来的，他看过其身份证，既然姓赵，便唤她小赵，但她却笑呵呵地说：“小什么小啊！不小啦！别人家都叫我文嫂，你也叫文嫂吧！”于是知道她丈夫姓文。文嫂收拾屋子很专业，能把死角全顾及。有次干到半截她手机彩铃大响，是贝多芬《致爱丽丝》的旋律，但粗鄙化了，怪难听，而文嫂和手机那边的对话，简直是吼叫，讲的是四川话，以为是跟对方吵架，打完电话,问什么事那么着急？却原来是她表姐约她一起到某个商场抢购皮鞋，那商场不知为什么要关闭，清货打大折，原来五六百块钱的高档皮鞋，她们原来绝对不敢问津，现在竟然一折，五六十元就能到手。薛去疾猛然想起以前从顺顺两口子那里听来的故事，便试着问：“文嫂，你爱人是不是胳膊受过刀伤啊？”文嫂大惊：“大叔，你怎么知道的？”果然，这文嫂，就是顺顺当年的邻居，跟东北人闹出血案的，祸根就是她那种四川妇女的说话习惯，嗓门大得吓人，道亲热也跟吵恶架一般的声气。

这天文嫂拖地正拖到薛去疾倚坐的飘窗那儿，忽然电话铃响，是飘窗边上高脚几子上的电话在响，文嫂就自作主张地拿起听筒，递给薛去疾，薛去疾接过就又欠身把听筒扣了回去，教训文嫂说：“以后不要这么瞎积极！你的任务就是收拾屋子，不包括帮我接电话！你知道如今社会很乱，常有诈骗电话打进来，什么法院来传票啦，得大奖啦，亲人遭车祸在医院等着送救命钱啦……”文嫂也就再去拖其余地面。但是，那电话居然又响了。烦！不理他！电话却响个不停。薛去疾就欠身去看来电显示，一看，大惊，居然是老伴从美国打过来的。于是拾起话筒，果然传来的是老伴的声音：“你怎么不接我电话啊？……”

这几年，薛去疾和老伴的电话联系，大都约在星期天，美国那边是早上，他这边是晚上。美国那边的星期六，儿子儿媳多半会在睡足了觉后，开上七座的越野车，载上他老伴和他孙儿孙女，前往离他们最近的一个“莫”，就是一种综合性购物休闲中心，先在那里吃快餐，然后让奶奶看着孩子们在旱冰场嬉戏，儿子儿媳则去购物，最后会把塞得满满的，够用一周以上的两推车东西先搁到停车场自己的那辆车里，有时就开车回家了，有时又会再返回“莫”，去看一场电影，再喝下午茶，如果喝过下午茶，开车回家后多半就不再做晚饭了，两口子抓紧把采购来的东西各就各位，便上楼洗浴休息，孩子们则可以在楼下跟奶奶一起看电视到晚上十点钟。星期天早上儿孙们照例可以晚起，而老伴也就会在那时候给他来电话，他们一聊往往就会一个多小时，直到楼上的小辈下来嚷嚷想吃早餐，而老伴在挂断电话前，也一定会让小辈们接过话筒跟爸爸爷爷说会儿话，儿子会跟他说真的很累不过现在睡足了很快乐，儿媳妇会一再叮嘱他注意不要着凉也不要上火，孙子孙女会中英文混搭地跟他嘻嘻哈哈，挂断电话后，他总是心满意足，老天待他不薄啊！

前几天，星期天早上，老伴刚跟自己通过电话啊，今天是星期四，而且现在，那边应该正是深夜，怎么忽然打来电话？

“你怎么啦？失眠啦？深更半夜的，怎么打电话？”

“……现在才方便啊……其实早想告诉你的……恳恳跟他媳妇，开始吵架了……”

他以为出了多大的事，不过是两口子闹摩擦，心想我们当年还不是一样，你进入更年期，我大烦闷，吵得还少吗？老伴还要说下去，他望望那边还在拖地的文嫂，不耐烦了，就说：“行啦行啦，我现在不方便。还是你那边天亮了再打来吧！吃粒安眠药，先把觉睡好！”接着就挂断了电话。

文嫂去拖另一个房间的地板，他在飘窗台上，所倚的靠枕不知怎么仿佛变成了针毡，心中愈加烦乱。他那儿子薛恳，他跟老伴打小昵称恳恳，脾气随老伴，是从不暴躁的，跟他媳妇结婚以后，在国内也好，到美国也好，他也亲自在美国感受过嘛，恩恩爱爱，懂得退让，至少是从没当着老人面，吵过架红过脸。恳恳在一家大公司任职，职务几次擢升，薪酬可观，媳妇则在一家华人小公司当会计，薪酬虽只及恳恳一半，道出那数目也足令这边一般工薪族羡慕，几年前贷款买下三层的“号司”，有一辆五座小轿车和一辆七座越野车，假期常常全家去旅游，美国好玩的地方逛得差不多了，就去欧洲，去加勒比海的向风群岛，当然也回中国游过九寨沟、丽江什么的，真是“小康胜大富”，虽然恳恳常慨叹工作吃重，媳妇又常抱怨老板克啬，但那样的生活，只应珍惜，何得孟浪，怎么老伴电话，报告起恳恳两口子吵架的消息了呢？难道是恳恳竟然有了外遇，或者儿媳妇居然红杏出墙？殊不可解……

文嫂回到他那间屋子门口，他知道是活路做完，等他付钱，忙下飘窗台，去拿钱付予，谁知钱递过去，文嫂竟顾不得接，指着飘窗外，大喊：“大叔，那边失火啦！”他转过身子望去，果然不妙，红泥寺街那边的巷子里，冒出滚滚浓烟，而且就有救火车的紧促笛音自远而近，街上忽然挤满了人，有的跑动，有的站在人行道上围观，过往车辆为了让来到的救护车接近起火点，来不及驶出街道的，就冲上人行道停住，驶来的救火车有好多辆，但是无法开进那些窄巷，薛去疾和文嫂本能地靠近飘窗，朝外眺望，只见那浓烟越发吓人，而且浓烟下部的火舌也清楚地显现，仿佛贪婪的魔蛇在吐出信子，文嫂不由得叫：“幸好早不住那里了！造孽哟！”薛去疾心里盘算：金豹歌厅保得住吗？二磙子那打卤面馆保得住吗？如果街那边保不住，现在风往这边刮，顺顺的果棚烧了事小，自己住的这栋楼岂不是也将殃及？只听街上人声嘈杂，又依稀看见消防队员抱着粗大的水管子在往巷子里跑，心里仿佛有鼓槌在乱捣……

偏这时候电话铃又锐响，一看来电显示，竟然还是在美国的老伴！他抓起话筒，暴躁地说：“你捣什么乱？这边燃起大火，快烧进窗户来了！”就只听见那边错愕地“啊”了一声，再无声息，莫非老伴心脏病发作，晕过去了？于是更加急躁地对着话筒喊：“你说话呀！出声呀！你怎么啦？……”文嫂被窗外窗内的景象吓得不轻，哆嗦起来，不知如何是好……

41

很忙，夏家骏真的很忙。他在暗中跟那个也奔副部级去的同行较劲。那家伙凭借那部据说被某高层领导首肯的主旋律作品，春风得意，有些个飘飘然了。夏家骏必须胜他一筹！夏家骏想出一个点子，就是主编一部收罗自 1942 年以来的歌颂性纪实文学的多册长编，总名为《高歌猛进》，报上选题，所在机构属下的基金会作为重点扶植项目投钱，所在机构属下的出版社作为重点书派出好几个编辑由他支派，他拟出的不是作品名单，而是作者名单，当然有不少是已经谢世的；仍在世的革命文化人，他囊括近尽，当然也将名单一直延伸到近年的若干中青年作家，发动那些编辑先去走访老的，中青年作家则通过电话电邮书信联系，请他们自己提供歌颂性的纪实文字，最后加以遴选整合。他会写一篇长序，强调革命的进程、社会的发展，是靠“高歌”而“猛进”的。书未编出，他先抓装帧设计，美编出了好多个样子，他总摇头，最后那美编心领神会，就是一定要把“夏家骏主编”的字样，凸显出来。有的年轻编辑私下议论这套书出来究竟谁买谁看？也不用他亲自答疑，出版社的头头就告诉那样的编辑了：这样的书是向领导献礼的，会获奖项的，各地的相关机构是会公费购买的，出版社不仅亏不了，而且还能挣到脸面。夏家骏这些天所忙的，主要是书名题签的事宜。一定要请到最高量级的政治人物，如果实在拿不到宣纸墨笔的题签，那么，使用油性笔用硬笔书法题签也行，当然，一定要保证不仅有“高歌猛进”四个字，还一定要有政治家本人的署名，附带日期更妙，所附日期封面上可以略去，但里面的插页上一定要保留。

本来，靠夏家骏的身份与人脉，求到这样的题签似乎并不困难，出版社头头也是这么想的，但是，夏家骏试着跟一些手眼可以通天的人物，特别是某几个“大秘”联络，却都没有人把他这件事放在心上，要么当面应允，事后一问，竟呵呵一笑，早忘在脑后！要么，就给他软钉子碰。他主编的这套书可是得在恰当的时候印出来，才可获得预期效果的，出版社头头这些天常常催问，说是万事俱备，只欠东风，只等他拿来题签，立刻下厂付印！他只道：“没问题没问题，误不了误不了。”心想若是再得不到真佛开光，书掉价，他人也掉价啊！

大和尚求不到，靠小沙弥兴许倒能成事！夏家骏打听到，有重量级的政治家，正住进某高档医院，那高干住院区，常人难进，但有个叫海芬的姑娘，她却能进，而那海芬，和冯努努一样，就是钟力力的“发小”和闺密，而他既给钟力力帮了忙，钟力力称他为夏老师，一日称师，终身为师，现在钟力力虽然已经获得某西方国家签证，但那签证要半年以后才到期，她还没有前往，他们也还保持着联系，那么，先说通钟力力，再求助海芬姑娘，就是海芬不能将他带到那政治家跟前，能把他准备好的题签簿和油性笔带进去，求得“高歌猛进”四个字，加上签名和日期，大功岂不就告成了，待将那真佛真迹拿到出版社去时，不管头头脑脑还是小萝卜头们怎么询问他获得题签的详情，他都一定要淡定而含蓄，要给他们那样的印象：他与政治家有亲密接触，但兹事体大，不宜细述。当然，题签上封面，他要亲自把关，要在书名旁鲜明地标识出：政治家题签，夏家骏主编。想到那位仅靠一册主旋律攀上台盘的竞争者，见到一摞有着如此封面的《高歌猛进》，会是怎样的心情？不得不在他面前表示祝贺时，是否醋汁四溅？而下一批获得副部级待遇的名单里，就会有此而无彼啦！呵呵！

在咖啡馆里，夏家骏占据了一个有薄纱幕遮挡的车厢座，点好了所谓极品比利时皇室蓝山咖啡，就是使用比利时皇家习用的一套有虹吸功能的器具，将现磨的号称是加勒比蓝山地区原产的咖啡豆煮在其中，可陆续从小龙头续杯、附送坚果、果盘的，咖啡馆里最贵的那么一个品种。他真怕钟力力不来。但是钟力力虽然迟到二十分钟，毕竟还是来了。

两个人都精明，都略去寒暄废话，直奔主题。

钟力力问：“什么事？”

夏家骏就把请海芬帮忙求到政治家题签的事道出。

钟力力左眉一挑：“咦，你怎么知道海芬能进入禁区？”

夏家骏说：“那回听你说的呀！”

钟力力想起来，她取得签证后，曾请夏家骏吃过一餐，算是对他帮助整理硕士论文的答谢，而请来作陪的，有冯努努，也有海芬，那天喝着拉菲红葡萄酒，随意调侃，可能提到过海芬本事大，把努努直接带进高干病房区的事情。就说：“那她是为了努努。我们之间什么关系？你算她什么？她才不会为你做事情呢！何况是这样的事情！”见夏家骏一本正经的模样，张嘴要说什么，把一只手掌伸出朝他立起：“少讲道理。我们，尤其是我，海芬更甚，听不来任何道理。什么你编的那破书如何重要呀什么的，我一句也不要听！”

夏家骏就说：“那你告诉我，我为海芬做什么，她就能为我做这事呢？”

钟力力冷笑：“她什么也不缺。她什么也不要。她若为你做这事，易如囊中取物。只是她才懒得做呢。她听都不要听。”

夏家骏不觉得是兜头一瓢冷水，那句“她若为你做这件事，易如囊中取物”，令他心里既暖又痒。

钟力力盯着他说：“海芬是个怪人。她不缺钱，不缺势力，不想这些个，这当然并不奇怪。怪的是，比如现在的人多半向往出国，去美国，去西欧，海芬的两个哥哥全家早都移民，也给她办过，她美国、西欧全去住过，可是她一点也不喜欢那边，她说她懒得学外语。她父母也给她在这边置办了挺大挺好的房子，她却只喜欢跟着父母住在那干休楼里。她是个传统的孝女？才不呢，她妈妈一见了我跟努努就会控诉她，她不照顾他们也就罢了，反正有勤务员，有保姆，有司机，她跟二老说起话来，总是恶声恶气。而且，她对男人没感觉，也不打算结婚。她是‘拉丝’吗？女同性恋？我跟努努可以作证，她绝对没那个意思！她是否一心扑在事业上？她有什么事业？她学的倒是医。但是毕业以后到了医院，她主动去了行政部门，医院里的人们，从院长到普通职工，谁又指望她真地分摊一方面的事情呢？其实就是随她便。她倒该上班的时候去上班，打卡很认真。当然，一个电话，多半是我，要么努努，她也不请假，就能跑出来跟我们聚谈。她好像总长不大，最喜欢跟我们回忆中学时候的那些屁事。海芬就是这么个人。你想跟她利益交换，她却根本不想获得什么利益。她的口头禅是‘无所谓’，还有，‘那得看我高不高兴’。她高兴，就能把努努带进去，直达高干病房的最深处……”

夏家骏：“听你这么一说，此女确实古怪。我只能求你，让她高兴一下，帮我求那几个字了。”

钟力力摇头：“这件事，只怕我没说完，她就懒得听了。”又一笑：“不过，如果真碰上她高兴，对她来说，也真的无所谓，我知道，你要求的那位政治家，恰跟她老爸共过事，提起来，她叫那主儿伯伯，只是她老爸升到一定程度就再也升不上去，那伯伯却一路走高……你要求哪几个字来着？高歌猛进？海芬撒个小娇，一定既高歌，更猛进！”

夏家骏就心里更痒："哎呀，她要是能把我引荐到她伯伯跟前，就更来劲儿啦！"

"可是，究竟怎么才能让海芬高兴，你得自己想办法。我倒可以把她约出来，你们自己交谈，看你有没有运气！"

"对了，"夏家骏一拍脑门："想起来，那次聚餐，你跟努努嘻嘻哈哈逗她，好像海芬她喜欢写诗，她想不想出诗集呀？想不想加入协会？想不想传媒上来个报导，登张照片？……虽说现在出版社都不愿意出诗集，大赔钱嘛，可是，她能帮助求来《高歌猛进》的题签，我跟出版社的头头说说，给她印一本，不费事儿的……"

钟力力撇嘴："她才不稀奇呢！所以说她怪嘛！她写诗，也就是高中那阵，后来没听她议论过诗，她没有什么名利欲望。你们那个破协会，她才不要入呢！"

夏家骏有些灰心了，钟力力却忽然一声尖叫："尼罗！"把夏家骏吓了一跳："什么？"

钟力力用咖啡勺敲着杯下的小碟说："呀呀呀呀！想起来了！海芬有一人生追求！她崇拜尼罗！"

夏家骏先是木然，之后也用咖啡勺使劲一敲糖罐："尼罗！尼罗啊！她崇拜他呀！"

尼罗是二十年前相当出名的诗人。擅写轻音乐般的抒情诗。他的诗里没有沉重的东西，没有哲理，没有鼓动，甚至连爱情也很少正面触及，只是用浅易的词语，轻快而舒缓的节奏，吟诵生命中小小的感动，春水中的春冰，知更鸟的蓝翅，蒲公英绒毛飘散的瞬间，无人的秋千在暮色中摇荡，一颗没有任何地球人关注的流星划出一道弧线……尼罗曾经拥有一个数量不小的赞赏群体，不过，按说那里面不会有海芬这代人，他们那时还是幼童啊。那年大事件过后，尼罗流亡到海外。海芬怎么知道尼罗的？又怎么竟会崇拜上这个如今几乎被人们遗忘掉的诗人？

钟力力告诉夏家骏，海芬是高中的时候不知从哪里弄到的一本封皮打卷的尼罗抒情诗集，翻来覆去念那些诗，喜欢得不得了，把诗集都翻烂了，曾跟她和努努说，要是能见到尼罗，情愿跪下来，吻他的脚趾！前几年海芬哥哥帮海芬办妥留学手续，海芬本是不愿出国的，后来去了，当然海芬妈妈是背后有力的推手，但动力之一，力力和努努都知道，是海芬觉得，她能在海外找到尼罗！结果，海芬在美国和西欧都没找到尼罗，那种中国流亡诗人，到了海外就仿佛一滴雨水掉进大海，消失得无影无踪，海芬懒得再在那边待下去，跟觅不到尼罗有很大关系。只是近来她们闺密相聚，没谈过诗，谁也没提起过尼罗，不知道现在的海芬，是不是还保留着对尼罗的那份非爱情的崇拜，如见到，还愿意跪下去，吻尼罗的脚趾？

夏家骏呷一口咖啡，咂着唇舌道："正因为非爱情，那崇拜想必是永恒的！力力你估计一下，如果我能把尼罗的踪迹告诉海芬，她是否就一定乐意帮我取得那宝贵的题签？"

钟力力笑道："你蒙谁？你会知道尼罗在海外哪个旮旯窝着？你是福尔摩斯？"

夏家骏拈起一颗腰果，抛进嘴里，用劲咀嚼，夸张地吞咽，然后宣布："告诉你，尼罗已经回来，就在我们这个城市，我前几天刚见到过他！"

钟力力惊讶得合不拢嘴巴。心想：这个夏三滥，他还真有点子运气……

42

那天，美东是深夜，这边是午后，薛去疾老伴给他打来电话，很反常，薛去疾开头不以为然，后来因为红泥寺街巷内火灾，心烦意乱，接听时恶声恶气，惹得老伴在那边心堵，差点出大事。以往，他们说定，如无特殊情况，电话都由那边打过来，因为在那边可以买到计费非常便宜的电话卡，如果这边打过去，就非常昂贵。那天红泥寺街的大火总算扑灭，到这边晚上，那边早晨，薛去疾主动打去电话，老伴接听后，如以前惯例，让他挂断，她再打回来，两人算是进行了一次比较充分的沟通。

薛去疾这才知道，儿子薛恳早在两个月前，已被公司裁汰。虽然他大体上也知道美国爆发了信贷危机，经济下滑，但总觉得自己儿子所在的公司是实力雄厚的老字号，儿子又算得为公司立下过汗马功劳的骨干，经济乌云泄下的雨雹，总不至于砸到悬悬头上，万没想到，有这样败兴的消息传来。通完电话，薛去疾坐在飘窗上，只觉得窗外的每一位过路客，都仿佛在抛他白眼。这些年他自诩隐于江湖，得大自在，底气之一，就是儿子一家在那边站住了脚，老伴已经去欢度晚年，他呢，有条宽宽的退路。据老伴电话里说，儿子儿媳其实一直瞒着他，儿子这两个月工作日还是一早开车出去晚上回来，周六全家也还是要去“莫”采购，虽然悬悬脸色阴沉，儿媳时显烦躁，采购时对价格更加在乎，但她浑然不觉，以为悬悬无非是工作劳累，儿媳无非是更年期来临，而减少孩子们滑旱冰的时间、不再进电影院，和紧缩采购开支，只说明小两口更懂得过日子罢了。但悬悬和媳妇的争吵，终于如纸里包不住的火，显露出来，她逮个单独和悬悬在一起的机会，才问明真相。虽然悬悬这些日子每天外出都是在找工作，而且降低身段，就是比原来待遇差一半的工作也愿意接，却只得到两次面试机会，并且迄今并无被录用的回音。儿媳打工的那家小公司，亏损连连，虽未倒闭，也还保留她的职位，但从总经理起，员工一律只领半薪了，说是大家同舟共济，撑过难关，指不定哪一天，也就一律遣散。悬悬公司根据合同，给予他一笔不小的违约赔偿，也还有失业金可领，维持日常生活不成问题，但所住“号司”是贷款买的，每月还款压力就变得如磨盘般沉重，孙子即将初中毕业，原打算送入高级私人中学上高中，现在渐成泡影。那边的危机，也一直辐射到这边，薛去疾顿感心头扎进了一根刺。

其实，薛去疾老伴对儿子儿媳因经济危机所引发的情感危机，还所知甚少。

薛悬的妻子，名梅菲。她父母觉得梅这个姓氏，发“霉”的音，不吉祥，所以给她取名“菲”，就是让“霉运飞走”的命意。

薛悬和梅菲，打小就都很规矩，去往美国以后，更属于守法的纳税人，前些年住进这栋“号司”以后，一早被设定好的闹钟闹醒，俩人常说的一句话是：“一睁眼，就想起来欠银行一百块钱！”要么由薛悬道出，要么由梅菲道出，要么俩人一同道出，要么相视一笑，心里回响不必道出。那句话里虽然确有忧虑的成分，但更多的，却是一份自豪与满足。在美国，你的生活质量，包括你的尊严，是与你的贷款能力成正比的。他们俩人的贷款信用等级都不低，薛悬尤其受到青睐，购买这栋“号司”前，他们看中的是比这栋少一层后院只有草坪没有泳池的，是中介和银行主动找到薛恳，推介现在这栋更气派的，后来他们就选择了这栋，住进来确实体面舒适，而且一个月三千美元的还贷量于他们来说，是负担却不能算太沉重。

本以为他们的生活，就能那么朝九晚五加出差加例行购物加派对加旅游……平稳地长久流淌，没想到竟遭逢经济危机爆发，没想到薛恳所供职的老字号大公司竟受到冲击，更没想到的是薛恳竟首当其冲地被裁汰！

薛恳被辞退那天，根据公司实行多年的游戏规则，是人力资源部的头头和公司聘用的心理抚慰医生一起来到他那个Cube——就是敞开式Office里雇员工作的那个用矮板墙隔出的空间——一个把总裁签署的辞退通知书递给他，一个就开始对他进行心理疏导，而他，必须在一刻钟内，将私人用品放到大纸盒里，撤出那个Cube，Cube硬译就是“立方体”，薛恳捧着纸盒子，茫然地往外走，在玻璃走廊里，心理医生在他身旁喃喃地说：“不要沉迷于固执地想：为什么是我？放松，放松，再放松……”心理医生问他要不要到医务室去喝一杯镇静剂，或者吸氧？他说谢谢不必，但是他想进卫生间，却发现自己的那个工作卡已经刷不开门，是心理医生拿卡给他开的门，并在门外为他看守那个放有他私人物品的纸盒……他捧着那大纸盒乘电梯到达地下停车场，心理医生恪守职责，陪护在他身边，他都坐进车里的驾驶位了，那医生还弯身隔窗问他需不需要代驾，又建议他听舒缓的音乐，比如《阿甘正传》的片头曲什么的，他想强挤出一个笑容，没有成功，谙哑地说：“谢谢。我很好。我回家了。再见。”他并没有马上开车回家，而是把车停在了公园外面，进去坐到头一个遇上的长椅，望着湖里游弋的天鹅，禁不住还是痴想：就算公司需要裁员以压低运行成本，为什么偏偏第一批就选中了我？不一会儿，他听见手机有短信到达的鸣音，掏出来看，是以总裁名义发来的短信，肯定他这些年对公司的贡献，深表歉意，同时提醒他根据合同保障自己的权益。他知道这都是秘书的文笔。于是心算了一下公司在合同期满前无理由裁汰他应付的赔偿金，那确实是个可观的数目，体现出他的身价，也令他有了尊严感。又不免担心公司以冠冕堂皇的理由克扣他的利益，琢磨该不该联系律师？……他一直坐到差不多是平时下班的时间，才站起走向停车场……

薛恳当晚就把真相告诉了梅菲。梅菲冲口而出的一句话正是:“为什么偏偏是你?”但梅菲那晚更多的是骂那裁汰他的公司，骂那个总裁，连带骂到总裁老婆以至秘书，还有那个假惺惺的心理医生……梅菲同意要瞒住婆婆，当然更没必要让孩子们知晓，于是那以后很多天薛恳都装成每天照常上下班。

尽管赔偿金很快也就兑现了，但“坐吃山空”的阴影越来越酽。咬着牙照付“号司”贷款，以往标准的日常花销大体也还撑得住，但是接踵而至的事情，以前算不得什么的，现在就都令他们犯愁，并且由龃龉导致冲突。后院的泳池应该请人来大清理了，这笔钱出不出?薛恳先主张就还让那水中甩头的电动清理机施行例行清理得了，但那玩意儿顶不住啊，这样的泳池至少要三个月请人大清理一次的，否则会发臭!后来又主张将水放掉，反正泳池利用率不高，孩子们现在也都不怎么下去游嬉，但梅菲认为后院泳池的象征意义大于实用性，“那不等于‘号司’瞎了眼吗?”但梅菲跟薛恳争来吵去，却也下不了决心打电话请清理工。老大毕业在即，是就上一般的公立高中，还是去上原来早拟定的私立名校?举棋不定中，梅菲给薛恳的脸色便越来越难看。小妹的生日又到了，头些年例行是在麦当劳预定一片空间款待她的好友，今年薛恳却告诉她就在家里搞“派对”，让她同学朋友带吃的来，加上奶奶做的美味，“过一个更有亲切感的生日”，小妹却执意还要在餐馆搞派对，而且，麦当劳已经不在她眼里，她要去必胜客，那就必须父母给她出更多的钱，薛恳对小妹的纠缠不耐烦，说了句“我们不养公主”，梅菲就当着孩子的面讽刺他，说:“你不养公主，我还懒得养闲人啦!”最后，小妹的生日派对还是妈妈出资在麦当劳办，但是，大家都不高兴。

他们早上醒来，不再说“睁开眼就欠银行一百块”，这才憬悟，原来那样说，其实是调侃，是一种甜蜜，甚至可以说是得意，现在这笔贷款利息，想起就如有刀在割心肉。他们同床同梦，都梦见过忽然楼前有汽车开来，按响门铃，是银行的人带着律师，来查封他们拖欠还贷的“号司”，他们必须搬到没有脸面的地方去住……

本来薛恳与梅菲的性生活，已经频率渐低高潮渐少，谁知失业以后，求职屡屡碰壁，薛恳反倒增强了性交欲望，头几次梅菲还勉强应付，到那天，薛恳求欢，梅菲厌恶地推开他，说："挣钱没本事，这个倒来劲儿，你让我腻歪死了！"素来颇能隐忍的薛恳，就来了个大爆发，把枕头薅到地板上，跳下床说："我还腻歪你哩！当初就该听算命先生的话，娶姓梅的，倒血霉！什么'霉运飞了'，我的霉运，全是你带来的！"这话戳到梅菲内心最深处，当时也就跳下床，俩人撕破脸吵，把住在二楼各自房间的老大和小妹全惊醒了，跑到他们卧室门外，先听一阵，后来哥哥推开门，兄妹俩望着面目全非的父母发愣……也就是在那天，薛去疾老伴在楼下闻声惊诧……

43

按原来的一个说法，功德南街，也就是打卤面街，或者说红泥寺街，它这边建成了中高档的商品楼小区，那边，市政规划是要建成一座森林公园，那边的那些巷子，那些破旧的工厂排房，会被拆除，那些破烂的房屋虽然陈旧，其间隙地的树木，却很不少，树种有槐、榆、椿、楮、杨、合欢、白蜡杆……甚至还有几株别处已经罕见的楸树与文冠果树，拆除破旧房屋后辟为森林公园，就树木而言，确实很有基础。但这个森林公园的说法，越来越成画饼，并且那画饼也越来越模糊。人们只见那"三不管"地带，越来越脏、乱、差，却也越来越畸形繁荣。那边街面上，各种类型的商号鳞次栉比，随着日移岁换，不但未见减少，反倒更有增加，像金豹歌厅、味美打卤面馆等等，生意非常红火，游商摊档更是四季可见，每天留下大量垃圾，总是要积累到连商贩们自己也忍无可忍的状态，才会有人来清扫一下，但总是不可能彻底，整条街成日氤氲着不雅的气息，而人们也就一边埋怨着一边在那空间里生息。

金豹歌厅被丙区有关部门查封，没过几天却又恢复营业。而且自那以后丙区的执法部门也再没有来过问它。歌厅的妈咪薇阿照例能邀来相当有钱的顾客，而且总会在把他们从小汽车里引入歌厅时笑嘻嘻地说："不错，我们是开在城中村，门外不雅，但上了楼您就会发现，'竹喧归浣女，莲动下渔舟'，这番风情，在这座城市，却绝对是独一无二的，正所谓'随意春芳歇，王孙自可留'啊！"那些被她招来的客人不管听没听懂她引用的唐朝王维的诗句，先就被她的风度学识镇住了，迈上玻璃楼梯，升至二楼，果然是个温柔富贵乡！离歌厅不远的味美打卤面馆，串串瀑布灯从招牌拉往行道树，树上又吊着不断发出流动光的灯管，老板二磙子就仿佛根本没被丙区执法部门带走过，照例会常常出现在柜台后边，用一根长长的银耳挖勺，歪着头眯着眼自己掏耳屎，而那些回头客也依然不感到恶心，照例先点下凉菜喝足酒水，再呼噜呼噜吃他的打卤面……

街这边，方忠顺两口子的大果棚，进货花样越来越繁多了，金豹歌厅的果盘原料，全从他们这里出，背后小区里的住户，就连高档区的那些有钱人，也喜欢来他们这里买水果，他们会按季节提供多种鲜货，比如广东那边头批运来的妃子笑荔枝什么的，而且已经雇了穷省来的，说是已成年，其实是辍学的娃子，可以把打电话来要的水果送上门去。他们也不薄一般的工薪族，棚外总会有几匣挑出来的有瑕疵甚至开始霉烂的水果，廉价地卖给自食而非送礼的顾客。

红泥寺街巷子里发生火灾后，方忠顺夫妇见人就道“万幸”，他们在火灾发生前半年就从原来那憋屈的排房住屋迁出，租了旧楼里的单元住了，又不断称赞那些消防队员，正是由于消防人员的奋不顾身和克服困难，才扑灭了那场大火，没让火势蔓延到街面店铺，更没有越过马路烧及他们的果棚。但是回忆起那天所目睹的巷子里大树整株燃烧，仿佛冲天火把的情景，还是忍不住啧啧地道“后怕后怕”……

火灾当然也给了薛去疾很大的刺激。特别是，火灾过后，派出所竟找上门来，说是跟他了解点情况，来的两位穿着制服，主动给他亮工作证件，非常客气，他只能接待，请人家坐，给倒茶水，不过心里确实别扭。他儿子恳恳在美国那边失业的事情，正让他心烦，又难与外人道。他强忍着厌烦跟那二位周旋。原来，火灾是从顺顺住过的那个院子燃起的。有人反映，最开始，是何海山住的那间屋冒出的火苗。后来他们找到何海山，问他：“邻居们反映，你不买电，夜里点蜡烛，是不是你点蜡不慎，引发了火灾？”何海山竟跟他们拍桌大怒，说什么：“你们算老几？拿腔拿调审问起我来了！老子当司令的时候，你们怕连胎盘都没抱过！

依我说，烧得好！这么个世道，走资派横行，早该烧烧了！”他这么一闹，人家对他就不客气了，检查了他提的那个包，发现里头有印的领袖像，这不稀奇，还有一男一女两个人的画像，竟认不出来是谁，何海山气愤，激动得大叫大嚷，以至流出热泪，说什么："才三十多年，你们就连旗手、斗士都认不出了，这世道怎么会堕落到这个地步！"人家继续翻他的包，就发现还有书法条幅"星火燎原"，便逼问他怎么有这样的字迹？他是不是因为对世道不满，故意纵火？他终于说出来，是他让过去的一个部下薛去疾写的。派出所的民警正是根据何海山的交代，找到薛去疾这里来。面对两位年轻的民警，薛去疾头大，真是"一部二十四史从何说起"！却又不能不把前因后果一一道来，两位民警听得一头雾水，无论如何不能理解何海山火中逃生时偏把这些纸片从墙上揭下珍重保藏。薛去疾最后跟他们说："我不能打保票，但是我认为即使火是从何海山那屋里燃起来的，也是因为他用火不慎，他有他的观念，他的信仰，他的固执，他的幻觉，但是他不会是一个纵火犯。"末后两位来访者也就道打扰，礼貌告别离去，薛去疾关门前冷冷地对他们说："希望以后不要再来打扰。"人家没有什么回应。后来薛去疾坐到沙发上又心烦意乱了好久。

那天小时工文嫂来打扫卫生，提起那场火灾，薛去疾道："你们很幸运，之前好久就搬走了。"文嫂却大声武气地说："幸个什么运！好背时！这边烧了，好多人全到我们南边那个城中村租房子去了，哪里有那么多空房给他们住？房东就涨我们的租金，一涨就是一倍！没得法，原来租两间，只好退一间，房东就拿去租给那些人！我们本来是躲东北人才租的那儿，他妈的，新租户里恰恰有东北的！让我们怎么过啊！"文嫂竟然爆粗，薛去疾也没力气批评她，只是说："今天要麻烦你多做一点，那间一直闲着的屋子，要把床再铺好……"文嫂很不文明地问："是要让哪个来住啊？莫不是你老头子耐不住清静了？"薛去疾就生出辞退掉她的心。

薛去疾让文嫂收拾好那间卧室，是准备让薛恳住。恳恳前几天跟他通了电话，说到头来恐怕还是要回国来找事情做。

44

那个会所在一个古庙里。古庙历史悠久，所存的大雄宝殿的木结构是明代的。尽管庙里其他建筑陆续拆毁，又陆续搭建出若干杂乱的房舍，但大雄宝殿大体上幸存了下来。这个大院落按归属是一个什么国有公司的，前数十年曾经是街道风机厂，后来成为对外租赁的仓库。尽管有古建专家来看过写出报告，对其硕果仅存的大殿的文物价值叹为观止，文物局也曾据之来考察，那某公司坚决不将其交付文物局作为文物保护单位处理，文物局反映到市里，传媒也一度就此鼓呼，但事情还是不了了之。现在某国有公司又将此院落外租给某股份有限公司，大雄宝殿被改造成为了一处高级会所。文物专家对此痛心疾首，但来会所的人士，有的不仅不以为欠妥，还认为是古为今用的绝佳示范。比如夏家骏，就是如此。

那天夏家骏带着钟力力、冯努努和海芬进入会所，她们都是头一回去那里，夏家骏就指指点点地给她们介绍："这庙殿间架既然贼高，就将它设计成跃层，别的你们自己细看吧，我光把这里边的三种灯指点一下：这盏从藻井直垂下来的水晶灯，最宽直径达到两米二，有七个层次，所缀的水晶片有一千多页，最中心的一圈，是真水晶，其余的人造水晶，是著名的斯华洛奇品牌，也堪称价值连城！来，上楼梯，到上面，喏，全是遮蔽光，这些盆栽观叶植物，全是真的啊，看这盆散尾葵多么雄伟，那边的紫叶榕可是罕见品种……对了，这是些仿古红纱戳灯，造型是有根有据的，记得《韩西载夜宴图》吗？来到这个空间，我们也就都成那幅画里的人物啦……但是，请往这边看，看见了吗？看仔细，不是水晶的，不是细纱的，是什么材料的？纸的！对，就是纸做的！但是，它的价值，超过了这会所里所有灯具价值的总和！为什么？因为它是已故的欧洲工艺大师弗拉沃坎的绝笔之作，上头有他亲笔签名！……"

钟力力听了发嗦："欧洲工艺大师？哪国的？弗拉沃坎？没听说过！夏老师真能唬人！"

冯努努叹息：“好好的古建，给糟害成这样！夏老师，你说这个价值连城，那个世上罕见，其实，所有这些堆砌进来的东西，都没有这座大殿本身珍贵，它才是无价之宝啊！”

夏家骏倨傲地回应：“堆砌？这叫做后现代风格，懂吗？所谓‘同一空间中不同时间的并置’！这里只接待会员及其由会员带进的雅人，一般俗众是无缘进入的，你们注意到了吧，它门口只有一个放大的门牌号，不挂招牌的，而且，大门基本上永远紧闭，必须插入会员卡才能开启大门入内，如果是约来的，那就得在门外用手机通话，约请方亲自出来接进去……”

海芬对什么大殿古建呀、后现代装潢呀，一概不感兴趣，无所谓！她只关注：“真能见到尼罗吗？”

夏家骏引着三位年轻女士往跃层深处走，于是一组有着明黄色靠垫的深紫色沙发呈现在前方，茶几细看是用老式大樟木箱充当的，上面已经有使用中的电动功夫茶器皿，以及在幽暗遮蔽光中闪出花朵般光焰的蜡烛盅。那组沙发约可坐十来个人，他们接近时已经有三个人坐在那里聊天。

见夏家骏近前，一位谢顶的男子便站起来迎接，那是林倍谦，这个会所，他是股东之一，夏家骏正是通过他，约来了尼罗，他带三位小女子来，体现出他的风流，而实际上所图谋的，是取悦海芬，以换取到“高歌猛进”的高层人物墨宝。

林倍谦热情地招呼他们，搓着手，笑眯眯地说：“家骏兄几世修出这么旺的艳福，能让三位超级美女簇拥着！如今这边的人怎么讲的？‘嫉妒羡慕恨’！我正是这么个心情！快坐快坐，随便坐。”又介绍两位已经坐在那里聊天的两位先生给他们：“尼罗，大诗人！覃教授，大学者！”

其实三位女士，钟、冯二位堪称美女，海芬嘛，即使在幽暗的光影里，虽然其眼睛颇大，那其直角的下颚、鼓出的颧骨也都难禁人生出“此女实在不敢恭维”之想。

那海芬一眼认出了尼罗，激动得双手胸前紧握，微张嘴唇，几乎要尖叫起来。

45

那尼罗个头长相都只能算是中等，但是他那招牌发型，却十分地抢眼，那样的发型，自他出名后一直保留着，就是前面乱蓬蓬，后面脑勺那里，将长发扎成两个岔开的马尾巴。当年他的头发颇丰茂，那天在会所出现，岁月的沧桑，对他脸上的纹路做了加法，对他的头发却做了减法，他前面已经开始谢顶，后面的两个马尾萎缩不少，但整体而言，他却并不女性化，特别是他总保持着络腮胡，岁月的剃刀倒没怎么使他的络腮胡萎谢，微笑起来，依然露出白而齐的真牙，他的追随者，现在叫做粉丝的，如海芬，对他的迷恋，不仅在他的那些诗句，也在他的独特形象，尽管海芬以前只在旧书旧刊上见到他的照片，心内也着实喜欢，现在忽然真人就在几尺以外，一颗心顿时加快加重了跳动。

林倍谦不用把尼罗介绍给夏家骏，他们二十几年前就熟稔，便只郑重地介绍了覃教授，夏家骏见对方并未起立伸手，便只抱拳道“久仰”，自己坐下，又把三位女士的芳名向叶先生等道出，那尼罗、覃教授只淡淡地对他们点点头，仍继续他们刚才的什么话题。

只听尼罗道：“……回过头来看，当年那样的决策，非伟人绝无那样的魄力……实在是造福中国！短短二三十年，使十几亿人口脱贫，敢问人类文明史上，有几个政治家做到了这一点？……我原是去西寻故乡的，现在终于彻悟：甚荒唐，再莫误将他乡认故乡！……你知道西方如今穷到了什么地步吗？福利主义那一套，搞了那么多年，终于走到尽头，借钱搞社会福利，利滚利，结果现在爆发了财政危机，还不起债了呀！多年搞福利，养出了大群懒人，养成了必须享受现有福利，而且还要福利不断升级，那么样的思维定式，你政府没钱了，要紧缩财政，要减少假期，延迟退休，啊呀，消息一出，人们立即上街，抗议！反对！愤怒！发狂，跟警察对打！再，就是那边的金融业，游戏规则越来越离奇，到最后，就是想方设法捞钱，空手套白狼，贷款成了普遍的生活方式，放贷成了发财的不二法门，其实就是大型的‘老鼠会’，玩来玩去，抛出去的绳索没套住狼，倒套住了自己脖颈……你再看看这边，GDP 持续保持高增长，就算统计数字有水分，就算有贪官污吏侵吞，国家有钱，老百姓温饱无虞，还是真的！所以你看西方，凡在台上的政治家，都在向这边谄媚，这边成了他们经济复苏的救命仙丹啊！就是学者、艺术家……当然不是全部，也有很不老少，包括原来持反对立场的，也都不同程度转换态度，到中国来混事由，来淘金，那些二十年前信誓旦旦表示如果不怎么样就绝不再踏上这边土地的，如今就不是又大都屁颠屁颠地谦卑有加地来了吗？……我们今天坐的这个沙龙，在那边，一般知识分子是坐不起的，这个就不去说它了，我在那边那么多年，我可知道，像你这样的学者、教授，一般也是下不起点菜的馆子的，多是在快餐店吃点东西，可是这边，我这次回来一看，到处是正经餐馆，一般的市民，工薪族，都能坐在里头点一桌的菜肴，吃香的喝辣的……哎，真是有意思，有意思！……”

又听那覃教授对尼罗辩驳道：“这边，那边，故乡，他乡，其实，有超越、凌驾在它们上面的一种普适价值，注意，我说的‘适’不是‘世界’的‘世’，是‘合适’的‘适’也就是‘普遍适用’的意思,这是人类共存的最大公约数，是不可亵渎,更不能抛弃的。现在这边流行两句话:‘钱不是问题’,‘上面有人’，难道这不是精神的堕落？而且,这种精神鸦片正随着与那边的经济交往在渗透，这难道是人类的福音？我认为不能不引起所有还保有良心、良知、良能的人们警惕、抗拒！……”

二人自顾自地在那里对话。林倍谦抱歉地对夏家骏笑笑，给夏家骏和三位女士献上小紫砂杯的功夫茶。

夏家骏望望尼罗，小声问林倍谦：“可知道这边有个叫邓拓的？”林倍谦摇头。于是夏家骏告诉他:“他原是《人民日报》的头儿,后来是北京市委的高官，1966 年自杀了。他有个杂文集叫《燕山夜话》，里头一篇很有名，题目是《专治健忘症》！”林倍谦于是会意，知道他在讥讽尼罗，其实也无形中将林倍谦打包在内。林倍谦斜睨夏家骏,心想你老兄何尝不属于健忘一族？隐忍住不快，按铃呼唤服务生上红酒与开胃小吃。林倍谦事先已经知道海芬是尼罗的骨灰级粉丝，就故意安排她坐到尼罗正对面，好让她先用视觉将崇拜对象生吞活剥一番。林倍谦之所以答应夏家骏的请求安排这样一个派对，是因为他也想把一封信，烦请海芬带进那医院禁区中，不过他是要把那信递给一位还在职的、临时住院的高官，只要海芬能把信交到那高官大秘手里，就 OK 了。在这边做生意多年，林倍谦熟悉了这边的明规则与潜规则，深知有的事情，到头来还是要取决于“上面一句话”，他的信言简意赅，希望能打动出那“一句话”来。虽然林倍谦和夏家骏互相心内对对方都看不上眼，但需要利用海芬帮他们完愿，使他们在这个派对上有心照不宣的配合。

其实，林倍谦只赠送了夏家骏一张 B 级会员卡，这 B 卡只能免费在茶寮、咖啡吧、酒吧消费。尼罗与覃先生，则并无会员卡，林倍谦与他们结识不久，隔些时邀他们来坐坐，意在捕捉些信息，这天邀尼罗来，当然别有深意，夏家骏求到他，他也有求于海芬，所以不仅是请各位喝喝功夫茶，品品红酒雪茄，也还要请他们享用 A 级会员卡才能吃到的大餐。这会所的会员卡，一些大老板是自购的，免费赠予的，都是官员。钟力力的父亲，也有一张 B 卡，有时也会来此，还曾带她妈妈来过，所以夏家骏跟她和努努、海芬得意地介绍会所种种时，她只觉得夏老师毕竟属于穷酸文化人，这么个空间，就令他飘飘然起来了。

三个姑娘落座后，都把眼光投向尼罗。钟力力和冯努努不过是好奇，海芬却是一腔朝圣的情怀。

尼罗在那年那个大事件起来时，从一个湖畔诗人转换为一个广场诗人，激昂得如同撞向礁石的巨浪。在事件严重起来前，他已经接到美国方面一个邀请，飞过去了，这边出现大事态，他在那边的诗歌活动里热泪纵横朗诵了一反他往常风格的抗议诗，他宣布“双退出”，活动结束后他滞留不归，成为流亡者。流亡者之间不久就发生龃龉乃至公开攻讦，他对几方都失望，大不以为然，沉淀在那边茫茫人海里。但近两年他又浮出水面，在网络博客上发表时评，在境外纸媒上发表杂文，又接受广播电台采访，出现在某些电视的谈话节目里，他的语言离诗越来越远，但内里保持着他一贯的赤子童言的风格，他自己也好，许多认识他的人也好，都觉得二十几年前的那个湖畔诗人，和如今的这个狂热的“爱族主义者”（这是尼罗自己发明的符码），确实是同一个绝非虚伪的生命。他是这年才头一回重返故土，据说到机场迎接他的人一见到他，他就双眼闪亮地说："我要亲吻故乡的土地！"他真要那么做，但从机场到高速公路到城里，几乎见不到泥土地，他也就没有去跪下来吻水泥地面，但人们都知道那确实是他内心真切的意愿。

夏家骏不知道尼罗现在究竟是入了美国籍还是拿的那边绿卡，但是现在他能顺利入境，想必更能顺利离境，终究还是世道变得圆软的一个例证。

尼罗和覃教授沉浸在他们二人构成的那个语言岛里，高谈阔论，滔滔不绝。钟力力在大学曾听过覃教授的演讲。确是个有学问的人，中外古今的名人名言，随口引出，有时还夹杂外语，令听讲的人们耳不暇接，除了大佩服，往往也就觉得摄入超量，导致消化障碍。当然啦，覃教授的站位，与如今成为"爱族主义"者的尼罗大相径庭，这基本的色彩，人们还是明了的。覃教授最喜欢引用的还是西方现代名人、学者的言论，马丁·路德·金、曼德拉、哈耶克、哈威尔……是他引用频率最高的几位。

覃教授在红酒斟好以后，举起长柄高脚玻璃杯，先微晃，再对着烛光察色，又凑近鼻翼闭眼深嗅，最后才用舌尖抿了一口，又观察那酒浆挂杯的状态，点点头，问林倍谦："拉菲吗？几年的？"林倍谦告诉他："不是拉菲。现在来这里的人士多是追求拉菲。其实拉菲再好，终究也只算得一种流派罢了。这是马耳他的，窖藏虽然不足十年，大家品品，是不是有种地中海的海风气息？"覃教授点头，道："是的。现在中产阶级又时兴喝南半球的红酒，智利的，南澳大利亚的，南非的，那些地方的私家酒庄酿出来的，品质也不错。"他品酒时，才把目光扫到三位年轻女士，搁下酒杯，很绅士地问："女士们，允许我尝只雪茄吗？"不见反对，便笑道："我也是全托林先生的福，才能偶尔到这个地方来放松一下。今天还更托了尼罗兄的福。如今中美两国既然是战略伙伴关系，尼罗应邀回来参加官方诗人的创作研讨会，很战略，很伙伴，也就一点不足为怪了！"尼罗流亡后宣布"双退"，这边也就将他"双开"，护照过期作废，很长时间不允入境，这年有副部级职务的官方某诗人，协会为他召开创作成就研讨会，以那诗人个人的名义，给尼罗发去请柬，尼罗也就欣然回来赴会，还在会上作了真情澎湃的发言，鼓呼诗人们要鄙夷布洛斯基，抛开米沃什，重回楚屈原开启的"爱族主义"传统，他的发言，得到传媒报导，会后，他停留下来访亲问友，也不知他是否还要离族赴西。林倍谦那“战略合作伙伴”云云，语带双敲，尼罗只是淡淡一笑，只觉得自己胸臆中自有清风霁月。

服务生端来有雪茄烟的托盘。原来那会所的特色之一，就是有从古巴特邀来的卷烟师，现场制作雪茄。覃先生、尼罗、林倍谦、夏家骏都各取了一枝，用一种粗大的瑞典火柴点燃，各具姿势地品尝起来。

钟力力见那些现卷雪茄粗细长短不一，就拈起一只比较秀气的，笑道：“我也要尝尝！”又偏头向努努和海芬发出鼓励的目光，但那两位都不为所动。

覃教授再扫视三位女士一遍，发议论道：“都是八零后吗？中国的希望，正在你们身上。需知你自己什么样，国家民族就什么样。你们在任何时候也不要放弃原则。任何时候也不能向专制妥协。你们都读些什么书？赛义德的吗？霍米巴巴的？乔姆斯基的？苏珊·桑塔格是你们的偶像？哎呀呀，不要再被什么后现代主义呀、结构主义呀什么的牵着鼻子走啦！要回到古典！回到洛克，回到卢梭，回到密尔，回到先是法国后是美国出现的那两个《宣言》……”

钟力力望着覃教授只是暗笑。这位覃教授确是不遗余力地号召人们特别是青年人反抗专制追求民主，此刻的神气话语也确实语重心长，但是，钟力力记得，就是那次请他来他们大学演讲的时候，在他讲完听众自由提问的阶段，只因为有学生提的问题令他逆耳，他就发出这类的反问：“你怎么可以这样提出问题？”又在他虽然做出回答但仍有学生质疑的时候有些气急败坏地说：“我看你是脑子进水，应该好好挤一挤了！”后来更听说，虽然他那次演讲后，网络上的赞语不少，但针对两篇学生穿马甲发出的讥评，他竟打电话给他带过的研究生、网站总编辑，要求立即删除！他反专制，自己却也很专制！他现在常说“你自己什么样，国家民族就什么样”，但社会多元，人各有志，他其实还是要人们，特别是年轻人，都成为他那一头的，依照他立下的标准做人，他其实更是要年轻人去为实现他的理念而冲锋陷阵乃至英勇牺牲。于是又想到关于这位学者的如下传说，他的名字，写出来是覃乘行，上中学的时候，老师第一次点名，点到他，他不回应，教室座位满的呀，此生一定在座呀！那老师心内抱怨其家长竟取出这样的名字，连姓带名三个字全可两读，覃可发“谭”的音也可发“秦”的音，乘可发“趁”的音也可发“成”的音，行可发“形”的音也可发“航”的音，于是那老师就耐心地将那些发音排列组合，一再点名，后来以“秦趁航”唱名，他才答出一声“到”来。

在雪茄烟的气息中，冯努努更加心烦意乱。她本不想来。但是她和力力、海芬毕竟情超姐妹，力力过些时要远走高飞，海芬给她打电话倾诉半个多钟头，使她知道这次和尼罗的会面对于海芬有多么重要，她如果不陪，那简直就无异于宣布跟海芬绝交了。冯努努这些天一下班就往麻爷赠予阿奇的那套房子去，阿奇正在装修那套单元，尽管请了装修工，但是阿奇不仅督阵，还亲自上阵，她发现阿奇真的是个多面手，举凡瓦工、木工、漆工、管工等方面的活计，全拿得起，电工的一般活计也懂些，只是因为没考过本，不敢擅自动手。装修在一天天进展，但是努努发现她妈妈却在一天天地显露出焦虑，昨天她回到家，妈妈问他："阿奇他那套房子究竟装修到什么程度了？"言为心声，说明妈妈到如今还是不能把她和庞奇合起来想，尽管她和阿奇还没有去登记，但是单位里的一些人，更不要说力力和海芬，早把他们视为一体了，但妈妈却把那房称作“阿奇他那套房”，不在心里嘴里表达为“你们那套房”，在妈妈心底里仍然没有接纳庞奇的情况下，他和阿奇去登记时，能是完全快乐的吗？……

海芬在雪茄的气息中更加晕眩了。她几乎是目不转睛地盯着尼罗。这个偶像原来只在纸上，此刻却活生生地离她不到两米远。她没有失望。多么具有魅力的诗人啊！虽然尼罗这天没有一句话谈到诗，但是，他那“爱族主义”的议论，海芬听来却如聆佛音。海芬此前对任何主义都没有兴趣，这个派对过后，她见人就鼓呼“爱族主义”了，“今后的世界，将由中华民族引领人类走向大同！”当她在父母面前忽然发出这样的高论后，父亲惊异地望着她，母亲干脆到她跟前摸她的脑门，怀疑她是不是在发高烧。

那天几位品尝雪茄的人士指尖的雪茄都只弹过一次烟灰，就掐灭了，因为服务生来请他们往餐厅那边用餐，在另一亮堂的空间中，是中式圆桌，中央转盘上却立着威尼斯枝形银錾烛台，林倍谦搓着手说："诸位，今天为各位准备的，是中西合璧的特色菜肴，其中一个高潮，是今天中午刚刚空运来的刀鱼……"

46

刀鱼还没有端上来，钟力力手机彩铃响，她接听，是她妈妈气急败坏的声音：“你在哪儿？赶快回来！”她离开座位，去包间的卫生间，掩紧门，也很气恼地说：“我还能在哪儿？我能让黑洞吸走再没影儿了吗？真讨厌！才几点？打什么岔！我们正在兴头上呢！”妈妈那边却急得嗓音都劈了：“快回来！别废话！赶紧！”钟力力上高中时，青春反叛期里，跟她妈妈对抗得厉害，妈妈的任何一种对她言语行为的干预，都会遭到她的迎头痛击，那还是客气的对抗，如果她狂怒起来，就会玩失踪，最多失踪过三天，妈妈动用爸爸的权力人脉资源，找遍全城，兼及外地，就是找不到她，她是藏到部队大院的院中院，海芬家的将军楼里了，最后还是海芬妈妈一番劝解，让专车司机把她送回家的。上大学以后钟力力和她妈妈也曾几次大碰撞，但近两年母女关系转为和谐。没想到这天，由于妈妈来这么个电话，仿佛将已往母女冲突的伤疤，又生给撕开，钟力力心想：我这就要去美国了，她还把我当作她脖颈上的项链，控制欲也太强了！钟力力愤怒地掐断电话，走出卫生间，回到座位上，她将手机的彩铃关闭掉，换成震动模式。

这时候各人的那份盛在椭圆形錾边银盘的刀鱼已经上齐，身边的夏家骏对她说：“趁热。”又见那边的冯努努狐疑地望着盘子里的刀鱼，似乎决心放弃，劝说道：“三千元一条呢，外面恐怕拿着再多的钱也买不到啊！”这时钟力力随手搁在餐桌上的手机震动不已，原地打转转，惊动了吃刀鱼的海芬，海芬就拾起手机，递给钟力力，钟力力估计一定又是她妈妈来聒噪，触动接听符，又故意启用共听功能，那边尚未发声，她先极不耐烦地道：“好吧，你还有什么圣旨？”结果传出她妈妈绝望的声音，在座的全听真切了：“你爸让人带走‘双规’了，你赶紧回来！”钟力力如遭电击，僵在那里，整个包间哑场，后来尼罗和夏家骏说起，都觉得跟乌克兰古典作家果戈里的名剧《钦差大臣》最后一幕剧终的哑场定格极为相似……

……出了会所大门，钟力力拦住出租车，跳上去，那的哥哪知她的心思，竟然一如既往地大谈时事政治，她不要听，可是当那的哥说道："……这夜晚，到处是官商结合的灯红酒绿，他们是不打的的，咱们说挞说挞他们，他们也听不见……"觉得非常逆耳，忍不住大吼一声："哪有那么多贪官？！"……

冲进家门，倒没有什么被查抄过的迹象。母女紧紧拥抱在一起。她们在这一紧紧相拥中尽弃前嫌。所有的道理、原则全是废话，血缘才是真理。妈妈恨不得她立即去机场飞走。她护照签证都是现成的，也已经预定好了半个月以后的单程机票。那预订票完全可以放弃，无非添些钱改成最近的一班飞机，如果已经客满，那就可以在机场临时设计出一种飞法，无非多换几次航班，多绕一些弯子。其实先飞到广州从那边出关也许更为稳妥。事不宜迟。要分秒必争。把原定要带的行李减缩优化到极限，只带一只可以免托运的拉箱。妈妈变得格外冷静，掐着手指头把最坏的种种情况都估计了一遍，她心里念叨："不至于那么离奇吧……"却也做好了若被阻止出关如何应付的心理准备。妈妈让她把护照、投资移民资料、信用卡、美钞、人民币等等最要命的东西再检查一遍，确认完备后，建议说："把我们的手机互换。"她想了想，这有好处，就互换了。妈妈没有跟她再拥抱，把门打开，只是望着她，她望了妈妈最后一眼，电梯门开，便毅然地走了进去，没有回头。听见电梯门关合，她忽然有些高兴，生命中能有如此这般的遭遇，也很有趣，不是吗？

第二天钟力力先飞珠海，然后从珠海九洲港码头出关，乘水翼船抵达香港，她有赴第三方的签证，可以在香港停留一周呢，哪有闲心在香港玩耍，立即赶到大屿山赤鱲角机场，看两小时后飞洛杉矶的航班还有余票，立即买下，她在再一天后抵达美国，顺利入关，立即给妈妈打去电话，那边发出一种带哭音的欢呼……

47

那些天里，薛去疾几乎不到飘窗台那里去倚坐。一个人在家时，他总背着手在屋里走来走去，心里盘算着自家的事情。老伴究竟要不要也回中国？薛恳回来时，本想把母亲带回来，倒是梅菲把婆婆留下了。梅菲心里想的是，婆婆尽管腿脚不好，上不了楼，她周一到周五毕竟要上班，所供职的公司虽说摇摇欲坠，总算还在维持，如今的世道，能维持就好，薪酬减半，折合成人民币也还不少，何况老板说了，一旦经济复苏，生意又可大单地做，那时薪酬不是复归原位，而是肯定提升。有个老太太在家里守着，能做饭，能使用洗衣机，孩子们放学后多少能照应一下，终归是好。梅菲嘴里说的，则是自己绝非不孝之人，美国这边空气好，婆婆理应在这边享福，她会悉心照顾婆婆，请薛恳和公公放心。薛去疾去美国跟儿媳妇相处过，心里知道那是个嘴甜心苦的女子，因之对老伴留在没有薛恳的那栋“号司”里，实在不放心。但是将老伴接回，现在看来，是个复杂的系统工程了。选择何时？何人护送？孙儿孙女如何安排？薛恳是无论如何一时无法抽身回去接来的了。那薛恳受他影响，从小就不大会交际应酬，以为一个人在社会上安身立命，主要靠自己有本事。去美国以后，确也是靠在那个专业领域里的本事，过上了中产阶级生活，除了偶尔参加某些雅皮的派对，几乎没有其他的社交活动，就是周一至周五上班，周六周日跟家人一起，长假则和家人一起旅游。这下被迫成为“海归”，才懂得在这块地面上要想立足，第一是关系，第二是关系，第三还是关系，当然如果有本事，关系网里网住鱼的几率会增加，但也眼睁睁地看着有那并无真本事，甚至连假本事也没有的主儿，竟然只凭“咱们有人”，就混得非常之好，心中难免不忿。父子二人，用了两个多月的时间，调动起所有的社会关系，来为薛恳觅一角像样的立足之地。薛去疾本已自居远离庙堂、甘处江湖，儿子“海归”后，却忽然又去与当年庙堂里认识的诸多人物联络，常常是不待见面，光那电话里的语音，就令他脸热，而如此破脸，却颗粒无收。薛恳这些天一早出去，老晚回来，薛去疾总是灯下痴等，儿子回来，递上热柠檬水，父子二人坐沙发上，儿子汇报联络进展，针对某些可能，二人来回来去讨论，直到父亲拍脑门说：“啊呀，又搞得这么晚，你快洗涮快睡！”才各自去自己卧室。有时美国那边电话打过来，二人就在电话边，以免提功能，跟那边婆媳二人，报喜不报忧，那边亦然，而孩子们，也会插嘴说些中英文混杂的话语，两边就都觉得，阴霾只是一时，灿烂阳光，必在前面。但每当新的一天开始，儿子走后，薛去疾便坐立不安，无心坐飘窗台欣赏所谓的“清明上河图”，多半背着手在单元里各处踱来踱去。

48

“海龟海龟,何不早归?”看到中学同窗戚续光发来的手机短信中这个句子,薛恳真不是滋味。

戚续光这名字不消说容易让人联想到戚继光，戚继光是明朝打击倭寇的武将，戚续光笑称自己是戚继光的弟弟，那么，他应该起码有三百多岁了？戚续光在学校时不爱学习,常被思想教育组的老师训诫,常常是,薛恳上学进得校门,只见戚续光在思想教育组办公室门外罚站，薛恳不免上前悄声问:“怎么啦?”戚续光就斜斜眼笑道:“又绿啦！”当年同学们把犯错误被老师抓了现行叫做“绿了”。戚续光的“绿”，也不是什么大不了的错误，他不打架，不耍流氓，只是总有些被思想教育小组老师视为不正确的行为，比如，他会把家里姥姥蒸出的大包子，拿到校园来售卖，价钱随意，从一毛到五毛，只要递他钞票他就给你包子，有时候又会把他哥哥看腻的连环画拿到教室转让给喜欢的同学，甚至装出拍卖师的模样，用尺子代替拍卖锤，怪声怪气地叫喊:“一毛！两毛！两毛第二次！好，两毛五！两毛五第二次……什么？两毛八？三毛好不好？三毛第二次，三毛第三次……好咧，三毛！三毛成交！”薛恳就从他那里，以三毛钱拍到过一本“文革”末期出版的连环画《红石口》，抓特务的，翻看着挺好玩儿。中学毕业，戚续光没考上大学。同学们各奔前程，薛恳很多年简直把这位戚继光的弟弟忘记了，但是海归以后，三个月过了竟还找不到合适的工作，父亲薛去疾在人际上既然是个笃信靠自己专业本事吃饭,万事不求人,被讥为“拉硬屎”的呆子，也就完全不指望他帮忙，掐指算起来，薛恳所能动用的人际资源，也就是大学和中学的同窗了。大学同窗出国的多，比他早归的有几个，留在国内的能联系上的也有几个，联系来联系去，最后和两位达成了共识，就是自主创业，注册一家生产销售化学试剂的公司，薛恳在美国所从事的，就是这一行，另两位合作者大学里也学的是化学专业，初步的市场调查，是这方面的社会需求虽小，但若有订单，一单的收益便很可观。这种高端试剂还没有国产的，进口价格极其昂贵，因此，获得国家有关部门和基金会的资金支持，可能性很大。在获得官方资金支持之前，他们自己先凑了五十万元，其中包括薛去疾多年积攒的三十万元，于是，开公司的事就算启动了。登记注册的手续相当繁琐，不过还能忍受。最困惑的是，如何才能获取到官方的资金支持？满耳朵听说的是，如果朝中无人，那不管你递交的材料写得多么头头是道，到头来也只能是无休止地引颈以待。但是，在和中学同窗联系的过程里，就获得了戚续光的信息，这家伙现在开着一家高档餐馆，其包间里，常有通天人物出没，某高官的孙女婿，就是常客之一，而且跟戚续光的个人关系，非同寻常，只要跟那孙女婿认识了，获得他的支持，几个电话，便能把事情搞定，起码获得银行的低息贷款，十拿九稳。

薛恳从一位老同学那里，获得了戚续光的手机号码，打过去，对方没关机，但是不接，就发个短信过去，却也没有回复。于是，那天，薛恳就和两位合伙人，径直去到那家餐馆，门口的领座小姐问："有预定吗？""没有。"不停步地往里走，乖乖，一楼散座居然客满，领座小姐就让他们先到门厅那里坐着等候。薛恳心里嘀咕：这个戚继光的老弟，这回是真的"绿了"！于是不坐，直愣愣地跟领座小姐说："你们的老板是不是姓戚？给他拨个电话！我要跟他通话！"领座小姐懵了，她只知道经理是谁，并不知道大老板姓什么，只好去跟店面经理汇报，店面经理很不以为然，来到薛恳面前，一脸假笑："先生，抱歉抱歉，现在没有空桌，请先坐下候候。"薛恳就还是那个要求。店面经理就说："您有手机，您自己跟他拨电话不就结了吗？"薛恳眉头一皱："我要记得他号码早打了！刚从美国回来，要跟他叙旧。你拨给他，接通了我自己跟他讲。"店面经理犹豫了一下，就用手机拨了老板号码，那边听了汇报指示："问他姓甚名谁！"店面经理问明白后报过去，那边的回应是："把手机交给薛先生！"薛恳跟戚续光刚对了三两句话，从薛恳那口吻表情就知道来的是个真佛，忙加重笑纹堆积，腰也微躬起来，戚续光跟薛恳互相嘲笑一番后，就让薛恳把那手机再递给店面经理，然后是一连串指示。几分钟后，薛恳一行便被店面经理引到一个金碧辉煌的单间里，那经理谦卑有加地宣布："马上给三位上茶。戚总一会儿就到。"

薛恳和戚续光十几年后的这次相见，双方的心情自然与当年在思想教育组办公室门外的相遇不可同日而语。戚续光责问薛恳回来三个多月怎么现在才想起他来？薛恳就高声抗议："倒打一耙！我明明给你打过手机发过短信，是你这家伙人一绿脸就变！"结果对出来，是薛恳记那手机号码的时候记错了一位数。双方互报手机号码后，为验证无误，戚续光立即给薛恳发过去"海龟海龟，何不早归？"的短信。

戚续光让手下把餐馆几乎所有的招牌菜肴都摆上了餐桌，又请他们喝正宗茅台。薛恳顾不得怀旧，几下就说到自主创业的正题，更点到要害：希望能结识那位高官的孙女婿，以便早日将官方资助搞定。戚续光听罢立即拨电话，只听他对那位孙女婿笑骂："你小子又在哪儿的饭局呢？什么没工夫！少跟我来这套！好好好，你把那象拔蚌吃完，赶过来到我这儿喝鳄鱼尾汤！"那手到擒来的劲儿，令薛恳和他的合伙人佩服不已。薛恳心情大畅。常言道：吉人自有天相，没想到的是，这吉人竟是当年常被思想教育组老师罚站的"绿人"！

在等候那孙女婿到来的时段，忽然从包间窗外传来一阵叫骂声。那餐馆里，二楼的单间只有这间是有窗的。窗外本是个死胡同，库房的后门与其相通，一向是比较清净的，没想到那天作起怪来。戚续光立即责令经理去看是怎么回事，进行必要的处理。薛恳因窗底下的声响越来越古怪，忍不住离座起身到窗边朝下望，只看见一辆运啤酒的三轮车斜在那里，两个小伙子扭在一起打斗，一个抽出胳膊来，操起车上塑料筐里的一个啤酒瓶来，狠向另一个砍去，那另一个拿手挡，当即被砍中，血星子溅了出来，薛恳不禁"啊呀"惊呼，惹得两位合伙人也跑到窗前朝下张望，戚续光不大高兴，坐在座位上招呼他们："没什么大不了的，到处都是一样的戏，只不过有的是文唱，有的是武唱罢了！"薛恳他们回到座位坐下，窗下的叫骂声还很凄厉。过一会儿经理上楼来了，跟戚续光汇报："是送啤酒的抢地盘打架。咱们的人已经把他们分开了，也报了110。没事了没事了。请继续用餐吧！"戚续光摆摆手说："行了行了。一会儿那孙子到了，领这儿就好。""那孙子"何所指，经理心领神会，倒退着躬身退出了。薛恳不免议论："你怎么训练出来的？一幅孙子相！"戚续光说："培训能有多大的用？还不是我开的钱多！开多少钱，就有多少度的笑容，多少度的鞠躬，多少度的谦卑！这个张经理很不错的。啊，对了，你不觉得他眼熟吗？"薛恳摇头："比咱们小多了吧？我出国的时候他能多大？我哪儿见过他？"戚续光进一步问："他那眉眼，你就不能联想起一个人来？"薛恳觉得越发问得离奇。戚续光就道出根底："他那眉眼，不跟他爷爷一个模子刻出来的吗？你忘啦，咱们上学那阵，思想教育组的组长张老师？是那张老师，头年跑来求我，让我给他这个孙子安排一下，我试用了几天，还行，就留下了。开头当领班，如今，是这儿大拿了。"薛恳想了想，才"啊呀"一声，把那祖孙眉眼对上号，又不禁感叹："当年那张老师，一脸子马列，好威严啊，难怪我一时无法联想。"戚续光说："如今满脸市场了，见到我就夸：当年就看出来，是个市场经济的好苗子。"薛恳撇嘴："好苗子！当年把你'绿'得最厉害的，不就是他吗？"戚续光反唇相讥："你也够呛啊！那几个打架的，跟我站一块儿，被责令低头思过，你走过去说悄悄话，不也被那张老师看见过？记得他严厉地问你：'是不是也参与打架了？'你说：'我没打架，我是劝架的。'那张老师就盯住你细看，说：'你劝架的？怎么脸儿熟。你怎么总在劝架？'……"薛恳遥想当年，忍不住笑："是呀，怎么打架总没我，劝架总有我呀？真是的，也差点儿跟你们'绿'着排排站了！"两个合伙听了，也都笑。

一阵活泼的笑声，那张经理，把那孙女婿，引到单间来了。

49

门铃响，薛去疾以为是薛恳回来了，走拢门边，觉得不对，薛恳有钥匙呀，从猫眼朝外看，竟是文嫂，于是开门，让她进来。

文嫂每周四来做事，前天来过，这天周六，怎么晚饭时间跑来？文嫂满脸焦虑，越想把话说清楚，越说不清楚，薛去疾就让她坐下慢慢说，又给她倒了杯柠檬水。

听了半天，总算听明白了。文嫂自己姓赵，她有个小弟弟，叫赵聪发，这些年在这个都会，干的是给餐馆送酒水的营生。薛去疾毕竟是个接地气的人，懂，这些年来，从外省农村跑到这个都会来的人，基本上把所有的社会缝隙都填满了，比如收废品，势力范围早已划定，不是你跑到一个地方，就可以在那里收废品的。那么，给餐馆送酒水，势力范围当然也早就分割完毕。文嫂弟弟赵聪发早已拥有自己的势力范围，其中送货量最大的那一家，就是老板姓戚经理姓张的那家，所送的啤酒有五种品牌，饮料有六种品牌，更有三种白酒品牌，每天的吞吐量极其可观，每个月结一次账，所赢得的差价也颇可观。原来是蹬平板三轮车送货，后来置备了一辆二手小面包。万没想到的是，最近有个别省来的浑小子，竟然蹬辆平板三轮车，跟那张经理勾搭上，以完全不要盈利甚至倒赔一点的手段，想先把赵聪发挤兑走，把那家餐馆的酒水供应包下来，下一步再谋求盈利。赵聪发岂能眼睁睁看着那家伙把他的生意抢走，之前已经几次在餐馆后门憋着那家伙，警告过，并且也跟张经理交涉过，张经理是进货方奈何不得，对那抢地盘的家伙就不必客气，这天那家伙又蹬着一车啤酒来找张经理，赵聪发就冲上去指着鼻子开骂，对方还嘴也极其难听，两个人就扭打起来，赵聪发最后操起啤酒瓶砸，玻璃碴把那家伙手掌划破，见了血。餐馆的人报了警。警察赶到把赵聪发带到了派出所。那家伙从医院出来，拿来了手伤证明，是缝了十三针。这样赵聪发就面临行政拘留的前景。文嫂找到薛先生这里，是知道他有个大侄子叫奇哥儿，跟警察方面熟悉，所以恳求薛先生赶紧跟奇哥儿联系，无论如何要把赵聪发捞出来。

自从薛恳回来，薛去疾跟庞奇联系的频率锐降，庞奇自己也事儿多，问候也比以往少，但伯侄二人的情谊，应该还是一如既往。听明白文嫂的一番诉说恳求，薛去疾同情心完全在文嫂和她那弟弟赵聪发这边，觉得那抢生意的人其实也动了手，而且搞恶性竞争，本属于不正当行为，虽然手掌划破，也不该单处罚赵聪发一个，像这种情况，应该教育一番，责令赵聪发承担那医药费，也就放出，薅进拘留所去，有何必要？于是立即打庞奇手机，奇哥儿接听，问："在哪个派出所？"薛去疾就偏头问文嫂，那时候文嫂站在薛去疾身边，倾着身子，仿佛想听清那边的话音，双手揉着衣角，满脸期待，被那么一问，反倒一愣，薛去疾就催她："快说呀，在哪个派出所啊？"文嫂这才道出那派出所的名称，薛去疾告诉了庞奇，庞奇说："运气！正好认识那儿的人！只要还没移送，这么点事儿，放人不成问题！"还没等薛去疾转达，文嫂就一再作揖："谢谢了，谢谢了，谢谢了……"

文嫂走后，薛去疾自己弄了点饭吃，又把苹果和梨削成小块，放在盘子里，插上两根牙签，等薛恳回来一起吃。心神不定地看着电视，也不知用遥控器换了几圈台，在漫长的等待中，终于听到钥匙旋转门锁的声音，薛恳回来了！

薛恳面有喜色。未曾开言，薛去疾已经感受到吉人天相的气息。薛恳把这晚成功地找到了中学老同学戚续光，那戚续光更快刀斩乱麻地约来了某高官的孙女婿，而那孙女婿在品尝鳄鱼尾汤的时候，更爽快地应允为他们的公司去落实官方资助，等等颇富戏剧性的情况，一一道来，父子二人，相对欣然。薛恳去开了瓶葡萄酒，找出高脚玻璃杯，斟好，跟父亲碰杯庆贺。父子就薛恳他们公司的事宜讨论一番之后，薛去疾才想起来文嫂曾来求援的事情，讲出以后，薛恳惊呼："世界真小！"原来那餐馆后门发生的一幕，其中的主角，竟是他家保姆的弟弟！不过想到连送啤酒这种行当，同业竞争尚且如此激烈，乃至血战，那么，他们那试剂公司今后将遇到的挑战，还不知会如何凶险呢！父子二人相对感叹良久。

50

坐在电脑面前，上了网，打开自己的博客，夏家骏心中好恼。

那天本来局面不错，托付那将门之女海芬去求得高层政治人物的墨宝，已经极其接近成功，没想到饭局当中，那钟力力家突发变故，匆匆离席而去，搅乱了饭局原有的气氛，还引出了那位覃乘行和尼罗的一番辩论，后来的情形完全脱出了夏家骏的预计，结果是大家不欢而散。

本来再度联络海芬，钟力力是最佳桥梁，钟力力第二天就不知去向，只好跟冯努努联系，打去手机，倒也接听，但给予的信息是，她难以跟海芬取得联系，除非哪天海芬忽然来了兴致主动联系她，最后等于是知会他，爱莫能助，今后勿扰。出版社等着他把那题签拿来呢，如今叫他从哪里找来？也曾试着从搜集到的高层政治人物以往给各处的题词信函里，找出高、歌、猛、进四个字来，汇集一起，充当那印着夏家骏主编的巨著书名，但是找来找去，怎么也找不到"猛"字，能找到的，有个"前"字，那么，把书名改换成《高歌前进》如何呢？试着跟出版社头头说了一下，对方很不理解："要的就是个生猛劲儿啊！"那头头隔两天催他一次，弄得他心烦意乱，他实在不愿意承认自己拿不到题签，但一再地支吾又不胜其烦。就在他烦恼不堪的当口，出版社头头来电话，说担当那套书的一个责任编辑，给他打了个很长的报告，引了很多所汇聚的文章里的片断，大意是说这些文字跟当下领导的讲话精神，以及当前政策，严重顶牛，而且如此这般的文字，从大小标题到内文，删不胜删，改不胜改，倘若就那么印出，闹不好，不仅不能获得上面奖励，倒很可能惹来责罚！听到这个情况，夏家骏心中没有一紧反倒一松。就让出版社头头将那份报告作为电子邮件给他传送过来。看了那报告，夏家骏搓着双手，请那打报告的编辑吃饭的心思都有。太好了！书可以不出了，但是，他要首先通过自己的博客，将此书出版受阻，提升到政治高度，敲响警钟：那些总想切断我们的道统与政统的势力，是如何地无孔不入，人们，要警惕啊！他将与出版社头头通话，大意会是：书暂时放一放，是金子，什么时候都会闪光！暗示那头头，"高歌猛进"的题签，其实已经在他手中，但墨宝不能轻易出手，哪怕是照片和复印件；那打报告的责编，显然是受到当下某种不良思潮的影响，但也不必责备，人家也算是在尽责；他将继续努力，为弘扬正脉、正气而勇往直前、鞠躬尽瘁。

夏家骏开博以后，发博文不多，跟进的帖子也少。他听人说过，如果你的博客无人问津，那么你就是话语场中的弃儿。如果你的博客跟帖全是来骂的，那么你是成了话语场中的倒霉蛋，趁早关闭评论以免闹心。如果你的博客跟帖有赞有弹，而且赞弹双方对骂起来，这方骂那方 SB，那方骂另方脑残，或者这方判定那方是"五毛"，而那方反过来斥彼方为"美分"，那么，你就是话语场中的宠儿。那覃乘行的博客，跟帖无数，基本上就是那种赞弹相激相荡的状态。夏家骏心想，自己也该将博客利用起来。原来更多地是注重往上联络，现在看来，好的前程，实在也需要吸引来自下面网民的托举。

夏家骏写那博客的时候，微博刚刚出现，他反应迟钝，还没有重视，但是覃乘行却已经把自己的网上言论朝微博转移了。此是后话。

开始写那博客的时候，夏家骏敲击键盘还很滞涩，有点打苦工的味道，但是越往后，他就越轻松自如。他已经多次尝到了这种滋味。比如他有个极深的隐私，就是在那场狂飙运动初期，为了证明自己能勇于跟“反动资本家”的父亲划清界限，“坚决不做资产阶级的孝子贤孙”，曾经当着冲进他家抄家的“红卫兵小将”，猛扇过他父亲的耳光，以至父亲鼻子嘴角都流出了血来。父亲早已去世，母亲是在那可怕的场面出现前已经病故，当时哥哥姐姐都在外地，见到那情景的“红卫兵小将”早就不知散落何方，有的可能早已沦落甚至离世，就是还在世的，那时候本身就很暴力，见到他人的暴力行为更多了，谁会单记住他那个“大义灭亲”的暴力丑态？于是，那以后，特别是改革开放以后，夜深人静时，每当那反人性的一幕稍显于记忆，特别是父亲被他掴后嘴角流出血滴，挂在下巴一侧久久没有再往下滚落，那情景会像电影上的大特写，令他心灵的眼睛欲闭难闭，他就咬住嘴唇竭力压抑，将那可怕的大特写排除再排除，渐渐地，他的心灵眼睛终于闭拢，以至于有一阵，他觉得那样的事情根本就没有发生过，但是，父亲嘴角那血滴仍会偶尔在某种特定的情况下闪现，令他心灵深处隐隐不快。到近几年，有一天，他在开会的时候，没去听那主席台上的发言，而是旋转起自己的思路，于是，渐渐的，他就构建出了相当具有科学性，或者说学术性，或者说非常符合唯物辩证法，甚至也符合比如说法国哲学家福柯理论，那么样的一套强劲的逻辑，那就是，暴力固然不可取，但是社会的进步又实在离不开暴力，而且暴力倾向是与生俱来的，是人性中的原罪，大可不必对其痛心疾首，人在革命时会崇尚暴力，人在自保时，同样会依赖暴力，而且代间的暴力是自有人类以来无可避免的东西，小的时候，父亲打自己屁股，何尝手软？记得有一次还一边狠打他屁股一边跟母亲嚷：“给我拿锥子来！”母亲自然不照办，还到父亲手下去解救自己，并责备父亲不该下手过狠……这么想来，自己那天的虐父行为，其实更可以用古希腊历史中俄底浦斯“恋母弑父情结”来予以非常合理的解释，无关政治，完全人性，是一报还一报，打我屁股，掴你脸颊，都不必忏悔，大可以忘却，忘却不了，付之一笑，如此一路想来，真是身心大畅。于是顿悟，你政治运动里整过人吗？最佳的心理放松路径，不是自责与忏悔，去努力论证那些运动都是历史的必然、必须、必经就是；你在关键问题上撒过谎吗？最佳的自我慰藉方式，不是自我道德裁判，而是论证出世道变易中，所谓“坚持说真话”乃虚妄之道，是自我出局的懦弱，而善于造出“必要的谎言”倒是生命力强健的表现……

夏家骏写成那长长的博文，重读之后，竟至摇头晃脑，自我表扬激励：果然江郎并未才尽，在这世道里还大可放马驰骋！

电话铃响，抓起电脑边的电话，是林倍谦打来，说是那天幸会后，覃先生，尼罗，都感到意犹未尽，希望能再把他约去会所，大家继续畅叙一番，“围绕中国向何处去这个大话题，热热闹闹地大吵一通！”哎，这电话来得真是时候，夏家骏正处在思维最活跃、自我感觉最优秀的状态，喜悦地回应：“好呀！几时？听你召唤！”

51

把努努送回家，庞奇开车回自己居住的酒店。天已经黑了。那天下了雨，路面状况不好。尤其是在郊区的那一段途程，路面坑洼不平，雨水泥浆把车身溅得很脏。到郊区去，是跟努努寻觅一处可以经营苗圃的处所。麻爷赠的那套单元已经装修完毕，但是庞奇和努努还并不打算搬进去住。他们打算还是把郊区的苗圃先开辟出来。经过几次寻觅，这天终于可以确定下来。是远郊水库附近的一个农家院及其附属的菜园。那宅基地的主人开上出租车，当了的哥，全家都迁到县城去住了，就把农村的这个地盘拿来出租，庞奇努努跟那的哥洽商，最后双方达成协议，庞奇努努一年付三万元，租用期暂定五年。签好协议，回程路上，庞奇努努都很高兴。虽然将那片地方改造成一个像样的苗圃难度不小，尤其是需要不菲的资金，但是他们总算有了真正属于自己的落脚之地。这样一来，倘若必要时退回麻爷给的那套房，心头就更加无所谓了。

庞奇的车子开到离酒店不远的一条街上，忽然车前有人挥舞着大抹布拦车。庞奇就知道那是洗车的“野战军”。庞奇开的是公司的一辆马自达，自然是麻爷应允他随意使用的，平时洗车，都是公司配了卡，到正规的汽车美容店去，完成一套所谓的“电脑洗车打蜡”程序，最后刷卡结账。这种洗车“野战军”虽然收费很低，一次十元，甚至还可以再往下杀价，顾客多半是出租车司机和一些低档私家车的车主，庞奇从来不理睬他们的。但是这天庞奇开的车实在也太脏了，看出去拦车的又是个妇女，庞奇心想如果不是生活十分困窘，一个妇女也不至于这么黑灯瞎火地跑到街上来挣这个钱，于是就停下车，还没钻出车子，那妇女就趴到前盖上用那块湿毛巾擦拭起来，那是怕车主出了车又不让擦，挣不到钱。

庞奇下车后问："你要多少钱哇？"那妇女边擦边答："五块八块您看着给。"庞奇不禁说道："怎么才要这么点儿？你们的行规不是一次十块吗？"这时走过来一位男子，看那模样年过花甲了，身板却十分硬朗，也拿着块大抹布，擦拭起顶来，那男子边擦边说："你这车太脏！你得给十五块！"庞奇就问："你们两口子呀？"那女的刚吐出个"不"字，那男子就抢着声明："是呀！怎么着？"庞奇再看看两个人，忽然，觉得那妇女有点眼熟，谁呀？啊呀！那不是姿霞吗？她不是有个伤了腿的丈夫吗？难道那丈夫死掉啦？正疑惑呢，就听马路牙子上头，人行道树底下，有个人在招呼："换块抹布吧！"循声望去，那里有个男子，坐在一个自制轮椅上，守着两只大水桶，还有晾在两棵树之间牵起的绳子上的几块大抹布，显然他们三个人一起组成了"洗车野战军"。如今轮椅有的售价并不高，但是那男子坐的是用一把旧木椅装上小铁轱辘自制的凑合着用的轮椅，就说明是生活在最底层的穷苦人。再细看，那轮椅上的男子一条腿分明只有半截。他才该是姿霞的丈夫啊！那轮椅上的男子又招呼擦车的男子："司令！换抹布来！"那"司令"就过去，把用过的大毛巾交给轮椅上的男子，那男子就弯腰在一只水桶里整顿那块用过的大毛巾，而"司令"就取下一块洗晾过的大毛巾，再去擦车……

姿霞和"司令"擦完外部车体，又打开车门，擦拭车门里侧和车内地板，所有地垫都取出来先抖擞再擦拭，然后放回，动作十分麻利，效果相当不错。完了事，庞奇拿出一张二十元的钞票递给姿霞，姿霞没接，庞奇就递给"司令"，没想到"司令"也不接，而是用下巴指点，于是庞奇就过去递给那轮椅上的男子，只听"司令"说："找他十块！"那男子就拉开腰包拉链，收进二十元，取出十元来，庞奇说："不用找！"姿霞和那男子就道谢，"司令"却不吱声。

开车离去前，庞奇忍不住问姿霞："老乡，原来住处火烧了，现在住哪儿啊？"

姿霞说："搬到南边，房子更糟，租金倒还升了。我们现在三个人一起住。

那天大火，要不是‘司令’把他背出来，一定烧焦了！”庞奇劝道：“这边生活费好高，其实，你们这种情况，倒不如回乡里去……”姿霞叹道：“回乡里去？乡里快拆光了！”庞奇有好一阵没跟乡里父亲联系了，父亲不用手机，在市里开武馆的叔叔有手机，一般都是跟叔叔通话转话获得父亲信息，但是跟叔叔也有好一阵没通电话了，如果父亲那里也在拆，叔叔应该主动给他来电话报信呀，弟弟也是有手机的呀，还有什么事情比拆房更重大呢？应该是，姿霞他们那个乡挨拆了，父亲那个乡还能幸存吧？啊，也许是，麻爷的规矩多，外界的电话，往往打不到他常用的手机上……道完“谢谢”，庞奇上车，朝前开去，姿霞那句“乡里快拆光了”，如同一根刺扎在他心上，把他一天的好心情完全破坏掉了。他看看车上的时间显示，这时候叔叔应该已经睡觉了，那明天一定要主动跟叔叔通个电话。

52

那间闺房，如果是不知底里的人进去，会以为是个儿童间。到处摆放着大大小小的Hello Kitty，也就是凯蒂猫，有的是单纯的玩偶，有的是靠枕、坐垫、提包、座钟、揩面纸盒……

海芬把冯努努约到将军楼她那闺房里，一见面，海芬就神经兮兮地把门关紧，绷紧身子，直截了当地问：“努努，我会不会生孩子啊？”

这话把努努吓了一跳。定住神，努努也直截了当地问：“你跟尼罗上床啦？”

海芬死劲点头。

两个闺密坐到沙发上，努努把一个粉红色的凯蒂猫靠枕抱在怀里，再问海芬：“他没用套？你也没要求？”

海芬告诉她：“我自己愿意的。他没做错什么。可是我不要生孩子！”

努努问：“你怎么见得你就要生孩子？才多久？”

海芬说：“半个月了。本来上周三该来例假，可是今天又周六了，还没有。你说是不是怀上了？”

努努说：“你学医的啊，又在医院上班，倒来问我！”

海芬说："我学的是妇产科吗？我该去问医院的人吗？"

努努心里不是滋味。没想到海芬竟先尝到做爱的滋味了。自己跟阿奇，随时可以的，却都把那极乐郑重地留给了新婚之夜，阿奇也是，你是做爱老手了，到我这里，又矜持个什么？肯定的，是受他那薛伯的古典人文精神熏陶太甚！瞧瞧人家尼罗，不古典，很现代，甚至是很后现代，海芬才见他一面，第二面就上床了，还不带套，追求"原生态"，不愧是诗人！

努努劝慰："芬芬，就算真的种下珠胎，也没什么大不了的，尼罗不要，你也不要，刮掉好啦！"芬芬这种叫法，只有努努和力力在特殊的场合，才会唤出。

海芬点头："一定刮掉。瞒住楼下那两个很容易的。也不必告诉尼罗。"

努努奇怪："为什么？应该告诉他。"

海芬撇嘴："我再不要见到他。"

努努问："你从爱他，变成恨他啦？"

海芬不看努努，只盯住对面橱柜上那凯蒂猫造型的座钟，告诉努努："我原来那是爱他吗？现在觉得，是崇拜，并不一定是爱。现在我也不恨他。为什么要恨他呢？我自愿的。我只是奇怪，怎么跟他上了床，他脱了衣服，我觉得他一点没有诗人的范儿，怎么跟餐馆里跑堂的一样，平庸，猥琐……"

努努笑了："也许，男人脱了衣服，全一个德行。"

海芬斜眼看她："你那个阿奇也是？"

努努思索："他，对我来说，不仅是个男人……"

海芬追问："那他是什么？"

努努坦白："不知道。真说不出。"

海芬站起来，拿过一样东西，递到努努手里，开始，努努以为是个酥松的面包，仔细看，是本书。

海芬告诉她："尼罗的诗集。"

"诗集？怎么成了这种怪样子？"

"我要烧了它。搁到微波炉里转，没毁成。"

"搁微波炉里转？"努努笑出声来："芬芬，亏你想得出来！"

海芬从橱柜上抄起一个小型的凯蒂猫摆设，胡乱地扔到地板上，再坐回努努身边，命令："你帮我烧掉！还有好几本，我都不要了！"

努努问："你原来不是喜欢得不得了吗？当宝贝似的。"

海芬把双手背到脑后，倚着沙发靠背，双腿伸直，轮流上下摆动，冷冷地说："原来喜欢，不后悔，就是喜欢过嘛！现在觉得真无味！"

努努叹息："上过床，就无味了！你真不该那么性急，抻一抻再上床，岂不多喜欢些时候！"

海芬点头："确实，急什么？我原来可不是什么急性子，你跟力力都知道的。"

努努也点头："当然。不过你的这段经历也真有趣。原来人的喜好厌恶能这么样地转换！"

海芬把双手放回前面，坐直了，解释说："能不厌烦吗？尼罗跟我上完床，又来了，满嘴'爱族主义'，原来我是多爱听他讲'回到屈原'呀什么的，可是，从床上下来，去了趟卫生间，不知怎么的，我就烦透了！可是出了卫生间，穿衣服的时候，他还没完没了地满嘴政治，跟我说什么：不能丢了你们前辈打下的江山！我的前辈打下了江山？你是知道的，我爸只指挥过军事演习，根本没打过仗……"

"打江山是爷爷辈的了。"

"爷爷？他早没了，我根本没见过。可我知道，他不是老红军，是个小业主。"

"尼罗那是泛泛而言。"

"我最烦泛泛而言了。那天，你跟力力都在场，你还记得吗？那个什么覃教授，也是不停地泛泛而论，真烦死人！"

努努把话题转开："力力一定是赶紧出境了。也不知她把那超市经营得怎么样。我妈跟她妈，当年一个产房，前后脚分娩，缘分不浅，出院后还联系过一阵，后来断了，我妈说人家那么发达，去凑什么热灶火，现在他家出事了，我妈就想去看望看望力力她妈，可是根本联系不上……"

"可不是。力力的电话，她妈妈的电话，倒是全开机，可是打过去，死活不接，她们能知道电话都是谁打的，咱们却不知道她们究竟怎么了。发短信也不回。看来是要跟我们断关系了。"

“千里搭长棚，没有不散的筵席……”

“《红楼梦》里林黛玉的话吧？”

“不是，是个丫头说的，叫林红玉。”努努叹息完，望着海芬，又回到最初的那个话题：“你别是自己误会自己了吧？说不定明天就来红。那就证明，不过是一场虚惊！”

“虚惊？我没惊。只是觉得空前无聊。不要尼罗，我可又拿什么来解闷呢？”又命令：“他这诗集你拿去给我烧了吧！”

努努说：“烧！你知道在家里烧书有多难吗？你这将军楼也并没有壁炉，要烧，需要找只大铅桶，搁进去过火，那黑烟还是个问题！没你那么笨的！搁微波炉里转！是不是还想到搁烤箱里烤？熟透了浇上千岛汁，拿叉子叉着吃？依我说，直接扔垃圾桶里不结了！”海芬就推着努努身子说：“人家就是不愿意那么样做，才想烧的嘛……”

在凯蒂猫的包围中，将军之女海芬始终无法脱离幼稚。

53

又到周四，文嫂来打扫卫生、洗衣服，门铃响后，薛去疾把门打开，只见文嫂身边还有一个小伙子，个头跟文嫂平齐，作为男人算是矬子了，但是非常敦实，眉眼则跟文嫂有相近之处，就猜出来是那赵聪发。果然，那小伙子见到他就鞠躬，说：“感谢大爷救命之恩！”又转身抱起一个有商标的纸箱，很重的样子，文嫂代他说：“知道你们不喜欢喝酒，这是他孝敬的酸枣汁，将就着喝吧，要是顺口，以后每月给您送一箱来！”他知难以推辞，就忙道谢，文嫂先进屋换了拖鞋，那赵聪发自己早穿了鞋套，文嫂将弟娃引到储藏室，赵聪发放妥那箱饮料就告辞，薛去疾挽留：“坐下喝杯茶吧！其实该谢的是庞奇，我自己哪有捞人的本事！”赵聪发说：“替我谢他吧！”再鞠一躬就往门外去，文嫂替他解释：“面包车还停在楼门口，得赶紧挪开，还要给那边味美打卤面馆送酒水呢……”

赵聪发走后，薛去疾问文嫂：“他怎么又给味美打卤面馆送上货了？这边离他原来送货的几个餐馆挺远的啊！”文嫂说：“可不是嘛！谁能想到，在拘留所里，他就认识了那二碳子呢！”薛去疾这就不明白了：“咦，不是奇哥儿给那派出所打了电话，那边同意放人吗？怎么还是进去了？何算我根本就没帮上你们，没把你弟弟捞出来？那还来谢我干吗？那酸枣汁岂不拉我嗓子眼儿？”文嫂就把腿一拍：“嗨呀，我这个弟娃啊，你听我细说……”

原来，那天赵聪发被拘进了派出所，庞奇的电话及时打过去，那边的熟人很买账，又训了赵聪发几句，就打算将他放掉，喝令他：“下不为例！回去好好反省！”可是赵聪发自动要求判拘留，坚决要进拘留所，稀奇！派出所的民警还是头一回遇上这种倔货。怎么着，敬酒不吃偏要吃罚酒，那好，还客气什么！就把他带出门外，要用车押他去往拘留所，民警因为有庞奇来电话的面子，没给他上手铐，他小子倒主动问：“手铐呢？铐上我呀！”那民警还犹豫什么，干脆把他反拷上。这时候那跟他冲突手掌受伤的人，以及那人的几个亲友，都还没有离开，目睹了赵聪发被反铐着押往拘留所的场面，当时赵聪发还故意跟那手掌缝了十三针的家伙对眼，眼里似乎放电，倒把那家伙震住了。所以，不是庞奇没面子，不是薛去疾帮不上忙，是那赵聪发自己，横下心要进拘留所！

“你弟娃是个怪人吧？自找罪受，何苦呀！”

文嫂却已经非常理解，告诉薛去疾：“我也是他出来了，才明白。到那里头能不受罪？他告诉我，带进去先把衣服脱个精光，用那高压水龙头，喷出水来鞭子似的抽你身子，进了号子，里头的老大先把你脑袋往茅坑里按……可是，如今他那一行的，都知道他是打架不要命的，带过手铐，进过局子，蹲过拘留所的，谁都不敢再跟他争地盘了，那被他打伤的，还凑过去给他送礼，讨好，明明比他大两岁，管他叫聪哥，后来干脆躲远处，再不敢在他眼前晃摇了！如今他那送酒水的营生，是越发顺畅了！在拘留所还认识了那二碳子，二碳子不知道那回是怎么的，也在那派出所管片犯了事，薅进拘留所，当然在那里头二碳子没受什么苦，没拘够天数就有人捞他出去了……聪发出来以后俩人就来往上了，如今二碳子把原先送货的辞了，专要聪发跟他合作。大爷，您说聪发这孩子是不是因祸得福啊？”

那天晚饭后，薛恳回来。薛恳他们公司搭起架子后，选在远郊经济开发区落脚。他们的项目可以直接通过实验室派生产品，所需场地不大，除了会计出纳非立即聘用，开始阶段三个合伙人，加上新入股的三个人，一切尽量分工承担，在网上发布了专业人员的招聘广告，也有来应聘的，有的一见是草创的阶段，不愿共同创业，有的虽然有加盟之意，一涉及薪酬，嫌所开底薪太少，都摇头而去。自公司开张以后，薛恳就搬到公司去住了，只能忙里偷闲地回来打一头。

父子二人灯下对坐，交谈时心情都颇沉重。公司所争取的官方资金赞助，还是一张画饼。薛去疾直言："我帮你打听来打听去，无法证实，那小子真是大人物的孙女婿。尽管我早在饭局上见过他，连麻爷那么有谱的人，也善待他，可是，说到底，那大人物究竟有没有孙女儿，也还是一个疑问。不过，还是不能放过这样一条线索。听说有开发商就因为他的面子，拿到好大一块地。他那样的社会存在，若是真的促不成交易也只算是假的，若是假的能办成事儿那就得算是真的。"薛恳叹气："真不适应这边。美国那边若不是赶上经济萎靡，我的生活真是平顺。这边模糊区域太大，又真好比是在丛林中搏杀。我从小何尝从你那里得到过拉关系找靠山以及丛林搏杀的训练！"薛去疾任由儿子埋怨。就把赵聪发的故事讲给薛恳听，薛恳听了惊心："这是什么生存法则啊？谁敢拼命，谁拳头硬，谁不怕坐牢，谁藐视法律法规，谁就是强者，一大片人就服他……那么，理性呢？谈判呢？妥协呢？退让呢？共享呢？……难道后面的这些，不是更好的竞争之道吗？"

薛去疾问："今天你还回去吗？"薛恳说："要回去。公司缺了我还真不行。其实我只愿意负责专业方面的事情，当不来什么董事长、总裁，可是，那五位仁兄说，我的股份最多，责任必然最大……唉，现在最大的困难，其实还不是缺人手，而是缺钱，设备、原料等等投入后，账面已快见底……不过已经有两份订单，现在要是能马上有一笔较大的资金投入就好了，可从哪里筹措呢？难道去沾高利贷？爸你说过那可是饮鸩止渴啊！"薛去疾心头只有焦虑，毫无襄助之计。

薛恳临出门前，环顾那大约有三十平米的起居室，忽然口中呐出一句："其实，换个小点的地方去住，也未尝不可吧？"

薛去疾就觉得，心里扬进了沙子。

54

从会所出来，覃乘行开着自己的凌志车回家去。车里音响放送着美声绅士的专辑,那首《再次坠入爱河之前》是他最爱,设定在轮回播放模式,百听不厌。

听歌，看路，稳进，心头却萦回着在会所的一些片断印象。

有种猜测，那林倍谦，约些人轮流到他会所聚谈，恐怕并非他个人喜欢听各种宏论和辩论，也许，他是有背景的线人……他们交谈的那个空间，会不会有隐蔽的录音甚至是录影的设备？他的背景又是哪方呢？又不由得想起了京剧《沙家浜》里阿庆嫂的那句唱词:“他们究竟是姓蒋还是姓汪？”……不过，我覃乘行反正是不在乎的。其实，到那里接触些哪怕是莫名其妙的人士，听听各种奇谈怪论，也正是我的目的之一。从深刻的意义上说，自己又何尝不是一个线人呢？只不过汇拢的信息，是用于推进社会进步的正义目的罢了！……

……那尼罗，思路、立场的逆转，意味着什么？不是他一个人病了，是一种正在蔓延的病毒……尼罗跟他争论中说，怎么能去崇尚那种小国的小政治家呢？何况那小国业已一分为二，更其渺小了！那么小的空间里的东西，怎么能用来普及于我们这么大的一个空间？那里的历史，特别是知识分子的构成、国民素质、周边状况，和这边根本没有对应点……这边怎么样？已经发生很大的变化了嘛！尼罗举例：他去参加那官方诗人的高规格研讨会，见到了某著名西洋诗歌翻译家，那翻译家也曾附和覃乘行一派，在博客上称置身于“中世纪”云云，但是在研讨会组织的游览名胜古迹行程中，兴致极高，宴会后与大家合影，当地文化官员坐前排，那翻译家也没拒绝站后排，留影里笑眯眯的，敢问：那是“中世纪”景象吗？就是当今的西方诗人、学者、翻译家，哪个在他自己那个地方，能享受到这种不用自己掏钱的高档款待？……这些话虽然刻薄，却不能不认真应对啊……

……那林倍谦又请来个搞轴承的高级工程师，据说他们很早就认识，而且是在美国相识的，虽说那薛工是搞工程技术的，却很有人文修养……但是聊起来，那薛工所熟悉的，几乎都是些西方古典文学名著，若跟他讨论乔尹斯的《尤里西斯》、马尔克斯的《百年孤独》、博尔赫斯的《小径分岔的花园》，就马上语塞声怯，而如果要讨论库切、帕慕克、村上春树、品钦、欧茨，那就更惭愧无语了……尼罗就奚落薛工所崇拜的那些文豪：狄更斯“除了小伤感没有别的”，勃朗特姐妹“小肚鸡肠”，托玛斯·哈代“只会玩弄巧合”，巴尔扎克“一脑门子金钱”，雨果则是“贩卖人道主义的狗皮膏药”，列夫·托尔斯泰“是个傻乎乎的烂好人”，托斯妥耶夫斯基“典型的精神分裂症患者”，契诃夫“反庸俗过了头”，杰克·伦敦“除了《热爱生命》及格其余的文字全是垃圾”……当时那薛工听了，脸都气白了！……这位薛工颇值得同情，但也有令人厌烦之处，林老板约大家来，本是清谈一通嘛，他却不知道为什么总岔出去，一再跟林老板絮叨什么生物试剂的市场，又是什么如何能弄到低息贷款，又是什么房屋抵押的风险系数，林老板也不能不应付他，唉，好端端的高级精神宴飨，撒进好些红尘的胡椒面！……

……那个夏家骏，搓着手，满面红光地晚到，嘴里道“对不起”，其实很以自己见了个什么要员，刚从那府上过来而引为自豪……夏某人虽然狗屁不通，却是个值得关注的人物，因为他的站位与话语系统似乎都很“正”，有的“道理”官方还并没有说到那个份儿上，他却索性“把话说破”，倒很有参照价值……

……那林老板，还约来一位台湾老板叶先生，叶先生的典型言论是：“在商言商，这里给我商机，给我优惠，让我赚钱，我当然要说好！他们让利于我，希望持续！至于他们究竟是不是也让利于民？我就不甚清楚了！当然啦，我是地方政协委员哩，我在会上就敢于提交货真价实的提案，呼吁当局对那些觉得吃亏的族群，实行让步政策，历史上不少朝代，都有实行让步政策的啦，你让让步，对你自己有好处嘛，总不让步，弄不好，那就不是让步的问题，是让位的问题啦！我很尖锐的啊！呵呵呵……”叶先生的言论固然尖锐，但正如他自己所说：“不懂政治！不弄政治！除了赚钱，我就吃喝玩乐！”确实也是，他那尖锐的话也就几句，之后就并不听取别人的议论，只坐在沙发上跟有个叫什么薇阿的女士调情，为什么不用发短信或者上网使用QQ去交流呢？什么素质！烦人……

……至于林老板，他组织清谈，自己发言却不多，只是表示：“支持渐进式，小碎米步，稳中求进，乱不得，乱不得，当然啦，也退不得，退不得。”看来此公在这边，比那叶先生更如鱼得水……

覃乘行自己呢，抱着锲而不舍的精神，跟他们讲述自己的观念，倒不是要说服谁，谁能说服谁呢？他是借那交谈，进一步梳理自己的思路，同时，也在交锋中磨砺自己的坚持点……

中国向何处去？真是各有各的方向和目标，达于共识难矣哉，求取最大公约数好去比破解哥德巴赫猜想！

覃乘行脑际正回旋着会所里所见所闻，忽然发现车前有人挥舞着什么东西，仿佛是红旗，要将他拦住。啊呀不好！他知道近来“爱国贼”多有越轨行为，他开的是日系车，那尼罗和夏家骏，都声称“当今世界最坏的是美日”，社会上反日情绪更浓，搞不好他是“秀才遇兵”了！如果真对他的车开砸，他是下车拍照，还是躲车里自保？如果不拍照，如何理赔？要不要报警？慌乱中，也没有勇气将车子硬开过去，只好刹住。隔窗望去，才看清拦车的是个妇女，农村来的模样，所挥舞的，并不是红旗，而是一块红颜色的湿浴巾，这才恍然大悟，是那种野路子的擦车收钱的人。这样的人是可怜的啊。覃乘行就下了车，问：“你是不是要给我擦车啊？”那妇女未及答言，另一个比自己年纪大不少的男子走过来，手里握住一个大车刷，回应道：“我们只收十块钱。”

覃乘行见那妇女就要动手擦拭，打个手势阻止：“别别别，我可以给十块钱，但是你们这种擦法，太粗鄙啊，弄不好会把车的表皮拉伤的。我这车的保养，都是到正规汽车美容店去进行的。”

那男子拉住那妇女，再跟他挥挥手，意思是“那你就走人吧”。

覃乘行就蔼然地对他们说：“你们为什么非要这样法外生存呢？”

那妇女听不懂他的话，那男子却明白他的意思，鼻子里哼了两声，骂道：“法外？如今法内的才混账呢！你别也是个走资派吧？你倒在法内，生存得人模狗样的！你看看，被你们剥削压迫的工人，是什么样的生存状态！”于是往人行道上一指，覃乘行就看到一个坐在自制轮椅上的断腿男人。那景象，跟一个来小时前那会所里的种种，形成触目惊心的对比。同一个都会，却贫富悬殊如此！覃乘行生出恻隐之心，掏出一百块递过去，那妇女要接，那男子挡住，鄙夷地说："搞经济主义吗？去你的！"

覃乘行就问他："你，当年的红卫兵吗？"

那男子回答："想当。可我那时候已经不在学校，不是学生，进工厂了。"

覃乘行就又问："是造反派吧？"

那男子把胸脯一挺："不错。人还在，心不死！"

覃乘行心有快意。一直想摸清如今社会上这种人究竟还有没有，有多少，一直不得要领。今天倒真是巧遇。

覃乘行跟他们说："如果，有了健全的法制，当然不是恶法，是善法，首先保护你们这个阶层利益的，让你们投票，你们是投给谁呢？投给保证按法律办事的，还是投给保证给你们好处的？"

那男子毫不犹豫地回答："投给永远忠于心中红太阳的那位！"

覃乘行就觉得通体清凉。

再开车走那最后一段路时，覃乘行关闭了美声绅士的演唱，心头只有"还很遥远，很遥远啊"的喟叹。

55

独自在家，原来悠然自得，如今总惦记着薛恳他们公司的运转。总算应付了两个订单，并且有一单按合同划了款，另一单拖拉，去起诉他们赖账？律师费出不起，只好反复催要。三个最初的合伙人，全都不领工资，但资金的周转，捉襟见肘。如何走出困局呢？……

薛去疾坐在起居室沙发上，开着电视，遥控器转了几圈，仍无可观的节目。于是去启动音响。想起那天被林倍谦邀往会所聚谈，被那尼罗奚落了一番，着实恼怒。当时不好发作，回家生了好久闷气。但是扪心自问，自己的视野，恐怕也确实应该展拓到古典以外。文学不去说它了，就音乐而言，外国的也总是只觉得莫扎特、贝多芬、柴可夫斯基等悦耳，中国的则总是觉得只有《春江花月夜》《牧童短笛》《二泉映月》可听，当然，《春江》《牧童》《二泉》也算不上古典，准古典吧……自己也不是没有西方现代派音乐的 CD 啊，于是找出斯特拉文斯基的《春之祭》，听了几分钟，便难以忍耐，快进到另一作品《彼得鲁什卡》，只几个音节便觉得简直噪音，关掉音响，气呼呼去书房，打开电脑，胡乱搜索，于是就搜到一位著名的文艺理论家最新的高论：回到古典、复归童心！顿觉醍醐灌顶……

电话铃响，看来电显示，知是老伴在那边打来，拿起移动分机，在单元里走动着接听对话，双方都报喜不报忧，“老样子吧”，能老样子就是喜啊！那边梅菲跟老伴究竟处得如何？老伴不说，他也能估计出个八九分，应该只是过得去吧！老伴无意中说起，前天社区有人打电话来，提醒他们家，舍外的邮递接收筒下面的玫瑰花长疯了，那样会刺伤邮递员的手，应该赶快处理！她也就没跟梅菲提这件事，自己慢步走到那邮筒前，修剪了玫瑰花，结果手被扎出了血……老伴是用诙谐的语气讲给他的，表示平淡无奇的“老样子”里头，也还是会有趣事的。他就讲起小时工文嫂小弟弟赵聪发的故事，意在说明，这边竞争如此激烈，但恳恳他们的公司，还在良性运转，请那边大可放心……双方都知道恳恳和菲菲一定会有通话交流，但他们究竟感情有无变化，则双方从眼前的晚辈那里却简直猜度不出来，能维系就好吧，有两个小宝贝哩……

通完越洋电话，薛去疾顺势又落座在沙发上，一直并未关闭电视，只是设置为静音，随便那么一望，正播出一档法制节目，那戴着手铐的罪犯怎么那么眼熟？忙用遥控器打开声音，呀，是那电工小潘！报导说，他入室盗窃，事主发觉，他竟下手勒毙了那事主，然后携款逃逸，但天网恢恢，疏而不漏，终于在一处地方逮住了他，他也直供不讳，他所杀的事主，是个独居的演员，年纪不小了，他供认，此前因维修电器跟那事主有来往，事主也主动邀他去做过客，但那天他是从窗户爬进去的……那段报导只有几分钟，最后几句是那罪犯以故意伤害罪被判处死刑，然后是主持人的小评论，提醒人们尤其是独居的老人，不要随意交往不知底细的人，尤其是社会闲杂人员……薛去疾看时心脏突突跳得好猛，节目完了他关闭电视，在沙发上呆坐。回想起来后怕。那小潘一度就坐在这张沙发上，把身子紧贴着他呀！小潘的媳妇，还有三个女儿，还在家乡吧？今后怎么度日呢？这小潘也确实兽性十足，他和那演员之间，会不会还有另外的故事？他从窗户爬进那个单元！想到这里，薛去疾挣扎着站起来，到各处窗户巡视，就想起来，那回奇哥儿查看后，指出来过，书房和卧室的飘窗外，如果有人顺着空调室外机往上攀，那是可以潜进他这个单元的！亏得小潘已经伏法了，要不，死的可能就并非那个演员，而是他这个高工！但是，社会上还潜伏着另外的小潘啊，不防范，怎么行呢？但又该怎么防范呢？恳恳这方面也是无知无能的，看来还得唤来奇哥儿，让他切实地帮助！

晚上薛恳来电话问候。儿子再忙，不回家时，总要来个电话问候。他跟往日一样说“好”。但那晚他久久失眠。眼前总有小潘的影子在晃。无论如何，那曾是条热乎乎的生命啊。他试图以大悲悯的情怀来包容小潘的灵魂，但那天小潘那些下流的举动，又浮现在他眼前，令他恶心，就苦苦思索，人的灵魂，究竟有无？灵魂差异，如何形成？有差异的灵魂，如何相对、相处？这比“中国向何处去”，更值得探究啊……

56

日子依旧在红泥寺街流淌。街角果棚生意依旧不错。

顺顺媳妇去那楼盘A区给钟太太送水果，门口保安告诉她：“搬走啦！”顺顺媳妇不大相信：“你新来的吧？住得好好的，怎么忽然就搬走？她的预付款才消化掉一半，剩下的难道送我啦？”门口保安越发爱搭不理：“你有便宜占还不好？跟你说搬了就是搬了。”

顺顺媳妇只好把一箱水果再搬回去。顺顺听说，不以为意：“说不准哪天找来，她要退钱也行，都算成果子搭配着让她装汽车后备箱拉走也行。咱们生意也不依赖她一家。”

说着话，那成全他们占道搭果棚的“铁人”余先生来了，顺顺媳妇又跟他叨唠钟太太搬家的事情，她记得余先生是认识钟太太的。余先生听了却说：“哪个钟太太？跟我有什么关系？”顺顺就把准备好的一兜鲜果递他手里，最底下照例压着一个信封，不过里头装的好处费早两个月就已经涨到2000元了。余先生接过去，忽然来了句：“他们是他们。我们能有什么事儿？”转身走了。

薛去疾进棚买葡萄，顺顺给他推荐浙江产的巨峰，说保准甜。薛去疾跟他闲聊几句，说那边巷子里大火以后，顺顺他们原来住过的那间屋里的石碑，应该烧不坏，也不知道还在不在，说是有个美国的林先生，前些天又会过的，也对红泥庵感兴趣，抽出空儿，还打算让他带去看碑呢。顺顺就说："碑准定还在，只是你可莫往里去了！"顺顺媳妇告诉他："前些日子有杂工进去，听说是将就着又盖了些小房子，也不知道租给谁，谁还愿意去那里住呢？"薛去疾说："就是大半空着，也总有看院子的吧，进去找到那碑看看，给点钱都行，怎么不能去呢？"顺顺就摆手："薛先生莫去莫去！这边的人，连二磙子都不往里头去。那天我去给金豹送果子，路过那巷口，就有保安以为我要进巷子，横眉竖眼把我往外轰。"顺顺媳妇说："可不是。那天我还见那个叫二锋的，车子停在巷口，亲自在那儿也不知道指挥个什么。"薛去疾说："二锋，那不是麻爷的人吗？"顺顺说："可不是。那巷子里头虽然是些个烂砖破瓦，论起来顶头的老板还是麻爷。麻爷谁惹得？"薛去疾说："那麻爷我饭局上见过的。他事业铺得那么大，还在乎这么个破旮旯？不是老早市里就规划成森林公园了吗？"又倨傲地宣布："我可以直接联系麻爷，让他派二锋陪我跟美国的林先生去看那碑。林先生现在有好神气的一处会所，麻爷高了兴，把那碑赠给林先生，移到会所去立着，也是可能的。"正说着，忽然一股强烈的香水味道袭进鼻翼，是那金豹歌厅的薇阿跑了进来，大声吆喝："顺哥，给我拿个榴莲，要个儿大的，裂了口的！"顺顺媳妇就打趣："不怕稀屎味儿啦？要大的，你一个人吃得下？"薇阿就说："赌输了！罚我来买的！真是'文章憎命达，魑魅喜人过'！"顺顺两口子听不懂她最后那两句说的是什么，薛去疾听了，虽然忍俊不禁，倒也佩服她那背唐诗的能耐。于是猜出眼前这位就是奇哥儿讲到过的那位薇阿。顺顺就顺便问薇阿："这位薛先生要进巷子去看红泥庵的碑，你说现在进去方便吗？"薇阿拿眼上下打量薛去疾，半吞半吐地说："不方便吧。白天还消停，到夜里，顺顺你们反正撤了，我们可真受不了……狼嚎鬼叫的！……哎呀，天机不可泄露……我也不知道！什么都不知道！……"翻眼皮，大概是想引两句唐诗，想不出来，接过顺顺递给的榴莲，抛了句："以后一打趸算！"就又风风火火跑了出去。

薛先生提着葡萄走后，顺顺两口子又忙着接待别的顾客。

天暗了下来。路灯亮了。

忽然听见那边巷口有怒吼的声音，就见有个男子从巷子冲出来后，疯跑过街，正好从果棚外头飞跑过去，后头就有另一个男子，紧追出来，吼着："你找死！你跑哪儿去？你给我回来！"也从果棚外头掠过。那时候果棚左右有些无照摊贩已经摆上了摊，那疯跑在前的撞倒了一个卖烤串的摊儿，火星子乱蹦，吓得顺顺两口子心紧，那卖烤串的堵住追的那个，揪住他脖领子让他赔钱，顿时乱作一团……顺顺两口子招呼棚里的顾客："先别出去，哎呀，这算怎么回事呀！那边一场大火烧个精光，这边再燃起来怎么得了？"顾客都朝外望，都不敢马上出去。外头乱了一阵，那疯逃的肯定逃成了，那追他的究竟是继续去追还是另想法子，就闹不清了。那卖烧烤的居然又恢复了他的摊位，也不知道那些在地上滚过的烤串还能不能再卖出去……

等棚外恢复常态，棚里的顾客才散去，顺顺跟媳妇说："咦，怎么跑过来的那个人，那么一晃，那张脸，好像是庞大哥啊！"媳妇就笑他："你眼花也不能瞎认人啊，只有庞大哥擒拿别人的，哪有让人家穷追的？"可是顿了顿，却又歪着头寻思："那追他的，脸那么一晃，我也觉着有点子熟哩，对了，追的才像庞大哥……可庞大哥一贯手到擒来，哪有笨得撞到烤串摊上的？"又有顾客进来买水果，两口子就把刚才一幕撂到脑后，忙去招呼。

街那边，斜对面，味美打卤面馆门口，停下一辆面包车。那是赵聪发给二磙子送啤酒来了。赵聪发已经雇上了伙计，那伙计往里搬运酒水，又倒换回放置着空啤酒瓶的塑料筐，伙计干完那些活计，跟赵聪发说："聪哥，这面馆老板还派我干别的，我可不干。"赵聪发问："他还让你干什么呀？"伙计告诉他："让我把一大桶折罗，就是这里顾客吃剩的烂面条下酒菜什么的，送到巷子里面去。那桶一走近就臭烘烘的。咱们有那个义务给送进去吗？"赵聪发听了就去问二磙子："嘿，磙子哥，你在巷子里养了猪还是怎么的？派我们什么臭活儿？"二磙子吐出烟圈，啐口痰说："兄弟，我也是没办法，人家求了我，我也不好拒。也不会老让你那伙计受委屈。今天就帮个忙吧，到里头自有人接过去。你那伙计春运时候回乡的车票，也包在我身上嘛！"赵聪发就去命令那伙计："磙子叔管你春运时候车票呢，就去一回吧！”那伙计只好捏着鼻子去做那件事……

那晚天上没露出月亮。昏暗中，红泥寺街的芸芸众生纷纷在延续自己的生命……

57

虽然麻爷跟庞奇交代过，他尽管忙自己的私事去，不到万分必要，不会招呼他派他任务，庞奇也确实有两个多月只顾装修那单元和往郊区寻觅可开辟苗圃的地点，但是，他是聪明人，感觉到与其说麻爷是关心他的婚事，不如说是要借机削减他的重要性，看得出，麻爷是要让二锋取代自己，那二锋偶尔出现在他眼前，尽管还是“庞大哥”、“大哥”蛮亲热地叫着，但是那眼光里，显然少了些往日的畏惧，添了些得意甚至傲慢。

就在那天红泥寺街巷子外头出现一个疯逃一个怒追的情景的第二天下午，二锋接到庞奇电话，约他晚饭后到金豹见个面。二锋本想跟庞奇另约个地方，但是庞奇大有麻爷那说一不二的气派，约完就断了线，再打过去，就已关机。二锋心里有些个不安。这些天，最怕的就是庞奇到金豹这边来，就是庞大哥去找他那个什么薛伯，不到马路这边接近巷子的地方就好。庞奇也确实多日不进入这边的空间。没想到这天庞奇突然要到金豹去。是庞奇知道了什么吗？谁泄露给他的呀？要不要把庞奇的这个动向，跟麻爷汇报呢？但是，琢磨来琢磨去，又觉得，依庞奇那脾气，倘若他真知道了什么，也不会忍耐到晚饭后，况且庞奇在电话里说了，让他把放在公司值班室抽屉里的一个旧手机给带过去，那口气听去跟往常跟他交代事情没多大区别。庞奇、二锋他们都使用着两个以上的手机，每个手机里的通讯录会不一样，二锋偶尔也会因某个电话号码正使用的机子里没有，而换另一个手机来用，之所以不把各个手机的通讯录复制得一样，是因为麻爷有令，让他们随身常用的那个手机里，只许有公司允许的号码储存，凡非储存的号码，打进来概不能接，若回应，可用另一手机试探。寻思的结果，二锋决定，庞奇约他金豹见面的事，且不惊动麻爷，晚饭后在那里见了庞奇，再见机而行。只要挨过这晚，把那事瞒过庞奇，应该也就天下太平。

二锋匆匆吃了个晚饭，就赶紧去金豹歌厅。到了一看不对头，怎么门口停着辆中巴。他认出那是糖姐弟弟唐广立的车子。不像话，怎么天都没黑，就开来了，而且大摇大摆地停在金豹门口？

二锋快速通过玻璃楼梯上去，只见薇阿坐在原来糖姐的那个位置上，低头修理指甲。薇阿闻声抬起头，见是他，嫣然一笑："瞧你一头的汗！"二锋问："糖姐呢？"阿薇说："业务上的事情，找我就好。如今我是妈咪。糖姐下月一号起就退休了。"二锋当然知道，麻爷已经把一家服装店交给了糖姐，去当经理，还占股份，但是他现在要解决的事情跟歌厅经营无关，所以逼近再问："糖姐在哪儿？"薇阿就低头依然修理指甲，口中吟出："言师采药去，云深不知处！"这时从有的包房传出的那蹩脚的卡拉 OK 声的间歇里，他隐约听到了糖姐的声音，就转身自去寻觅糖姐，结果在最后一个包间里找到了。

只见那包间里有四个人。糖姐是熟人，糖姐的弟弟唐广立原来不熟，这些日子里也混熟了。还有两个人，一位壮年男子，一位被称作徐主任的中年妇女，刚认识没几天。只见唐广立站着，很生气的样子，指着那徐主任鼻子吵嚷，糖姐也站着，大声劝解他兄弟，让他冷静。那壮年男子只坐在沙发上，双臂抱在胸前，那模样，确实有几分跟庞奇相似。

58

原来，红泥寺街那几条巷子火灾后，先成一片瓦砾场，成为流浪猫狗和最没有办法的流浪汉的栖身地。没过几时，就有人来将流浪汉驱走，一些来不及逃遁的流浪猫狗则被捕捉，被卖到本地及外地的某些餐馆成了饕餮客的盘中餐。花最低的工钱雇了些杂工，在那瓦砾堆里又搭建起一些简易的平房。有人说那是麻爷下面隔了几层的人物干的事儿，但糖姐、二锋都知道其实一切方面，包括细节，全在麻爷亲自掌控之中。又雇了几个刑满释放人员，成为那片简易平房的所谓管理人员，其实是私设了收容所，说白了也就是监狱，正式的收容所和监狱总还有些人间味道，这片空间简直像是地狱。

这片空间里收容关押的是些什么人？是小地方来的上访者。多是因为强制拆迁不愿不服，先往本地衙门去拉横幅、举纸牌，激烈的往身上泼好汽油，手里捏着打火机，哇哇叫，率先被制止逮走，更有跪成一排，哀哀哭泣的，先不理他们，后来也被清走，但就有那么一些对大都会衙门和官员抱有希望的，还是结集起来，跑大都会上访。于是一些地方，截访成了工作重点，成立了专门的办公室。往往是，东堵西截，依然有那么一些人员跑到了大都会里，于是办公室主任就会带几个人御驾亲征，来设法把上访的人员弄回原地。庞奇疏于跟老家的父亲弟弟联系，竟不知道，他家乡也因强拆，闹了起来，他的父亲弟弟，全参加了来大都会上访的行动。庞奇的弟弟三锥子扎不出一句话来，虽使用手机，但很少主动给哥哥打电话。庞奇的父亲没有手机。庞奇跟乡里的父亲弟弟联系，一般都是通过在县城里开武馆的叔叔。前些时他也曾给叔叔打去过电话，问乡里的父亲弟弟的情况，叔叔只简单地告诉他："都好都好，没事没事。"他也就信以为真。哪里能想到，乡里十几个人，有男有女，其中包括他的父亲弟弟，前些天已经来到大都会，企图到大衙门去上访，但还没接近那大衙门，便被拦截，给强制带到了红泥寺街那巷子里的黑监狱。更让庞奇想象不到的是，他那叔叔，竟贪图名利，被聘任为那个办公室的副主任，其实只是挂了个空名儿，但每协助截访一次，可获3000元劳务费，可叹他那拳脚功夫，全用在了乡亲身上！在这次涉及自己出身之乡并涉及亲哥哥亲侄子的截访行动，庞奇叔叔内心也很有一番挣扎，并且试图让他哥哥侄子得到某些优待，但为虎作伥，终究无耻，倘若庞奇有知，何以面对？他心里惴惴不安。他只盼今晚能顺利把乡里的上访人用那中巴车遣返回原籍交差。

把乡里来的上访人员截获以后，强送到那有红泥庵横碑的一排平房里，男女分开关住，若想喝水，只有自来水，吃饭，就从巷外二磙子那面馆提一桶折罗来，爱吃不吃，有的人提出来自己拿钱买水买饼，不允许，庞奇那叔叔单给他哥哥侄子送去瓶水和面包，但他哥哥侄子非让他给关押的人每人冲好一碗方便面送去，那瓶水面包坚决不吃，庞奇叔叔为难，徐主任则义正词严地宣布："私自跑来上访是错误行为，回乡以前只能是这样待遇，回去以后一切好说，你们可以进饭馆随便点餐！"

庞奇的弟弟还没成家，但是通过到县城打工，三年前已经为自己盖起了两层楼的住房，现在征用拆除，所给补偿只按三年前的料价算，拿那钱到哪里去再盖再买同样面积的住房？怎么娶上媳妇？心中不忿，却拙于言词，但他那始终不放松的反抗眼神、倔强表情，对一起来上访的乡亲们是种鼓舞。本来头晚就要拿中巴把他们押回去的，但是，傍晚在准许轮流去简易厕所方便时，他忽然像利箭般逃逸，冲出了那巷子，他叔叔便去追赶，那便是顺顺夫妇等看到的一幕。

糖姐的弟弟唐广立，住在这大都会另一隅，他本来靠一辆二手摩的拉黑活挣钱，也摆过黑摊卖从管理不善的仓库里偷来的东西，省吃俭用，积累起一点资金，买了一辆二手中巴，用它冒充过正规大都会一日游，骗过一些小地方来的游客的钱，也被查获过遭到处罚，后来就跟一家房产中介挂上了钩，那房产中介代外省某海滨城市售卖所谓海景房，那海滨城市知名度不高，但在这大都会散发的小广告印得颇为精美，号称前往看房者可以免费乘车去那里，并提供一晚住宿，还管一顿晚餐一顿早餐一顿午餐，也就是可以免费到海滨城市“亲近大海，享受清新”，于是有不少这大都会的市民，多是退休不久的老年人，参加这个所谓的免费看房二日游，唐广立呢，就以自己那辆中巴，来运送那些看房人，房产中介每次付他 2000 元报酬，含汽油费，公路收费站的收费可凭单据报销。有一阵，每周能凑两车人去，一个月下来，光开车的报酬唐广立就能净挣个一万二三，如果真有那看房的人签单买了房子，还可以分到提成，这年夏天七月，车酬和提成加起来，突破两万元了。但是入秋以后去看房的人就越来越少，那里的所谓海景房也越来越难推销，上次去那里，晚上住进那边一个宾馆，从窗户望出去，海景楼盘没几扇窗户亮灯，基本上可以说是一处鬼城。唐广立跟他姐姐没有什么感情，两个人同在一个城市混事由，但联系极少。直到麻爷为大背景的这个截访收容点创立，说是要租用可靠的司机来承担往回押送上访人员，按公里数来付酬，糖姐才想起这个弟弟，唐广立那拉人看房的活计正趋清淡，也就很愿意来挣这份钱。在庞奇家乡的这宗截访生意之前，唐广立已经接过几回另外地方的活儿，都是夜深人静装上人，尽快驶离都会，一路上基本上不停，只在最荒僻的路段，准许车上的人下车到路边去，男的一边，女的一边，行个方便，方便完再轰上车，送到那些上访者所在地的某种办公室的院子里，再交给当地的那些人处理。空车返回，也算公里数，唐广立领了钱，立刻就上车驶离。

唐广立头夜已经把车开到巷外，庞奇叔叔主张按原定计划将他们乡里的上访人员遣返回去，徐主任却坚决不同意，说："你放跑了你侄儿，留下个隐患。万一他惹出什么事，反映到县里，你我都吃不了兜着走。你不过是个挂虚名儿的，不给你这回的劳务费也就是了，我怎么办？"庞奇叔叔就说："那小子是个活哑巴，也就是冲气一跑罢了。他那么个虾米，在这么个大海一样的地方，能搅出什么浪头来？我知道，他兜里还有些个钱，到头来，也还是只能买张火车票坐回去，他回去了，我再开导他。"徐主任就斜眼睨着庞奇叔叔："你以为我不知道，你不是还有个大侄子在这里吗？那跑掉的，一定是找他哥去了。他们兄弟两个不都跟你学过拳吗？他们联合起来闹事，还了得？"庞奇叔叔就说："不会的。我那大侄子，跟这边合作方，是一头的。而且他行踪诡秘，我都联系不到他，更不知道到哪里能见着他，他弟弟大海里捞针去？你不要担心那么多！"徐主任就把腰杆一挺："我是要对县里四套班子负责的！我是讲原则的人！不行！明天夜里再遣返，而且一定要在出发之前，把那小子找回来！你第一个去找！想想他都可能去什么地方？"

庞奇叔叔就找了一天，那才真是大海捞针，哪里找得到？但是那天下午，他正没头苍蝇般在火车站广场转悠，忽然徐主任给他打来手机，说他那侄子自己主动返回到收容点了，但是无论如何询问，总不吭一声。庞奇叔叔大松一口气。这么说，当夜遣返工作就可以启动了。

没想到就在这天晚饭前，唐广立忽然把他的中巴车开到了金豹歌厅门口。他上楼去告诉糖姐，让糖姐转告徐主任他们，夜里遣返的活儿他辞了，因为有人出了更高的价租他的车，况且"那活儿比这个干净"，让徐主任他们"另请高明"。这是糖姐以及徐主任等没有料到的。徐主任和庞奇叔叔在"味美打卤面馆"吃过东西，就到金豹歌厅K歌，徐主任让歌厅也开餐饮的发票。他们本以为可以在那里耗到夜晚，就把上访的人全数遣返，没想到唐广立忽然来宣告辞活，并且马上就要从金豹门口出发，去接那"比这个干净的活儿"。于是争吵起来。正吵着，二锋过来了。

59

那徐主任来大都会截访，本是个苦差事。她也没有想到，县里头头让她来这边接头后，所提供的收容点竟然如此污遭，只有三间平房盖得还算齐整，里头的设备勉强及格，她可以自己住一间，庞奇叔叔另住一间，几个房东雇的看守合住一间，在房间里头可以用电热壶烧开水，但是哪里有卫生间？要方便，只好出巷子，到金豹餐厅去，因此也就跟糖姐特别地套近乎，徐主任和庞奇叔叔都知道连车带人雇来拉活的是唐姐的弟弟，因之相处也就更加融洽，糖姐也就自费请他们喝些饮料吃些零食，薇阿算账丁是丁卯是卯，但对徐主任和庞奇叔叔，还能笑面相对。糖姐跟他们解释，旁边巷子里的那些房子虽然简陋，可在这个大都会里，属于三不管的旮旯，有利于他们的截访不受干扰。徐主任想想也是。

本以为熬到这天夜里，再把上访人员遣返回去，也就苦尽甘来，没想到突发变故。徐主任就跟唐广立说："你这人怎么能不讲信用呢？你临时拆台，现在让我们到哪儿另找车辆司机去？做人总该以诚信为本！"唐广立则跟她说："其实我根本可以不来，打个电话，发个短信，告诉你们我不去也就得了，我现在亲自来辞活儿，够意思了！你们搞这种截访，把一些个良民关起来，不觉得亏心吗？你们也许真是在执行任务，我凭什么非揽这黑活儿，挣些个昧良心的钱？"徐主任就教训他："唐同志，我们都要以大局为重！"唐广立笑出声来："同志？谁是你同志？你当我不知道同志是什么意思？进这歌厅的人，谁不知道同志指的是那些搞基情的人？你把我当什么人了？我唐广立可是个地地道道的直男！懂吗？我可是直男！"糖姐就截住弟弟的话："成啦成啦，胡诌八咧些个什么啊！你确实不能临阵卸甲，你就是不想再拉这样的活计，今夜再忍一回，从明天起，让他们再找别人。你想想，前些日子我给你介绍这个营生，你那高兴劲儿，按来回公里数算，你挣的还少吗？你就满脑门子是钱，你说吧，那个雇你去干别的那位，这趟能给你多少？比完成这趟遣返多出多少？"又望着徐主任说："要不，你们就把那差价给他补齐？"徐主任立刻摇头："我们是正规机构，一切开销都有预算的，讲定多少就是多少，哪有临时加码的？”唐广立就嚷：“你补我差价我也不去！就是不去！这肮脏的活儿给我多少我也不干了，哪怕钱少点，我要接干净的活儿！”

徐主任就高声批判：“谁肮脏？你知道你这话错得有多严重吗？……”

二锋就是这个时候进入那个包间的。二锋很快明白了是怎么回事。立即调动自己的应变能力。他飞快地盘算了一下，放走唐广立，另从麻爷公司那边派车？不妥，如果公司可以派车，早派了，就是不能留下麻爷跟巷子里的黑收容所有关系的痕迹嘛，现在再找别的黑车司机，也实在来不及，看来还是必须把唐广立哄过来，而且，庞奇恐怕很快就要来了，庞奇应该并不清楚唐广立，在歌厅门外看到那么个25座的中巴，会以为是旅行社运K歌团队来的吧？……思索完毕，二锋就扬起嗓子吼：“吵什么吵？你们知道吗，庞奇马上就要到这儿来了！”

在场的几位，徐主任懵懵懂懂，一时不以为然，那三位却立刻变了脸色。糖姐深知庞奇那脾气，如果他发怒，哪会不管不顾，如果知道你害了他的父亲兄弟，他能立马杀了你！唐广立虽没见过庞奇，但是久闻威名，连跟他一样的开黑车的人，也大半都知道有位庞大哥功夫了得，惹不起只有躲开，他知道这回要遣返的上访者，都是庞奇老家那边的，他虽然还不清楚那里面包括庞奇的父亲和弟弟，但是想必庞奇是条热爱乡土、维护父老乡亲的汉子，若是知道他在参与遣返，铁拳头岂能饶过他去？他要辞活，庞奇怎会知道？肯定一锅煮！庞奇叔叔原来在另外三位的争吵中置身度外，只坐在沙发上旁观旁听，尽管也有些着急，究竟还没有触及他的根本利益，但是二锋进来宣布庞奇马上要到，不禁腾地一下从沙发上站了起来，这是万没想到的，叔侄多年不见，难道这次要在这大都会过招？他如何向这个大侄子解释？所开武馆生意越来越清淡，只能靠寒暑假招上十来个学生勉强维持，物价是不断提升，他武馆的学费是不断降低，再不设法赚些外快，如何养家糊口？这份兼差，每月总有任务，对他来说，那劳务费不无小补，此前都是遣返别的乡的上访人员，没想到终于拆到他出生之乡，涉及哥哥小侄，原来死活辞去这次任务，但徐主任跟他指出，他是跟他们办公室签过协议书的，这次可以不去，但必须退回以前各次领去的劳务费！他是实在迫于无奈啊！

徐主任看出另外几位脸色陡变，大惑不解。庞奇要来，又怎么样？

二锋就指挥起来。对糖姐："你到前厅去迎。务必稳住他。估计他未必知道这边的事情。你告诉他我在这厅里候他，他要的那个手机给他带来了。"对唐广立："你就说你是送旅行社的K歌客来的。要让他觉得一溜包间里头的客人都是你拉来的。"对庞奇叔叔："你最好从这后边安全通道下去，不过别胆小怕事溜出后门，就在那储藏室里暂避一时，必要的时候我会叫你上来。"最后对那徐主任说："你大摇大摆从前门出去吧，遇见庞奇他也不认识你，只当你是个散客。"徐主任还倨傲地说："我是国家干部。我是有正经工作任务的。"二锋就不耐烦地跟她说："是呀是呀。你是不怕因公殉职的。你当了烈士我们都到你遗像前鞠躬。"徐主任听了才感受到形势的严峻，转身往包间外头走。

而这时候，薇阿的高跟鞋已经咯咯咯响得越来越重，只听她用唱歌般的声音在说："他们都在尽里头那间恭候着你呢，哎哟哟，正是：君问穷通理，渔歌入浦深……"

60

华灯初上，戚续光那家餐馆所在的那条街，霓虹灯闪烁，各个店铺门前的车位剩余不多，马路上车如流水，虽是缓流，不过开车的人觉得车子能动，已是福分，人行道上红男绿女的穿梭速度倒比车流快，高楼腰际的超大屏幕正反复播映某种法国化妆品广告，一个美女明星的酷脸特写不时浮现，仿佛在冷冷鸟瞰那好一派繁华盛世景象。

戚续光的餐馆走中高档路线，也兼顾一般市民的中低档需求，翻它的附带彩色照片的菜谱，就会发现并不追求某一特色，是川、鲁、粤、湘、淮阳、本邦、潮州等地的典型菜肴皆有，虽然涉及山珍野味、鲍翅蚝燕等的很贵，但居多数的还是精品家常菜，平均价位在48元左右，更有十几种平民菜肴如肉末豆腐、青菜汤钵平均价位只有22元，最低价位的如炝炒土豆丝只卖18元，如果办了会员卡，则一律打折，从八五折至九五折不等，消费超过200元，还反馈50元代金券,可在非假日的午餐使用。由于口碑越来越好,上座翻桌率很高。那天晚上包间全满，散座如无预定则需要等候至少半个多小时，才能被领座小姐引入。

二楼那个有窗户的包间，被老板自己留下了。原来是薛氏父子要在那里宴客，所宴请的主客，是薛恳叔辈的林倍谦和叶先生，另有两位公司所在区的干部，薛恳的一位合伙人也到，戚续光亲自出面作陪。八位都到齐了，薛恳将原来互不相识的一一两边介绍，薛去疾笑对林、叶二位说:“我算是借花献佛，林先生在那么高档的会所赏饭，我哪有那般的回请能力，不过这家餐馆虽没有那么豪华优雅，菜的品相和味道都是绝佳的，等一会儿二位尝尝便知。这也算是我不成敬意的答谢吧！”薛恳就拍着戚续光肩膀说:“这餐馆老板可是戚继光弟弟啊！我们是发小，他今天要免费哩，哪有那么占便宜的，他就说只收原料钱，好吧，我们公司目前还没发达，领他这个情！”冷盘上齐，各人面前酒杯里斟上精品牛拦山二锅头，薛恳举杯先谢林、叶二位:“感谢你们在美国实验室推荐我们的试剂！二位叔叔是我们公司的福星！”合伙人也竭诚与二位叔辈碰杯致谢。那两位干部，年龄比薛恳大不了多少，也碰杯致谢，一位说:“我们也盼他们公司能成为区里的支柱产业之一，它最大的优势就是高科技、国际化！”大家又交错敬酒。叶先生咂着嘴唇说:“其实这‘牛二’喝着最舒服！我总觉得比茅台还爽！建议接下来就不要再起立敬酒了，免除繁文缛礼，我想尽兴喝酒、大快朵颐！”席间气氛，欢悦起来。

原来，薛去疾借前些时和林先生、叶先生接触的机会，恳求他们“为小犬回国创业助一臂之力”，后来林先生和一位美国大学里的朋友联络，那朋友是在某大学研究所研究大分子的，林先生的儿子，是其助手之一，因美国经济下滑，科研经费紧缩，原来从欧洲方面购买的某些试验用品，包括试剂，转向亚洲如印度、马来西亚、泰国购进，这样可以节省不少开支，林先生告诉他中国这边现在有这样一家公司，创办者是美国培养出的人才，专业上是可靠的，那边就表示无妨先少量购进一点，用用再说，倘若好用，可签长期批量购进合同，消息传来，薛恳以及合伙人大喜，薛去疾也乐得几天合不上嘴，但是，试剂，哪怕是样品，进入美国谈何容易，有关的申请、手续相当繁琐，审核非常严格，薛恳他们哪里有那样的经验，正在为难时，叶先生听说，就给帮了大忙，原来叶先生对那类游戏规则相当熟稔，指引薛恳他们，顺利将头批试剂，也就一小箱，运达了那试验室，而那边很快发来反馈，就是他们的试剂，已用于研究工作中，林先生又透露，那边研究大分子的朋友，在关于基因的研究中，已初步发现了致人肥胖的基因密码，倘若反复试验后结论一样，那么，此公很可能就是最近年度瑞典皇家卡罗琳学院生物医学诺贝尔奖的得主，而在这项突破性的科研成果中，薛恳他们公司的试剂，也起到了一定作用！这是多么鼓舞人心的消息！席间提起这事，薛氏父子和那位合伙人喜形于色自不消说，两位区里的官员，也兴高采烈起来，戚续光就捅了薛恳一拳："你小子！这回真要'绿'了！"其他人听不懂这话，也无所谓，大家纷纷举杯"门前清"。

一浅钵地道的淮阳特色菜烩鲫鱼舌头上桌了，戚老板先不让服务员报名，叶先生先尝了一勺，大呼"美味"，其余各位也都品尝，戚老板问："各位说主料是什么？"有说是鳝鱼肉的，有道是猪腰花粒的，有猜是海蛎子的，待戚续光道出是"鲫鱼舌头"时，无不惊诧，叶先生说："我算是吃遍海峡两岸、港澳两区、大洋两边的老饕了，淮扬菜系的蟹粉狮子头、布袋烧鸡、盖家锅盔……也都是品过的，这专拿鲫鱼舌头烧制的烩菜，还是头回入口，果然滑腻别致！"林先生也说："跟《红楼梦》里写到的那个茄鲞，有得一拼！"薛去疾也赞叹："得要多少条鲫鱼的舌头，才烧得出这么一钵啊！"

见薛恳那合伙人不怎么喝"牛二"，戚老板就问："你白的看来不大行，是不是想喝点啤酒啊？"那合伙人就说："啤酒还行。不过现在餐馆不知道为什么，备的都是生啤酒，最多的是纯生，想喝熟啤酒，多半说没有。"戚老板就说："我们这儿备有熟啤酒。"就让服务员拿来，不一会儿张经理搓着手过来了，躬身跟戚老板汇报："现在备的都出完了。因为点生啤的多，点这个的少，所以进的也少。按说这时候那赵聪发早该到了，每回跟他订一箱，不知道为什么他这会儿还不到。他一到，我马上送上来。"听那张经理道出赵聪发的名字，薛恳就跟戚续光说："世界果然真小！你知道吗，那给你们送啤酒的赵聪发，他姐姐文嫂，恰是给我老爸做家政的阿姨！"薛去疾就把赵聪发将人手掌割伤后，进了派出所，有人捞他也不愿意出去，执意要当着仇家戴手铐，要进拘留所去

“留学”一番的故事，跟大家讲了出来，戚老板说：“北京话，拔份儿，就是要通过这样的经历，拔高自己在同类人群中的威势。他欲拔头份儿，这下算是真达到目的了！”席上就围绕着市场经济中的激烈竞争，各发议论感慨。薛去疾又讲到那赵聪发在拘留所里认识了二磙子，把二磙子的事情也讲了一下，林先生就感叹：“那家骏先生总说你是给抛到死角里去了，哪里是死角啊，我看你现在是进入了更广阔的水域，泱泱海阔凭鱼跃啦，见识到那么多有趣的人和事！可惜你不搞写作，你要是写起来，那缺乏地气的家骏兄，饭碗怕就让你给抢了啊！”薛去疾就又跟林先生提起，他和叶先生去过的那条红泥寺街的金豹歌厅附近的巷子里头，就还保存着一方红泥寺庵的古碑，虽然那巷子里失过火，石碑是烧不坏了，哪天还是要约着一起去踏访，而且建议：“可以把那碑移到你那会所里保存，还可以用那碑作背景，请京剧演员演出全本《虹霓关》，岂不构成一桩文化盛事！”林先生举杯敬薛去疾，连说：“妙！妙！妙！”

张经理亲自拿上来几瓶熟啤酒，又说：“马上往冰箱搁了几瓶，要喝冰过的稍候一时哦，抱歉不周！”那薛恳合伙人就说：“常温的就好。”张经理又亲自给他开瓶倒酒。戚老板有一搭没一搭地问了句：“赵聪发那小子，他今儿个为什么晚到？”张经理就汇报：“他说是先往红泥寺街那边味美打卤面馆送货，没想到那儿出大事了，好像是打群架，引了好多人围观，他那小面包半天开不出去……他说围观的人议论纷纷，说那巷子里有黑监狱……”薛去疾正好听见，不由一惊……

61

就在戚续光餐馆二楼那有窗的包间里各位酒足饭饱，纷纷站起来笑脸谢别时，努努和海芬进入了餐馆楼下的散座厅，那时候已经过了饭点，无须等座，她们到靠窗的一张小餐桌对坐，大玻璃窗外是万丈红尘，窗里她们座位旁边正好有盆高大的散尾葵，把她们和其他食客隔开，形成一个小小的私密空间。

海芬满脸喜悦。她又来例假了。可见并没有怀孕。家里开饭时，妈妈先在餐厅里大声呼唤，后来更走到她房间门边，她以：“烦死了！别管我！”为回应，不去餐桌就座。她打电话约努努一起共进晚餐："你就不能把你那个什么阿奇抛开一个晚上吗？"努努笑道："我下午就已经抛开他啦！"那天上午她和阿奇去了准备开苗圃的村子，中午把车开到城里吃了午餐，然后就各自回归自己的私人空间，他们约定，婚后也一样要保证各自有自己的空间和时间上的相对独立性。海芬约她共进晚餐太好了，爱情之外，闺密友情也很重要啊！

点菜之前，海芬神秘兮兮地对努努说："我要告诉你一个机密！"

努努就笑："你哪儿有过机密啊！你的表情早把你那机密泄露了。果然是场虚惊，对不对？"

海芬就摇晃着身子，做出生气的样子："讨厌！讨厌！你就不兴让我自己来宣布吗？"然后忽然表情极其严肃，宣布："我可是再不想见到那尼罗了！"

努努就问她："尼罗会放过你吗？"

海芬把手机上的短信递给努努，让她看："烦不烦人啊！"

努努就看，短信写的是："我的小海狸，你打湿的皮毛，难道不渴望高热度的海风吹拂吗？你的海风尼罗。"

海芬收回手机，告诉努努："这是今天中午发过来的。前两天还有更让人起鸡皮疙瘩的啦，我全删了！"

努努问："你就一点也不心动了？"

海芬说："我倒真愿意继续心动呢。可真是动不起来了。不是尼罗不好。他没做错什么。是我自己不好。你知道吗？我现在想见，想亲热的，是……"她说出了一个近来电视上常出现的男嘉宾。

努努惊讶："怎么又是个半老头子啊！你真是重口味！"

海芬就说："这次我不急。急着见，结果，尼罗就是个例子嘛。可望而不可即，是最佳的感情状态。我要好好享受！"

努努就批评她："你是生活得太优裕了，把感情也当成凯蒂猫那样的玩物，想玩就心痒，玩起没顾忌，玩完就起腻，腻了就换样……"

海芬瞪圆眼睛："我有那么坏吗？我跟你，跟力力，不一直有感情吗？我腻了吗？"

努努就说："好啦好啦，点菜吧！"

叫来服务员，她们首先点蟹黄狮子头，开头说两个，很快两个人异口同声说要三个，服务员告诉她们两个足够了，她们坚持要三个。又点了响锅鳝糊和青菜钵。服务员哪里知道，她们两个加上力力，一度满城到不同的餐馆考察过狮子头，总是点三个狮子头，品尝后打分，到这年夏天为止，这家的狮子头评分最高。

但是这天她们约不来力力了。力力不在，只当还在，因此不约而同，还是点三个。点了狮子头，都更想念力力了。

“力力没良心。提前出去也不打个招呼！”海芬埋怨：“给她打手机不接，发短信不回，怎么能国一出，脸就变呢？”

“那不是她父亲出事了嘛。”努努说：“其实她保持跟咱们联系能有什么风险？她父亲的事归她父亲，能牵连到她吗？再说，反正也在外边了。”

海芬就压低声音说：“她妈妈也不住那儿了。我跑去找过。会不会把她妈妈也关起来了？”又出主意：“就是关起来了，咱们打听出来，关在哪儿，咱们也可以送东西过去呀！你说带什么去？”

努努看她一脸天真模样，就故意说：“送巧克力去！”

海芬不以为那是幽默，认真地点头：“是啦是啦！买哪种牌子的呢？人家说全城只有一个地方卖正宗的比利时布鲁塞尔小尿童牌的巧克力，我们要不要去买几盒？”

努努就叹一声气，提议：“咱们为什么不喝点酒呢？”海芬热烈呼应：“是啦，借酒消愁啊！”又望着努努，发议论：“不过，你有什么愁呀？有了阿奇，很快又会有苗圃，明年就会有宝宝吧？”

努努叹出一声更长的气来。是的，她现在有幸福感，但是，安全感还欠缺，她和阿奇还没有就是否以及如何跟麻爷脱钩达成充分的共识。阿奇中午吃饭的时候还跟她提起，那位给阿奇启蒙的长者——阿奇正准备带她去其府上拜谒——薛伯，在跟阿奇讨论麻爷究竟是一种什么社会存在的时候，跟阿奇说过：“那是个社会填充物。社会存在填充物是正常的。填充物有各式各样的。比如卖水果的顺顺和他媳妇，他们非法占地，在人行道上搭棚销售，这种行为里有恶，但只是小恶，但是那麻爷，这个社会的多少黑箱操作，都有他参与啊，实际上已经是社会的恶性肿瘤，有待社会的免疫系统发挥作用，予以化解，搞不好，得动大手术切除！当然，他们那些黑幕里的事情，我们都是不清楚的，我参与过他出面的饭局，只窥视到其小小的一角，你虽然在他鞍前马后，无非为的是谋生，所知其实也很有限，你们公司所有的下属，也都是谋生罢了，罪不在一般谋生者，但是，能从麻爷那里剥离开，另找个干净的地方谋生，比如你和努努去自己开辟一处苗圃，确实应该是更好的人生抉择……”那薛伯的指点不消说是正确的，但是，麻爷毕竟给了一套单元，阿奇在执行麻爷的一般指示时，能让麻爷满意，今后他们建立起的小家庭，便可以比较从容地生存，倘若退回那单元，彻底跟麻爷剥离，真靠创建苗圃去面对今后的生活，那风险是无限大的，想到此，努努心中能有踏实的安全感吗？没有啊，所以，海芬说得也对，借酒消愁吧！

“你究竟愁个什么啊？”海芬把努努从沉思里拽出来：“我知道了，还是那个老问题，要不要阿奇离开麻爷吧？哎呀呀，你们也真是，有的人，巴不得攀上麻爷的关系呢，像那个会所里见到的林先生，美国籍耶，嘴里提起麻爷来，也跟提起什么大领导一个样呢，啊，对了，那林先生让我把一封信带给住院的大领导，我还真给带到了哩！他若谢我，邀我再去会所享受，你可还得作陪啊！啊，还有，那个作家，夏什么来着？我总记不住他那名字，求我帮他去请住院的大领导题什么字，写在一张纸上，我也给了他那秘书啦，那大秘看了先就不买账……好啦好啦，酒菜都来啦，咱们一醉方休吧！”就带头搛菜，又举杯跟努努碰，碰了一下再碰一下：“这下算是敬力力，哎呀，怎么一晃咱们就都这么大啦！要还是学校合唱队里一起排练那老歌的日子，该多好呀！‘我们的田野，美丽的田野……’下面该怎么唱来着？……”

于是努努也就回到了那些最天真无邪的日子里，笑了起来：“最滑稽的是那一句，‘金色的鲤鱼，长得多么肥大……’”海芬就跟他抬杠：“这怎么就滑稽呢？”努努说：“人有时候就这样，无缘无故地觉得苦闷，无缘无故地觉得滑稽，我就一直觉得这句很滑稽嘛！……”

两位女士在餐馆里就那么消费着她们的如花流年。不知不觉餐厅里已经只剩三两桌食客，窗外马路上已经不再堵车。

这时候忽然努努的手机发出声响，是有短信，她一看，号码陌生，但内容应该确实是阿奇写出的，第一句是“因故换了新手机。”然后是让她尽快设法去往某地一个宾馆的某楼某号，最后一句是“你必来，我坚信。”落款为阿奇。努努开始觉得，是阿奇在考验她对他的爱情的深度，很快又疑惑，天已经很晚了，阿奇一贯担心她一个人夜行出事，今天怎么如此孟浪？那地方已经不属于这大都会管辖,是邻省的地盘了。不过那宾馆他们曾在自驾旅游途程中停留过，当时只是在那餐厅吃虹鳟鱼。她如果去，只能是找辆出租车。也许有愿意去的司机，也可以多给些车资。

努努心里正盘算，海芬不禁问：“谁的短信？阿奇找你？他怎么这样讨厌？你跟他好，就不兴再有自己的私人空间啦？”

努努就把那短信拿给海芬看，海芬惊叹：“侦探小说耶，好离奇、好浪漫、好刺激呀，多少的悬念等着你！努努你真幸福！还不快去！我就喜欢这种特别的爱！我怎么遇不到阿这奇样的？‘小海狸’，又是什么‘高热度的海风’，还诗人呢，矫情！看阿奇造的句子！‘你必来，我坚信。’这才是诗呀！努努你要相信我，我懂诗的耶！你还犹豫什么？飞过去！我埋单就是！”

努努说：“是想飞。可是翅膀在哪里？打车去，还真怕不安全……”

“为什么要打车？”海芬把双手紧紧一握：“亲爱的！我给你装上安全的翅膀！你也可以多跟我坐一会儿！”于是立刻给她家的司机小魏打电话，让他马上到这家餐馆门外来。有将军专车和穿军装的司机把她送到那邻省的宾馆去，真好比插上了一双安全丰满的翅膀！谢谢海芬！努努举杯跟海芬重重地一碰。

62

一年前的那个晚上，庞奇到了歌厅，薇阿引他往最里面那间包房去，进去了还大胆地欠起脚，搂住庞奇脖子，强行亲庞奇的脸，庞奇推开她，她临撤退前还用手指头拨弄了一下庞奇衬衫领口里蹿出的胸毛，故意说：“要不要找瑞瑞来陪你呀？”自知再起腻可能挨揍，就笑着逃走了。

唐广立害怕，没等庞奇过来，抢先在庞奇叔叔前头，从对面的安全通道溜走了。留在包房里的糖姐和二锋站立着迎接庞奇。糖姐给呆立在门边的徐主任丢个眼色，徐主任赶紧离开了。

二锋就把庞奇要的那个手机双手递过去，恭敬地问："大哥用过饭了吧？忙累了吧？这儿例行的果盘不好，要不要我过马路到那拐角买点特别的果子？人心果？番石榴？释伽？莲雾？……"

糖姐挽庞奇坐下。

薇阿已经亲自送来了大果盘，里头有剖好的菠萝蜜，周围配着切成片的火龙果、菠萝、甜橙和猕猴桃，搁到茶几上，另有服务生用托盘送来红酒、高脚玻璃杯，还有开心果、腰果和号称美国大杏仁其实是扁桃仁等几种干果，也一一布在茶几上。薇阿望了望紧挨着庞奇的糖姐，笑对庞奇说："她可是人老珠黄了呀！知道你腻歪我，我也停不下，如今我是妈咪离不开前头，我们这儿有两个新来的很不错啊，'豆蔻梢头二月初'，'卷上珠帘总不如'，要不要招呼过来呀？……"糖姐就隔着裤子抚摸庞奇大腿，截断薇阿的话，宣布："我人不算老，风韵更是犹存！这金豹歌厅，我才'卷上珠帘总不如'哩！"感到她的抚摸似乎没有引出庞奇的嫌厌，就更加得意，对庞奇说："我献一首梅艳芳的《女人花》给大奇！"二锋先给庞奇斟酒，又给自己和糖姐也各斟一杯，听糖姐要唱那歌，就又将那歌视频找出，沙发对面荧屏上显示出了歌名……

糖姐开唱。她那嗓音略显沙哑，但颇有梅艳芳的韵味：

> ……
> 花开不多时啊，堪折直须折，女人如花花似梦！
> 我有花一朵，长在我心中，真情真爱无人懂！
> ……

二锋举杯敬庞奇，庞奇轻闭双眼，倚在沙发背上，将酒杯凑近嘴唇，似饮非饮。二锋盯着庞奇，心里琢磨，庞奇究竟知道了这边的事情没有呢？他进来，没有问门口停着中巴的事，那走出去的徐主任，谁呀？他也不问。如果他什么都不清楚，应该问一声呀？他来，真是就为那个手机吗？真是忙自己的私事忙累了，想来这里放松一阵？又怕庞奇貌似闭眼，其实从眼皮缝隙里也正盯着他啦，忙把眼光移开，拈起一个腰果放进嘴里……

糖姐原来心中万分紧张，但是唱起那歌，竟一时忘却了别的，多年来在歌厅挣扎发展的种种片断，在脑海放起了电影，包括她享受了庞奇处男初夜那些细节：她仰卧着，将红葡萄酒浇到乳沟里，呼唤庞奇，“来呀，来喝啊……”她从心底里对这首歌的歌词产生共鸣，她动情地唱：

……

爱过知情重，醉过知酒浓，花开花谢终是空。

缘分不停留，像春风来又走，女人如花花似梦！

……

唱完一遍，她看庞奇似乎很享受，就又重头唱起，实际上，她是要再沉溺到那歌里去，咀嚼她从一般坐堂小姐升到妈咪，过几天再成为服装店占股经理，那一路风尘，一路甘苦，一路艰辛……她容易吗？她怜惜自己，慰藉自己：

……

女人花，摇曳在红尘中；女人花，随风轻轻摆动。

只盼望、有一双温柔手，能抚慰、我内心的寂寞。

……

庞奇轻垂眼帘，啜着红酒，心里在细细盘算。

原来，那天中午跟努努分手以后，他回到酒店房间，冲了个澡，打算补一觉，忽然总台打来电话，说有个小伙子找他，自称是他弟弟。庞奇很不耐烦：“我弟弟？我弟弟在家乡，他连省城都没去过，怎么会在这里？别理他，就说没他找的那么一个哥，把他打发走！”放下电话，他躺下，刚钻进雪白被套套住的毛毯，总台又来电话，说那小伙子咬定是他亲弟弟，坚持要见他，他更不耐烦：“他咬定？他咬定你们就轻信？别跟我说看了他的身份证，现在造个假的太容易！”

可是总台那边说："我觉得，我们几个都觉得，他也许真是你弟弟！"庞奇发怒了："你们觉得？你们凭什么觉得？岂有此理！不许再打搅我！"但是那边告诉他："来的这位，长相实在太像您了……"庞奇这才一惊，欠起身命令："好吧，让他上来！"不一会儿，门铃响了，庞奇从猫眼一看，大吃一惊，忙开门，弟弟刚进门，就扑到他身上痛哭失声……

庞奇弟弟前晚从那黑收容所逃出来，发誓要找到哥哥，他模模糊糊记得，哥哥跟家里说过，老板让他长期住在酒店里，那个酒店的名字，他记住了发音，却不知道究竟是哪两个字，于是就满城转悠，见有写着接近那发音的字样，就进去找他哥，已经被五六家酒店给轰了出去。但是他固执地寻找。在街上，他坚持不向任何人打听。他现在不信任任何人。他以沉默来体现他的倔强。进入他觉得可能是哥哥住的酒店，走到总服务台，也始终只有两句话："我哥哥庞奇住这儿。我要见他。"有的就问他："哪个房间呀？"他答不出来，只是重复那两句。他衣衫不整，看去几天没有洗脸，身体发出不雅的气味。总台的人就让保安把他请出去。他被赶出，不怨恨，心想一定是他哥确实不在那里头住，因为如果那酒店的人见过他哥哥，一定会帮助他的。从前晚逃出，到这天奇迹般地兄弟相拥，在这大都会里，他不吃不喝已经接近四十个小时，是老天的护佑吧，他居然达到了目的，哥哥后来跟他说，像他那么样无头苍蝇般地乱找，很可能四百个小时也未必能找到……

庞奇听完弟弟的倾诉，先叫餐进房，让弟弟吃饱喝足。他本想让弟弟洗澡，却忽然改了主意。短短的时间里，庞奇内心经历了震惊、愤怒、痛心、自责、疑惑、憬悟、发恨、理智、冷静等等一系列的复杂变化过程。他带弟弟出酒店，去商店购买了两个新手机，告诉弟弟这两个手机只用于他们两个人的联系。弟弟和另一些访民原来有手机，都被徐主任他们没收了。庞奇指点路径让弟弟返回那个收容所去，要让徐主任和那良心被狗吃了的叔叔以为他是万般无奈，只好回去。庞奇嘱咐弟弟一定要把那手机隐藏好。一旦徐主任他们启动遣返，把他们往车里带，就偷偷给他拨电话，也不用说什么，庞奇这边手机一有反应，就意味着访民们被往巷子外头的中巴车押送了，庞奇到时候一定会出现，来把遣返变成逃脱。兄弟二人商议好的方案一定不要事先告诉父亲。关键时刻，兄弟二人要默契配合。弟弟要拼死阻止叔叔上车，庞奇则要夺取司机钥匙，把司机拽下车，然后自己来开那车，把乡亲们载到一处能自由的地方。至于那徐女士，先留在车上也行，抢到车后，到某一地方再把她赶下车去，谅她一时也无法改变事态。当然事情面临许多复杂的因素，在最必要时他们用手机互讲比较多的话，也是必要的……

63

站着把第二遍《女人花》唱完，糖姐坐回沙发，紧靠着庞奇，痴情地说：“知道你要娶良家妇女了。祝你幸福！可我要告诉你，我还跟那年那次一样，爱你爱到骨髓里头！你现在嫌弃我，是我的命，我认命！不过你今天居然又来，能让我再伺候你，我真的真的很激动，大奇，我愿意为你奉献一切！你可以跟我来 SM，你是主，我是奴！你一日为主，我终生为奴！你拿鞭子抽我吧！你要我亲吻你的光脚丫吗？……”庞奇没有马上推开她，庞奇睁开眼，二锋正坐在一侧，马上给他敬酒，庞奇就问他：“你刚才哪儿去了？”二锋的心一沉，就知道庞奇果然是假装闭眼，对他的动静是一直没有放松监视，就说：“我，我去了趟洗手间。”庞奇把糖姐推离身边，问她：“你当奴？那你老实告诉我，楼底下门前停的中巴是哪儿来的？”糖姐刚才因为对庞奇动了真情，几乎把正事给忘了，正事，就是要配合二锋把庞奇稳住、拴住，让徐主任他们能顺利地完成遣返任务。糖姐定定神，掠掠头发说：“那中巴？咳，你忘啦，记得以前我跟你说过，我有个弟弟，死不争气，混了好多年，才混出这么辆二手车，在旅游行里混事由，这不，拉了半车 K 歌的来……”庞奇就故意问：“哪儿的客？台胞团的？那个什么叶先生，吓晕瑞瑞的，又来啦？”糖姐就说：“谁知道？现在薇阿是妈咪。管他哩！哎，我再给你唱首容祖儿的《挥着翅膀的女孩》吧……”庞奇摸了摸衣服口袋里新买的那个手机，没有动静，就琢磨，他们是还要等到夜深人静再搞遣返，还是会提前把访民们押出来呢？现在弟弟那边就是怎么个状态呢？如果他们还要等到午夜才行动，那自己在午夜以前的时间里怎么跟二锋、糖姐周旋？……

二锋在所谓去洗手间的那段时间，抓紧下楼找到庞奇叔叔，那武师正和徐主任在一起，是徐主任下楼后找到了他，他们跟二锋反映，唐广立要把空车开走，武师把他制服住，逼他交出了车钥匙，唐广立可能是觉得保命比保车更要紧，就干脆跑掉了，当然，唐广立心里也明白，这车终究还是会还给他的。武师会开车。于是徐主任就决定立即进行遣返。二锋提醒她，这时候街上行人还不少，味美打卤面馆和果棚以及别的商店也都还在营业，街边的烧烤摊生意兴隆，摆地摊的有的也没收，这么个情况下行动，万一被街上那多事之徒发现不对头，用手机拍了照，捅到互联网上，被网民人肉，那对徐主任他们那边，和二锋的老板，都很不利，是不是再等等，街上清净些再行动？徐主任腰板挺得直直的，说："我们怕什么？我们是正确的，反对这个是错误的。"就决定和武师一起进入那巷子启动遣返。二锋也就由他们去，但是警告："要麻利！我再回去稳住庞奇。但愿他还真的不知道你们干的事！"

二锋回到包间不久，糖姐唱起《挥着翅膀的女孩》，唱到一半，庞奇感觉衣兜里那个新手机有了动静，就从沙发上站起，二锋也本能地站了起来，庞奇瞪着他说："我去洗手间。怎么，你给我当马桶去？"二锋只好又坐下。

庞奇出了包间，那一溜包间的外头是一条颇长的走廊，临街那面是一溜用彩色玻璃镶嵌出花卉图案的大玻璃窗。庞奇走到一扇窗前，将其打开，下面正好是那歌厅门口中巴车停留的位置，他欠身朝下望，就看见几个所谓的保安，其实就是黑收容所的看守，把他们家乡的访民带往那辆中巴，他一眼看出了其中的老父亲，心头一震，眼睛一热，浑身就仿佛冒出了火苗，接着，他就看到那狼心狗肺的叔叔，居然站在车门口，嘴里大概是吆喝着："快点快点！"伸出双臂把不大愿意进车的乡亲使劲往车里塞，忽然，就只见访民队伍里冲出了弟弟，趁叔叔不备，冲过去想将其击倒，毕竟叔叔是武师，从来师傅要留一手以备徒弟造反，两个人没过几招，弟弟就被武师用一只胳膊锁了喉，弟弟蹬着双腿挣扎，而这时候，父亲就几步抢过去，嘴里喊着什么，看样子是要给武师下跪，求他看在血亲的份儿上手下留情……所有这些情况，发生在大约几秒钟里，而庞奇也就在这个当口，大喊着："爹！你不能跪呀！"从二楼的窗口，往下一跳，先落在中巴顶上，发出一声巨响，那车顶也就瘪了一块，半秒钟后，庞奇已经又从车顶跃下，正落在那武师身后，脚刚沾地，他就伸出右掌双指，猛地戳向武师肩胛后的一个穴位，那武师顿时翻个白眼，身子软了，往地下出溜，弟弟解脱了，弯腰从武师身上找到掏出车钥匙，递给哥哥，自己去扶父亲上车，庞奇就转到车那边，拉开驾驶座那边的门，跳落在驾驶座上，立即插进钥匙，启动车辆。上了车的人都惊呆了，那徐主任从驾驶座后面的座位站起，刚掏出手机，就被庞奇弟弟一把抓去没收，也不发声，只是双眼出火恨着那徐主任，那徐主任就要下车，车门已经关闭，哪里下得去，便高声呼叫："反动！来人啦！报 110！……"车子开动起来，豁开围观的人群后，便加速开出了红泥寺街。

二锋没敢立即跟随庞奇出那包间，但很快听到了庞奇吼声，以及紧跟着的怪异巨响，这才冲到走廊，从打开的窗户朝下望，看到了庞奇点穴武师昏倒的情景，那糖姐发觉情况不对也就中止了 K 歌，跑出来，也到那窗户朝下望，看到了中巴驶离的一幕……

歌厅门口中巴车那里发生的怪事，在红泥寺街引出轰动，行人，在面馆里吃面的，给面馆送酒水的，果棚、商店里购物的，在街边吃烧烤的，摆摊的逛摊的……其中一大半闻声跑过去围观，议论纷纷，也有几个用手机抓拍的，混乱了好一阵，并且由这件事，又引出了另外的混乱：给面馆送酒水的小面包车被一辆平板三轮剐蹭，双方车主激动地先论理、后对骂；烧烤摊的摊主和果棚老板都发现，有顾客白吃白拿趁乱消失；有小偷趁这大好时机扒窃，收获大大；歌厅里有的包房的客人闻声也出包房到走廊，更多的窗户被推开，抢着往下看，有的 K 歌客甚兴奋，纷纷问走过来的妈咪："街上怎么啦？怎么啦？……"妈咪薇阿就一心提防那趁乱不结账溜之乎也的混混……

虽然发生了一阵大混乱，人们互相议论，对事情的来龙去脉派生出了很多个不同的版本，但是，那晚却并没有任何人打 110 报警。二锋和糖姐心照不宣，巷子里的空间轮流租赁给某些小地方设为收容所，那点收益归麻爷的徒子徒孙，麻爷在乎那个蝇头小利？是外面某些地方的开发商，跟那边的某些官员，他们求到麻爷，麻爷是在参与下一盘大棋的情况下，才默许底下的某几个徒子徒孙，为他的那些朋友，提供这么个空间截访，以防访民真遇到青天大老爷，包龙图摆铡刀，成为传媒上查获贪腐的反面新闻主角。实际上如果真报了 110，无论大都会的哪个区出警，头一个被认定违法的，应该是黑收容所的租赁者和使用者，而非访民，这也是那徐主任在劫车发生的初始阶段，未报 110 的原因。二锋当然有责任将所发生的事态报告给麻爷，却完全没必要跟 110 发生关系。糖姐事发后发了好久的呆，她倒不担心自己会遭遇到什么麻烦，大不了麻爷认定她不中用，不兑现让她去服装店当占股经理罢了，她很担心庞奇，大奇这不是鱼撕网破吗？这么着跟麻爷掰离，今后可怎么活着？……

那中巴开走后，因为那武师还瘫软在歌厅门口，成为一个持续的看点，围观的人没有马上减少，反倒有所增多，而且围观圈越来越紧缩，后面的看不到究竟，就不住地问："死了吗？有气吗？……"但也没有人呼叫急救车，死者自死，活者自活，活人看死人倒也是个乐子！忽然那圈里的人屁股朝外拱，有人惊呼："妈呀！活过来啦！"圈外的人就更好奇，偏朝里拥，里外不同层的人有的就发生肢体摩擦，先互骂，又互推，使得那条街好长一段时间，里面的车子开不出去，外面的车子开不进来……

"呀！见鬼啦！鬼来啦！"又几声惊呼，看热闹的包围圈这才抖抖散开。原来是那位武师，被点的穴位渐渐恢复常态，先坐起，再站起，再往前挪步，然后，忽然身体状态一切如常，便推开挡路的，匆匆从那条街逃遁了。前天晚上，庞奇弟弟成了大都会里的流浪者，现在，这位武师，他可是庞奇兄弟的亲叔叔啊，也成了霓虹灯下的流浪者……

庞奇那叔叔彳亍在街头，心里好懊悔。自己练的可是岳家拳啊！练拳先正心，自己究竟是怎么回事啊，为了徐主任他们那些人赏赐的一点钱，居然背叛了哥哥和侄儿，欺宗叛祖啊，岳家拳法那最核心的忠与义，抛到地沟里去了呀！……当年教授庞奇，因为实在喜欢他，就额外教了他几招点穴令人瘫痪一时的绝招，跟他说："这几招绝不能乱用，必得在遇见最不可赦的宵小时，才可偶尔发威！"万没想到，今天大侄子就点了自己的穴，我是宵小啊！我活该呀！……武师在陌生的大都会里乱转，有行人发现，这汉子泪流满面……

64

庞奇开着那中巴，一直担心二锋报告麻爷后，麻爷动用关系，把车牌号和中巴特征告知有关部门，然后布警拦截，车上的乡亲都知道那开车的是谁，但又都不知道还会发生什么事情，全在心里打鼓，全都沉默不语。那徐主任也没回到座位，只站在车门那里，双手抓住车上金属立柱，开始还喊几句什么，后来怕庞奇弟弟冲过去对她动手，万般无奈中，也只是喘气无语。车子就那么开出了大都会。庞奇见红灯不闯，该减速减速，完全不违反交通法规，从旁看去，或者事后查看监视录像，那中巴的行驶中规中矩，无可挑剔。过收费站，那车唐广立办理过 ETC 不停车收费系统卡，不用停车，顺利通过，收费站那边，就是另一省份了，又往前开了大约十分钟，在一个前不见村后不见店，而且也没有监视机探头的地方，庞奇减速，将车停在路边，启动车门，对那徐主任一声怒吼："滚下去！"那徐主任慌了神，本还想指责庞奇"抢劫、反动"，却双腿软得不行，哀求起来："不行啊，也把我拉回家吧，我替你解释……"庞奇弟弟就过去，也没有推她，只是贴近她，双眼恨得仿佛喷出闪电，这时候车里的乡亲们，开始只有一两个人，后来几乎是全体，都朝那徐主任吼："滚！滚下去！"那徐主任只得下了中巴，刚站稳，车门就紧闭，车子就一下子加速开跑了……无月的黑夜，那段公路并无路灯，路边只有树木灌木并无任何建筑，只有很远的地方才有些灯火闪烁，而且公路上车辆也很稀少，只有对面车道有些往大都会开去的大货车，徐主任想起自己的拉杆箱还在车上，现在是孤身一人被抛在了荒郊野外，更要命的是没有手机，完全无法与机构与家人联系，不免恐惧悲伤起来。其实，她所参与的那项工作，曾经无数次将跑到县里政府机构去上访的访民，用中巴车强行遣返出县城，哪里真耐心将他们送回乡里，还不是趁月黑天高，车子开到荒野，赶下去就是！当年施之于人的做法，现在报应到自己身上，而且，这里离他们那县，是几千里之外啊，且不说她如何回到家乡，就是这一夜，她可怎么熬过啊……

庞奇在那天下午行动前，已有周密预案。车子没有被拦截，倒也没有令他惊异，他做了几种估算，二锋报告麻爷后，麻爷按兵不动，也是一种可能。他把车子开到邻省的一个小火车站，为全体乡亲们买了回乡的火车票，告诉他们，不要再这么上访了，尤其不要下跪，跪是跪不出好结果来的，他会在两天后也返回家乡，跟乡亲们一起维护家园的权益。他到父亲跟前，低下头说："孩儿大不孝，久失照应。我本该跪下，回家再单给您跪。爹，咱们跪天跪地跪祖宗，就是不要跪官跪商跪衙门！"又把一个装着钱的信封交给弟弟，拍着他肩膀说："好样的！这些钱，路上给乡亲们买吃买喝。那被我点瘫的败类，要是回去了，谅他不至于找你报复，你莫再理他就是，千万不要再去跟他打斗。"乡亲们围着庞奇，辈分不同，怎么呼唤他的都有，大多数是感谢，也有的就问："我们回去又怎么办啊？""难道他们来强拆，就只剩下拼命一条路吗？"庞奇就转着身抱拳致意："回去商量，回去商量。"把他们往月台送，提醒弟弟："这趟车快到了，只停三分钟，你要保证每个人都上去，都找到座位啊！"眼看父亲兄弟和乡亲们都检了票，那边转过头挥手，他也挥手，然后转身离去。

庞奇返回那中巴，开着它驶到一处高速公路服务区，将其停在了停车场。然后去了卫生间。出卫生间，他设法越过路障，来到反方向的公路，那边也有一个服务区，他不进入那个服务区，而是绕到后面的一处温泉度假村，他选择的宾馆，就在那度假村里，办理好入住手续，在电梯里，他就用最新的那个手机给努努发去短信。

65

努努乘着小魏开的挂军牌的轿车，风驰电掣往那邻省的宾馆而去。军队的司机的优点之一就是只遵从命令开车，绝不多言多语。海芬把努努送上车，努努坐进后座，努努道出要去的地方，小魏便使用卫星定位朝向目标。上车的是谁，为什么要去那么个地方，他一概不问。只是在把车开到宾馆风雨廊停住以后，问一句："要等您返回吗？"努努说："不用，你这就回去吧，谢谢，再见。"便下了车，进了大堂，直奔电梯。

努努进了屋，庞奇就跟她说："我要你。现在。"

努努什么也不问。她等候这一刻很久了。她曾反复幻想过，这一刻，应该是新婚之夜，把门关紧，把窗帘遮满，阿奇说出这句话来，然后他们如何如何……现在的情况，却是哪一次幻想里也没有的。他们中午在一起吃过饭，很平静地各自回归自我空间，万没想到晚上会有这样的意外之喜。是中午吃饭的时候，阿奇就设计好了晚上的浪漫？还是下午发生了什么她无法猜出的事情，使得阿奇必须通过立即得到她，来舒解他那受了伤的灵魂？……

努努扑到阿奇身上。阿奇没有洗澡，身上有浓浓的体味。阿奇搂住她，吻她的头发、额头、脸颊、耳垂，然后才是她的嘴唇，并且把舌头伸进她的嘴里，她以舌头承接，并且在阿奇舌头退缩时，反伸进阿奇嘴里，阿奇一边跟她接吻一边将她抱到床上，是她先去剥解阿奇的衬衫，衬衫和背心还没有脱掉，她就疯狂地去抚摸亲吻阿奇健壮的胸肌，以及那树形的胸毛，又随机地亲吻阿奇那硬中有韧的臂肌，阿奇的上身完全赤裸了，她就身体下滑，去亲吻阿奇那八块轮廓分明的腹肌……阿奇略带粗野地剥掉她的衣服，面临乳罩时，先隔着乳罩搓揉，然后猛地撕开，努努那如花的乳房就怒放在阿奇眼前，阿奇把脸埋进努努乳沟，拼命吮吸那处女的芳香……后来他们全裸做爱，阿奇忘却了一切，尽情享受，尽情释放，努努经历了她人生中宝贵的流红一痛，也忘却了一切，尽情享受，销魂呻吟……

那是真正的爱情，最纯正，最丰满，最符合生命基因的原始使命，也最生动地呈现出心灵合鸣的共振波……

66

金豹歌厅门前的劫车案过去一年了。其实那件事发生后，并没有人报案，因此也很难说那是一桩劫车案。后来有人看到唐广立仍开着那辆中巴在大都会街上驶过。糖姐仍在金豹当妈咪，薇阿仍在等待糖姐转移到服装店。雷二锋更多的时间是在闪电健身俱乐部，显然麻爷跟前又有了更得力的一号保镖。不过红泥寺街那巷子里的黑收容所从那以后就关张了，又有杂工进去搭建简易住房，也就又有外来的人员租那些小屋子栖身。

庞奇回乡后，究竟都做了些什么？他那家乡，是经过村民抗争避过了强拆，还是虽然拆了却多少增加了赔偿款？那位徐主任是否仍在原职，还是换了岗位？庞奇那叔叔，还敢不敢跟哥哥侄儿见面，他那武馆还开不开得下去？据说庞奇在事发前，都搞好对象装修好房子要结婚了，事发后他跟那对象是分手了，还是怎么的？……这一切红泥寺街的人士都不清楚。但是一年来关于庞奇的传言断断续续一直在流布，有人说庞奇回乡没多久就“折进去了”，没多久又“越出来了”，有人说在外地某风景区看见，有那靠颠轿挣游客钱的，其中一位颠轿的壮汉，分明就是庞奇……流言又往往互相矛盾，有的诌得格外离奇，那“我不回来则罢，如果有一天我回来，那一定是来杀人的”恶誓，究竟是谁亲耳听到的？二磙子非说他亲耳听到，但是事发那天，他根本不在庞奇身边！但是红泥寺街的人们，几乎都认为，那话是真有的。一年后，庞奇身影真地出现在红泥寺街，凡觉得自己绝非庞奇仇家的，就大半等着看“好戏”。

薛去疾倚坐在飘窗，亲眼看到了庞奇回归的身影。如果一切都还同两年前一样，他会立即下楼，去把奇哥儿约回家来，烹茶细论端详。但是现在他有切身的大烦心事。他但愿那关于奇哥儿的恶誓只不过是种传言，奇哥儿也许还会在这大都会找到新的立足之地，待他自己的烦心事消解，奇哥儿又站稳脚跟，他们再恢复那份温馨的伯侄之情，犹未为晚。

薛去疾烦心的事，其实更是薛恳烦心的事。当年薛去疾夫妇住在单位分配的单元房里，后来实施“房改”，用很低的价格，买为己有。薛恳在国外学成就业，挣到美金，回国探亲，就张罗着把原来父母住的那个单元给卖了，赚头很大，用那个钱，加上薛恳带回的美金，购买了现在住的有大飘窗的三室两厅的住宅，买的时候每平米 4000 元，属于那个时期那个地段相当贵的楼盘了，如今升值已近十倍，是薛去疾有生以来最大的一笔财富。薛恳回国创业，事业状态，仿佛过山车，忽而出现亮点，忽而面临危机，薛去疾的心，也就跟着那起伏曲线悸动。前几个月，经林先生、叶先生帮忙，美国一个大学里的著名研究所的科学家，研究大分子的，先试用了薛恳他们公司的试剂，不久就出来可喜的研究成果，就是初步发现了大分子中使人致胖的特殊基因，试验报告发布在专业杂志和网络后，引起全球那一领域的轰动，如果这项试验成立，那么，今后人类中肥胖人的减肥问题不但有望简便解决，防止肥胖更是容易之事，这项研究的成果，肯定会获得瑞典皇家卡罗琳学院评定的诺贝尔医学生物学奖！消息传出，薛恳公司同仁欣喜若狂，因为除了那个研究所签下数量剧增的订单，美国其他研究所也纷纷来要货，以前这项试剂美国的研究所都是从欧洲或日本进货，价格要高三倍以上，从薛恳公司这里进，那些美国研究所的科研经费大为节省，而薛恳公司的利润仍相当可观。跟着，又有欧洲和日本的实验室来订货，要的量少，愿意出更高的价。但是，要充分供货，薛恳公司必须扩大生产规模，他们本来只是实验室生产方式，现在想扩大为车间生产方式，那个什么高层领导的孙女婿，并没有为他们落实政府机构及基金会方面的资金援助，区里的相应机构替他们去化缘，也暂无收获，于是，薛恳就跟父亲商量，将所住单元，抵押出去，扩大生产的资金可以马上到手，这样不仅可以尽快满足已有客户的需求，更可以签到新的订单，一旦买方付款，立即将利息付给所贷款的金融机构，赎回这套有大飘窗的单元。薛去疾觉得如此抵押贷款，风险太大，万一赎不回来，人家来收房，岂不是要流落街头？难道也搬到曾经充当过黑收容所的地方去住？于是脑海里就浮现出夏家骏那张幸灾乐祸的脸，不用语言，那脸上的表情分明在奚落：“呵呵，老兄，你不仅是给搁到死角里了，你分明是让死角给挤扁了啊！”

庞奇出现在红泥寺的第二天，又是周四，文嫂来打扫卫生，薛去疾闻门铃开门放她进来后，无话，仍去坐到书房飘窗台面，倚着大方枕，脑子里转悠着抵押贷款的事情。文嫂拖地，拖到那飘窗跟前的地板，笑指着窗外说：“看呀看呀，如今的年轻人，好滑稽呀！”文嫂以为薛去疾早也看到，没想到薛去疾根本是在想心事，经她笑嚷，这才望去，只见有个非常年轻的小伙子，骑辆自行车，车上拴着一个直径超过一米的巨无霸粉红氢气球，球上写着“姜雅琦嫁我吧！”估计那气球的另一面，也有同样的话语。小伙子骑过顺顺那个果摊，拐往薛去疾他们那个楼盘大门所在的大街，也不知道那姜雅琦是否就住在他们那个楼盘里。薛去疾看到后，禁不住也笑了。人们各自生存。你痛苦的时候，有人快乐。你忧郁的时候，有人搞笑。即使你能分享到别人的快乐与幽默，谁又能跟你分担痛苦和忧郁？

文嫂一边继续拖地一边说："大叔，你也听说了吧，那个功夫好厉害的，姓庞的，回来啦！满街的人都说，他回来，是要杀人啊！"

薛去疾就说："莫信那些个谣言！再说啦，他要杀人，杀得到你我吗？"

文嫂问："咦，对了，他不是跟你好吗？你好像管他叫奇哥儿，他是不是认你做伯伯了呀？你就该劝劝他，杀人是要偿命的呀，可莫干那样的事情！他会来拜你吗？你会劝他吗？"

薛去疾一心想着自己的事情，听了好不耐烦，脸一沉说："他爱杀谁杀谁，关我什么事！"

文嫂这才知道老爷子心情很糟，不想说话，惹不得，赶紧转身，用拖把去拖别的地方。

67

每次从公司回家以前，薛恳总要给老爸先打个电话，已形成不可更易的惯例。

这天，也就是看到奇哥儿出现在红泥寺街果棚外的第二天，晚上九点钟了，薛恳并无电话打来，薛去疾就自己用高腰木桶，接了电热器里的热水，倒进些白醋，坐到卫生间的高脚凳上泡脚。

忽然听到单元门被旋开的声音，薛去疾就提高嗓门问："谁呀？"

"是我，爸！"

薛去疾就继续用大嗓门问："怎么不先来电话？你吓了我一跳。出什么事情了吗？"

薛恳在卫生间找到了老爸，看见老爸正在泡脚，就止住了涌到喉咙的话语，先过去，站在老爸身后，伸出手，给老爸揉肩。

薛去疾从儿子那在他肩上按揉时的颤抖，意识到情况不妙。就问："有坏消息？"

薛恳的手停止了动作。忽然转到老爸侧面，也是因为老爸坐在高脚凳上，为方便说话计吧，就跪下了。

薛去疾把腿一只一只从桶里抽了出来，其实泡脚的预定时间还没到头，薛恳没有劝父亲再多泡泡，忙站起拿过毛巾为老爸擦拭，又帮老爸把睡裤原来卷起的裤腿放下，拢上拖鞋，还试图要为老爸按摩小腿，但是薛去疾自己站起，往他那卧室去，坐在床边的单人沙发上。顶灯没有开，单人沙发后面有个垂花似的阅读灯，开着，光线从老爸头顶泄下，看去比实际年龄老很多。薛恳看着心中剧痛。薛去疾吐出一口气，摆摆手说："讲吧。把坏消息告诉我。"

薛恳先是拼命咬着嘴唇，然后一下子跪在父亲面前，抖着嗓音说："爸，我大不孝……"

薛去疾蔼然地说："你怎么不孝？那泡脚桶，就是你孝敬的呀。快告诉我吧。"

尽管薛去疾早有心理准备，但薛恳道出的情况，还是让薛去疾脊柱发凉。

原来，那美国科学家的研究成果，被欧洲几位同行否定。那种科学实验，必须是经过上百次甚至上千次的重复，每次的结果都一样，才算站住脚，特别是要经得起同行采取同一试验方式反复进行检验，结果欧洲和日本的几个实验室，都出了结果，就是那美国科学家反复试验都呈阳性，而他们反复试验的结果均为阴性，问题出在哪里？美国科学家自己焦急地找原因，欧洲、日本的同行也友善地帮助解开这个怪现象，最后的结论一样：如果在试验过程中不使用从中国进口的试剂，那么试验结果一定呈阴性，只要换成从中国进口的试剂，则可呈阳性，那么事情就很清楚了：薛恳他们公司生产的试剂虽然价格低，却不合格，在目前的情况下，美国、欧洲、日本的相关实验室，都不能再使用他们的试剂，以免导致科研工作的徒劳。现在，欧洲、日本和美国的相关实验室，都首先在网络上公布了这个结论。美国那位科学家，也公开承认了自己原来的试验报告形成了误导，就不慎使用了不良试剂一事，向同行和传媒以及公众深致歉意。这样一来，原来所有的订单全泡汤不说，原来已经买去的试剂，未使用的退货，已使用但尚未付款的则一律不再划款。就在这天上午，公司电脑里已经出现美国公司传来的律师函，纸质函件也已快递，不日到达，人家不但拒绝付款，还提出了赔偿要求！

薛去疾听了，血压顿时波动，颜面都抽搐起来。薛恳趴到老爸膝盖上痛哭。薛去疾抚摸着儿子头发，努力镇定下来，劝慰他说："创业，原不一定成功，失败了，要面对。如果做试剂无法重整旗鼓，那就宣布破产。天无绝人之路。总还能再找到办法的。”薛恳就说:“我们不服！难道我们是故意造假货骗人吗？这两天我们也是那样反复检验，就发现，试剂的问题，只出在一种原料上，我们也已经写了律师函，跟供货商索赔！”薛去疾反复抚摸儿子的头发，把浓酽的父爱，通过手指的运动传递给儿子。

薛恳心里一番挣扎，要不要把那最最坏的消息说出来？如果说出，老爸会不会崩溃？但是，他不能不说，因为时间极其紧迫！薛恳仰起头，咬咬牙说:“爸，这单元，原以为有大订单，要扩大生产规模，凑资金，给押出去了，现在，现在……”薛去疾就说:“知道，我原来就知道嘛，不是抵押期半年吗？我们还有小半年的时间嘛，公司关掉好了，抵押来的资金，总还有小一半没用出去嘛，一切设备，包括办公用品，全卖掉，再抓紧跟那供货商打官司，赢了也来还钱，我也还有一点积蓄，梅菲那边多少出一点，再设法借到一些，半年后把这房子赎回来，也还是有希望的呀！”薛恳就终于道出那令老爸五雷轰顶的消息:“十天前，利欲熏心，以为一笔大款马上要划过来了，就想贷出更多的钱来，于是，董事会上，我的决定，再把这房子，二次抵押，押给金狮典当了！抵押期半个月，利率奇高，现在还差五天，哪里筹措那么多钱去！这房子，丢定了呀！爸，我不孝，不孝啊！”薛去疾两眼发黑，心口发紧，薛恳站起来，找到速效救心丸，往老爸舌下塞下十几粒。

薛去疾缓过神来，盯住薛恳，薛恳第一回从父亲眼神里看到了恨，薛去疾轻轻摆手让儿子走近些，薛恳就又跪到他面前，刚跪下，薛去疾就扇了他一耳光。薛恳挨了这一巴掌，反把心彻底硬下，遂一口气哀求道:“爸，你怎么打我我都该受。可是现在我们还是要努最后一把力，把这房子保住！怎么就能保住？如果爸你能在这两天见到那个麻爷，求求他，他一句话，就基本保住了！那金狮典当，是麻爷的嫡系买卖。那银行的贷款经理，也是对麻爷言听计从的人。你求麻爷开恩，我们退还金狮的贷款，只求免去利息！那银行的贷款，求他担个保，延长半年还款期……您不是见过麻爷吗？他对您应该还有印象，应该是个好的印象，对他来说，舍那么些利，积个大德，一念之善，真的不难，爸，您就找到他，破个脸，恳求恳求，说不定就是个峰回路转……”

薛去疾就咆哮:“麻爷！社会之癌！我去求他！亏你想得出！你你你……真真是不孝之子！……”

68

内心的挣扎尽管形成阵阵剧痛，现实的利害仍然驱使着薛去疾千方百计去寻找见到麻爷的门径，是“吉人自有天相”，还是“自蹈魑魅陷阱”？薛恳道出二次抵押真相的第二天下午，薛去疾给林倍谦打去电话，寒暄后嗫嚅地道出:“……想尽快见到麻爷……不知道仁兄知不知道麻爷最近的……”话没说完，那边林先生就告诉他:“今天晚上，麻爷正约我参加 Party 呢！你若愿去，我先问他一声，他若欢迎，我再告诉你就是！”又说:“好呀好呀，我们又可以讨论一番毛世来、芙蓉草他们的《虹霓关》哪个更好啦，哎，这回一定要锁定去踏访那红泥庵石碑的日程啦，你看你看，两年多了，总未落实，今晚 Party 上可要一言为定！”

林倍谦给麻爷打去电话，告诉他晚上 Party 想带个朋友去，其实也是曾见过的云云，麻爷完全想不起来薛去疾这么个人，但与麻爷利害关系勾连最多的某官僚的亲属，正与林倍谦合作一个跨国大项目，麻爷的存在，其实正是那些人的洗钱机、提款机、迷彩服、迷魂阵，麻爷当然要善待林倍谦，“爱屋及乌”，林老板要带什么朋友去，是乌鸦还是麻雀，麻爷都无所谓。

当晚，麻爷派二锋去接薛去疾。其实他们就在一个楼盘里。二锋那闪电健身俱乐部，就连着楼盘的会所。二锋给薛去疾打去电话，口气极其谦卑，说是本应将车子开到薛先生的那个楼门口，但是从那里出院子，因交通规则的缘故，要绕弯子才能前往目的地，所以恳请薛先生先步行到会所，再从俱乐部正门那边出发，去往目的地就顺畅多了，最后连道“对不起”。薛去疾听了笑道:“我走几步路，正好锻炼筋骨。没事没事。”就下楼步行到那会所。虽然是自己楼盘的会所，薛去疾很少加以利用。只见二锋已在会所门前迎候，又引领他进去，去往通向闪电健身俱乐部的 VIP 通道，刷卡进入一扇门，里面便是俱乐部一隅，乘电梯往地下，便是停车场，一辆豪车停在最接近电梯口的位置，二锋打开车门躬身请薛去疾后位入座，还把一只手掌挡在车门上面，以防他碰头。车子转出通道口，一下子就是大马路。

薛去疾原以为是要往郊区开，他多次听奇哥儿讲到过那个乡村高尔夫俱乐部的情景，奇哥儿艳遇努努，不就是在那个地方吗？于是忍不住问驾驶座上的二锋："满街传说庞奇他回来了，又说他是回来杀人的，有那么邪乎吗？"二锋谨慎地回答："我没听说啊。"薛去疾就说："依我想，那奇哥儿起码是受我的影响，是信奉人道主义，注重生命尊严，博爱众生，追求公义的。若说他回来是因为恨，我不信；若说是因为爱，我信。过些天，他会来看望我的吧。这几天，我想他是和那冯努努在一起吧。"二锋对薛去疾这些话，不作回应。薛去疾还偏问："那冯努努，后来怎么样了？你知道一点吗？"二锋想了想，就告诉他："庞大哥走了以后，没多久，我收到一个快递，是递到健身俱乐部的，里头是两副门钥匙，还有张打印的字条，上头写着：'房子退还，装修奉送。'没有落款。但是从信封上能看出来，是冯努努递的。那以后就没她的消息了。"薛去疾叹道："但愿他们有情人终成眷属吧！"这下二锋迅速回应："我也是这么想。"

车子走走停停。堵车严重。薛去疾朝车窗外望去，发现并不是往城外去，倒是往闹市区开。麻爷这回的 Party 地点，究竟是在哪里呢？

69

车子最后开进一条槐荫掩映的小街，停在一个新整修不久的古典式院门前。二锋迎薛去疾下车，也是用手掌护在他头顶上。二锋去按了下门铃，里面门房的保安先从监视器看清外面，认出二锋和那车，这才开门，他们一进去，门马上就关闭了。

薛去疾观察，那是一座最高档次的四合院。进了二道垂花门，是宽敞的内院。院心均匀地种植着四株海棠树，虽然花期早过，但绿叶丰茂，结出了许多海棠果，淡黄中沁出粉红，不比花朵逊色。穿山游廊以及高大正房檐下的彩绘，绚丽多彩。夕照中院景整体显得更加富贵妩媚。正房的门大开着，里面人影晃动，传出民乐演奏声和笑声。从西厢房里迎出来林倍谦，把薛去疾带到了西厢房里，二锋就消失了。

那三间西厢房完全打通，进去发现是自助餐厅的模样。长条餐桌上摆着各种冷热菜肴，以及各色酒水小吃，里面设有若干或靠窗或靠墙的双人中式小座或多人现代派变形卡座，一些红男绿女已经在那里自取自饮，谈笑自若。薛去疾就问："这也是会所？"林先生告诉他："no，no，这是麻爷的私宅，当然，只是之一。"又带头取吃的，薛去疾拿了个盘子，四面望，哪有麻爷的身影？肚子也实在有些饿，也就取东西来吃，林先生往他盘里拿了两只鲜牡蛎，薛去疾不由说："还有这个！"林先生见薛去疾去掀开底下有酒精保温灯的银色球形食盒盖子，要取红烧狮子头，就劝阻说："不忙。那边还有佛跳墙哩。慢慢来，慢慢来。"引他到一角的小桌先坐下，又去倒来香槟，好配食牡蛎。那小桌和两把配椅都是中国古典式的，椅子上有明黄的坐垫，薛去疾坐下后说："皇帝用品啊。不过坐着未必舒服。"林先生说："将就吧。并非古董，不过材料倒真是海南黄花梨的。"

边吃边听林先生指点，才知道每次在这个宅子里搞Party，都是从下午起，就在这西厢房里设自助餐，一般的客人，也就都在这里吃东西，供应一直从下午茶到晚餐到夜宵，流水席，随来随吃，吃了可以再吃，也可以完全不吃。薛去疾就注意到，那西厢房有门通往厨房，几个工作人员端出食物，往长餐桌上补充。"正房里面是圆桌大餐，麻爷在那里款待主客。麻爷对我很客气的啦，我们要去那里也没问题啦。可是我知道你最反感寒暄揖让，我们也没办法聊私房话啦，所以我们先在这里吃些东西，不要饿着。"薛去疾听了就有些失望，他所来为何？难道是为了吃牡蛎、喝香槟吗？连麻爷的影子都见不着，他怎么保住自己的房产？林先生跟他碰杯，接着告诉他："今天那正房里的主客，我不说也罢。我知道你最不愿意见官，官亲你也没有兴趣去认识啦。我一会儿还是不得不跟他们敷衍一下，你理解的啰。不过麻爷他本人贫寒出身啦，你以为他单喜欢跟那些权贵鬼混？再过两个来小时，属于他的Party才正式开始啦，那时候，麻爷会最潇洒，最本色，我们都可以跟他论哥儿们的啦，你接近他，跟他说点悄悄话，不成问题的啦。"听了这话，薛去疾又燃起了希望，胃口也打开了，去取了一小钵佛跳墙享受起来。

二锋出现在西厢房门口，朝林先生弯腰微笑，林先生就跟薛去疾说：“麻爷要我出场啦。我要失陪一阵。你慢慢用。那边应酬完了，我来约你一起去参加 Party 的重头戏啦。”说完就随二锋往正房去了。

林先生一走，薛去疾顿感失落，胃口也没有了。环顾那屋里的人，陌生得恐怖。林先生要多长时间才返回呢？这时手机有动静，一看，是薛恳发来的短信，只有八个字：“敢于开口，力挽狂澜。”薛去疾就生气，麻爷根本没有见着，跟谁去开口？也无心回复。

薛去疾如坐针毡，度秒如年。百无聊赖，就去取些水果。他离座以后，有服务员来清理了桌面。他取好水果，再返回时，见一个青春靓丽的女孩，侧身坐到了他原来的座位上，没有取任何食物酒水，不知何意。那女孩应该是刚进屋的。薛去疾不便再坐到那桌，就用眼睛打量屋里还有什么适合他坐的地方。这时候忽然有个年轻男子，留着长发长胡须，戴个眼镜，急匆匆进门，显然是找那年轻女子来的，还没到那女孩面前，那女孩就转身把背对着他。只听他们有如下对话：

男的：“……当年巩俐头回上戏，也不是女一号……真的表演艺术家，注重的不是戏份多寡，是那角色性格的闪光点……”

女的：“反正我就要一号！”

男的：“你听我说……”

女的：“我再不要听！”

男的：“你再不识好歹，那，末一号也没你的份儿！”

女的忽然转身，面对面地告诉那男的：“今天可是麻爷亲自约我来的，你可是我带进来的，没有我，这个门你进得来？”

男的：“那又怎样？你以为来这里能增进艺术修养？大家玩玩，散散闷罢了。当然啦，这也是生活，这样的见识也是生活积累，早晚用得着的……”

女的：“早晚？我现在就要用！你再去跟导演说；一号应该是我，而不是那只瘦猫！”

男的：“他决心已定！”

女的：“没有不可动摇的决心！”

男的："你不要胡闹！"

女的："我胡闹？"冷笑几声，就用手机拨了电话，然后对那边接听的人说："我在哪儿？我能在哪儿呢？我跟麻爷已经说了，他不高兴了，他要撤资了！……"

薛去疾再听不下去，见那边有张桌子空了，就端着水果过去……

70

小口吃完水果，林先生还没过来，薛去疾就踱出西厢房，只见院里三三两两站着些交谈的人，有的还举着高脚酒杯。朝正房望去，灯火荧然，人影幢幢，里面一个民乐组合正演奏《喜洋洋》。走到东厢房门口，望进去，是布置成茶寮的模样，一些人士分坐在不同的座位上品茗交谈。薛去疾踱进去，到一个树雕茶几旁的烧瓷绣墩坐下，就有旗袍女递过茶单请他点茶，他问："收费吗？"那旗袍女就知他此前从未来过，不免掩口窃笑，薛去疾感到脸上发热，忙胡乱地点了一种白茶，为挽回面子，说："两杯。林先生一会儿来，我们一起的。"

茶送来了，不是两个玻璃杯沏的，是一套精致的带茶盘的紫砂茶具，一只中型提篮壶，两只荷叶杯。旗袍女说："洗过两遍。叶片都没灼伤啊。慢品。"薛去疾就过了几分钟，再倒出半杯来品，果然清醇无比，饮后内颊出甜。

林先生怎么还不来？心神不定中，薛去疾环顾茶寮，发现南墙那里有扇门怪怪的，其实也未必怪，是安在那地方怪，那分明是个电梯门啊，难道，是坐下去到停车场的？二锋送自己来，没见有供车辆出入的地下车道呀……

终于，听见林先生的笑声，进东厢房来了，到茶几另一边的绣墩坐下，搓着手说："去疾兄很内行啊，就知道西边吃餐东边品茶，点的这茶极品啊，恰是我的最爱！"

薛去疾不免问："几时能跟麻爷见面啊？"

林先生说："快啦，快啦，这不，正席已经散啦。"就见窗门外有些人说笑着往垂花门外走，见薛去疾眯起眼朝外看，林先生就说："那都不是A咖啦，麻爷自己不送这些个人的。A咖都是从后门进后门出啦。后门在后院，那后院棒极啦，一般来客是进不去也看不到的，有好几间客房，装备得跟五星酒店差不多啦，不知道今天的 A 咖是不是住那里啦，如果住下，前面这里的某个美女，一会儿就会人间蒸发啦，蒸发到哪里去了？”就映映眼睛，打个榧子：“你懂的！”

那时天已全黑，薛去疾心里起急。林先生看出来，就说：“别急。要理解麻爷啦。他其实是个内心很寂寞的人啦。他开这样的 Party，他跟我透露过心声，就是图热闹啦。他知道有些人是想利用这个 Party 来寻人脉、谈生意，有些人只是来蹭吃蹭喝，但是也有些你我这样的雅人，所以他也布置准备出这种雅皮的东西，他也喜欢看见一些雅皮士托赖他享受到这些东西，可是，一会儿你就明白啦，就眼界大开啦，这院子里的客人，有的会走掉，像刚才出去的一些 A 咖、B 咖的亲属那样，有的，会留下，跟麻爷一起到地狱里，陪他在最本真的欲望里狂欢啦！”林先生嘴里的 A 咖、B 咖，薛去疾大体能懂，就是正部级、副部级官员的意思，但是他说的什么“地狱”，什么“本真的欲望狂欢”，就简直不知如何去理解了！不过他在心里对自己说：进入这个空间，于他就已经是下地狱了，为了家族的利益，保住住房，我不下地狱，谁下地狱？

71

终于候到那一刻，麻爷用牙签剔着牙出现了，身边簇拥着一些人，屋里喝茶的也都站起来，麻爷含混地跟屋里的人打招呼：“都好吧？不想下去的就在上头接着吃喝玩乐吧！西屋一会儿的夜宵有新嚼头，足撮吧！”说着已经走到南墙那里，那里果然是电梯，门大开，麻爷率先进去，其他人才一个一个地进去，二锋在门边掌握进电梯的人数，说了声：“关门。”里面就有人按了关门键，门关上，二锋对等候在外的客人微微躬身，道：“对不起，稍候。”

林先生和薛去疾第三拨乘电梯到达底下。出电梯一看，啊唷，好大的地下空间，应该是把正房、东西厢房以及整个院心的底下都挖空了。里面的布置，大体像个高档酒吧，有很大的吧台，有分布在各处的座席，在相当是上面正房的位置，有个稍高于地面的舞台。进去的人们都找座席落座。全是柔软舒适的沙发。林先生带薛去疾选了个长沙发落座。按说这样的大酒吧，灯光应该柔和，甚至设置些遮蔽光，林先生他们那个会所就是这样的，但是这个地下酒吧却灯光通明。薛去疾注意到，麻爷自己独坐在一张正对着那舞台的红丝绒长沙发上。

林先生对薛去疾说："虽然没有窗户，你的呼吸感觉怎么样？比上头院子里还舒服吧？安装的是西方最先进的空气交换机，一般的交换机通风效果好就算好好，这里安装的，附带最先进的空气过滤器，还有随时对室内气流中含氧量测试的设备，一旦标准指标下降，便自动补氧，所以，这个地下娱乐空间，为了人居舒适，可以说是武装到牙齿啦！呵呵，你猜到了，正是我帮麻爷引进的啦，不消说，这边的上层社会需求量很大的啦，我正参与的生意，这是重要的一宗啦，不过，最大单的，当然还是把这边的东西，出口到外面，价格好低廉呀，A 咖、B 咖他们，本人是两袖清风，家属那就……你懂的啦，回扣好厉害！账面上的公司，法人都是麻爷，一个血统卑贱、来自最底层的土豪，看，他的真性情，就要尽情挥洒啰！"

薛去疾见识过西方的和这边的西式酒吧，一般屋顶上都会有霹雳球，舞台上会有钢琴、电子琴、架子鼓，会有高保真的回环立体声音响，但是这个酒吧似乎都没有，显得有些古怪。

只听麻爷喊了声："老规矩！"立刻就有人起身去吧台取酒，林先生也去端来了两杯，是那种中式的白瓷杯，薛去疾一闻，是白酒，就问："茅台？五粮液？国窖 1573？"林先生摇头，跟他碰杯："你尝一口！"他喝了一口，呛住了："好烈！什么度数啊？"林先生就告诉他，麻爷的"老规矩"，是这个地方只备一种酒，就是麻爷家乡那里产的一种烧锅，65 度，麻爷自己要喝够，也要求跟他下到这个酒吧的人陪他喝到醉，这里不供应别的白酒，也不供应红酒、啤酒，也不配制鸡尾酒，更拒绝一切洋酒，想喝别的酒的，请到东厢房去找！下酒的东西，只有一样，就是麻爷家乡那里产的一种黑豆，烘焙过，事先都盛在了酒客沙发跟前的茶几上的瓷钵里，原来薛去疾没有注意到，林先生带头抓一些搁嘴里，薛去疾也就试着往嘴里放进几粒，十分酥脆可口，没有盐糖及其他添加剂的味道，保留原香，良心话，倒真是十分难得可口的零食。

原来那麻爷，每隔若干天就在那宅院里举办一次 Party，其最大的快乐，就是到这个地下酒吧，饮家乡烧酒，嚼家乡黑豆，而且，他最喜欢看酒客一个个醉倒在那个空间，醉相百花齐放，无须百家争鸣，麻爷最了不起的一点，就是他会醉，但永远不会烂醉，看到酒客们烂醉如泥，甚至呕吐得一塌糊涂，胡言乱语，疯疯癫癫，以至打斗，他就会以所储留的那几分清醒意识，享受审美般的满足。

薛去疾心里起急，这么个场合，如何接近麻爷，道出自己的请求，以实现自己的愿望呢？苦闷中，不禁就狠饮了几口烈酒，嚼了些黑豆。林先生知他心事，就俯耳道："薛恳公司试剂退货的事，我其实也有责任，那线，本是我牵的啦，你放心，一会儿会有机会，我跟你一起去跟麻爷说，他的心，其实很软的啦……"

就只见舞台区灯光增亮，一男一女，也不知从哪里冒出来，乡土打扮，女的不俊，男的不帅，开演了二人转，没有伴奏，全凭本嗓，但是肢体语言极其丰富，手帕功夫了得，那说唱的音量居然非常饱满，头一段好像是《傻子相亲》，插科打诨，十分生动，到第二段，也不知叫个什么，就荤话连篇，表演动作也下作起来，酒客们掌声欢声四起，怪声叫好的大有人在，只见那麻爷倚在沙发背上笑开怀，干掉一杯，再干一杯，他跟前那茶几上，反正排满了酒杯，又见他抓起一把黑豆塞进嘴里，嚼了，喝酒，再抓一把……

薛去疾一会儿忘记所来为何，被麻爷的酒弄得神魂颠倒，一会儿掐自己大腿，提醒自己本负有家族的神圣使命……那林先生也很快半醉，那酒吧里的酒客有的起立乱舞，有的高声乱唱，麻爷并无所谓，那表演二人转的，麻爷起身给他们递酒，他们干了，又接着更夸张地扭着腰身更抖擞地说唱起来，句句情色挑逗，段段装龟学驴……

二人转还在舞台上跳腾，麻爷开始在酒吧里巡游，欣赏着他的酒客的种种醉态丑形……呀，他终于走到了林先生和薛去疾身旁。

机不可失，时不再来！

更可喜的是，麻爷主动坐到他们跟前的茶几上，跟林先生说："老林呀，我知道，我是个土豹子，是个土鳖虫，是人渣，是垃圾，没几个人真的打心眼里看得起我，我混成这样，不容易！我清楚着啦，原来，是我为了往上爬，需要他们，后来，是他们需要我，作个挡箭牌，他们其实都看不起我，打心眼里看不起我！"说着把手里那杯酒一口闷掉，抓一把黑豆，没往嘴里放，用手搓，豆粉从他手里漏下，继续说："那天，席上我说起老家的黑豆，就你一个人认真听，还问我是怎么磨成面糊治腿疮的，他们那些个混蛋王八蛋，没一个听的，全在那儿管自聊他们的鸡巴破事……妈的！"

林先生就立即跟进说："你也看得起我呀！这不，这位薛去疾薛先生，我打电话跟你说，我要带他来，你二话没问，立即邀请了！这可是位人道主义者，最看重草根英雄的！这不，他遇上挠头的事情了……"就给薛去疾使颜色，事到临头，薛去疾却造不出句子来，脸憋得通红，林先生爽性替他说出："他儿子，不懂事，把他住的那单元房，抵押到金狮典当了，眼看过几天就到期，这林先生的房子就丢了，麻爷您是否给我个面子，让金狮把那还息期后延，或者干脆免了，反正薛工程师儿子会把贷款原数退回，这薛工望七之年了，难道让他流落街头？"

薛去疾心头充满对林先生侠肝义胆的无比感激，接上去说："就是这么个事情，恳求麻爷施恩！"麻爷就盯着薛去疾看，想起来了，问："你是工程师？我见过的啊！"林先生说："可不是，那年你给我接风，也请了他嘛。"薛去疾说："是呀是呀，那回散席，您还拿平时自己用的车送我回家的。"麻爷就说："我全想起来了。那天你薛工满脸傲气，你跟林先生可不一样，你心里是看不上我的。"麻爷这话一出，薛去疾就觉得太阳筋断了，两眼发黑，只听林先生替他辩护："麻爷您误会了，他那天脸上的那些个鄙夷不屑，绝不是针对您的。那天还去了个叫夏家骏的作家，也是我邀去的，那确实是个势利小人，薛工是给那夏家骏甩脸子呢。"

这时二锋拿过一杯酒，换去麻爷手里的空杯，麻爷又仰脖一饮而尽，抹抹嘴唇说："真的吗？你薛工心里还是看得起我的？房子抵押到金狮啦？退贷免息，还不是我一个电话的事儿！怎么，真看得起我？怎么证明？好吧，你姓薛的倘若真的看得起我，那你就要做到一件事！……"

薛去疾在那个晚上，醉醺醺，却也清醒，他做了那件事。

72

从麻爷那处私宅回到闪电健身俱乐部，已经是午夜之后了。那俱乐部里，有他的一个居住单元。二锋感到疲惫，但坚持洗澡后再睡觉的原则，脱光了衣服，到卫生间里，先本能地照镜子，就在这时，他感到镜子里闪了一下，马上转过身，就看见庞奇堵在了卫生间门口。二锋赤条条，庞奇穿着衣服。

“大哥！”二锋说：“我就知道你会找我！”

一瞬间，二锋想起父亲跟他讲过的，那张班长杀大牛的故事，仅仅为那十七块半拉的粗肥皂，张班长就能起杀那老乡大牛的念头，那么，庞奇杀他的理由，充分多了。二锋没有畏惧，只是觉得遗憾。为什么他跟庞大哥的关系会走到了这一天？这个地方，是否跟父亲讲到过的那个芦苇荡一样，会就是他的归宿？他比庞奇个头高，他比庞奇年轻，他营养比庞奇好，如果他和庞奇肉搏，取胜的可能起码有百分之六十。但是他没有斗志。他认命。他垂下眼帘，对庞奇说：“庞大哥，你下手吧。”

庞奇退后几步，让他出卫生间，说：“穿上！”

二锋就去穿脱在床上的衣服。一提裤子，他就一点后悔，为什么回来后没有马上把手枪搁进那个带锁的抽屉里？他就说：“庞大哥，你毙了我吧，这个地方的响动外头听不真，没人来管。”

庞奇盯住他，再命令：“穿好！”

二锋就把衣服全穿上了。

两个人面对面站着。

庞奇问：“现在麻爷在哪儿？说！”

二锋不吭声。

庞奇逼他：“说呀！”

二锋就说：“你知道我不能说，不会说的。你要还是麻爷保镖，给你压老虎凳、灌辣椒水，你就说啦？你死也不会说。这是职业道德，对不？”

庞奇咬牙切齿：“道德？麻爷有什么道德？你还不觉悟，我以前也糊涂过，现在明白了，他勾结贪官，联络各地奸商，损害老百姓利益，都直接伤害到我那家乡，我的父老乡亲们了！你那家乡，指不定哪天也是一样，你家里的人也会遭殃！再不要为虎作伥了！告诉我，他现在在哪儿？他明天计划到哪儿？”

二锋还是不吭声。

庞奇就说：“我毙了你！”

二锋说：“你开枪吧。不过那里头只有一粒子弹。”

庞奇说：“我知道。这粒子弹要射进麻爷脑壳！”

二锋说：“其实麻爷对你挺好。去年那事以后，你对象把麻爷赠你们的那单元的两副钥匙快递给我了，我拿去给麻爷，麻爷跟我说，你给存着吧。也许大庞子还回来。我就一直留着呢。那单元也没再给别人，也没卖，就那么一直给你留着。说完那句话以后，他再没跟我说过一句关于你的话。我也没听他跟别的人提起过你。麻爷不是个坏人。他还是讲义气的！”

庞奇说：“什么义气！他那心机，全是歪点子！你要把他看穿！他就是个人渣，在他跟前点头哈腰，人的尊严何在？人活一世，尊严为上！”

二锋就说：“啊，以前就听你说过。那不是你薛伯灌输给你的吗？那个姓薛的……”

庞奇喝止他：“你不愿意叫伯，也要称他为先生！是薛伯给了我启蒙，让我懂得什么是尊严，什么是高尚，什么是博爱……”

二锋跟庞奇杠起来：“我就只能叫他姓薛的！他教给你什么叫尊严？笑死我了！刚刚几个钟头以前，他当着我，当着好多人的面，给麻爷下跪，求麻爷开恩！你不信吗？我把手机上的视频拿给你看！”一摸衣服口袋，就知道庞奇把他的手枪、手机都没收了，于是说：“我手机在你那儿，你自己看吧！”

庞奇掏出那手机，打开，找不到，就递给二锋，二锋很快把那段他拍摄的视频放给庞奇看。庞奇知道，有的时候，在某种场合，麻爷是准许贴身保镖拍摄视频的，只要其场景无碍于麻爷本身的利益。

于是庞奇就从那大屏幕手机上，看到了发生在那个地下酒吧里的一幕，分明是那薛去疾，在麻爷面前哀求，麻爷说：“真的吗？你薛工心里还是看得起我的？房子抵押到金狮啦？退贷免息，还不是我一个电话的事儿！怎么，真看得起我？怎么证明？好吧，你姓薛的倘若真的看得起我，那你就要做到一件事！就是给我跪下。如今跪官府的多，截首长汽车下跪的也多，就是没人在我前头那么下跪。你跪一个，也让我争争脸，提提气！”那薛去疾愣了愣，居然咕咚跪在了麻爷面前，先作揖，说：“你答应我的请求吧！”那麻爷还只顾喝酒，薛去疾就凄厉地喊出：“我给你磕头，磕响头啊！”说完真地磕起头来……

庞奇一把将手机抢过，心在喷血，拼力顿脚，大叫：“这不是真的！”

二锋冷冷地说：“我有造那个假的能耐吗？我造这么个假干吗呢？”

庞奇浑身颤抖。一跺脚，冲了出去。二锋也不追出去看。

73

薛去疾完全不记得自己是怎么回到家里的。是二锋把浑身酒气的他从车里抱出来，扛上楼，从他衣兜里找出门钥匙，开了门，把他搁到卧室床上的。

薛去疾觉得大脑裂成了两半。座机不断地响铃，然后手机响。他从衣兜里摸出手机，是薛恳打来的：“怎么样啊，爸？妥了吗？”他这才恍然大悟，他是去用最宝贵的生命尊严，来挽救了这套有飘窗的单元，而这一切都是由于薛恳公司的深度危机！他哭了起来，凄厉地说：“妥了！可是我的灵魂死了！”薛恳就在那边说：“爸，赶紧休息，睡个好觉，我明天回去看您，一切都会好起来的呀！”薛去疾听凭手机落到床下，他在哭泣中昏睡过去。

那个漆黑的夜，有人沿着那楼的空调室外机，很快攀爬到了薛去疾那个单元卧室的飘窗外，并且顺利地扒开了窗扇，站到了薛去疾的床前。床头柜上台灯的光，照着薛去疾的脸。

那从飘窗进入薛去疾卧室的，是庞奇。

庞奇望着那张既熟悉又陌生的脸，心中爱恨交织、五味杂陈。他们伯侄曾有过怎样的交往，多少的交谈，有过多少心灵的融通，多少认知的升华啊……但是，现在，一切都轰毁了，一切都勾销了！

庞奇揪着薛去疾脖领，把他摇醒。薛去疾一下子清醒了，睁眼望去，以为是在梦中，指着逼近自己的那张脸，激动地呼唤："奇哥儿！是你吗？我的好侄儿！你到底还是回来了！我就知道，你会来找你薛伯的！"

万没想到，对面那人毫不犹豫地扇了他两耳光，这下薛去疾彻底清醒了，他再细看，那分明是奇哥儿呀！怎么回事？

薛去疾捂着脸坐起来，只见庞奇站在他面前，弯下腰，顿着脚，握紧的拳头使劲挥动，大吼："你为什么要骗我？！"

薛去疾不由得问："怎么回事？我何曾骗过你？"

庞奇就把二锋那手机掏出来，打开那个视频，举起来，让薛去疾看，质问他："这是不是你？你还要不要脸？你不要脸，我还要！"

薛去疾愣住了。心仿佛被人掏走，找不回来了。

庞奇怒问："是不是你？是不是真的？"

薛去疾机械地回答："是我。都是真的。"

庞奇觉得天塌地陷。

两个人就那么对望，石像般。

几秒钟后，庞奇发出一声用整个生命凝聚的怒吼——

"我先杀了你！"

……

100

不知是几多年以后。

那个大都会的地图上，没有了功德南街，也没有红泥寺街或者打卤面街。原来的那个位置上，注明有一个虹霓城市森林公园。

那虹霓森林公园树木蓊翳、花卉艳丽，有一个人工开凿的湖泊，每到夏天，近岸的水域淡红浅紫的睡莲灿烂开放，几对白的和黑的天鹅，浮游在湖中。

在公园里漫步休憩的人们，很少有人知道在那片空间及附近区域，究竟都生存过消失过一些什么生命，那些生命有过什么故事？他们的故事，和呼吸着洁净的空气，在碧蓝天空下自在嬉戏的自己，究竟有什么关系?

只是会不时看见，一群喜鹊，叽叽喳喳飞来，停在高高低低的树枝上，不住地翘尾巴。

2013 年 1 月 23 日开笔
2014 年 1 月 27 日写完于温榆斋

无尽的长廊

正当人生的中途。

忽一日，我发觉自己正行走在高高的石阶上。这石阶的每一级都向两边无限伸延。回头朝下望，不见来处。仰头朝上望，却有尽头。尽头处，是一派灰蓝的天空。

不知攀登了几时，心中已不存希望，竟倏忽已登至最后一级。只见一座莫可名状的建筑，如一巨不可估的舞台影片，从平躺的状态，缓缓在我面前立起。立定后，我面前恰是一扇大门。

我左手托住右肘，右手托住下巴，凝视着那扇门，寻思着。这既然只是影片式的东西，穿过门去，该便是空旷无际的平台，以及仰视天涯的天空吧？

我推门而入。刚迈进去，门便訇然在我身后关闭。

眼前竟是一条无尽的长廊。

这长廊的出奇处只在它的不见尽头。或者说它的尽头凝聚为一点，犹如我们在从透视法完成的林荫道图画中所见的那样，常识告诉我们，在那斜交的路边的汇聚点后，意味着不可估量的延续。

眼前的长廊单调而肃穆。廊边每隔一定间距便有一扇同样大小的门，两两相对。

我不知不觉地朝前面走去。我望着那些门，门上没有号码，也没有特别的标志。门里是一个个的房间吗？是带卫生间的客房？办公室？教室？抑或是别的什么场所？

好奇心促使我就近推开了一扇门。

一开头，我简直不明白来到了什么地方。

好一阵，我才能理解自己的处境。

我立在一个类似巨大的鸡蛋壳的物体之中。那简直就是一只被均匀地放大了千万倍的鸡蛋壳。奇怪的是里面并无蛋清和蛋黄。环顾良久，也不见任何孔洞。我是怎么进来的呢？恍惚记得我是推开一扇门闯进来的。可那扇门现在何处呢？

我渐渐从惶惑转为欣喜。

那“鸡蛋壳”的内壁如珍珠般光润莹白，绝无一纤尘垢，使我浸泡于纯洁的氛围中。我试着走动，奇怪，在它的曲面上行走，竟然如履平地，乃至于我走到与原先站立处相对的“顶部”时，只觉得那里倒成为“底部”。

多么美妙的所在啊！我不禁手舞之，足蹈之。这里不仅纯洁，而且宁静。隔绝了尘世的纷扰，弥漫着温馨的气息。不仅令人百忧俱释，而且足以延年益寿。命运予我何厚，使我独享如此圣洁的境界！

我伫立环视。啊呀，怎么搞的？我忽然发现，自己刚才的行走舞蹈，竟在那银白闪亮的“地面”上留下了灰黑的脚印。我抬起脚检视着自己的鞋底，我的鞋底不是很干净的吗？怎么会留下如此丑陋污秽的印迹？

我惶急。这“鸡蛋壳”内是不折不扣的纯洁世界。它的其余优点概由纯洁派生。我爱纯洁！我要维护它！

我跪下，掏出手帕，倒退着，用心地揩去那些玷污纯洁世界的脚印。脚印一个接一个地被我揩净了。我心中充满大欢喜。

但当我站起身来喘息时，惊讶地发现，在我身后，竟又留下一条膝盖蹭出的污迹！

我的裤子是干净的呀！我用手掌去摩挲裤子，举到眼前审视，掌心一点尘垢也没有呀！

我朝身下望去，凡我脚跟移动处，都留下了灰黑的印迹。原来这世界太纯洁了，每一移动，都必定使它受污。

我由欣喜而惶急，由惶急而悲苦。

我爱纯洁，但我不能如石像般凝立不动。

“鸡蛋壳”里实在太美了，美到没有任何缺陷，任何瑕疵。但是……

想来想去，我还是要出去。我应该出去。我必得出去。

从哪里出去呢？

没有出口。没有门。没有孔洞。

必须用身体撞破它！

想到这里，我不寒而栗。难道这刚才我还不惜跪着擦拭它的纯洁世界，现在竟要再由我来毁坏它吗？

我知道犹豫下去是危险的。我两眼一闭，双拳紧攥，猛地向后拱起臀部拼命一撞。

我听见一种悲剧性的破裂声。

睁开眼，爬起来。我回到了那条长廊上。

现在长廊的两头都汇聚为一个点。

我是从哪里来的？我该往哪里去？

我总得朝前走。

哪边是前，哪边是后呢？

我做出一个抉择。

我相信我面对的便是前方。

一扇扇门从我身旁移过。

难道每扇门里面都是一只“鸡蛋壳”吗？

我总不能再也不推开任何一扇门。

哪怕再进入一个“鸡蛋壳”里面去。

人总得行动。也就是总得冒险。

人总得准备着面临完全出乎意料的处境。

我在一扇门前驻足。

我果敢地推开了门。

我惊住了。

原来门里是我的家。

不是我现在的家。是我十几年前的家。确切地说，是我未结婚时住的那间单身宿舍。

一切都如同当年。连那只后来分明摔碎了的瓷茶缸，也依然完好地立在凌乱的书桌上。

更令我惊异的是屋里有人。

他一见我进去，便从椅子上站立起来，迎着我说："对不起，我见门没锁着，就自己进来坐着了。我等你好久了！"

我心里热乎乎的。我需要除我以外的人。哪怕一个。哪怕敌人。

而他，我们本是熟识的。他比我年轻六岁，我记得。他叫什么来着？名字是无关宏旨的。反正我记起了他。姑且把他叫作小王吧。

我给他倒水。用那只也是后来分明炸掉了瓶胆的热水瓶。我发现我用的茶杯上印着"最高指示"。我的书桌上扔着些也印着"最高指示"的小报。窗外传来高音喇叭的声音。是些又陌生又熟悉的音响。

我突然有些害怕。一系列场景闪过我的心头。难到我必得从这个时辰起，再依次重新经历一遍吗？

可是小王的神情足以安定我的心。他双眼里充满了信赖。那是在任何地方任何时间都万分宝贵的。当年他是这样的来找过我吗？有过这样的眼神吗？怎么有关的记忆竟模模糊糊？

小王握着那只印有"斗私批修"字样的水杯，对我倾诉着。奇怪的是我听不清他的话语，却透彻地理解着他的内心。

我那间宿舍的一整面墙壁移动起来，原来那竟是一本精装的巨书，它自动在我面前打开了，小王不知什么时候已站在巨书一侧，手中的水杯不知去向，而换成了一根教鞭。他正指示着一页，对我解说着。

书页上只是些由黑色线条组成的最简单的图画。我辨认出来，开头，那一页上画着一个人的被极度丑化了的头像，脖子上还画了一条绞索，下面是他的名字，被打上了个黑 ×。小王的双唇激动地开合着，手中的教鞭敲着那一页书，于是那黑色的线条自动调整着，那人的形象恢复至正常状态，绞索分解为一些小鸟，在那人头上盘旋飞翔，而黑 × 舒展着身躯，变为了一本画出来的打开的书……

掀开了新的一页。画着炉灶，以及安放在上面的大铁锅和高达五层的竹制蒸笼。我没听清小王的任何一句话，但我懂得了他的全部意思。他同情那位被罚为烧火工的“黑帮”，他本是被造反组织派定整理有关那人的“黑材料”及监管那人的“专案组”人员，但他越去“内查外调”越认为那受审者是一位好人，他决定背叛本组织的法规，而暗中给予那位“黑帮”以保护和慰藉。“黑帮”被驱使烧火蒸馒头，自己却不准吃馒头，蒸好的馒头最后要逐一清点，倘有缺个便会立即增添一场武斗。可是小王他……

不用我回想这一切了。眼前的巨书上的炉灶仍是黑线条画出来的，蒸笼却变为了真的，热气腾腾，还飘散出馒头的香气。小王将蒸笼从画上端下来，搁到了我的书桌上。蒸笼打开了，许多只手伸了过来，奇怪的是并不见身躯面目，只是伸过来许多只手，严格来说不仅是手，而是手臂，套着绿袖管的手臂，当中箍着大红的袖章，这些手将馒头抓开，并且响起一片严峻的点数声：“一，二，三……二十五，二十六，二十七……”馒头抓空了，那些手也便消失了。于是蒸笼中只剩下垫布，湿漉漉、冒热气的垫布。垫布上黏留着一些馒头皮。小王仔仔细细地将那些残留的馒头皮揭下来，装进一只粗瓷碗中……

小王端定那只碗，对我说：“给他，给他送去……”

我喉头被什么东西堵住了。鼻子酸酸的。

我本能地嘱咐着他：“你可小心点，别让人看见啊！”

小王端着碗出去了。

我伫立在屋中，心中莫可名状。

那面墙壁仍是一册巨书。仍翻至那一页。炉灶空了。端出来的蒸笼仍搁在我的书桌上，热气未消。

我想起了“鸡蛋壳”。对比之下，我还是喜欢这里。尽管窗外传来阵阵令人揪心的声响。

我忽然想查一查，我藏起来的东西还有没有。

我急步迈拢床边，掀开第一层床褥，先用手在最下层床褥上摩挲着，我体察到一种触觉上的快感，于是手指颤动着，急不可耐地撕开褥面，于是，我便取出了一张发黄的歌片。

它还在。

躲过了“破四旧”、查抄、“灵魂深处爆发革命”……它还在！

从少年时代起便珍藏的歌片。

我把它贴到脸颊上。冰凉。

我凝视着五线谱和谱线上的音符。

五线谱松弛了。音符发蔫了。

我的歌曲病重了！它会不会已经死去？

我想流泪。可流不了。

我感觉门外有令我必得警惕的脚步声。

我手忙脚乱地重新藏好我的歌曲。

我走到门边，我想把门关紧，不想我却相反地一下子走出了门去。

门外是无尽的长廊。

我该重新推门进去吗？回到那个时代？那间单身宿舍？

真可惜那张歌片。但我不想再去里面。万一我进去了不能很快地出来呢？

我在怅惘的心情中继续朝前走去。

我想这一切也实在平淡无奇。关于我住过的那间单身宿舍，我那一段生活，以及那个时候的小王，还有那位一度只能以馒头皮“打牙祭”的“黑帮”。

我渴望着一种全新的体验。

我注视着一扇扇的门。

现在我知道，每扇门外表一样，里面可并不一定相同。

我下一步是推开哪一扇门呢？左边的，还是右边的？眼前这扇，还是前面那扇？

不到推开，你总不能预料出会遇上什么。

就推开这扇吧。

我推门迈了进去。

是一个小镇。

说不清是北方，还是南方。总之可以判断出是一个中国的小镇。

说不清是现实，还是几十年前。但大体上可以判定不是清朝或更久远的年代。

陈旧，屋子都建造很久了，有的已经歪斜，但连成一片的斜屋由于有向这边斜有向那边斜的，因而形成了一种奇妙的平衡。

一种烂熟的文明。从某些屋脊和屋檐的造型上，从某些残有的木雕、砖雕饰件上，还显示出一种悠然久远和历尽沧桑的意味。

路面是泥泞的。一条河沟从镇边流过。水是灰黑色的。水上漂着菜叶、鸡毛及某些难以辨认的杂物，还泛着一溜白沫。但有村姑在河沟边的大树下悠闲自在地洗衣、淘米。

突然一个人站到了我身旁。

是个中年人。大腹便便。他红光满面，正用牙签剔着牙。他好像认识我。我认识他吗？我不能确定。

“哪阵风把你吹到我们这儿来了呀？”他笑容可掬地招呼着我。

“啊……我是偶然走到这儿来的……”

“难得啊！到我家去聚聚吧！”

“那……那怎么好意思呢？”

“有什么不好意思？请！请！”

他朝前方指着。在镇边上，有座两层的砖楼，周遭围着一圈砖墙。原来他住在那儿。那一定是镇上最好的住所。

我仍推让着：“不了不了，我怎么好耽误您的工夫呢？”

他却热情地拉着我：“请都请不到啊！谁耽误谁的工夫呢？怕是您觉着我

耽误您的工夫了吧？”

“哪里哪里……”我本能地说：“我没关系……我无所谓……”

“那就请吧！”他再次朝前指。

那座住宅自己以不紧不慢的速度移到了我们面前。院门洞开着。

他引我进入了院内。

原来已然宾客盈门。

他将我介绍给大家。也不知他介绍了些什么。那些纷纷对我点头微笑的人或老或少，或胖或瘦，他一一介绍给了我，也搞不清都是些什么人。

我仔细观察。那是一个四四方方的院落。两层砖楼也是四四方方的。主人和建造者似乎还不懂得曲线的美，建筑物上竟然找不到任何有弧度的地方。终于发现了一种装饰，是些大而粗糙的菱形图案。总算在正方形之外还知道有一种菱形可供娱目。我想到了镇上那些东倒西歪的旧屋。那些女儿墙。那些快要朽掉的精致到繁复地步的木雕装饰。这位主人和他所聘请的房屋设计、建造者为什么不能就近取材，从那些旧屋上获得美的启迪和变化的灵感？

大家被引进一楼的客堂。几张大圆桌。排满了大盘小盘，大碗小碗，各种复杂的味道扑向每个人的鼻孔。

一阵混乱的谦让之后，大家总算都已坐定。

各种叹为观止的菜肴陆续端上来，撤下去一种，很快便有另一种被补充上来。色是无限丰富，香是无比浓烈，味是无法形容。但我很怀疑它们的营养价值——几乎百分之百的原材料都被全然改变了它们本来的素质。筷子在我眼前闪成了栅栏式的光影。酒杯的撞击声使我想起了编钟编磬的合鸣。还有种种亲热得怕人的敬酒声。还好，没有人来纠缠我。我胃口不错，吃得不少。我惊叹在这僻远的小镇上，也可以见到如此丰盛的筵席。这是一种我应以什么样的感情来评价的文明？

我想方便一下。

我走到院子里，没有找到厕所。

我拐到厨房里去，向正忙着操作的大师傅打听。

我见到的景象不便形容，使我深信孔夫子那“君子远庖厨”的立论无比正确，那实在不仅是为了保持“恻隐之心”，还有“眼不见为净”的意义。

我忍住厌恶之心去大师傅指出的所在。

更不便形容。

我宁愿憋住。我退了出来。

我逃到院心，这才吸进一口气去。

主人忽然出现在我身边。他亲昵地拍打着我的肩膀：“你怎么逃席啦？这可不够朋友呀！菜还没上到一半咧！”

我不客气地把他的厨房和厕所批评了一番。

他一点也不生气。他对我解释说：“你不知道，我们这儿缺水啊！”

我说：“镇边不就有条河吗？”

他笑了：“那河的水能喝吗？”

可也是。

“那你用的水从哪儿来呢？”

“从井里打的。让人给挑来的。”

“井远吗？”

“不算远。一里以外吧！”

“你为什么不在院里打口井呢？”

“我怕那辘辘的响动声。”

“那就安个压水机。”

“我也受不了压水机的声儿。”

“那就搞一套自来水设备。”

“我也受不了水龙头的水砸到桶底的声儿。”

“从一里外挑水，多麻烦啊！”

“反正有人挑。”他打了个饱嗝，拉住我胳膊说：“进屋去吧，去吧，接着吃香的喝辣的！”

“我不想吃了。”我挣脱他说：“我想在这儿站站。”

“这儿怎么能站？”他关切地说：“这儿风沙可大哩！”

果不其然。刮来一阵风。是小旋子风。风倒不算讨厌。讨厌的是随风卷来一阵黄沙尘，不小心吸进嘴里一点，牙齿间即刻咯咯地响。

“这儿怎么刮这种风呢？”我埋怨地问。

主人没有回答。但面对我们的那堵墙自动裂开了，向两边退去。

于是我看到渐渐移近我的山。光秃秃的山。简直没有一棵可以称为是树是植物。连草也不多。

“这山上原来总有树吧？”我问。

“那当然。都砍啦！”

“砍成了这样！为什么不再种树呢？”

“怎么不种？年年种一点。可种上没几天就让羊给啃了。”

“怪不得起风沙。”

“不怕。”主人坚持要我进屋：“进屋去就好了。把窗户、门关严实了，不怕。就是落上了沙土，我让人给擦了就是。”

“你这人真怪！”我再一次挣脱他，质问他说：“你既然这么有钱，能请这么多人大吃大喝，你为什么不花钱把你周围的环境改造改造呢？毕竟你这院子上头的天空也连着外头的天空，外头的自然条件恶劣，你自己的这块小天地也舒服不到哪儿去啊！”

他咧着嘴只是笑。他拍着我肩膀说：“你老兄真会挑眼，不就是今天挑的水不够使，厨房跟厕所冲洗不净吗？那有什么不得了的？我让人赶紧挑水去就是了嘛！”

我还是不能谅解他：“你这么注重吃喝，可这么不重视给水排水，真让人纳闷！”

他听不懂我的话：“给水排水？什么玩意儿？”

我不再理他，我从那裂开的围墙中走出了院去。

我生怕他来拽我，但他没拽。我回头一望，围墙已重新合拢。我发现围墙一角有个泄水孔，泄水孔下面是一条明沟，明沟通向不远的一个池子，显然，从厨房和厕所出来的污水粪便都汇聚在那个池子里，基本上是靠阳光蒸发加以消除，而阳光永远不及晒干那个池子，那池子便时时发出着一阵阵的恶臭。我看见了成团的苍蝇，以及它们那更为不雅的后代。

想到那丰盛的筵宴距离这个池子顶多只有二十米远，我心里阵阵恶心。

我快步朝前走去。没有别的目的，只为了远离那个地界。

我想找一棵树，寻个树荫，坐下歇歇。

我发现镇上唯一的大树就是河沟边的那株。

一半已然枯萎。另一半倒还枝繁叶茂。

我倚着树坐在一块石头上。

我听见一声沉重的、出自肺腑的叹息。

似乎是大树在叹息。

我转身搂着大树。我感觉到大树的体温。

原来树木也是渴望着爱的。

忽然听到一种悠长的吆喝声。

我转过身来，啊，是货郎担。

我的心怦怦地跳着。有那种拙朴的泥人吗？有那种碎布缝制的变形虎吗？有那种色彩泼辣的糖公鸡吗？……

货郎微笑着走拢我身前，放下他的挑子。

有石膏制品。不伦不类、非中非西的女孩头像，涂着大红、宝蓝的颜色。

有塑料制品，毫不变形、力求模仿原样的小狮子，却给喷上了翠绿粉黄的颜色。

有不知用什么东西画成的供人悬壁的图画。上头是土不土洋不洋的风景。画技之拙劣，达到连一点可取之处也没有的地步。

我问他："你们这里原来不是有好多美丽的土制工艺品吗？"

他或许是没听懂我的话，或许是不想回答我的问题，只是望着我傻笑。

我站起身，叹口气，对他摆摆手，走开了。

我心里难过。

忽然我眼前一亮。

迎面来了个熟人。是小王。

他乡遇故知。惊呼热中肠。

"小王你怎么在这儿？"我惊叫着。

小王却并不惊奇我的出现。他微皱着眉头，把我拉到路边，知心地、小声地跟我商议说:“我想进京去找他，你说，他能记得我吗?”我立即知道他说的是谁。“他一辈子也忘不了你!”我鼓励他说:“你当然该去找他!”那个曾被当作“黑帮”的人如今已经成了一个重要的领导干部。不是官复原职，而是连升了三级。

“如果你不放心，你就端一碗馒头皮去。”我给他出主意。

“瞧你说的!”他杵了我一拳。

不知怎么搞的，正好有辆公共汽车开了过来。原来我们正站在一个长途汽车的站牌下。

“你先上吧!”小王推着我。

我迈上了汽车。背后车门猛地一关，我心想还有人上车怎么就急着关门。急切中我习惯性地闭上双眼，腰背猛向前躲。待我睁开眼睛想给售票员提意见时，却发现我根本不是在长途汽车上。

我又回到了那条长廊里。

长廊非常洁净。

我需要方便一下。长廊中尽管只有我一个人，却无论如何不能随地方便。哪一扇门里有可供方便之处呢?

人经常被这类琐碎而不雅的事所累。

说起来都难为情。尽管人一生中解决这个问题所花费的时间加起来也相当可观。

不行。得快。

我立即推开一扇门。

真是吉人自有天相。那是一个卫生间!

我解决了问题。但是，糟糕，恭桶泄水把手有问题。只好暂且把盖子整个盖上。

洗完了手，我走出了卫生间，进了套房。恰好服务员开门来送开水。

我向她反映恭桶泄水不畅的问题。

她无动于衷。她说："你先别用了。下午来人修理。"

她眉毛拿镊子拔过，嘴唇涂得红红的，耳垂上是两个心形耳坠。不过从她的话音里听得出一股土气。要把这股土气褪掉，至少还得一年。

我出了套房，是一条走廊。

不是那无尽的长廊。这条铺着织绒地毯的走廊是有尽头的。尽头是个售品部。

我本想进售品部转转，但门口挂的一个小牌子使我知趣地止住了脚步。

转身遇上了一位女士。

"你也住在这儿？"她问我。

"我偶然住进了这儿。"我不知该如何向她解释。

该女士胖胖的。徐娘半老，风韵犹存。她说她是来参加一个什么什么研究会的。那是一种绝对冷僻的学问。

"这地方真糟糕，"她对我说："恭桶总是漏水，澡盆没有皮塞，有时候晚上九点来钟热水就断供应了……"

我不想附和。我们有那么多伟大的成就，一些小小的缺点何必耿耿于怀呢？

我想起了才离开不久的那个小镇。生在福中该知福。

女士却仍在执拗地问我："你说这种情况该不该改变？"

我忍不住同她辩驳起来："你也太吹毛求疵了。九个指头和一个指头嘛……不要求全责备。"

"九个指头和一个指头？……"女士的脸色忽然很难看，并有些局促不安。她用下巴指指窗外，引我观看，深沉地说："你看，又一座雄伟的大厦拔地而起，我也为之骄傲。可是你看它的侧面，那一排废弃的工棚总没拆去，还有那些剩余的建筑材料，还有那些更不像样子的渣土，你知道这些东西同新楼并存多久了吗？整整一年了！而有关部门竟能心平气和地容忍它们继续存在下去！"

我心里也感到遗憾，可没吱声。值得为这类事动感情吗？这类事能端上议事桌吗？

"归根结底，这并不妨碍我们进步……"我试图说服她："这毕竟只是一个指头……”

那女士交叉在腹部的双手一抖。我这才发现她是戴着一双黑手套的。她迟疑了一下，终于鼓足勇气把双手移到胸前，她一边脱着手套一边痛心地对我说：“完美也许并不值得追求，但整体和谐的观念一定要有。我们穷惯了，得过且过，结果形成了一种穷凑合的心态。一个指头占去了双手的十分之一，缺掉它哪里还有美啊！你说这不妨碍进步，什么是进步？从深刻的意义上说，进步应该就是创造美！”说着她已脱完手套，并将她的双手伸到我的眼前，于是我看见……她只有九根手指，她右手的无名指，不知为什么失去了一大半！

她的一双手在我注视下越变越大，终于如同一堵墙似的立在我的面前，尽管她那其余的九根手指都洁白秀美，但那残缺的一根却触目惊心地破坏着整体的和谐。我听见一种仿佛在空阔的大厅中回响的声音：“该有十根完整的手指头！该有！该有！该有！”

我不忍再望那残缺的部位，我捂住了双眼。

移开捂眼的手掌后，我发现我又回到了无尽的长廊中。

我一边朝前走一边想，我总该推开一扇能把我引到更有趣的境界中去的门才是。

有这么多的门，这么多种可能性，这么丰富的机会。

我选择哪一个机会呢？

所有的门都是一个模样。没有号码，没有标志。

于是只好听凭运气。

我在一扇门前停住脚步。

我缓缓地推开它。

“欢迎你来参加我们的游戏！”

我发现我来到了一间不大的房间。房间的一边是一排坐着的人。中国人外国人都有。外国人不仅有白人还有黑人。都是成年人。

房间的另一边是一个面孔很熟悉的同胞。他正在主持着一种令我惊异的游戏。

“欢迎你参加！请你就坐！”他指挥着我。

我觉得他实在很像相声大王侯宝林。

我在那排座位中的空位子里坐下。见身旁是位金发碧眼灰白胡须的外国男子，便小声用英语向他打听：“那位指挥我们的先生，是侯宝林吗？”

外国男子偏过头想回答我，却被侯宝林模样的同胞制止了：“不要交谈！注意！大家都要全神贯注！请下一位过来！”

走过去一位苗条的栗发女士。

侯宝林模样的同胞指着墙上的一大幅世界地图命令她：“穿过去！”

我瞪大眼睛看着眼前的场面。可怎么穿过去呢？

只见那女士微闭双眼，做气功似的运了一阵气，便贴墙而立，然后她渐渐变成一个瘪的平面人物，居然从那贴在墙上的地图后面，一点一点地穿了过去。穿越完毕，她变得更瘪了，简直就是一个彩色的纸人，而侯宝林模样的主持者也就轻轻揭下她来，叠到一旁的纸人堆上去。原来已经有许多人进了这间屋子，参加了这个游戏，并且变成了纸人，已积成了一厚摞。

我心里怦怦直跳。难道过一会儿，我也会经过那张世界地图的背面，变成一个纸人吗？多么不可思议的事情！

又有几个人在指挥下穿过了那张地图的背面，变成了彩色的纸人。

真奇怪。这是一种什么游戏呢？让游戏者变成纸人儿，这不形同谋杀吗？为什么一个个都并不反抗，而是听命去参加这古怪万分的游戏呢？

一位老人走向了地图。他满头白发，皮肤微黑。他也运了气，也贴墙站立，也渐渐变瘪，然而当他穿过那幅地图时，地图被拱得咔嚓咔嚓地响，显然他分外的费劲。有几秒钟那地图眼看就要被他身上的什么地方挤破了，他终于停顿了下来。

侯宝林模样的主持者忽然双眼噙满了泪水。他出乎所有人的意料，上前一把扯下了地图，于是我看见地图后的老人除了心脏部位外，已近乎一个纸人。

“你赢了！”侯宝林模样的主持者大声地喊着。

他一挥手，所有的纸人忽然都复活了，老人也恢复了原状，复活的人们立即手拉手地围成一个圆圈，绕着老头跳起舞来。

我一时不能同他们的情绪共鸣。我仍然不懂这是一种什么游戏。

我主动退出了那间屋子，回到无尽的长廊中。

我在无尽的长廊中踽踽独行。

我低头思索着。

这究竟、究竟意味着什么？

……还并没有轮到我。倘若轮到我，会是怎样的一种情况？我是变成一个纸人呢？还是同那老头子一样赢得胜利？

我断定那主持人并不是侯宝林。侯宝林是幽默大师。但那人一点也不幽默。他严肃得要命。可谁能断定侯宝林就没有严肃得如同哲学家的另一面呢？

不知不觉地，我在长廊中走了好长一段路。

许多扇门我都错过去了。

我总还得推开一扇什么门才是。

我选中了一扇。

这扇门看上去同别的门毫无区别。但它竟极为厚重，好不容易才将它推开，刚迈进去，背后就传来沉闷的关闭声。

眼前一片黑暗。

这是什么地方？是间屋子？电灯在什么地方？开关在哪里？

我听见自己的脚步声传出一种古怪的回响。这仿佛是间空旷的大厅。不，冷飕飕的，像个巨大的山洞。

也许是一个有趣的溶洞？往前走，倒有亮光处，也许我眼前便会呈现出姿态奇特的钟乳石，以及地下暗河。

前面确有亮光。

亮光渐近。我看出我所置身其中的并非天然洞穴。竟是一个巨大的人工洞穴。两边是巨大的石块砌成的墙壁，头上是高高的也由石头砌成的圆拱顶。

原来这人工洞穴里并不止我一个人。我看见一群人聚在前面。难道这是个地下防空洞？哪里来的飞机对我们进行了空袭？

不对头。我走近人群，发现他们的穿着打扮是地地道道的古代人。有点像西安的兵马俑坑中的那些俑人，不过他们都是活生生的人。他们围聚在一个大青花瓷缸周围。瓷缸中燃着一只巨大的蜡烛。

我看见一条魁梧的汉子跳到了安放瓷缸的石台上，激昂地对大家说：“我们都被殉葬了。”

人们发出一片怨愤的呼喊。我的心被那悲怆的宣布声和沸扬的怨恨声凝住了。好一阵我的心才得以恢复跳动。我低头望望自己，我也是同他们一般的古代衣衫。我在望见自己衣衫的一瞬完全忘记了我的过去，或者说完全忘记了古代以后的包括我自己在内的当代存在。我也成了被古代帝王活活殉葬在墓穴中的一个牺牲者。

我们都是这座巨大而宏伟的坟墓的修造者。当我们以为我们终于竣工得以喘一口气时，我们却已被封在了牢牢关闭的墓穴中。

那头一位跳到石台上的大汉继续激昂地对大家说：“我们不能在这里头等死！我们得想办法逃出去！”

“对啊！我们不能等死！”人群狂躁地呼应着。我也在其中。我那因极度的愤慨和强烈的求生欲而变得滚烫的心几乎要蹦出冒火的喉咙。

“我们要立刻动手！来啊，让我们到那边去挖洞！”立在石台上的汉子成了天然的领袖。他右臂一挥，跳下石台朝一个方向跑去，人群即刻跟着他拥去。我只怕落在后面，拼命地朝前挤。

“不要慌！”忽然，又是一个声音。大部分跑动的人本能地止住了脚步。我也驻足回头望。

是一个瘦高个儿，鼻下两撇八字胡。他两眼如亮星，闪闪地盯住我们。只听他沉稳地说：“要想出去，像这么蛮干是不行的。这墓穴里的空气有限。久了，养人的气吸完了，大家都得死掉。所以不能大叫大嚷，不能盲目行动。大家都要节约吸气。要先弄明白从哪里着手，才能打开一个出口。”

“那现在我们怎么办？”我和许多人一齐问他。

“走啊！”那边的领袖用尽气力呼唤着：“怎么不动了？快过来挖啊！不动手挖，怎么出得去？”

“不要一齐去乱挖。”眼前的这位领袖却告诫我们说。“大家先靠着墙壁坐下来，静一静。先由我带领三五位兄弟去探明最恰当的部位，然后再轮班去干。这样把握才大啊！”

我和许多人立刻被他征服了。他似乎掌握着更多的真理。我和身边的一些人依照他的吩咐靠着墙坐了下来。

那前边的一群却发出了越来越严厉的指责：“你们怎么回事！坐等我们去给你们卖力吗？”你们怎么没出息到坐着等死的地步？”“岂有此理！”“可恨可恨！”

接着双方人群的交融地带竟发生了逾越动口界限的动手事件。大概是由无意冲撞引起的。喊声、拍击声、杂沓的脚步声……

终于形成了两个对立的党派。

一个是A党。主张以激昂的情绪立即开始挖洞。该党的理论是：既然并不能确定哪儿是墓穴的出口，因此无论从哪里挖起都是一样的。只要肯努力，大家一齐动手，挖洞不止，哪怕是恰好挖在这坟墓最厚的部位，总可以挖开的。坚决反对怠工。反对观望。反对妖言惑众。

一个是B党。主张以冷静的态度面对现实。该党的理论是：盲目挖掘不是可能而是必将导致更悲惨的毁灭。这坟墓总有它的机关，它的暗门，至少总有它的薄弱点，先搞调查研究，弄明从哪里入手合适，再组织人力合理开掘，方能保证得救。坚决反对蛮干。反对浪费空气和人力。反对蛊惑人心。

我一时不知参加哪个党好。像我这样的人总也有三分之一左右。我有时跑去同A党的战士挖掘一阵。他们不怕什么“浪费空气”，一边挖掘还一边唱着豪勇的战歌。同他们在一起，我就相信他们必定是解放我们全体的救星。而且也并不能判定他们是蛮干。他们也想出了许多巧妙的方法，使挖掘速度不断提高。当他们感觉到朝某个方向突进有可能越挖越错时，他们也及时地改换方向。并且他们那种神采飞扬、忘我奋进的精神状态，也常使我生出这样的想法：挖出去，人不终于也会死掉的吗？就算是到地面上“寿终正寝”，又究竟有多大的乐趣呢？即使他们挖不出去，在掘进的奋斗中死掉，不也快活吗？不也等于度过了有意义的后半生吗？

我有时也跑去同B党的党员们待在一起。他们多数人仍在依墙养神。少数智者抽出去组成了一个调查研究的班子。那班子在领袖领导下似乎总是已经接近于确定好一个最佳的开启墓穴方案。那方案听起来真是激动人心，并不要等太大的工夫便能巧妙地使大家重见天日。但方案毕竟总未最后敲定。也派出几个小组搞过几次试验性行动。也不能说没有收获，不过都不足以使方案确立。B党令人感动之处在于他们总是不断声言，一旦他们科学地开启了墓穴，他们将首先请A党的成员们和无党无派人士走出去，他们将一起排在最后。

大家都感到空气变得污浊起来。体弱的人最先感到呼吸困难。不过这墓穴修得实在很大，因此供人生存的氧气短时间内尚不至于耗尽。双方都发现了搁置陪葬品的侧穴。金银珠宝被视作废物。各类食品被迅速地由专门的机构掌管起来。A党所掌握的食品中以易腐烂的水果、点心为多，稍能持久一点的是各类粮食的种子。B党所掌握的食品中以瓶装酒为多。这使B党处于明显的优势。因为这墓穴中几乎挖不到水源。酒便是唯一的饮料。而酒是不怕长久搁置的。越搁得久反倒越香越醇。A党和B党各自成立了专门的委员会，定期会晤，交换食品。A党的劣势使党员们对B党无比嫉恨，而B党的党员们尽管有较多的酒喝，却开始在弥散开的醉意中普遍变得消沉，两党不时发生一些小的冲突，大多是由双方中的激进分子在相遇时相骂或碰撞引起。不过由于两党领袖的明智，这类冲突始终没有酿成墓穴中的一场内战。

有一天我从睡梦中醒来，忽然听见了一阵悠扬的乐声。这令我无比惊奇。我循着声音寻去，一些人同我一样，也怀着好奇朝乐声传出处寻去，当然绝大多数都是无党无派人士，其中只有少数几个A党和B党派出的侦察员。

原来那乐声出自一个原先不为人知的隐秘的侧室。有一些人不知怎么偶然触动了机关，竟使那侧室显露了出来。那侧室是墓主安放他的爱妃棺椁的地方。这位爱妃所占据的侧室中竟有那么多想不到的随葬品，真令人叹为观止。有全套的细乐乐器。现在它们各自都有了演奏者。正是这个喜出望外的乐队奏出了令人心荡神驰的音乐。还有不知多少箱绣金描银的衣服。它们已被打开。并且有许多人换上了从中取出的衣服。男人穿上了女子的衣服，显得十分古怪，但由于那些衣服质量非常之好，穿上的人都显露出温暖舒适的表情。除此之外是无数的金银财宝和古玩字画。它们被特意一一展示了出来。由于这侧室中还有许多的蜡烛，并且被极为奢侈地四处点燃，所以让人一瞥之中已觉得珠光闪烁、美奂美轮。这些还都不算回事儿。挤在前面的人告诉我，侧室中有无数只坛子，有的装着满坛的果脯，有的装着满坛的肉干，有的装着满坛的美酒……

在墓室当中，那妃子的棺椁旁，一排蜡烛照出了一位眉目清秀的男子的面容，他挥手让乐队暂停演奏，然后郑重地宣布："我们，第三党，C 党，今天正式成立。我们的主张是：人生几何？对酒当歌！反正我们大家的天年所剩也不多了，为什么要拼死拼活，耗费心思去打开这个墓穴？况且即使我们终于打开了它，走了出去，那上面的世界，难道就比这里好吗？想想我们的过去吧！任是深山更深处，也应无计避征徭！我们不想干涉 A 党和 B 党的内政，他们尽可以继续他们的努力，但这个侧室是属于我们 C 党的，希望他们也不要来干涉我们！他们就是把墓穴打开了，他们出去他们的，我们还要留在这里！"

他的演讲获得了一片掌声和欢呼声。在一片"C 党万岁"的口号声中，乐队重新奏起乐来。

"你不参加 C 党吗？"我身边的一位瘦弱老人问我。看来，他是被打动了。是啊，对他来说，时日实在已经不多。

"我不。"我告诉他："无论如何我还是想到上面去。"

"上面就那么好吗？"老人痛苦地盘算着，既是问我，也是问他自己："到上面去图的是个什么呢？"

"阳光、天空、云朵、风、还是小鸟。"我诚心诚意地告诉他："还有那种无边无际的感觉。"

突然我们周围的人群骚动起来。

A 党的突击队赶来了。他们向侧室里的 C 党发出了最后通牒："这里面的财富属于全体殉葬人。限你们三个时辰内退出这里，以待大家均分。”

侧室里一片抗议声，伴随着跺脚。

B 党的外交使团赶来了。他们向侧室里的 C 党发出了紧急呼吁：“侧室里的财物可以由你们 C 党暂时代管。但所有财物应在三党四方——包括无党无派一方——组成的委员会统一监督下加以分配。鉴于你们对发现此侧室有特殊贡献，在分配时可以酌情增加你们 C 党的配额……”

尽管 B 党不同于 A 党，他们还是承认 C 党并主张对之优待的，侧室里的 C 党分子仍是一派詈骂声和跺脚声。

在混乱之中，我有点不知所措。我暗自祈祷着，希望万万不要发生大规模的冲突。

忽然我感到有人倒在了我的身上，我本能地抱住了他。原来是那个问过我话的老人。他的身体变得非常僵硬。我俯下头去试他的鼻息，他竟已断气！

“有人死了！”我痛心的呼喊起来：“大家不要吵啊！死人了！”

那老人显然同我一样，是无党无派人士，我们的食物和饮料原来只靠 A 党和 B 党救济，是墓室中得到补养最差的人。我早料到最先挺不下去的人将出在我们当中，果不其然。

我的惊叫声使所有的人都肃静下来。

那老人毕竟是我们当中的头一个逝世者。

几个人帮助我把老人平放在地面上。人们很快在他周围聚成一圈。A、B、C 三党的党魁都被请到了前面，三个人暂时撇下他们的分歧，并肩带领众人向那逝者致哀。

一片唏嘘之声。

大家这时的心绪也许最为接近，甚而融为了一体。那万恶的墓主将我们殉葬，就是为了让我们这墓室里由活生生的人因断氧断水断粮断阳光断生趣而如同这老人般地死去。这是一个促使大家同仇乱忾的信号。

一些人哭出了声来。

我恸哭着。以至一阵晕眩，不能自禁地向下倒去。

眼前是一片飞散的金星，耳边轰轰然有如雷电交加。

我失去了知觉。

莫非我即将成为古墓中的第二个牺牲者？

浑浑沌沌地不知有多么久了。我醒过来。啊呀，我是在无尽的长廊上。

我回忆起了一切。首先是意识到了我本是一个当代人。我已渡过了幼年、童年、少年和青年时代。我所度过的岁月里已不存在殉葬的事。然而我也回忆起了墓室中的一切。恍若一梦。但分明又并不是梦。我得救了，他们呢？无论是A党的，还是B党的，乃至于C党的，还有那些无党无派的，我该都引以为亲人。我不能撇下他们不管。

我的心猛然因快乐而发紧。

我从眼前这扇门里出来的吧？只要我把这扇门打开，不就可以把他们统统从那黑暗阴冷的墓室中解救出来吗？

这是多么惬意的一件事！在这无尽的长廊中，我将不再感到寂寞。而且这长廊中有那么多的门，我们大家可以各选一扇，谁也不再妨碍着谁。

还迟疑什么？拉开门，大声喊："亲人们，出来吧！"我不就成为世上最值得自豪和最感到幸福的人了吗？

我挺直腰，奋力将那扇门拉开。

我懵了。

门是拉开了，但呈现于我眼前的完全是未曾预料到的景象。

"先生，请进！欢迎您搭乘我们这次航班。"

一位容光焕发的空中小姐笑吟吟地望着我。

"我想我是走错地方了。"我想退回去。我要找的不是这个地方。

"请您把登机卡递给我。"空中小姐笑得甜。

我不明白我手中何以真的捏着一张长长的卡片。难道那就是登机卡吗？

"我走错了！"我决意退回去。我要退回无尽的长廊中，然后我要一扇门一扇门地寻找，直到找着那个墓室。否则我的灵魂将不得安宁。

我退回去了。可门外不是无尽的长廊，而是有尽的候机厅。

“先生，您找什么？”门外的一位身穿漂亮制服的小伙子彬彬有礼地问我。

“我找墓室！”我不喜欢这个现代化的候机厅，不喜欢这个小伙子，不喜欢他那身蔚蓝色的笔挺的制服，我简直是怒气冲冲地对他嚷。

他并不生气。他捏住我手中那张卡片，望了一望，便耐心地安慰我说：“先生，您没有走错。是从这里登机。您是该从这里登机。”

我只好又扭身朝门里走去。我又回到了机舱口。在空中小姐甜蜜的微笑引领下，我神使鬼差般地被安排到靠舷窗的一个座位上。

难道墓室中的种种经历，真是一场虚无缥缈的噩梦？

旅客们陆续到齐了。响起了悦耳的叮咚声。接着是广播员亲昵的说明声。先用中文、再用英文，最后用法文重复说明了三遍。她提醒大家系好安全带，并且不要吸烟。飞机看样子就要起飞了。

我以前也曾搭乘过飞机。不过尚未搭乘过今天这样的宽体客机。这是波音747，还是道格拉斯公司的一种什么新型号的飞机？亮闪闪的合金材料，蔚蓝色的人造海绵和麦穗黄的灯芯绒，构成了机体和座椅的主要部件，所有衍射出的光线都是柔和的，整个机舱里弥漫着梦幻型香水的气息。人类竟能造出这么美好的事物，并能使之升到高高的天际，缩短着彼此间的距离，这真令人惊异。但人类竟也造出过带殉葬者的巨大墓穴，做出那样残忍的事情来，岂不更令人惊诧。

“咦，你也去巴黎？”忽然有人走过来招呼我。

“我去巴黎？”说实在的，我完全没有料到我会飞往巴黎。

走过来的是小王。他的座位刚好就在我的身边。

“我简直认不出你来了！”我来回打量着坐在我身边的小王。他几乎变成了另外一个人。他曾是一个猥琐的学生。在经历过一番运动之后，他被送到农村插队去了。他好不容易从只有十多户人家的村落调到了那个小镇上。他在那小镇上好不容易当了个代课的小学教师。当他在那小镇上同我邂逅时，他甚至还没有十足的勇气进京城来试试他的运气。可是现在他面色红润，头发理得十分帅气，身上不消说是西服革履。

“你可打扮得真漂亮！”我忍不住又对他说。

他微微一笑:“不就穿了一身西装吗?你也一样嘛!”

我也一样?我这才俯首望望自己的穿戴,乖乖,我什么时候也用“红都服装店”的出国套服武装了起来?

“你去巴黎?”我问小王:“什么公干?”

飞机已经升到空中。小王似乎在回答我,可我并没有听见。我心里可是一秒一秒地明白过来。

那位吃过小王悄悄送去的馒头皮的首长,此刻坐在前舱。我们坐的只是经济舱。前舱的位子要宽一些,票价也高一些。小王已经成了他的秘书。他很器重小王,这是完全可以理解的。小王努力地为他工作。这也完全可以理解。首长为提拔小王真是不遗余力。他首先通过小王所在那个省的老战友,把小王借调到了省里的报社,当一名记者。他又敦促报社的领导,把小王转了正。不出半年,他更写亲笔信褒扬推荐,使小王入了党。一个月以前他将小王调进了北京,当他的秘书。小王的户口问题眼下尚未解决,但他已带着小王出国访问。

小王真有运气。他毋庸在无尽的长廊中瞎碰瞎撞。他稳稳地迈进了一扇大放光明的门里。

飞机开始了夜间飞行。放映电影的屏幕翻出来了。开始映出一部美国人拍的以苏联为背景的故事片《高尔基公园》。

小王突然站了起来。

“你去哪儿?”我问他。

“到前舱去看看。他不爱看电影,也许他已经睡着了。我担心他没把毛毯盖好。他腿有毛病。打鬼子时候伤过。前些年又给斗伤过。我去给他盖腿。”

说着去了。

我很感动。

我也取出一床毛毯盖到腿上。

我把座椅靠背调至最仰角度,舒舒服服地看起《高尔基公园》来。我隐隐感到关于墓室中的那些事情,确确实实只是一场噩梦。人不必为噩梦而给灵魂坠上重负。

我这才冷静地自问："我真是要到巴黎去吗？我去干什么？

我迷迷糊糊地睡着了。

当我醒来时，我两眼还迷糊着，心里便飘出这样的想法：我一定又回到了那无尽的长廊中。唉，我毕竟与巴黎无缘！

我揉揉眼睛，面对现实。

啊，我还在飞机上。

小王将一杯果汁递给我，笑着说："你怎么睡得这么沉？刚才飞机在沙加机场逗留，我推你，你也不醒。现在马上就要在巴黎降落了！"

这么说我能到巴黎。

飞机果然降落在戴高乐国际机场。

刚一穿过活动通道，进入机场大厅，我便同小王走散了。他一定是忙着照顾首长去了。法国方面一定有专门的人员在迎接他们。我夹杂在各色旅客中登上了自动行走道。行走道忽然悬在空中，由透明的有机玻璃筒引向机场的另一部分。下了自动行走道后，面对着众多的出口处我茫然不知所措。我该从哪儿出去呢？再说，我究竟有没有护照？办没办好进入法国国境的签证呢？我来巴黎，究竟是有公务在身，还仅仅是个人旅游呢？……

当我这么想的时候，不知怎么搞得我已经置身机场外面。马上有一位妇女快步迎上来同我打招呼，她握住我的手说："欢迎您！您可来了！我们都等着您呢！"

她是个地道的西洋人，可中国话怎么说得这么好？

她太面熟了。啊，我知道，我知道她是谁！

"您是蒙娜丽莎吧？"我惊叫起来。

"对。"她脸上保持着达·芬奇笔下那永恒的微笑，承认这一点。不过她甩甩头发，解释说："为了适应当代生活，我不得不换上了这身新的服装。"

她穿得极入时。地道的巴黎时装。也许是皮尔·卡丹的最新设计。

她请我坐上她开来的小轿车。

"我先带你在巴黎转转！"

"谢谢！真是多谢！"

小轿车在巴黎城转来转去。

我不时欢叫起来："啊！埃菲尔铁塔！""嗬！凯旋门！""呀！这就是香榭丽舍大街吧？""这肯定是协和广场吧？""唷！巴黎圣母院！""那边是不是蒙马特尔高地？那有几个圆顶子的乳白色教堂该就是圣心大教堂吧？""你别说！我猜出来了——这是马德兰大教堂！……"伤残军人疗养院，拿破仑墓不就在这里面吗？""啊，四色郁金香——这花圃后面就是你的住处，罗浮宫吧？"

蒙娜丽莎的语音如同她那微笑一样，有一种形容不出的空灵感。她说："你怎么好像来过似的——对，我当然是住在罗浮宫里。今天罗浮宫不开放，所以我能跑出来陪你。"

"我确实是头一回来。不过，对你们法国，我神游已久啰！"

"我们法国？"她摇摇头："你怎么忘了我是意大利人？我只不过是长期侨居在法国罢了。"

"你们意大利我也是向往已久……"

"是啊，你们中国知识分子，似乎对西方知道得不少，特别是自文艺复兴到上个世纪的文化，你们简直人人都说得出一大堆人物和作品的名字……对了，今晚我在王子饭店开酒会欢迎你，你都想见到哪些早已熟悉的法国名人？我已经约请了巴尔扎克、雨果、大仲马、小仲马、乔治·桑、夏多勃里昂、梅里美、左拉、司汤达、罗曼·罗兰、法朗士、普鲁斯特……"

我几乎要晕死在车里。王子饭店？酒会？为了欢迎我？我算什么东西？我耳朵里响着一个接一个炸雷。别把我给羞死！

"不，不，这……这……"我脸色一定非常难看。

"啊，你还不满意吗？"蒙娜丽莎误会了，她竟用抱歉的口气对我说："我知道你们中国一大批中、青年知识分子对萨特最感兴趣，可是萨特，你是知道他那怪脾气的，连诺贝尔文学奖他都拒绝，这样的酒会他是肯定不会参加的，即使是我出面邀请……至于罗伯·格利耶、马格丽特·杜拉、米歇尔·布托……我知道这几年在你们那儿也很知名，可是鉴于他们都还在世，我是不便同他们来往的……"

我心中一惊。难道我也是谢世之人？怎么她能同我交往？不过看看窗外，确是生龙活虎的巴黎，俯首望望自己，确是红活鲜实的一条生命，也就释然。她讲的只是文豪，并不包括我们凡人在内——对凡人来说，恰恰是活着的她才交往。一定是这么个道理！

能亲自集中一睹伟人们的风采，当然是桩诱人的盛事。不过我这人实在怯场，上不得台面的。想来想去，我还是恳求蒙娜丽莎："我实在是不配同这些伟大的人物见面的，你定把我带去，我甚至会羞愧得自杀！晚上还是换个别的活动吧……"

蒙娜丽莎叹息道："你真是个典型的中国知识分子！要知道人是生来平等的，谁也用不着怕见谁，谁也用不着对谁感到羞愧……"

我承认她的话一针见血。我告诉她："我的确是个地道的传统型的中国知识分子。我的心理压力不仅来自个人的自觉形秽，还来自群体的无形抑制——倘若我晚上真去参加了你安排的那个酒会，回国以后——甚至不等到我回去，便会迎头遇上这样的指责：你怎么这样狂妄？你怎么敢大摇大摆地同伟人们平起平坐？谁批准你的？你算什么东西？就是有这样的酒会，怎会能就转到你？简直是没有羞耻！……你懂得我心中的悲苦吗？我是万万不到你那个王子饭店的酒会去的！"

"好吧，那么我们另外商议一个安排。眼下我们先参观凡尔赛宫。"

车停了。我们下了车。前面便是宏伟华丽的凡尔赛宫。

"你怎么走不动路？"蒙娜丽莎扬起眉毛问我。

我只觉得步履艰难。我常有这种感觉。不过这时尤为严重。一定是蒙娜丽莎那个开酒会的想法给吓出来的。我低头望去，只见我两只脚踝上各系着一条金光灿烂的锁链，锁链终端各挂着一只金球，一只金球上铸着"谦谦君子"四个字，另一只金球上铸着"非礼勿视"四个字。

怪不得。

我为什么要活得这么难受？我的双脚为什么要受这两个金球的拖累？我究竟妨碍了谁？损害了谁？我为什么不能在不妨碍不损害他人和群体的前提下自由自在地活动？

我勃发出一种事后自己也感到惊讶的狂怒。我弯下腰去用手抓扯，又连踢带跳地想摆脱那两只金球。

蒙娜丽莎吃惊地问我："你这是一种什么样的舞蹈？难道西方的霹雳舞也传到中国去了吗？这是它在中国的一个变种？"

她仿佛看不见我脚踝上所拴系的金球。

说来也怪，我一番暴怒的反抗之后，那两条锁链和两个金球先是慢慢失去重量，后来变为了全息摄影式的有形无实的东西，最后终于湮灭。

我透出一口气来，对蒙娜丽莎庄严地宣布："我又决定参加你晚上在王子饭店安排的酒会了。而且你无妨再多通知些人来，老的，比如伏尔泰、孟德斯鸠、卢梭……小的，比如巴比塞、艾吕雅、马尔罗……"

蒙娜丽莎耸耸肩膀说："你是怎么搞的？你不自觉形秽了吗？不怕人家说你狂妄了吗？"

我激昂地说："我的心态完全改变了！我怕什么？我谁也不怕！巴尔扎克有什么了不起？保皇堂！反动派！雨果有什么了不起？资产阶级人道主义！充满虚伪性！左拉更糟糕！自然主义！罗曼·罗兰？和平主义者！普鲁斯特？现代派！搞什么意识流！腐朽没落！……我怕他们干什么？我们比他们强！"

蒙娜丽莎仰头笑了起来："啊呀呀，尊敬的先生，您不觉得您现在的这种心态，正是前面那种心态的倒影吗？或者说，它们只不过是一张扑克牌的两面罢了！"

我一愣。不过我仍坚持："王子饭店。酒会。我要去。"

蒙娜丽莎柔声对我说："无论你自觉形秽或是居高临下，都不会使酒会有好结果的。你还是应该自然地同他们相处。"

忽然猛地响起了警笛声。待我明白过来时，我们竟已被冲过来的法国警察包围。

"你被捕了！"一位戴圆筒帽的警察一把揪住我，厉声宣布，并举起一张逮捕证给我看。

"为什么？！岂有此理！"我狂怒地抗议。

"你还好意思问为什么？！你盗窃了法国国宝——达·芬奇笔下的蒙娜丽莎！"警察脖子上青筋直跳，他竟比我还气愤。

蒙娜丽莎挺身站到警察面前，剖白说："他是无罪的，是我自己从罗浮宫走出来的。"她的神色也变得严厉起来，甚至消失了她那本应永恒的微笑，她教训警察说："我是意大利人，我是意大利的国宝，祖国的人民早就召唤我回罗马去，我是一直打算动身回去的。你们不要这么蛮横地对待我的中国朋友，眼下中国正在开放，拼命地了解西方，最近几年我的复制像中国印得最多，我有义务为他们的来访者尽一点力……你们放掉他，我自己回罗浮宫就是！"

警察还是揪住我不放，甚至要给我戴上手铐。我抗拒说："我是不会逃跑的。我可以到有关的部门把情况说清楚。不过我对你们的粗暴无礼坚持提出抗议，你们早晚得给我赔礼道歉！"

"那么你先上车吧！"警察推推搡搡地把我推进了警车。

我刚迈进警车的门，便发现自己实际上是回到了无尽的长廊里。

老实说这一回我并不感到惊讶。在警察推我的一刹，我就预料到会是这样，或者毋宁说我就祈盼着会这样。

我在无尽的长廊中缓缓前行。不断从胸中徐徐吁出淤积的气来。

走了好长好长一段，我才推开了一扇门。

原来推开门不一定就意味着进入，也可以视为从地道的走出。

我发现门外是美丽的山野。

天空碧蓝碧蓝。我从未见过蓝得那么动人的天空。

地上是一篇绿色交响乐。不同的树木有不同的绿色。地面上的野草也各有不同的绿色。淡绿、浓绿、鲜绿、暗绿、嫩绿、墨绿、油绿、碧绿、灰绿、青绿、绿中泛黄，绿中带红，绿蓝相间，绿褐相叠，绿得像烟，绿得如云，绿得朦胧，绿得泼辣……我真痛恨自己语汇的贫乏，竟不能传达出那山野中的绿色交响乐的韵味之万一。

并没有什么红色黄色的花朵点缀其间。只是绿，绿得令人心醉。

我穿过草坪，进入树林，走出树林，来到河边，平平常常的小河弯，弯曲处的静水里长满闪亮的绿萍，连水也是绿的，不过绿得与植物不同，仿佛一首迂缓的绿色乐曲，轻柔地、温馨地演奏着……

始信最令人惊叹的艺术品，还是大自然本身。

河对岸也是绿的。近处的草坡绿得让人想去打滚，稍远的森林绿得催人作诗，而远处的几叠山影，从绿如翡翠到绿得淡若轻纱，更唤起心中无尽的良知与爱……

可是出现了一个不和谐的音符。有个姑娘出现在小河边。她衣衫不整，辫发蓬松。她瞪眼望着河水。双手痛苦地绞在胸前。

我走过去轻轻地招呼她。

她不理我，她的门牙几乎要把下唇咬破。

她为什么如此悲苦？

我凑拢她身边，谨慎地问：“姑娘，你莫非想寻短见？”

她扭头望了我一眼，喃喃地说：“我活着有什么意思啊！”

“怎么会没有意思？谁欺侮你了吗？”我关切地问。

她用双手蒙住脸，痛苦地摇着头。

一只小鸟飞了过来，叽叽喳喳地在我头上绕着圈子，用翅膀的扇动指示我向小河里看。

于是我发现小河变为一张银幕。立即映出了一系列的场面。影片是无声的，但我看懂了全部的内容。

原来这位姑娘是想成为一个知名的青年女作家。她现在是一个制药厂的工人。她已经通过了业余大学中文系的各科考试，取得了一张文凭。她每天晚上都要熬夜写到深夜。可是她的每篇投稿都被退了回来。她痛苦。她失望。她同厂里的领导和同事们搞坏了关系。有人在她背后指指戳戳，甚至说她是精神病。她已经有一个月赌气没有去上班。她要出一个名给他们看看，但她今天却又收到了一份退稿，里面只夹着一张铅印的退稿信……

我明白了。我觉得应该同她谈谈心。

“姑娘，你有追求，你奋斗，这是好的，但是，你应当不怕失败，不怕挫折……”

“陈词滥调！”她愤愤然地转向我，发泄似的说：“为什么我就得失败失败再失败？我都快三十岁了，我该成功了！”

“其实，说穿了，成功除了努力精进，还得有机遇；对待机遇，我们只能耐心……”

“我够有耐心的了！你不知道我已经付出了多么大的牺牲？！”

“可是人也得作好这样的思想准备：一生一世没有成名成家的机遇。从概率论的角度考察，一个姑娘成为一位知名女作家的几率，实在是很低很低的……”

“你这样的话我不要听！”她喊叫起来：“我已经没有退路！难道让我再回车间去，同那些婆婆妈妈的家庭妇女式的同事们待在一起？！”

“婆婆妈妈的？家庭妇女式的？……”

“就是那么一群人！庸俗！小市民！没文化！没境界！我跟她们没有共同语言！”

“你怎么能这么轻率地就把她们的存在价值否定掉！”

“她们就是没价值嘛！你知道她们成天干什么吗？在车间里，就是给中药丸包蜡壳儿，丝毫现代化的气息也没有！工休的时候，她们就议论油盐柴米，一点文艺细胞也没有！”

“你的想法真是非常古怪。凭什么非要求她们这样的人具有文艺细胞不可呢？”

“我跟她们没一句可说的！”

“可是我觉得你既然想成为一个最有价值的作家，你就该懂得，不是世上的普通人有义务来为作家服务，陪作家聊天，喝咖啡，吃点心……而是相反，作家倒有义务去寻找跟她们交流的共同语言，理解她们，爱她们，为她们服务……”

“那么你去跟她们包蜡壳儿去！去跟她们促膝谈心去！”她跺脚，她喊叫。

跟她再谈下去将是痛苦的。我叹了一口气，与其是对她，不如是对自己，沉吟地说：“生活还有所谓事业以外的意义和乐趣，比如同绿色的大自然拥抱……”

她却仍想同我抬杠，我听见她以不屑的语气说：“我是在这儿生在这儿长的，这儿有什么稀奇！这儿不是桂林，不是黄山，不是苏州园林，不是青岛海滨，你看对面的山，上头连座宝塔都没有！”

“可是并不是只有建造了宝塔的山才美啊。”我离开她，缓缓向树林里走去。我看出来她那痛苦尽管是真实的，但她目前并无真正的轻生意图。她不会的。我走了一段，扭过头去看她，她也离开河边，朝另一个方向的树林走去了。人各有志。也许她终于会脱颖而出？……

我环顾着周围的一切。忽然所有的树木都手拉手地缓缓起步舞动，而每一颗小草也都悠然快乐地摆动着他们的身躯。这一切最后都渐渐浓缩成一片，聚结为一张歌片，飞到了我的手中。啊，这正是我曾珍藏在单身宿舍中而一直以为不可失而复得的那张歌片，它不但变得崭新，而且放射出莹亮的绿光……

我耳边回响着那亲切的曲调，我嘴里唱着那使我灵魂更纯净的歌。我把歌片放在了贴胸的口袋里。我周围一切暂时成为一片空白，而面前是那扇我来到这里时推开过的门。我愉快的拉开门，回到无尽的长廊。我信心百倍地走我人生的路。

我又推开一扇门。

一股发霉的气味朝我扑来。

是一个老式的茶馆。所有的东西都陈旧到近乎腐朽的地步。总有几十年没有营业了。一张张开榫的方桌甚至长出了蘑菇。

可茶馆中还站着两个人。居然是两个活人。他们穿着长袍大褂，戴着瓜皮帽，面对面地站着。不是呆立，而是充满动作。也不是哑然，而是不断地在那里拉拉扯扯、吵吵嚷嚷。

他们在打架吗？不是，我看了几秒就明白了一切。

他们一定是从喝完茶站起来开始，便在那里抢着付账。到我迈进茶馆时居然还没终止。

一个拦住另一个，红头涨脸地喊：“我来我来我来……”

另一个冲破阻拦，摇头晃脑地叫：“那怎么行那怎么行……”

一个就拽住他，更起劲地喊：“不行不行不行……”

另一个就推开他，更大声地叫："我来我来我来……"

以下还有一些更为复杂的动作和相互交叠的争叫，直至恰好复原到最初的部位，于是再从头开始。

他们已经这样活了多少年？看他们的神情，仍旧沉浸在一种自我满足的高度快感中。

我走过去，从旁对他们说："你们就算了吧！浪费了多少时间！实在都不愿意受请，那你们就一家付一半茶钱，不好吗？"

两个人似乎听不见我的话，甚至感觉不到我的存在，还在那里拉拉扯扯、哇哩哇啦。

我不再管他们。我在这古老的茶馆中走来走去。我想如果北京人民艺术剧院再把老舍先生的名剧《茶馆》搬上银幕，不如就干脆到这里来拍……不过，王掌柜的那家茶馆好像不是这个字号，我看见这个茶馆的高墙上挂着一块布满霉点的横匾"面子居"。

是呀。茶馆大概已经倒闭很久很久了，可是两个茶客还在那里争脸面。

奇怪，柜台上怎么有一台锃光发亮的录音机？这东西不该出现在这已经废弃的旧茶馆中啊！

咦，录音机里居然还有录音带。

我按下了放音键。

陆续传出以各种声调各种情感说出、喊出或骂出的话语，有苍老的声音，也有洪亮的声音，有男子的声音，也有妇人的声音，有单人和多人的不同声音，甚至也有童稚的声音：

"请您赏脸！"

"连祖宗脸上也有光！"

"您给脸！"

"还是您的面子大啊！"

"要不是您的面子……"

"真有脸面！"

"够面子！"

“您连这点面子也不给？”

“您得让我脸上过得去啊！”

“别扫人面子行不行？”

“顾点脸面吧！”

“别那么不顾脸面！”

“你这人怎么给脸不要脸！”

“你瞧，是不是？上脸了……”

“蹬鼻子上脸，你倒狂了！”

“你有脸皮没脸皮！”

“人要脸，树要皮……”

“我这人可真是脸皮儿薄……”

“我个不得老一老面皮……”

“没皮没脸！”

“脸皮真够厚的！”

“脸皮比城墙拐弯还厚！”

“天下头一个没脸皮的！”

“天下头一个厚脸皮的！”

“要脸不要脸？”

“不要脸！”

“真不要脸！”

“臭不要脸！”

“连祖宗八辈的脸面都丢尽了！”

……

我听不下去了。慌忙按了下停止键。

那两位茶客仍在那里继续他们旷日持久的争面子活动。

我不能再在这个地方待下去。我夺门而出。

门外并不是无尽的长廊。

我面前是一个西洋咖啡馆。

整个咖啡馆是暗红和黄铜的色调。洁净、幽雅。墙壁上吊着些绿色的盆栽植物,屋顶上垂下或密聚或分散的乳黄色灯球。不知道立体声喇叭安在了哪里,只听到淡淡地飘出小提琴协奏曲的乐音。

咖啡馆里人不多。车厢座大体上坐满了，但当中的圆桌大多空着。柜台前的高脚凳上坐着两三个人。还有一个人倚在柜台那儿喝一杯香槟酒。

那人一见我便高声地招呼:“老兄，你也来了!”

是个同胞，并且说不好普通话，语音里乡土气很重。

我走了过去。

我仔细地望着他。啊，想起来了。他是那个小镇上的重要人物。他什么时候请我在他家吃席来着?他怎么跑到这个地方来了?

“您来点什么?”柜台的店员招呼着我。

“我也来杯香槟吧!”

“我来请你，我来请你……”同胞立刻去掏他西装内兜里的钱包。

“不用，不用……”我本能地阻拦着他。

“还是我来，还是我来……”他力争着。

我忽然感到恶心。

我不再争。由他付了钱。

他没给够钱。店员跟他说话他听不懂。我忙补上一张纸币，摆摆手告诉店员不用找回余额。

“你怎么还给?”他问我。

“他说你没给够。”我不禁问他:“你怎么来这儿了?你连外国话都听不懂。”

“我是随团来的。翻译小李他妈的不知跑哪儿去了。”

“你声音小点。人家这儿是不兴大声嚷嚷的。”

“我说话生来嗓门儿大!”他呵呵地笑得更欢。他的西服不合身,绷得太紧,他那条领带是艳红底子绣金龙的，望去触目惊心。他还掏出一根牙签放肆地剔着牙缝，并且不断把剔出的肉渣儿啐到地毯上去。

我瞥了一眼柜台里的店员。人家的眼光里蓄满了厌恶,不过脸上还算平静。我轻声对这位同胞说:“还是喝酒吧!”

“也还就是这香槟酒有点儿酒味，”他端起酒杯呷了一口，评论说：“别的酒全是他妈的马尿！”

我问：“你是参加一个什么团来的？”

他告诉我是一个化学工业方面的考察团。他大概连初中化学课程也没学过。他竟成了这个考察团的一名成员！

他凑拢我身边，满脸油笑，这回他是压低了嗓门跟我说话，我听他连续问了我三个问题：

“红灯区走过了吧？”

“脱衣舞悄悄去看过了吧？”

“打算买个什么大件儿带回去？”

我理解他，以及同他有着相同心理的人。我含含糊糊地嗯哈着。

他看看手表，说了声：“我得走了。后会有期！”便从旋转门那里消失。

我倚在柜台上喝香槟。我还忘不了前头去过的那个废弃的中国茶馆。

这咖啡馆当然比那茶馆好。不过，我仍然感到郁闷。

我觉得这里也未免太幽静了。

我观察不声不响和喁喁细语的顾客们。

我忽然发现他们的眼睛都变得很大很大。这使他们的模样显得十分古怪。但我意识到这是为了使我能逐一细查他们的眼仁。

我一个个地查看过去。几乎每个人的一对眼仁里，都只浮现着他自己的面影。甚至于一对明显是情人的中年男女，他们相对而坐，细语绵绵，他们各自的眼仁里还是只有他们自己。唯一的例外是一对搂抱在一角的青年恋人。他们各自的眼仁里呈现着对方的面影。

我真怕自己的眼仁里也只有一对自己的面影。

我想找一面镜子照照。我环顾着。这时咖啡馆的整个一面墙变成了一面镜子，我立到它面前紧张地望过去。镜子里先照出了我的全身，然后如同电影中的变焦距镜头一样，渐渐放大为我的半身、大半身、整个面部、上半边脸和一双充满整堵墙的眼睛。

我的两个眼仁里是两扇门。

好在是两扇没有装锁的门。同无尽的长廊里的那些门一模一样。

我知道我该走进去。

我选择了右边的那一扇。

我便又回到了无尽的长廊中。

刚回到长廊，没等驻足，我便立刻推开我刚走出来的那扇门对面的门，闯了进去。

是一个剧场的前厅。正响着预示开幕的钟声。

我快步走入演出厅，似乎已经客满，但我看不见其他观众的面目身形，只看出有许多双手在座位上鼓掌。

还没有开幕，掌声为何而起？难道是为了欢迎我吗？

我在一道光束的引领下找到了我的座位。五排1号，最好的座位。我刚落座，掌声便停息了。竟真是为我而鼓。这么说，戏也是专为我而演了。

我看不清旁边座位上是谁。似乎并没有人，空着。但又分明有一只手从旁递给了我一张说明书。

说明书上写着许多字。但我只看得出四个大字构成的剧名：

灵魂深处

我想还是直接看戏的好。我把说明书折叠起来放进了衣袋。

在一阵交响乐队演奏的序曲过后，幕徐徐开启了。

舞台装置非常奇特。

好比有一只直径同舞台长度相等的巨大空心圆球，将它横剖为均等的两个半球，再把上半部的那个半球竖剖为均等的两份，将那靠后的一份固定在舞台上。

固定在舞台上的那个四分之一的球壳能够忽而透明，忽而半透明，忽而不透明。总之，妙极了。

难道已经开始第一幕了吗?

没有人物出现。也没有其他任何具体的东西出现。但那舞台上所装置的四分之一的球壳上，仿佛有着一股股云气，在悲怆的音乐声中浮动着、搅扭着，浓淡相吞相吐，稀稠相分相融……

我心中有种莫可名状的感觉。

作为背景的球壳上的云气渐渐隐去，呈现出一派颇为匀净的蛋青色。

这时随着音乐出现了一对芭蕾舞演员。男的穿着全黑的紧身服装，女的穿着银色的衣裙，跳起了双人舞。

这是第二幕吗?

奇怪的是交响乐伴奏渐渐变成了京剧曲牌。

芭蕾舞仍在继续跳。却又增添了一个新的人物。是舞动着长长水袖的京剧青衣登上了舞台。芭蕾舞男演员似乎面临着空前的难题:应当选择哪一个舞伴?从服装气质上看，无疑应坚持同那银装的女演员继续跳脚尖舞，而从京剧的音乐伴奏这个角度出发，则他与那青衣互相配合倒更适宜。他也果然与青衣合作了一段，使用了许多京剧小生和武生的步法身段。但银装女演员又不时来勾引他，形成许多次短暂的双人芭蕾舞。

忽然传来阵阵雷声。作为背景的球壳上闪动着电光。

三个舞蹈演员都隐去了。音乐也全停歇。

接下去是一幕哑剧。

一下子出现了许多的人物。不，还有动物和会活动的东西。他们同时表演着。或自顾自，或成对嬉闹争斗，或构成一组，弄得我眼花缭乱。

我注意到其中有个打扮成粉红色的角色，一会儿像个男人，一会儿像个女人，他(或她)手里紧搂着一只吊着老式铜锁的小木箱，仿佛害怕别人会抢走那里面的什么宝贝,其实别人根本没有那个企图,仅仅是偶然走近了他(或她),他(或她)便惊跳到一边去将那小木箱搂得更紧……

还有一对总在那里互相推搡的白衣人。他们既不像柔道比赛那样真摔真打，又不同于装样子练气功，看得出他们双方总憋着气，互不相害，但谁也下不了决心挑起真正的决斗……

令人吃惊的是还有一只灰狼，它能立着行走，每当立行时，它便披上一件色彩斑斓的斗篷……

十多片有儿童那么大的绿叶，排列组合地翩翩舞动，神态也真像无邪的孩子……

最古怪的是有一座会走动的宝塔，不多不少十三层，塔尖几乎顶到作为背景的球壳那向前伸出部分，它每一走动，各层塔檐上的小铃铛便叮咚作响……

还有一个黏黏糊糊的说不清是什么的不规则的圆球，它一会儿朝这边滚，一会儿朝那边滚，台上所有其他的人和物都躲避着它……

剧场里响起一片耳语声，其中还夹杂着憋回去的窃笑。

我脸上发烧。喉咙里仿佛堵着什么东西。心像被针尖点刺着。脊背上沁出了冷汗。

可是我愿意继续观看下去。

渐渐传出从远到近、从疏到密、从缓到急、从小到大的击鼓声。舞台全黑了。漆黑漆黑。

随着鼓声的增强增急，舞台上出现了几种不同的光束，它们不像是用顶灯或侧灯打出来的，而是具有独立性的看不出来源的光束，色彩都不是一个字可以概括得了的，全是些中间过渡性的色调。随着鼓声，它们先是独自舞动，随后便互相搏击起来，那搏击也很像拥抱，激烈时常衍射出刺目的光团。在鼓声光影中，我的心怦怦怦跳得好凶！

这肯定又是一幕。

忽然舞台上雪亮雪亮。那四分之一球壳构成的背景完全变作透明。透明得让人不禁为之微微颤抖。

传出一阵无伴奏混声大合唱的音响。庄严。肃穆。

我想这或许便是终曲。

但背景又从透明变成了半透明，呈现出一派弥散开的淡绿色，最后透明度降低到最低程度，渐渐成为幽绿，又转为幽蓝，再转为幽紫……

无伴奏混声大合唱越来越虚无缥缈，终至消散。

在幽紫的背景上出现一些闪动的光点。望去如深邃的星空。发出一种巨钟敲击过后所产生的那么一种嗡嗡的余音，仿佛在无比巨大的空间里回荡不已……

又出现了一些莫可名状的东西。不是人，甚至也不是物，不是光束也不是光点，但分明有生命，有情感，有无尽的意味，要形容，只能说是一抽象的曲线，它们痛苦地扭动着，或者是快乐地弹跳着，总之它们的每一跃动转绕都使我忍不住要淌下热泪。

忽然出现了一个巨大的黝黑的阴影。原来那是一把巨大的剪刀。

大剪刀开始去剪那一直作为背景的四分之一的球壳。

发出一种令人不忍闻的声响。

我看见周围的观众都用两只手捂住了脸。更精确地说，由于我始终看不见那些观众的面目身躯，只能看见他们的双手，所以我是判断出来他们那两只举起并拢的手掌是在捂住他们的眼睛。

我坚持睁大眼睛望着舞台。

被大剪刀剪破的缺口，渗出殷红殷红的液体。

我也不忍再看。我也用双手捂住了我的脸。

寂静。

我想象着舞台上的场面。殷红殷红的浓血，该已淌满舞台了吧？

我把指缝缓缓松开。

我发现那四分之一的球壳已经瘫倒。大剪刀已经消失。台面上的确充满红光。但后景更为深远，不可测其尽头。呈现出一派淡碧的境界。无数长翅膀的东西从那深远处朝前飞来。不一定是鸟。也不是有着人身的天使。是些只能意会不可言传的翱翔之物。

我周围的每一双手都情不自禁地鼓着掌。

我也情不自禁地鼓起了掌。

大幕徐徐关闭。灯光渐渐大亮。

我惊讶地发现观众厅中并没有别的人。只有我一个人坐在五排 1 号的座位上。

我坐在那里发愣。

《灵魂深处》。它究竟在说明什么？

我从口袋里掏出说明书来。奇怪。竟只是一张对折的白纸。原来它并不说明什么。

我站起来走出空空的演出厅。走出空空的休息厅。我拉开门，回到无尽的长廊上。

我一边低头往前走，一边沉思着。

我又走进了一扇门里。是一个客厅。

"你真准时！"小王迎上来同我握手。

我同他约定了吗？我想不起来。

"坐吧坐吧，"小王把我安排到舒服的转角沙发上，给我倒来一杯热茶。

"碧螺春。"他笑笑说："产量很少的。每年只出十几斤。"

我呷了口茶，沁人心脾。我对他说："刚看了出好戏。真是好极了。意料不到的好。"

他在我对面坐下来，点燃一根烟，问："什么戏？你还是不吸烟吗？"

"不吸。"我急切地告诉他："叫《灵魂深处》。要是咱俩一块儿看就好了。这出戏简直没法子用嘴讲出来。只有一起看过，才好讨论。不过我还是可以试着给你进讲一些主要的印象……"

"灵魂深处？"小王微笑着吐出一串烟圈，完了说："我不信谁能把灵魂深处说清楚。比如我，我的灵魂深处究竟是什么？连我自己也不清楚。"

"你约我来有什么事？"我问他。

"也没什么事，"他跷着二郎腿，轻松地说："老头子住院了，我正好多办点私事。"

老头子？谁？我一时没有明白。

但我一接触小王的眼神，也就洞悉了一切。

他的变化真大啊。他调来当秘书以后，就住在这位首长家里。首长和首长夫人简直把他当作亲生儿子。他户口也转来了，就上在首长家的户口本上。首长最小的女儿，一个胖胖的戴眼镜的大学生，分明爱上了他。首长夫妇也有意把他招赘为女婿。他呢？他开始似乎对那姑娘也有情，但随着他视野的展拓和他个人聪明才智的发挥,他有了更高的追求。他从什么时候背地称那首长为“老头子”的？好像是从那次谈话之后——首长听到了许多反映，不得不劝告他说：“你以我的名义私自用车的次数不可太多，到底影响不好，而且你知道部里的情况也很复杂，有人惯于把小文章做大……”当时他不得不微微点头，但事后他气得摔碎了一个茶杯，他自己对自己吼道：“我要享受我能得到的一切！我可不像老头子那么懦弱！”他大概很少回首往事，纷至沓来、享受不尽的人和物，情和景，实在是太多了，以至就算我提醒他一下，比如引他回忆起那个充满烂泥的小镇，那条发黑的河沟，那棵枯死了一半的大树，那个没有泥塑大阿福却有石膏洋姑娘的货郎担，那个长途汽车站，那一次他同我商议时的心态和表情……他恐怕也顾不得去回味和反省，他的所有大脑细胞都在为尽情享受眼前的一切和奔向更高的目标而紧张地工作……

“怎么样，陪我逛一趟吧……我有事同你商量！”

他带我坐上了首长那辆专用的小轿车。丰田皇冠型。司机早被他收服。他扔了一包“万宝路”牌香烟给司机，说了声：“老地方！”

小轿车把我们带到了一个园林式的宾馆里。我还从未到过类似的地方。建筑是西洋式的，园林却是中国式的。难得的是拾掇得干干净净。金鱼池里绝无纸片枯叶，甬路上每块镶嵌的石子都光润无比。

小王把我带进一间餐厅。餐桌面对着落地大玻璃窗。窗外太湖石堆砌的假山上泻下银色的瀑布。

服务员开始给我们上菜。高脚酒杯是手工雕花玻璃的。

“这恐怕是招待国宾的规格……”我有点惶恐：“我们这么样合适吗？”

“没有什么不合适的，”小王笑着说：“哪有那么多的国宾来住？你不要大惊小怪……这就是我们一些人的日常生活。”

我还是有点畏畏缩缩。

“你别那么窝囊。这不是贪赃枉法。”小王举杯向我敬酒：“祝你也成为我这样的强者！……这叫作有路子，有办法。懂吗？一切都合乎手续的。享受完了我付款。当然，是特殊优惠价格。”

酒很美。菜味道未必有多么好，但极精致。

“你究竟要跟我商量什么？”我问。

“你得告诉我该怎么办——她昨天居然提出来，要跟我结婚！”

“谁？首长的女儿吗？”

“她？”他摇摇头，极坦率地告诉我：“她可是个真正的新女性。自然，我跟她睡了。她肚子里闹腾起来了。她就悄悄进医院刮了。她只要我能在她想跟我睡的时候再跟她睡。她说她不在乎我跟不跟她结婚。她也绝不阻拦我跟别人结婚。她追求的是真正的爱情。当然啦，她这些个想法和劲头都很时髦。她挺可爱。像一只能给人暖脚的小猫。我要跟你商量的事可不牵扯到她。”

我吃了一惊。“那你说的是谁呢？”

他说出了一个时下红得发紫的歌星的名字。

“你爱她吗？”

“一点也不爱。”

“那你是怎么跟她发生关系的？”

“我需要享受一下名人。”他越坦率，我越受不了，可我又不能不听他说：“就是那么回事儿。我把她带到这儿玩，她高兴透了。她原来比我更土。别看她那么有名，没有我她可无缘来这儿享受。自然，我也把她睡了。这个傻瓜，她竟以为我真爱她。昨天她提出来要我娶她。真是白唱了那么多的歌儿！我连搂着她睡的时候，也根本不爱她那个身体。我只是得到一个大大的满足——千千万万歌迷崇拜的一颗明星，现在乖乖地缩在我的怀抱里！”

我哑然。

“你提个建议我听听——怎样甩掉她最合算？”

“这类事我可一点也不懂……你不是最有办法的人吗？你一定已经有了几种设想……”

“一点不错。我有几种设想。第一种，明明白白地告诉她，我并不爱她，根本不可能娶她，跟她‘拜拜’，这是‘快刀斩乱麻’；第二种，敷衍着她，不给她明确答复，但又让她抱着幻想，然后，突然在某一天宣布我同别人结婚，这是‘缓兵计’；第三种，爽性同她立即结婚，但只是作为一个过渡阶段，一旦有了真正能与之长久结婚的目标，就毫不犹豫地同她离婚，这当然是下策，算‘暗度陈仓’吧……”

我咽喉里发堵，胸口发闷。我勉勉强强地说：“也许，也许还是那第一种办法比较好吧……”

他点点头：“比较人道一点，是吗？”

突然响起了电话铃声。

他走过去接电话：“哪一位？”

不知是哪一位，总之小王的神情极其厌烦，我听见他倨傲地对那头的人说：“……知道。我知道。现在我不想解释。我有我的道理。我没有变。我还是我。我就是我。可以。不过今天晚上不行。好的。好的。我们可以把一切都说说清楚。越清楚越好。……”

我实在不愿意再同他在这样一个地方待下去。

我用眼睛找门。

这间华美的餐厅有好几扇门。

从哪扇门能够回到无尽的长廊里去？

我从座位上溜开。

我走到选中的一扇门前。我拉开门走了出去。

门外却是一个展览厅。我一点思想准备也没有。我无心在这当口看什么展览。可是一位穿布拉吉的姑娘，手中拿着一根指示棒，显然是个解说员，微笑着迎了上来，她打个手势说：“请往前站！”

她把一只展览橱中的东西指给我看，用一种朗诵的腔调开始了她的解说：“人类早就开始思考这样一个问题：难道男女间的爱情，仅仅是为了传宗接代？不，爱情，包括性爱，自有它超出繁衍后代的崇高意义……而试管婴儿的出现，给人类将爱情与生殖分离展现了灿烂的曙光！……”

原来那展览橱中是有关试管婴儿的种种图片和导致成功的实验器皿……并且还有第一代试管婴儿健康成长的录像……

我知其然不知其所以然。并且不明白她有什么必要那样热心地引导我参观。

“请到下一个展室！”

我只好朝下一个展室走去。各个展室间并无门扇，只有宽敞的门洞。

第二个展室一望而知体现着更进步的阶段。一些电子仪器闪闪烁烁地工作着。一个漂亮健壮的婴儿坐在一个特制的摇篮里向我点头微笑，可笑完却又揭下他的面罩，露出回路复杂的印刷电路板，把我给吓了一跳……

这个展室中的讲解员是个风姿袅娜的少妇，她穿着一身绝对独特的服装，耳垂上是两个似有若无的激光耳坠。

她用指示棒指点着种种令我费解的东西，用轻松随便的语气解释说："时代又前进了三十年……实践证明，试管育婴的方法不仅落后，而且培育出的后代往往质量参差不齐。人类成功地把微电子技术应用到繁衍后代上，第六代和第七代电子技术逐步完善了人造人的技术，这种技术的优点在于可以根据需要造就不经过渐进发育就直接成人的新的一代，并且一劳永逸地解决了基础教育时的问题……但人类坦率地承认，他们至今尚不能在复制自己的同时，把各异的个性编制成软件输入组装成的个体,因而带来了普遍存在的需同化和单调感，这也有可能导致新的危机……"

我听起来费力，很希望她再继续讲解下去，没想到她却莞尔一笑，揭下面罩，露出里面的印刷电路板，又再把面罩推上，笑容更为可掬地对我一鞠躬说："请继续向下参观……"

因为有了点经验，这回我倒没有吃惊。我也对她微微一鞠躬，向下一个展室走去。

第三个展室简直就是个正在紧张工作的实验室。也许各种电脑都制作得更富于人情味了，看不见一些红绿白黄的光点闪烁，也没有那种让人惴惴不安的蜂音。但有许多我看不明白的器材与物品。

来讲解的是个秀美的少年。

我问："您也是印刷电路板的产物吗？"

"什么？"他似乎有些生气："您说什么？您不要开我的玩笑！"他耐心地给我讲解起来："人类在飞快地进步。就像当年飞机的出现使飞艇工作萎缩以至消失一样，用人工培育的活细胞繁衍后代的新工艺已在近三十年内完全取代了以微电子技术复制人类的旧工艺。这是一场体系性的革命。它的理论基础早在半个世纪前就已提出，那是对脱氧核糖核酸和染色体机制研究的划时代突破……如今我们可以不必通过精、卵子结合的原始办法去繁衍后代，我们能够直接复制出活细胞，组合成质量优良的新人种，这样我们就不仅能够科学地确定男女的比例，还能在制作过程中就确定好彼此的分工，用钢琴家的活细胞培育出新的活细胞以组合成新的优秀钢琴家，用建筑师的活细胞培育出新的活细胞以组合成新的优秀建筑师，如此等等。人类从来没有像现在这般优秀过。当然，毋庸讳言，人类仍有尚未摆脱的苦恼——关于那些在组合过程中因事故而造成的残疾人、丑人和傻子，究竟应当怎么对待，就既是一个严峻的道德问题，也是一个麻烦的法律问题；尽管这种失误几万次中只会出现一次……”

“那么，您也是用人造活细胞制作出的一个人了？”我问他。

“当然。”他彬彬有礼地指点着方向：“请到下一个室继续参观！”

下一个展室仿佛是个会议室，并且正在开会。他们发言的方式很特殊，不是用嘴说，而是用一种特殊的工具往会议室中心的地毯上放射出全息摄影式的活动影像。因此争论尽管十分激烈，却并无喧哗之声。

一个穿着朴素、不施脂粉的姑娘来到我面前，她真是天生丽质，她梳着一根油光黑亮的大辫子，这似乎早已过时的发型在这样一种环境中倒显示出一种绝对的新潮。

“欢迎您！”她用亲密的语调告诉我：“争论不休是人类不可磨灭的天性，并应当是始终推动人类进步的力源。您也来参加这场持续了三十多年的争论吗？所争论的问题是：爱情的位置。爱情的位置究竟在哪里？难道将爱情同繁衍后代彻底分开，是人道的吗？如果性爱并不导致怀孕，也便等于扼杀了人类作为母亲和父亲的乐趣。由此派生出的问题还有很多。比如，预先就知道所产生出来的是男是女，是哪一种职业的人才，岂不也就扼杀了猜测和期待的乐趣，以及奋斗竞争的精神？……您有什么样的高见呢？”

我不知所措。我从不曾遇到过这样的问题。

“那么，您或者继续往下参观？”她指示着我。

我走入下一个展室。

这里展出的东西我是那么熟悉。我在此以前从不知道这些事物竟会被如此地维护和珍视。

一位活泼的少妇走过来向我问好。我几乎以为她就是我邻居中的一员。

可她不是。她一开口便是:“人类几乎经历了整整一个世纪的摸索……”那么，对她来说我应是个不折不扣的古人。

她一边带我参观一边讲解着:“人类在科学技术前面的种种发明，大大地提高了人类本身的素质。人类越来越坚信使他们本身得到延续和发展的杠杆是爱。而情爱又是爱的分支中最主要的一支。情爱越纯真，越应当与繁衍后代相结合。现在我们来看人类所发现的最理想也是最科学的复制人的方式……请看，这套房间所体现出的情调如何？有个古语恰如其分地道出了它的魅力，那就是——‘家’。这是妇女生殖器官，叫子宫，我们知道，在微电子技术复制时代和活细胞组合时代，它常被省略掉；这是男子的生殖器官……不消说它一度也是常被省略掉的；请看这一组录像，这样的表情叫快乐，这样的表情叫幸福，这是母女之乐，这是父子情深，而这一切里面，都渗透着一个字眼:爱情！……您明白了吗？”

“我明白！”我欣悦地告诉她，并且问:“展览到此结束了吧？”

“结束？”她扬起眉毛告诫我:“这样的展览是永远不会结束的！”

我感到困惑。她却以为我是疲惫了。她指指一扇侧门说:“您要不要先休息一下？

我一瞥就知道那扇门是通往无尽的长廊的。

我便通过那扇门回到了长廊中。

是我的眼睛发生了错觉吗？

长廊似乎已到尽头！并且就在前面不远的地方。

我兴奋地跑了过去。

不是尽头。可长廊毕竟有了变化。它不再是一条直筒子。它发生了弯曲。我沿着那弧线又跑了一段，看看到头了，却又弯向了远处。

并且不是规则的弯曲。有一段它一会朝左弯一会儿朝右弯，突然弯直，又突然一个大弯儿……

我跑得热汗淋漓。

我停住脚喘息。

我想：我不该因为有了弯曲就光这么在廊子里跑。我还没推开这弯曲部分的任何一扇门哩！也许，在这一段的门里会有更加意想不到的奇遇。

于是我随手推开了身边的一扇门。

啊呀，不好！我掉下去了！

是深不可测的峡谷。我正以自由落体速度向黑幽幽的谷底坠落。我会粉身碎骨吧？！

真没想到我会在这么个时候这么个地方以这种方式结束掉我的生命。

我发出一声长长的叹息。

就在我刚叹息完的时候，我已落到了底，奇怪的是我只不过是被重重的蹾了一下，后果仅仅是全身透过一阵酸楚而已。

惊魂甫定，我睁眼细看周围。

确是一个高高的峡谷。

也许是因我的坠入，峡谷颤抖着。忽然一边那尖耸入云的石山吠啦吠啦地裂开了，裂至两半以后，从里面露出来一只奇大无比的茶壶——一点不错，尽管我坐在地上仰视它就如同仰视一座摩天楼那般脖颈酸痛，我还是能确认它是一把地地道道的圆筒肚带壶嘴的白磁茶壶，我甚至感受到了它里面热茶的温度和香气。

哎呀，巨大的茶壶的壶嘴开始倾斜，我赶紧站起来逃跑，我可不愿意被滚烫的茶水构成的瀑布烫死！

可从那巨大茶壶壶嘴里倒出来的是一些鸵鸟！一点不错，是鸵鸟！它们那退化的双翅勉勉强强地张开着，使它们得以滑翔到地面上，而它们一到地面，便一个接一个地把脑袋插入到沙土中去。

正惊奇中，另一边那巍峨挺立的石山也噼噼啪啪地开裂了，从里面迸射出无数各形各色的花朵，落到近处全都有脸盆那么大，这大概就是所谓“天花烂漫”吧？不过那无数大花所散发出的气息很像放坏了的腊肉的哈味儿，我一边左躲右闪，以防被过大的花朵砸着，一边不禁用手捂住鼻子，我是最怕那样一种气味的。

对峙的两山崩溃后，露出了一条大河。奇怪的是河里行走的船只都是巨大的墨水瓶形状，并且那类似烟囱的瓶口部分都露出高高歪斜的桅杆，恰似插入其中的蘸水钢笔。天际飘过整匹整匹的锦缎，在气流中摆荡不定，但仍可以辨认出那些锦缎上用金线和银线绣出的种种字样，那些类似广告和口号的句子令我目瞪口呆：

“我爷爷跟梅兰芳一起跳过迪斯科！”

“我家脸盆里养了一条抹香鲸！”

“你明天会长出第三条腿！”

“十三陵的石骆驼被证实是最大的黄金走私犯！”

“最佳的长寿之道是从第十五层楼的阳台往下跳！”

……

我可受不了这些，我转身跑开，我发现前面是一座丘陵，仿佛是座白石头或白泥土构成的丘陵，我跑拢跟前就朝上登，刚登几步就滑倒了，那丘陵像抹了油似的，并且散发出一种我们熟悉的气味，待我磕磕绊绊爬到顶部，在一个耸起并扭曲的突出物下坐定喘息时，我才终于意识到，这丘陵分明是一只巨大的包子。它是哪种风味的包子呢？天津“狗不理”？还是无锡蟹黄汤包？我很饿，该不该就地趴下啃几口，并挖掘一个坑道，去尝一尝它的馅儿呢？

正在这时一架直升机——不，细看是一只巨大的蜻蜓飞来在我头顶盘旋，并从它肚子里放下一架绳梯，显然，我继续呆在这里是危险的，它一定负有能救我的使命，我纵身抓住了绳梯末端，然后努力地沿着绳梯爬了上去。

我骑在蜻蜓的背上，大声地问它：“你要把我带到哪儿去？”

“去会会已经被你忘记的朋友！”它回答我。

被我忘记的朋友？我的朋友我全记得呀，就连小王——他如今能算我的朋友吗？——我也绝没有而且也绝不会把他忘记。

飞过一些麻袋片似的云朵，蜻蜓把我带到了一个类似体育场的地方，徐徐降落在场地中心，我从它背上一下来，立刻脸上就火辣辣的，心里阵阵发麻。

我看见一支迎接我的队伍。的的确确，我已经忘记他们好久了，而他们在过去确实分别在不同的阶段不同的时候和不同的场合，一度是我形影相随的朋友。

场地周围高高架设的一些聚光灯猛地全打开了，道道雪亮的光束汇聚到我们一群身上。

我那一度的朋友们全都冷酷地瞪着我，我则躲避着他们灼灼的目光。

他们是谁？

当我唾弃那些飘荡在空中的锦缎上所绣有的字样时，我竟不自知——我也有这样一些同类性质的朋友，至多，它们之间也不过是一百步和五十步的差别而已。

场地周围的看台上似乎坐满了人。我隐隐感到坐在前排的全是我的亲友、同事、学生、邻居、旅伴……他们全都露出诧异、惶惑、痛心、遗憾的表情……

我真希望脚下出现一个地缝。我满脸愧汗，一腔羞涩。但聚光灯无情地照着我们，而周围的看台上是一片刺耳的嘘声和啧啧的叹息声。直到我已经流出了滚烫而苦涩的泪水，我脚下才真的咔吧咔吧裂开了一条地缝，我赶忙钻了进去。

在惶急中，我不知不觉地已回到了无尽的长廊里。我是从廊顶上钻进来的吗？永远搞不清，也不必搞清。能够离开那个地方就好！

我站在有弧度的长廊里发誓，从今以后我要做一个地地道道的好人，无论我在生活上处于什么样的位置，我首先要诚实，同时要正直、善良、宽容、明智。

我想无论我再推开哪扇门，遇上哪种情况，我一定都要恪守这个誓愿。

带着这样的心情，我朝前庄重地走了几步，心中毫无挂虑地推开了一扇门。

“吾皇万岁！”

万没想到我走进了堂皇富丽的宫殿里。四壁燃着巨大的蜡烛，一条金灿灿的地毯铺在我的脚下，一群臣子正虔诚地跪在我的面前。

难道我是皇帝吗？

我低头一看自己，可不，竟然已经黄袍加身，并且头上感到沉甸甸的，想必是已经戴上了王冕。

真是岂有此理！怎么我成了皇帝！我不要当什么皇帝！

“你们是怎么回事？”我发起火来：“谁让你们这样的？这算是搞什么把戏！”

所有跪伏的臣子都发起抖来，整个殿堂里瑟瑟地响起筛糠般的声音，跪在前面的一个白胡子老头抖得甚至于痉挛，大有晕厥之势。

“皇上息怒，”我身侧的一个人俯身对我说：“皇上龙体要紧。皇上赐他们平身吧！”

我望望这个唯独没有对我下跪，并保持着镇静的人。他的服饰我从京剧舞台上早已熟悉，我判定他是太监首领，是专门服侍我的，想必是最可靠的，因而也是最可信赖的。

我想让那么一群人趴伏在地上发抖，总不是个事儿，便接受了随侍的建议，挥挥手说：“平身吧！平身平身！”

我的臣子们诚惶诚恐地站了起来。他们几乎没有一个人敢于抬眼正视我，而且总有半数以上仿佛脊梁骨发软，拼足精神站立也还是挺不直身子。难道我是一个乖戾的暴君吗？我不明白他们何以这样惧怕我。

“圣上龙体有恙。散朝！倘有紧急奏报，径送办事房。”我的随侍替我轰走了他们，使我松了一口气。

随侍把我扶到一张宝座上，刚落座，我的心态就发生了一个巨大的变化。我头脑中充满了我确已当上皇帝的意识。不过，我清醒地记得我发过的誓愿，因此我决心当一个好皇帝。我一定要贤明、通达、仁慈。

随侍手持尘拂，躬身在我一侧，忠心耿耿地向我进言说：“皇上登基不久，想必还没有完全进入当皇帝的特殊境界。现在是皇上您一个人说了算。您让谁死谁就必得去死。您让谁得福谁就必定得福。您要什么就能有什么。总之，当皇帝就得有随心所欲的精神状态。”

我正色对他说：“我要当个好皇帝。我首先关切的，是国计民生。”

随侍声音甜美地说：“那个自然。不过如今是国泰民安，四海平靖，皇上完全可以安享荣华富贵。”

我说：“实际情况究竟如何，不能光听你这么一说。”

随侍连连点头：“那个自然。现有凭证如此。”说着他从宽宽的袖管中抽出一张报纸，递给我。我翻看一通，确实都是关于粮油丰收、市场繁荣、安居乐业一类的报喜文章，少数两篇报忧文章的题目是《康健乡苹果过多无处存放》《鲥鱼贱过豆腐所引起的问题》。

我看了满心欢喜，但到底不够放心。我说："笔杆一摇，什么好话也是容易写出来的。实际情况究竟是不是这样呢？总还是眼见为实。"

随侍频频拊掌："那个自然。皇上圣明。奴才已为皇上准备好了录像，请皇上过目！"说着他用手中尘拂一挥，对面的一个雕龙影壁便变成了一个大型投影屏，于是展现出一幅幅生动的画面，使我知道我的治下确实已是一派繁荣兴旺的喜人景象。

我心中不禁大喜，褒奖他说："爱卿所准备的材料很丰富，很生动，也很有说服力。希望继续这样办！"

他哈腰点头说："遵旨！"

我正在琢磨身为皇帝应当再做点什么事，他恰得其时地建议说："皇上登基不久，光惦着国家和百姓，还来不及为自己做几件该做的事。皇上不说，奴才也知道皇上的心事。大凡登上皇位，淤在心里的私事，总不外两件。一件是报恩。皇上早年微贱之时，总有那格外恩待皇上的好人。皇上必定早思报答。但过去又必定力不从心，甚而因烦忧缠身，环境限制，竟不及考虑。如今皇上凡事可以为所欲为，正可一足夙愿。恩待过皇上的好人自然颇多，那些明摆着的，有的早已得到皇上的赏赐，有的一时顾及不到也毋庸即议。皇上应当想出那本人甚而已经将恩待皇上之事忘怀的人物，偏偏挑出他来予以最戏剧化的隆赏，则不仅该人必将惊喜交加，百姓必将矢口传诵，而且最重要的是皇上您本人能得到任何别人都得不到的最最甜美的人生快乐……"

我听了不由得双掌一拍："正合朕意！"

是呀，别说当了皇帝，就是还全然是个布衣之时，我的思想深处就怀着这样的愿望和幻想，只不过确实只停留在潜意识层之中，浮不到上层，付诸不了实现罢了。

啊哟哟，让我好好地想一想，我该给哪一位恩待过我，而他自己甚至早已不以为意的人物，以合他能欢喜得死过去的戏剧性的隆赏？那可的的确确是人生的一大快事，并且的确只有我当皇帝的才能享受到其快乐的极致，我可以从封他（或她）为王侯，到赐他（或她）玉帛黄金，随大随小，随平淡、随奇突，任意选择隆赏的程度和方式，啊哈哈哈哈……

“……报恩是一件。还有第二件……”我亲爱的随侍继续在一旁为我的快乐提供他诚挚的建议：“第二件便是报仇。皇上微贱之时，不消说也有那一起歹人，歧视、鄙薄、欺侮皇上。过去皇上只有隐忍，不跟他们一般见识，因为‘小不忍则乱大谋’嘛。如今皇上如不惩戒他们，一来养痈遗患为国为民不利，二来也不能惩一儆百，教化万民，三来纵使皇上仁爱为怀，到底梗在心里总是块病，损了处置国家大事的精、气、神，所以，还是要随心所欲地一报宿怨，方解心头之淤恨。这其实与报恩一样，也是人生一大乐趣，并且也只有皇上一人方能享尽这一乐趣！当然啦，对于那些明摆着的能人，有的皇上早已加以惩治发落，有的一时漏网也自有诸大臣去缉办，都可毋庸先顾，倒是那他本人自以为事属区区、已躲过明察的家伙，倘若早年确曾给予皇上心灵深深的伤害，则皇上一定要以神来之笔，给他一个‘种下蒺藜自己收’的戏剧性报复。从砍头、腰斩、枪毙、处绞刑、坐电椅、割耳鼻……到审判，示众后公开加以赦免，甚而反予赏赐，皇上您想怎么着都行……”

我嘴里说：“朕一向主张宽容……”但心里却不免咕嘟咕嘟地冒着跃跃欲试的念头。回首往事，确有那么些伤害过我的人物。尤其是刺伤过我自尊心的，即使我没当这皇帝，夜晚躺在床上，也常常胡思乱想过如何对他们加以报复。现在权力在我手中，我叫他们死，他们就不得不死，我让他们先上死刑台再突然宣布对他们的赦免，他们又该是怎样的一种心态？或者我仁慈地把他们召唤进宫，他们先是怕得哆嗦成风中枯叶，及至知道我是当面饶恕他们并赐给他们宫廷糕点，他们便一定会扑到我脚下痛苦忏悔……可这又未免太便宜了他们，倘若他们并不领情，而以为我不过是生性懦弱，到时候并不痛哭流涕呢？我的乐趣岂不就有限了吗？唉呀呀，这报仇之事，倒弄得我心神不定了……

我心里翻腾了一阵，这才做出决定：“两件事不宜一次办理。朕先办头一件事吧。”

爱卿立即从靴筒里抽出一个塑料封皮的笔记本和一支圆珠笔，把尘拂搭在臂上，摆好准备记录的姿势。

办头一件人生快事，先沐恩哪位呢？我脑海中闪现、流动过若干个面影，从中选出最应优先的一位竟颇为踌躇，足见要享受皇帝之乐也并非轻松之事。最后我总算发布出了如下圣旨：

“朕在微贱之时，每日在京城红米斜巷巷口之早点摊购买油饼充饥，该摊之摊主余大妈每日总挑炸得最鼓最大最亮晶最黄最香最热之油饼给朕，一日朕因钱包丢失，过摊兴叹，余大妈见之甚为怜惜，竟连续免费供应朕油饼一周，至今思之，朕犹感激不已。鉴于此，特封余大妈为油饼侯，并另赐哥特区花园别墅住房一所，世界最先进电脑控制油饼生产流水线一套，纯金打制模拟油饼七个。钦此。年、月、日。”

这件事办成以后，果然万民称颂，我所得到的快乐也真是无法形容。

有一天我在御花园里兴高采烈的游玩，正走到红香亭边，忽然一个宫女冒死冲到我面前，高声喊冤。

围随在我四近的侍从卫士自然立即将她逮捕，她却真有股子“敢把皇帝拉下马”的劲头，还在那里一边挣扎一边尖叫。

我发愿当个开明、仁慈的皇帝，自然立即喝令将她放开，我坐在红香亭中的宝座上，让她跪在亭边，问她究竟有什么冤情。

她显然早有准备。立即滔滔不绝地哭诉起来。原来她是那余大妈的小女儿。据她说，尽管我的皇恩浩荡，她家却并未得到我赐予的种种好处。首先，因为她母亲十年前已然去世，所以那油饼侯的封赐，只不过体现为挽了块堂皇的墓碑。但另有别家，利用这个机会，把油饼侯的实惠悉数占去。至于哥特式花园别墅住房，名义上是发下来了，实际上亦被那家人以低租金强行租去供其儿子和儿媳妇居住。世界最先进的电脑控制油饼生产流水线一套倒是真的发放了下来，但由于她家并无能力购买地皮、建筑厂房加以装配，因而形同废铁。七个模拟油饼按圣旨规定应用纯金打制，结果一化验却基本都是黄铜铸成。她哭诉完立即递上了一纸状子。

我一听气得七窍冒烟。此宫女分明是一刁奴，竟敢跑到我面前来招摇撞骗！我把状子扔到地上，指着她怒斥道：“胆大包天！那余大妈前几天还曾亲自到金銮殿上来跪叩谢恩，怎么会十年前已然死去？仅此一点，就足以证明你全是一派胡言乱语！”

她却哭得更凶，指天发誓说：“奴才要有一句假话，天诛地灭！那上金殿叩谢皇恩的并不是我母亲，而是由人买通的与我母亲面貌相仿的装扮者！搞这个鬼的，也是那家歹人！”

我心中一震，但仍不能相信她所揭露的一切，我气急败坏地说：“休得猖狂！就算那余大妈是个假冒的，难道给寡人放映的录像也是假的吗？那录像包括余大妈一家领受朕赏赐的全部场景，包括迁进侯府，接收别墅，流水线开工，以及将七个金油饼捐献给幼儿园和图书馆的种种镜头……你以为寡人身在宫中，就不知宫外之事吗？”

我简直就要吩咐卫士将她拉出去杀掉了，她却跪着爬上红香亭的台阶，激动得满脸五官几乎飞开，大声地喊叫：“皇上全然被蒙在了鼓里！那录像也全是假的——搭的布景，找的演员，专录来蒙蔽皇上的！凡给皇上看的录像，几乎全是如此！就连报纸，也是单给你皇上每天编印一张，不信皇上到街上亲自买份报纸，对照对照！”

我气得浑身哆嗦。这次不仅是气她，我万没想到我身边的人竟如此可气，而且我自己也十分可气，我怎么已经昏聩到了这种地步！

“你说说清楚，你要控告的究竟是哪家人？户主是谁？”

她喊出了我的爱卿的名字。爱卿那一天恰恰告了病假，显然，她也是瞅准了这个空子才来冒死控告的。

我想到周围的那么多侍从和卫士，我不能失去为君的尊严，便强压怒气，佯装镇静，吩咐暂且将她以惊驾之罪关押起来，待我将事情调查清楚，再行发落。

中午我没能睡好午觉，正在烦躁之时，爱卿来了，他一脸病容，满眼惶恐，一到我面前便跪伏在地。

我厉声问他：“你知罪吗？”

他仰起脸，泪落连珠子，声音打颤地说：“臣罪该万死！”

我气得一脚把他踢翻在地，暴跳如雷：“你果然是个口蜜腹剑的败类！朕恨自己有眼无珠！”

他趴在地上连连叩头，向我哭诉道：“奴才惹得皇上生这么大的气，实在是罪不容诛！但那宫女所告，实在全是血口喷人！那宫女哪里是什么余大妈之女！宫中哪个宫女不是经奴才之手挑选来的，她若真是余大妈之女，奴才若真的干了那么多欺霸她家的事，奴才岂不早就将她调出宫外，甚而将她偷偷害死以灭其口了？这全是因为皇上对奴才格外宠信，有人妒火中烧，才买通此宫女，对奴才横加诬陷！一切还望皇上明察！”

我听了他的辩白，倒还只是半信半疑，但一望他那副楚楚可怜的模样，便不由得不信了他七分。

我还是一横心斥退了他。我下旨将他软禁，听候发落。

可是没有了他，我觉得朝廷的一切事情都脱离了轨道，就连我个人的起居也不如有他在时舒服。

我让办事房把奏折、诉状及每日情报直接送来由我亲自处理。结果我大吃一惊。有好几份奏折对他进行揭发、提出控诉，其措辞之激烈，列举事项之骇人听闻，令我目瞪口呆。但冷静一想，平日这些公卿大臣要么推病不来上朝，要么见到我便筛糠似的魂不附体，他们怎么早不来告晚不来告，偏偏在我已将他软禁后才来落井下石？可见他所说的有人嫉恨他这一点，并非狡辩之辞。而下层官吏和士农工商的诉状，一天居然有一箩筐之多，以往都是由他先加精择，再送来我看，条清缕晰，一目了然，如今我试着看了半天，才看了不到一百份，便累得目眩头晕，哪里还有处理的兴致？至于每日情报，他组织的班子编写的质量甚高，如今将他一软禁，换了个班子重新搞起，光文字之啰嗦，笔调之枯涩，便令我不忍卒读。

我的日常起居固然仍有无数侍从精心照料，但没有他在身边凑趣，总觉索然。我没过几天竟念起他来。大有“一日不见，如隔三秋”之慨。算起来自我当上皇帝以后，无论是跟皇后、嫔妃、太子、公主及皇亲国戚相处，还是跟公卿贵族、文官武将相见，其全部的时间相加，尚不足我与他相厮磨的时间之百分之一。说实在的，我现在才悟到，历史上那么多的帝王之所以宠信宦官随侍，实在有其感情上之需要，夸张一点说，二者之间很有点同性恋的暧昧关系，所以无论是祖宗成法、政治利益、道德规范、法律约束，往往都左右、控制不了他们之间那种微妙的关系。我目前就是这么个精神状态。想来想去，就算他确有侵吞余大妈利益的行为，究竟也算不了什么大事。没有他的建议，我不是还想不起赏赐那个余大妈吗？即便确是他在弄虚作假，他给我带来的报恩之乐，却是真实的呀！倘若没有那宫女来捣乱，我不是还在快活吗？说到底还是那宫女可恨，扰乱了我那乐融融的心境！

过了几天，我赦他无罪，仍来驾前伺候。对于宫女，我只是将她逐出宫去，也不再深究，余大妈一案，不了了之。

这样倒也过了一阵安生而闲适的日子。

一日，正当春暖花开，我带着爱卿在御花园中游逛，我俩在红香亭中下了一盘围棋，经过一番鏖战，我赢他三个半子，他连连跌足叹道："奴才只不过在最后一招上失误，才功亏一篑，遭此败局。不过奴才还不甘心，恳请皇上带奴才到横云榭钓鱼，再比一回高低，不知皇上开恩否？"

我当然恩准他随驾到横云榭陪我垂钓。

正当我抛下鱼饵，兴致盎然地持竿待鱼时，他忽然将一只手拍到我肩上，我吃了一惊，及至我望见他的表情时，更莫名其妙。

他横眉立目，一脸杀气，简直变了个人。他那拍住我肩头的手竟将我膀子一抓，另一手握住一只手枪对着我心口，厉声说："不许动！"

我吓得把鱼竿丢在了地上，望着他说："爱卿你怎么了？怎么可以跟朕开如此玩笑！"

我确实以为他是开玩笑。这时候我的"吓一跳"只不过是因为事出突然，好比有个熟朋友从你身后一下子捂住你双眼，那么个感觉。

但我万没想到他竟向树外的卫士一甩头，命令他们说："给我绑起来！"

当两个卫士真的拿出绳索捆绑我时，我那"吓一跳"就是真的慌乱了，我吼道："靠后！你们竟敢犯上作乱！"

我挣扎，但没有用。长期的养尊处优，使我失去了哪怕是进行一点小小的武力反抗的能力。

我气疯了，对着一直被我称为爱卿的人咆哮起来："你要干什么？你怎么回事？你怎么敢这样？你罪不容诛！死有余辜！我要灭你的九族！……"

他狞笑着说："我的皇上，你任凭怎么嚷嚷也没有用了，事情就是这样，你一秒钟之内，已从真龙天子变成阶下之囚了！”

我头脑简直要爆裂。我向他吼叫：“你原来一直想弑君篡位！你这个乱臣贼子！”

他倒反而诚恳起来：“亲爱的皇上，天地良心，我绝无弑君篡位的想法！倘若我真有这个想法，又何必等到今天？再说皇上您一直待我那么好，我得到的已经很多很多，我又何必恩将仇报？……您别冲我瞪眼珠子，我的皇上，我现在这样做，实实在在是出于不得已，您抬头望望远处，望见了吗？那冲天的火花和烟雾？您再侧耳听听，听见了吗？那怒吼的声音可是越逼越近——咱们国家里爆发革命了！革命党人，转眼间就要冲到咱们跟前了！”“咱们国家里爆发革命了？！”我简直一点思想准备也没有，我简直不能接受这个事实，我质问他：“你怎么不早些向我禀告？”

“我自然是一直压着这个消息不让您知道。”他解释说：“一来我不愿意让您受惊，二来我知道就是告诉您您也镇压不下这场革命，三来我怕您知道以后迁怒于我，先把我干掉，所以我像向您封锁其他许多消息一样，也封锁了这方面的消息……您还是别那么瞪眼，我的皇上，您那样会把眼珠子弹出来的——您怕革命，您是革命的最大目标，我可没您那么害怕，因为我可以在关键时刻反戈一击，喏，现在您不就被我捆起来了吗？在革命党眼中我固然也是个罪大恶极之人，可我把捆得结结实实的一个真皇帝献给他们当见面礼，他们总得对我宽大吧？八成他们还得留用我，我也还有信心一步步地讨他们喜欢，受他们信任……您别把牙咬碎了，我的皇上，您以为我向您下手就那么容易吗？我也是屎不到屁股门不把它拉出来哟！我原想要是革命党能自己闹场内讧烟消云散再好不过，要么只要咱们官兵能把他们挡定在京城以外，咱们也不去管他，乐得在这儿玩一天是一天，就是打到这皇宫外头了，没瞅见火光，没听见厮杀声，我也就还陪您下棋、钓鱼，可如今他们打破宫门，步步逼近，对不起，我的皇上，我可就只好当机立断，委屈您了……”

我气得几乎休克，可还抱有一线微弱的希望，我对站在四近的侍从和卫士们说：“我固然是罪有应得，可你们也该凭良心想一想，这个白眼狼该不该杀？我与其让他拿去献给革命党，不如自愿给你们当作向革命党投诚的见面礼！我毕竟是你们的皇上啊，现在我命令你们先把他杀掉！”

可是没有一个侍从和卫士听我的。他呵呵大笑说：“我的皇上啊，您怎么死到临头还蒙在鼓中，他们这些人哪个不是我物色来的只忠于我一个人的耳目和爪牙？我让他们侍候你，给你舔脚丫子，他们就能毫不迟疑地给你舔脚丫子，我让他们虐待你，比如说把痰盂扣到你脑袋上，他们也会毫不迟疑地完成我的命令——”说着他真的命令一个侍从说：“把痰盂扣他脑袋上！”

那个确实给我舔过脚丫子的侍从毫无表情但动作麻利地立即端起水榭里的痰盂扣到我的头上……

革命党人已经冲进了御花园，我听见那被我一直称作爱卿的人高呼着口号：“打倒皇帝！革命万岁！”

羞愤已极的我挣扎着挨到水边，朝水里一跳。

似乎晕死过去好久，我才苏醒过来。

我发现自己躺在无尽的长廊中。

我从地上爬起来。阿弥陀佛，我不再是昏聩的皇帝了，也免去了被革命党人审讯和处决的痛苦。

我久久地站在长廊中发愣。我想，我的这一番经历似乎也并不稀奇。我在以往的历史书中见到过无数这类的事例。问题是为什么当事情临到我头上时，我却并不能逃脱这一规律的惩罚呢？倘若让我再当一日皇帝，我是不是就能够避免这种可耻的下场呢？

不知不觉中，我已站得两腿发麻。还是找个地方坐下来歇歇吧，我随手便去推门，刚推至一半，我忍不住惊叫起来，我感到这似乎就是那扇让我当了皇帝的门，无论是将已发生过的事重复一遍，还是接着后来往下发展，被革命党处决，对我来说都是绝对不可忍受的事。我的理性思维中虽然有“倘若让我再当一回，我必将是另一种当法”的考虑，但真要我从事这项实验，我情感上的厌恶和恐惧也足能使我立即发疯。因而我拼命地想把已经推开的门再拉回来关上，但那些门是一旦推开绝不可能再退出关上的——我在绝望中哀号着，听凭命运的拨弄……

但我刚被门带进去，便觉得自己是在朝下坠落，啊，原来这不是让我当上了皇帝的那扇门，而是带我在同我的那些不光彩的朋友一齐示众的那扇门，这比当皇帝也好不到哪儿去，命运之神为何对我如此苛酷？

但我很快也就发现，全不是那么回事儿，我处在全新的境域中，是一种什么境域呢？我晕乎了半天终于弄清，我竟变成了一只桔子，我是从树上坠到了一个箩筐中。

不是皇帝，也不用同以往的那些朋友一齐被拉出示众，这让我松了一口气。但冷静下来以后，却又渐渐忧郁起来，怎么我连置身动物界的资格也被取缔了？桔子，这是植物中最不幸的品类之一，我和我同伴们那短促而脆弱的生命，将以被人类吃掉而告终。

我不愿被人吃掉！我要与这供人嚼吮的命运抗争！

自己成了桔子，我才知道桔子也有桔子的语言。桔子不是用嘴说话，事实上我们桔子也没长着嘴，我们是用分泌表面的汁液来就近交流我们的思想。倘若离得远，我们还有一种遥感的能力，但这要消耗我们果肉里的汁液。我们也可以用气味跟除人以外的任何事物进行简单的对话。

我们同在一只箩筐里的桔子，挤得紧紧的。我的同伴们大都是些沉默寡言的家伙，因为他们认定自己的天职就是供人类吃掉，他们不愿意无谓地分泌自己的汁液，以免减少他们对人类的魅力。但我身边也有几个伙伴是喜欢说话的。

一个还没有红透的伙伴紧挨着我，他自言自语地说："我希望我能被摆到最高级的宴会桌上去，给伟大的人物吃掉！"

我立即对他嗤之以鼻："就您这副尊容，是根本不可能被送上台盘的！"

他仍喃喃不休："那也难说。机会总还是有的……"

我耸耸肩臂，把他往一边挤挤，教训他说："你别执迷不悟。告诉你，我是当过皇帝的，在皇家的任何宴会桌上，都不可能出现没红透的生桔子！"

他谦让地往一边躲躲，忧伤地说："我里头可是熟的，真的！不过，我外头的确还有点绿……"

旁边另一只胖桔子劝慰他说："你也许还有机会被放一放，放一放是能放红的……你总比我处境好，你看我，我熟得红成了这副模样，心里发热，外头发软，我真担心我不及被人类吃下去就给扔进垃圾箱！"

我分泌出一大片汁液训斥他说："你居然把让人类吃掉当作幸福！告诉你吧，我宁愿自动跳进垃圾箱，也不愿意被他们吃掉！"

附近一群桔子竟然都摇晃着身子表示吃惊。我听见他们纷纷交流着各自的所谓正常的愿望："我要能让一个妈妈喂给她的儿子吃就好了！""我最乐意让医院里的病人吃掉！""我希望我能让一个过生日的人吃！""我希望我能变成桔子汁让他们喝……"

我鄙弃这些同类。我要维护自己至高无上的独立价值。

我们这一筐桔子，和另外许多筐桔子，被装上了大卡车，大卡车把我们拉到了一处地方，筐子在同我们告别时告诉我们："这里是选拔出口桔子的地方，祝你们幸运！"

许多伙伴怀着激动的心情接受选拔，选拔时要经过一块有着均匀窟窿的木板，不够格的漏下去，刚好漏下一小半的被认为最合要求。合格的桔子于是被包上洁白的薄纸，装进整齐的纸箱，据说他们将坐上飞机旅行到国外。轮到我们那一批经过检验板时，没有红透的那一位一下子就被漏下去了，我听见他发出一声长长的叹息，红得过分的那一位尽管站在了窟窿中，却也被拣出来另外搁到了一只塑料篮里。我自然是合格的，但我才不屑于去让外国人吃掉呢，我趁工人将我往等待包装的案子上搁放时，一个滚打到了地上，一直滚到屋角才停了下来。

夜深了，屋里没了工人，也熄了电灯，一缕月光从窗隙泄入，正照在我的身上。我静静地思考着自我的生存价值。我感到幸福，因为我摆脱了供人吃掉的命运。我毕竟是完全属于我自己了。

没想到从墙洞爬出来一只老鼠，它谨慎地把鼻子向我凑来，我立即拼命增加自己的酸气，向它示意："别来惹我！"

老鼠坐在离我一尺来远的地方，搓着他的前爪，用沙哑的声音问我："你是个什么东西呀？"

我傲慢地回答它："废话！这间屋子里天天进来出去的都是桔子，你不是早就见识过吗？"

老鼠谦虚地说："我是头一回到这儿来哩。这个洞早就空了。我是从远处找到这儿来的。我老了，力气不够了，只能钻别人打好的现成的洞，而且我眼睛也花了。有时候连香肠和蜡烛也分不清……”说着用前爪推推眼镜框，我这才注意到它鼻梁上架着一副老花镜。他还擤擤鼻涕，叹息地说：“伤风了，鼻子也不灵了，尽闻错味道……唉，你究竟是什么东西呢？真是桔子吗？我怎么闻着挺像醋瓶子呢？”说着朝我凑拢来。

我使劲向他嚷：“你闻清楚了！我可不是什么醋瓶子！醋瓶子连植物都不是，那是根本没价值的无生命的死物！你不要侮辱我的人格——不，桔格！我是地地道道的桔子，你们老鼠哪有吃桔子的？你去找香肠去吧！”

老鼠停步点头说：“醋瓶子的确没有价值！我以前打翻过一瓶，我只不过舔了三下，这一嘴的牙差不多就全倒了！弄得我后来三天两头牙周发炎，结果我不得不找牙科大夫拔掉了所有的牙，瞧，我现在是满嘴假牙……他竟跟我谈起心来，末了说：“桔子我倒是还没吃过，不过，我想你总不至于像米醋那么可恶，你总不至于酸溜溜的，你大概主要是甜味吧？甜东西我一贯喜欢……”

原来他是害怕醋瓶子的，我赶忙说：“你别过来！我这桔子比醋还酸，能把你酸死！真的！我是醋瓶子的把兄弟！”

那老鼠果然犹豫起来。最后它放弃了我，朝另一个方向而去。过一会儿我听见“啪”的一声，他发出一声惨叫，然后就静极了静极了，怪怕人的。我明白它是让老鼠夹子给一下子夹死了。

第二天天亮以后，工人们又来上班，一个老大嫂发现了我，她把我捡起来，搁进了塑料篮中，我发现那位红得过头的伙伴又在我的身边，他问我：“昨晚上你受惊了吧？”我承认：“可不。差点让老鼠给啃了。不过它的爪子、鼻子和嘴巴都没挨上我，我可还是干净的，不至于把它身上的病菌带到人嘴里去。”红胖子伙伴说：“咦，你怎么又愿意让人类吃掉你了，还挺替他们着想的。”我自己也吃了一惊，不再吱声。

一次遭遇，就能让你在价值观念上产生一定的自我混乱。这大概是条规律吧！

然而时过境迁，我渐渐又恢复了原来的信念，我是不能为人类牺牲的，我一定要保全自我的全部独立价值。人类咏蜜蜂说：“采得百花酿蜜后，为谁辛苦为谁忙？”甚至人类中的辛劳者也这样慨叹自己：“苦恨年年压金钱，为他人作嫁衣裳！”我要咏自己，该怎样说呢？我起码得是这种气派：“为己红来为己甜，不作他人营养源！”

我们这一塑料筐桔子被批发给了一位个体户，他把我们拿到自由市场的果摊上摆着出售。我可是气坏了。红胖子伙伴却兴高采烈：“看见咱们的标签了吗？咱们值一元钱一斤哩！比那些送到国营水果店的尊贵多了，而且他们能有咱们这样的一律轻拿轻放，个个用毛巾擦拭的待遇吗？我只盼着能被一个好的买主买去吃掉！”他还撺掇我说：“我实在没有多余精力利用传感功能了，你无妨跟原先一个箩筐里的伙伴们联系一下，看他们都是些什么命运！”

我何必把我肉里的汁液留给人类享受？我尽兴地运用它们的遥感功能跟过去的伙伴们联络起来。有一些伙伴已经发不回来讯号，说明他们已被人类吃掉了。其余大多数都发来喜悦的讯号，有的说正被送往医院献给病人，有的说已到达外国的圣诞市场，有的说刚被摆到宴会席上，有的说安坐在私人家里的玻璃盏中……那个还没红透的小子也发来讯号，他说他正被搁在一个教室的讲台上，同一个陶罐待在一起，每一个学生都在图画纸上画着他和陶罐的形象，他感到无比光荣，也无比自豪。

红胖子听到绿瘦子的消息后，简直羡慕得不得了，他说：“多好呀！我们让人吃掉，什么也留不下来，他呢，他却在图画中得到了永生！”

我心里也着实嫉妒，不过我缩缩肚子说：“有什么了不起的，到头来还不是人类的口中餐！”

偏这时候来了个瘦瘦的小姑娘买桔子。看样子她是个小学生。她只买五只桔了。摊主硬把红胖子和我都卖给了她。小姑娘把衣兜里所有的钢镚儿都掏了出来，交给了摊主。然后她小心翼翼地把我们包到了她的一块散发着香皂气味的手帕里。

红胖子在手帕里同我挤得紧紧的，他自满自足的说：“她一定会先吃掉我的。说实在的再不吃我我可能就要坏掉了。你看她那么瘦弱，一定很需要我们的帮助。”

我却急得发狂。好家伙，我不但终于还是要被人类吃掉，而且竟是由这样一位在人类中价值最低的小学生来吃！是可忍，孰不可忍？！我趁小姑娘上电车时，耸耸身子蹦出了她的手帕兜。

我骨碌了好长一段路，停在马路边的花圃旁。

我感到身心大畅。

离我最近的一些花儿问我："你不是桔子吗？你怎么跑到这儿来了？"

我反问她们："难道只许你们待在这儿吗？我为什么就不能也待在这儿？"

花儿们说："谁都应该呆在他该待的地方。"

我把自己的气味全放出来，使劲说："我愿意待的地方就是我应该待的地方！"

花儿们说："可是你待在这儿，就完全失去了你应有的价值了呀！"

我气冲冲地反驳："你们待在这儿，不也就是那么点替人类美化环境的价值吗？可怜的价值！你们过不了几天就会谢掉，消失的！"

花儿们一个接一个地说："我们是会死掉。""连人本身也会一个一个地死掉。""没有绝对不死的东西。有一天连地球也会衰老、死亡哩！""所以要在死掉以前找准自己的位置。"

"找准了位置生活才有意义。""找准了位置才能获得自己的价值。""你不被人吃掉,你也会死掉的。""你会腐烂,被扔进垃圾箱。""那时候你会后悔的。""比起别的正常地让人类吃掉的桔子，你最没有价值。"我不愿意再理她们。她们那一套道理早该死掉。我只属于我自己。我在自己选定的位置上随自己的意思毁灭，这就是最高的价值。

忽然我接收了红胖子发来的讯号。他说那小姑娘把他们带到了一条胡同里，走进一个小杂院，进了一间小屋子。原来她是看望她的同学去了。她的同学病了，一天没去上学。她的同学的父亲不幸在一次车祸里遇难了。那同学的母亲受刺激太深，有一点精神异常。那同学处在最不幸的状态中。可是小姑娘一放学就去看望她。还给她带去了桔子。小姑娘一边打开手帕兜一边告诉她，一共买了五只桔子。可打开后发现里面只有四只。小姑娘脸红了，鬓角边沁出了一片汗珠。她觉得自己小小的心受到了一点刺激。她不愿意使人家猜想到是她在路上自己吃了一只，虽然即便是她自己吃掉了一只人家也仍然感激她，可她为路上不小心丢失了一只桔子非常难过。两个小姑娘的手拉到了一起。送桔子的把四只桔子都塞到了病者的手中。病者手里拿不了就把它们全搂在胸前。她的两滴眼泪落到了桔子上。红胖子的报道最后说：她其中一滴眼泪恰好落到了我头上，我正激动得浑身发抖。我比原来所预想的还要幸福，因为我将不是一般地被吃掉，我会永远留在病姑娘的记忆中，伴随她度过她的一生，我将永远在她心灵中象征着人类最伟大的情感之一——友谊。这比被画在图画中更有价值……”

红胖子大概是想让我也为之感动，我心里虽然也动了一下，但到头来仍认为我自从树上落下所做的一切努力都全然没有错。我不愿被人吃掉，也不屑象征什么。

万没料到走过来一个男孩.，他双手插在裤兜里，一边走一边吹着口哨。他发现了我，也不容我有充足的思想准备，便扬起穿着登山鞋的脚丫子，像足球射门一般，一脚把我踢得飞起老高……

我落回到了无尽的长廊中，我低头细察自己，我不再是桔子，我是人。不过，我身上似乎还有一股桔子皮的味道。

长廊不再弯曲。它恢复了直筒状态。

现在我不怕变成任何事物，包括变成一块石头、一颗图钉。

随便变化我吧！我推开一扇门，无畏地走进去。

我一点也没有变。

我看见一台足有小轿车那么大的电话机，鲜红鲜红的。小王斜倚在电话机上，用跟他身体一般长的电话筒正打着电话。小王现在穿着一件色彩泼辣的北欧风味的毛线衣，外面套着个银灰色的式样极其别致的夹克衫，显得既潇洒又俏皮。

小王见我进去，亲热给我使个眼色，意思是“对不起，请先坐，我就完。”

一张屁兜椅立即出现在我身后，我坐下了。空中飘过来一只银托盘，里头搁着分别盛有矿泉水、桔子汁、可口可乐及威士忌等几种饮料的玻璃杯。我挑了一杯桔子汁，托盘便又自动飘走了。

小王继续打他的电话。他把姿势调整得更舒适一点，语气更轻松活泼也更怡然自得。

我听出来他是在与“老头子”通话。我洞悉了他们之间关系的突变。他终于与“老头子”闹翻。如今他羽翼已成，“老头子”无奈他何。他现在已经成了“老头子”顶头上司的机要秘书。他们闹翻以后一度几乎完全断绝了交往。甚而在同一个会议上互相不对视、不打招呼。但今天他却故意主动给“老头子”打了电话。电话的核心内容是告诉“老头子”，他最近与那位更高级的首长闲聊时，如何讨论了一番对“老头子”的评价。他在电话中所说的“他”，便都是指那位年龄比“老头子”略小但地位却更高的首长，“……是呀，我们俩随便聊，不算工作谈话，绝对意义上的闲聊……自然把你们这一层的几位都聊到了……我说你比 BCD 稳当，他点头……对，点头，点头就够了嘛！我说 BCD 的好处是有魄力，敢拿主意，可就是在青年人面前讲话时容易出圈儿……他说那还不是有哗众取宠之意，而无实事求是之心！我们党风当中的一个老问题啰！……后来他又提到了你，说你这个人‘文革’当中是个硬骨头，不容易……可新形势下光靠硬骨头是打不开局面的……光有硬件不成，还得有软件，电子计算机才成其为先进工具嘛……什么？前头几句是他说的，后头几句是我说的，闲扯嘛，你一句我一句的……就是这么些情况，姑妄听之，参考参考嘛……”

搁下电话，小王站起来伸个懒腰，问我：“你这一向都干什么来着？好久没见着你，还真有点想你哩！”

我说：“当了一阵皇帝，又当了几天桔子，都没当好……”

正说着电话铃突然响了起来，小王对我抱歉地笑笑，便又倚到电话机前接电话。

我一听就知道那边是谁。

小王讲话的语气极为俏皮：“当然听出来啦，百灵鸟嘛！……什么？谣言？什么谣言？……啊，亲爱的百灵鸟，我告诉你，你可别飞走，你听我说，我本是想赶在所谓谣言出来之前主动打电话通知你的，一忙二乱地就没顾得上，百灵鸟，你早该主动来电话问啊！……什么？辟谣？啊亲爱的百灵鸟，问题是那并非谣言，对对对……我的百灵鸟，你别激动嘛……你唱过那么多的歌儿，歌里头不净是这号事嘛……啊百灵鸟，我的百灵鸟，我并没有开玩笑啊，那的确是真的，我是要跟她结婚了，她确实是那么个身份，一点不错！我的百灵鸟，你的情报还真准确！……为什么？唉呀呀，这还用得着问吗？自然是为了爱情啰！……我不爱你？乖乖，你让我怎么说呢，凡是男人就不可能不爱你！连女的也有爱你的哩！可我越这么爱你，就越觉悟出我不能独占你……我对你的爱是永远不改变的啊！……百灵鸟，小乖乖，你怎么哭鼻子啦？百灵鸟应该永远欢乐歌唱嘛，一哭鼻子可就不像百灵鸟啰……别胡说！别任性！我们还要下帖子请你来参加婚礼哩！不让你唱，百灵鸟，到那天绝不让你唱，就让你来玩，一块热闹热闹……你这是怎么啦？这可就完全不像百灵鸟啦……啊哟哟更不像话！这不变成乌鸦了吗？……亲爱的百灵鸟，你听我细说嘛，我是这么考虑的，好比湖里的小鱼儿，他们游来——”打到这儿小王突然用手将话筒叉往下一按，然后挂上电话，对我眨眨眼，笑着说：“这样她就以为是电话局线路上的问题，我告诉你，以后你接电话的时候也可以采用这种方法，巧妙地中断你不喜欢的谈话。”

我觉得挺不是滋味。

我问他：“你要跟谁结婚啦？”

他伸腕看看手表说：“啊哟不得了，我该到医院去了——实跟你说吧，我们已经登过记了，只不过婚礼得等那件大事过去之后才好举行。”

说完他道了声“再见！”便像驾驶小轿车般地坐到那电话机上，将它开走了。

我坐在那里琢磨。“得等那件大事过去之后才好举行。”哪件大事。

忽然在原来停放电话机的地方，出现了一台也有那么老大的电视机。电视机自动打开，映出了一组新闻镜头：某一位大首长逝世，向遗体告别仪式。镜头摇到慰问者同死者家属一一握手致慰的场面，在那一排人里面，我发现了小王，他穿一身蓝色中山服，袖管上套着好大一个黑箍，表情极为哀戚。显然，他已成为这个家族中的一个成员，他身旁那位年轻的妇女，想必就是他的妻子。极富戏剧性的是那位“老头子”也排在向遗体告别的队伍中，告别后循例也来同死者家属一一握手，显然他消息很不灵通，事先并不知道小王俨然已是该家族中的一个成员，所以当他握至小王那里时，不禁为之一震，尴尬万分，而小王却似乎浑然不觉，只是以悲哀的眼神鸣谢。

在画面消逝之前，小王从电视机屏幕上走了下来，他一下来电视机就仿佛冷藏车似的开走了。小王走到我面前时，满面秋色已然变作了满面春风。

“你怎么倒好像挺高兴似的……”我责备他。

“白喜事嘛！”他若无其事地说：“旧的不去，新的不来。”

“你娶他女儿，不就为了找他当靠山吗？”我决心刺一刺他：“可你刚当上乘龙快婿，靠山就倒了，岂不白费心机？”

他一点也不生气，坐到我对面刚从地上冒出来的一把转椅上，满快活地转了一个圈儿，这才推心置腹地对我说：“你这个人，真是一腔冬烘气。你看看官场上的风云变幻嘛。你以为他老活着，就对我有利吗？他这辈子的官运是到此为止了，再不会有所发展，所以他活着倒于我不利。因为政治上的风云突变，很有可能把他牵连进去，弄得一个筋斗翻到底，那我不得跟着吃‘挂涝’？他这样及时地寿终正寝，正是我求之不得之事！我媳妇和我的靠山，反倒更稳固了——人们永远得以尊敬的口气说，这就是什么什么大人物的闺女，这就是什么什么大人物的女婿……而‘这什么什么大人物’的概念，将不再因官场上的风雨雷电而有变化，你替我想想看，这要不算地地道道的白喜事，算什么？”

我望着他，心中生出一个想法：难道这真是当年那个小王吗？莫不是别人假扮的？

我问他：“当年你给那‘老头子’端馒头皮去，也是出于如此这般地精心算计？”

他眼神变得柔和起来，若有所思地说：“……那个时候，真是‘不知有汉，无论魏晋’，实属桃花源中的无邪之辈，我的一切作为，概出于毫无算计的纯朴感情……是呀，回想起来，我也禁不住百感交集……可那毕竟只是一种浑浑噩噩的自为状态，无论是人，还是社会，都不能总是停留在那样一种状态啊……”说着说着他的眼里又闪着青铜般的冷硬之光，他以教诲的口气对我说：“我认为我这毕竟是一种进步。我开始进入自由状态了。我要更畅快地在社会中游泳！”

正说着，我们所在的地方已经变作一个火车站的月台，前面停着一列火车，正对着我们的恰是软席车厢。

一个亭亭玉立的姑娘提着一只箱子，走过来招呼他说：“王局长，快开车了，咱们上去吧！”

他站起来，把那姑娘介绍给我说：“小聂，我的秘书。”又解释说：“我横向调了个单位，被任命担任了这个局长。这样我就跟‘老头子’完全没有工作上的关系了。眼下我出差去趟南方。你南方有什么要办的事吗？”

我站起来给他送行，告诉他我在南方没什么事要办。

他握住我的手，极诚恳地说：“我们也算贫贱之交了。今后你有什么为难的事，不必客气，给我打电话就是。我都给你解决。”他让秘书给了我一张他的名片，让我打电话时就照上头的号码打，他又凑拢我嘱托说：“‘老头子’眼下一定更加嫉恨我。仔细想起来，我们之间政治上从来都是一致的，目前的矛盾纯粹是一种心理冲突，无是也无非。你有机会，见到他时帮他排解排解心理障碍吧。另外，我从他家搬出来的时候，有一样东西忙乱之中落在他家了，你如能替我取出来，暂存你那里最好，那是碎布头缝的变形虎小枕头，是我妈妈留给我的唯一的纪念……”

他最后的这个嘱托让我心里一暖。我答应一定给他办到。

他便同那秘书小聂登上了火车。而火车也便开走了。

我转身走出车站，自然也就回到了无尽的长廊中。

我烦躁地推开了前面的一扇门。

面前是无垠的沙漠。

一个人牵着一匹骆驼站在那儿。

那人长着一大把络腮胡子，戴顶奇特的帽子，穿身古怪的袍子，他见到我竟然问：“你是上帝吗？”

我生气地说：“你晒晕了还是怎么的？我是个普通的人呀！”

他上下打量着我，沉吟地说：“你的这副长相，这身打扮，的确是个十足的凡人。可我怎么觉着你是从天上掉下来的呢？”

我说：“你看错了。我是打无尽的长廊里来的。”

他耸耸肩膀说：“那是个什么地方，没听说过。”

我问他：“你这是要到哪儿去呀？”

他说：“我要到天堂去。”

我以为他开玩笑，他却认真地拍拍那匹骆驼的嘴巴说："我要让它穿过针眼去。《圣经》上不是说了吗？富人要想进天堂，比骆驼穿过针眼还难。可我这个富翁能让骆驼穿过针眼去。我能做成这件事，我不也就能顺顺当当地进天堂了吗？你说是不是这么个理儿？"

我以为他是个精神病患者。

我要离他而去，他把我叫住了："你到哪儿去？你连一匹骆驼都没有，这么大的沙漠你怎么走得出去？你跟着我吧，我把你带出沙漠去。"

我想了想，可也是。只好暂且跟着他。

原来他不止有一匹骆驼，他有整整一支骆驼队。转过一个沙丘，他指给我看，原来那整队的骆驼都在那儿休息，还有他雇佣的工人。那些骆驼背上全驮着装满货物的口袋。

他也很难说是个精神病患者。除了某些疯言疯语，他似乎还算正常。他给我水喝，还给我干粮吃，甚至还让我跟他一起骑上那匹他最喜欢的骆驼。尽管他叨唠得很难听："你看我这人心眼多善，你没钱给我，我也把你带着。人不能见死不救，是不是？"一路上他毕竟把我照顾得挺好。我告诉他："走出沙漠，我就揽活儿，挣钱还给你。你说个数儿吧！"他倒也算大方，说："到时候随你给吧。"他也的确大方得起。一路上他腰上拴着个黑羊皮口袋，休息的时候他就解下来清点一番，里头装的全是亮闪闪的金币，因为装得太满了，系在腰上行走时并不叮当乱响。

也不知走了多久，我们终于走出了沙漠，来到了一片绿洲。那里有个热闹的小镇。我向他道了谢，便找活儿去了。我给一户人家打家具，这活儿我过去常干。我想一得到工钱，便立即给他送去，省得成了他心里一块心病。

干了十来天，家具眼看打完。小镇里忽然闹哄哄的。我问从外头回来的雇主发生了什么事，他说："不得了！骆驼就要穿过针眼了！"他是来唤家里人，一起去参观的。我就说我也要去。他同意了。于是他用一把方锁锁住门，我们一起去了。

镇外一个小土坡周围，里三层外三层挤满了好奇的人。我挤不到前面去，便爬上一棵树，骑到一个大树杈上，伸长脖颈朝前望。

只见一根足有三丈高的铁针，被固定在土坡下面。那铁针严格来说不大像针，因为不是滚圆的身子，显得有点扁，椭圆形的针鼻子也显得过大，横径大约三尺，竖径总有六尺，看上去古里古怪。不过大体上还称得起是一根针，为了显示它确实是一根针，针鼻里还真地穿过了一条绳子，拖到老远的地方，末端打了个结儿，代表着线。

那骆驼队的主人，满脸放光地站在大针一旁。他向周围的人们鞠了一躬，手掌按在心窝上，哇哩哇啦地说了一通什么话，因为人声嘈杂，我都没有听见。然后只见他一挥手，他雇来的工人们便走进场地，行动起来。他们先用木板从土坡顶上到针鼻子架了块踏板，几个人还走上去试了试稳定性，然后又在针鼻子另一面搭了一块与踏板衔接的滑板。一切都准备就绪以后，那骆驼队主人便亲自牵着骆驼走上土坡，又牵着骆驼小心翼翼地走上踏板。在两侧工人的卫护和帮助下，他自己先穿过那针眼滑了下来。然后，由上面的工人前塞后推，那匹骆驼便也穿过了针眼，滑落到了地上。这一切都完成以后，只见主人搂住骆驼不住地亲嘴儿。人群大哗，也不知道是在赞美，还是在嘲笑。

看完热闹，回到雇主家里不久，就传来了消息，说那匹骆驼摔断了前腿。第二天小镇的集市上，便有人卖新鲜骆驼肉，据说正是那匹骆驼的肉。骆驼队呢，已经不知踪影，想是那主人又在这里办妥了货，走回程了。我得知消息以后，忙去向雇主讨工钱，家具已经打好，本来我还答应给上油漆，我向雇主道歉说，因为要去追赶骆驼队，上油漆的事另请高明吧，工钱可以少拿三分之一。雇主给了我原先讲好的全部工钱，还给了我一瓶水和三张大饼，我便立即跑去追赶骆驼队了。

跑出绿洲，前面呈现出沙漠景象。奇怪的是头上的阳光并不灼热，脚下也并不感到火烫。一定神儿，才发现原是在一个大厅里，我所面对的沙漠，是占据一整面墙的大型壁画。仔细看那壁画，在一个巨大的沙丘下，画着一队白骨。除了骆驼的白骨，还有人的白骨。那头一个人的骨架边，有一只瘪的黑皮钱袋。

我吃了一惊。

转过身来，我才估量出这是一间展览厅。大厅那边，有一个巨大的玻璃橱，我走过去一看，里面横着那根巨大的铁针，连同系在上头的那根“线”。

我又发现大厅另一面墙上画着那个小镇已然破败的景象。我找到了我打家具那一家的位置，那里只画着一个空的屋架和堆积得很厚的黄沙。

我心里不免难过。

我朝大厅深处走去。其余的展品没有说明，我只是吃惊，却不知陈列它们的意义：

一把两丈高的沙发靠背椅。

一盏华丽的台灯，灯罩上有两个圆鼓鼓的马蜂窝，一些又黄又大的马蜂正在出出进进。

一个巨大的鱼缸，里面没有水，却有许多死去的金鱼。

一只长颈鹿标本，脖子上挂着辆自行车。

……

我不想再参观下去了，我拉开门走了出去。我又回到无尽的长廊。

我感到困倦，不，不仅是困倦，而且厌倦。

我不想再推门。我就那么沿着长廊朝前走去。走了好远好远。

忽然，我发现长廊终于又有了新的变化。

这变化比弯曲更加新奇。

长廊在前方终于有了一个分岔。

我走到了长廊的三岔口上。

困倦全无。厌倦全消。

据说古人阮籍是遇到歧路便恸哭而返的。我可没有他那样的感情。歧路增加了我们进行抉择的机会。我甚至为眼前出现了歧路而高兴。

我该往哪边走呢？左边，还是右边？

尽管我们放任自己去尽情享受预测和抉择的快乐，无形中还是有一种潜在的惯力，使我不由得偏向了左边。

在左边的长廊中前行了一段，渐渐也就不觉得是在一条岔道中。我想还是快点推开一扇门的好，免得新鲜感随着往前走消失殆尽。

我推开了左边的一扇门。

是一间大会议室。坐满了人，正在开会。

我有点扫兴。

各种各样的会我可开得太多了。这又是一个什么样的例会？

有位坐在门边的女士在招呼我。她那挥动的手掌缺少了一根无名指。啊，是她。可见我们这个世界真够小的，走来走去，总能遇上熟人。

我坐到她身边的一把空椅子上。

我小声问她：“开什么会呢？”

她望着我：“咦，你是从天上掉下来的吗？你这一向病了还是怎么的？你一直没参加这次运动？”

我一听搞运动，心里就老大的不痛快，我问：“怎么又搞运动？搞的什么运动？”

她摇着头责备我：“你呀你呀，态度也未免过于消极！你难道真的不知道，正在开展一次反‘左’运动吗？”

我吓了一跳：“反左？这不是右派翻天了吗？”

她说：“写出来的时候，‘左’字要带引号。读的时候，为了避免错误，也可以读成‘反极左运动’。”

我万分疑惑。我问：“极左固然不好，但只能是坚持理论上的批判，逐步肃清流毒，怎么能搞运动呢？这不会影响生产和生活的正常进展吗？”

她耐心地小声对我解释：“看来你真是打天上掉下来的。这回的运动，绝不同于以往的运动。不搞大轰大嗡，不给‘左’派贴大字报，更不批斗他们。而且像这样的会，也只是最必要的时候才开。总之几句话一时也说不清。咱们别说话了，你看周围的人都在责备地看着咱们呢。你注意听会议主席的总结吧！”

我便暂且闭口。我环顾会场，感到似乎缺少一点什么。究竟缺少什么呢？啊，缺少标语口号。会场上既没挂出“把反‘左’运动进行到底”一类的横幅，也没有诸如“‘左’派不投降，就叫他灭亡”或“把‘左’派打翻在地，再踏上一万只脚”之类的红绿标语。会场里摆着鲜花，墙上悬挂着大幅的山水国画。

与会者的情绪只能说是严肃认真，而绝非狂然亢奋。

正在发言的会议主席是个年轻的姑娘。看上去顶多二十岁出头。她的发型很适合她脸庞，穿着显得既随便又雅致。她正在微笑着结束她的讲话，那语调既平和又悦耳，全然不是我想象的那么一种声色俱厉乃至唾沫星子乱溅的做派。我听见她说：“……经过大家投票，过三分之二的多数都确认了我们这一次划定‘左’派的基本政策，那就是——坦白从严，抗拒从宽……”

我真怀疑我的耳朵。

我给弄懵了。

我仍呆坐着，而会议已经结束。

那位热心的女士问我：“你怎么来的？”

我说：“走着来的。”

她说：“我开车来的。我送你回去吧。”

我便随她乘电梯下楼，楼外是个停车场，停满了小轿车，她带我走到一辆奶黄色“长江牌”国产小轿车旁，打开门请我坐进去。

她坐到驾驶室上以后问我：“你回哪儿？回家吗？”

我望望车窗外的景物，夜色茫茫中亮着无数窗户的高楼望不见顶，一个大喷水池喷出串串珍珠链般的水柱，附近街道上闪烁着无数的霓虹灯和灯箱广告，阵阵白兰花的气息飘入车内。这一切对我来说都是陌生的，我便对她说：“我家恐怕不在这个城市。我还没找到地方住呢！”

“那我送你去宾馆吧。就是我们头一回见面的那座宾馆。我这回来开联席会议，也暂时住在那里。”说着她开动了汽车，边开边对我说：“你看变化大吗？那宾馆也变了。主要是观念上的变化。现在从他们经理到每一个服务员，都不会对恭桶泄水不畅或窗帘挂钩脱落一类事情等闲视之。宾馆所提供的服务也更全面而周到。你去了就会知道。”

我们到达了宾馆。我向这位热心的女士道了谢。我订了个房间，在餐厅吃过了晚饭。一切的确如那位女士所预告的那样。我对宾馆的设施和服务简直挑不出什么毛病。但我有点纳闷。不是在搞运动吗？宾馆想必也不能例外。但怎么一点运动的迹象也没有？相反，风味小吃厅、咖啡厅、音乐茶座、迪斯科舞场、游乐室、书报阅览室、电影厅、健身房、保龄球室和台球室等附属场所全在正常开放。我所遇到的每一个人也都要么高高兴兴，要么平平静静。

我便走过去问一位前厅的侍应生："你知道正在搞反'左'运动吗？"

他有点吃惊，眯着眼打量我，但很有礼貌地回答我说："您是从国外刚回来吗？我当然知道正在搞反'左'运动。我们宾馆有专门播放运动进展情况的大屏幕电视厅。您从房间里的电视机的第十频路也能收到有关节目。"

我立即按他所指去找那大屏幕电视厅。

在电视厅里我又遇到了那位女士。她伸出手来同我握手，我发现她那缺少的手指似乎已经补上。

见我朝她手上望，她解释说："我装了一个假肢。不过这假肢在设计、工艺上都已经过时，戴久了不大舒服，所以有时候我不得不把它摘下来。按新设计新工艺生产假肢的计划很快便会付诸实行，那时候您再看见就会感到是天衣无缝了！"

我们一齐坐了下来。电视厅里有大约一百来个舒服的座位，但只坐了三十来个人。她又对我解释说："这场运动除了极少数进行投票表决的活动要求每一个公民参加外，像这样的一些活动，参加不参加，参加多少，全凭自觉自愿。不过，总的来说，百分之八十的公民都是积极参加这场运动的，因为这终究决定着能不能从他们走向幸福的路上撤去最主要的障碍。今天电视转播的内容是继续由被公民投票指认的'左'派先生们亮相。这种亮相也全凭他们自愿，并非强迫性的。他们也可不采取这种公开亮相，也可以亮相。这种活动已经进行了一周了，所以今天来这里看电视的不多。再说人们一般也只选择自己最关心的节目来看。我今天晚上来看，除了一般意义上的关注以外，也还有我自己独特的动机……

虽然她解释，我还是感到莫名其妙。

电视转播开始了。广播员微笑着宣布了今晚报名亮相的"左"派名单。然后便请他们自己出场。

第一个在屏幕上亮相的是个中年男子。他穿着一身适体的浅褐色西服，系着一条黑底带白斜道儿的领带，头发光可鉴人。他安坐在一张沙发里，背后是一个摆满各种玩器的多宝格柜橱。镜头渐渐推至他的近景，他直视着屏幕外的观众，用极其诚恳的语气开始了他的发言：

“我先明确我的态度。我是希望能抗拒从宽的。

“大家把我推选为‘左’派，要我到‘左’派村去生活。我承认大家所依据的理由是可以成立的。我也完全理解大家何以对我会有这样的评价和情绪。但是，我要在这里为我自己辩护。我并不是‘左’派，真的！

“现在我同意大多数公民的这种见解，‘左’派的主张如果付诸实现，将使公众永远不可能获得合理而幸福的生活，并将使公众沦落到物质和精神的双重匮乏中去。即使‘左’派的主张由于众人的反对不得全面实现或不能实现，那也构成一种对公众创建美好生活的阻力，或者毫不夸张地说只要‘左’派活跃一天，人们创建美好生活的进程便延缓一天，而那极左言论在人们心灵中投下的阴影，更等于随时随地在往人们的创造性劳动中和美好的生活中撒胡椒面——啊，对不起。（这时他身侧的一个立柱上亮了红灯，后来我弄明白，当有一百个以上的电视观众认为他的讲话空泛离题时，那红灯便会闪亮——我们的座椅上也都有按键，可根据每个人自己的判断按键。）我马上说到我自己。我的意思是，大家认为‘左’派所宣扬和主张付诸实行的是一种大家不能接受的生活方式，这一点恰恰也是我心里头的想法。我现在立即向大家说明——我是不该被划为‘左’派的。我那些‘左’派言论，以及表面的行动，其实都是彻头彻尾的虚伪。

“比如说，我曾写了封自以为可以得计的告状信，也就是打了个大家称之为‘小报告’的东西，我在那里面列举了一大堆材料，说明对外开放带来了多么可怕的恶劣后果，如何导致了腐败和堕落，以及如何导致了青年人中不爱国的反动情绪的高涨，等等。现在我不在这里一一向大家说明，我堆砌的材料里哪些是确有根据的个别事例，哪些是加以渲染和夸大的，哪些完全是捕风捉影、无中生有。我只想在这里向大家公开我的实际情况：我家里所使用的家用电器，百分之百都是地地道道的洋货。其实经过国产化的努力，我们自己生产的家用电器，质量越来越优秀，也越来越稳定。可是当我知道我夫人竟订购了一台国产的电冰箱以后，我在家里大发雷霆，我在争吵中甚至摔碎了一只花瓶，幸运的是我还能找到几块花瓶的碎片，以证明确有此事(荧光屏上映出花瓶碎片，我们观众不禁发出了笑声)。后来我的朋友给我弄来了一台日本电冰箱，运到家里以后，我夫人已经开始使用，但当我听说这电冰箱并不是日本原装货，仅仅是日本原件国内组装的产品，我便执意把它退了回去。后来我终于弄到了一台原装货，这才罢休。(红灯又亮了)对不起。我知道对一般人来说这确实算不了什么问题。但是我一方面宣称用洋货会导致腐化堕落，另一方面背地里又是这么一副嘴脸，可见我并不是什么身体力行的极左派。

“这个例子当然还不足以说明全部问题。大家记得我那‘小报告’里有这么一条：认为应当禁止生产和使用录音机和录像机，国内已有的私人录音机和录像机应一律加以没收，当然还有录音带和录像带。其实我自己不仅拥有国外最高档的组合音响和录像机，并且，我天天自己关起门来所听所看的，甚至于都耻于在这里向大家公开。倘若说我这人确有问题，那么我也是迷恋国外的暴力和色情文化、趣味庸俗低级这样的问题，而绝非极左，绝非自己带头并强迫大家都去过苦行僧生活那样的问题。

“说到爱国不爱国这一点，我承认自己就更是一个伪君子。我千方百计把我女儿送到了国外，并千方百计找路子使她能在国外定居，甚而我还有这样的想法，一旦她站住了脚以后，将来我也要去她那里，舒舒服服地当一个寓公。这尽管还算不上卖国思想和卖国行为，可由我这么样一个人跳出来大呼对外开放造成了年轻人的不爱国的反动情绪高涨，岂不是滑稽可笑吗？(红灯又亮了)对不起，我知道大家要知道的是我这么做的原始动机，我马上就说。

“我这么做首先是为了沽名钓誉。因为我积过去几十年的经验，认为无论以极左的面目搞什么小动作，最坏的结果也不过是无人搭理，绝不会使自己吃亏；而使自己得到好处，乃至名声大噪的可能性，却相当高。其次，我嫉恨我所指控的那些人，我希望通过我的小报告能把他们搞倒，特别是我多次提到的那一位，我之所以对他控告最多，是因为我想取而代之，获得他至今仍占据着的那个职位。

“我干的当然不止这一件事。我知道我们所造成后果是严重的。有三个大部门，八十九个具体单位，一千四百六十七个干部，不得不因我的控告开会讨论、作检讨、改变他们原有的工作计划；有三万六千一百六十八个普通公民，因我的‘小报告’而受到了直接的冲击；至于对更多人心理上的压迫、情绪上的窒息，那就无法做定量分析了。

“我在这里向所有受害的单位和个人致歉，并特别向一度被我蒙蔽的领导认错。但我恳求大家取消我的‘左’派资格。因为我是虚伪的、卑鄙的、庸俗的。我抗拒将我迁往‘左’派村的决定。我愿意留在同大家一样的生活方式中接受大家监督，改正我的错误，弥补我的过失。今天我特意请电视台的人到我家里现场直播，正是为了使大家相信，我的的确确并不是想过那种极左生活方式的人。我的话完了。”

我大体上听懂了他的发言。不过，什么是“左”派村呢？他为什么特别害怕被迁到“左”派村去呢？

正疑惑着，第二个亮相者已经出现在了屏幕上。那是一个五十多岁的老太太。她很胖，下巴至少有三个。她是在电视台播音室里讲话。看来她文化水平实在不高，说话语无伦次。不过她讲话的过程中倒没怎么给她亮红灯。她讲话中核心的一段是：

“……我是想不通。不是真乐意就那么过。我觉得这阶级斗争不讲了，地主全摘帽了，那地主婆全会跟我平起平坐了，叫嘛世道？……我舍不得以往那开大会斗争地主婆的日子。其实我不是一概地不喜欢眼眉前的日子。就是老不能批斗别人，咱‘红五类’闷得慌……让我迁‘左’派村去，实话说，那个苦我受不了！我三番五次控告咱们市长，为的是啥？不是没有‘左’的地方。有点。我对不绷紧阶级斗争这根弦，有气。市长是个地主出身，重用的是嘛人？我就反映他那修厕所的问题。我说他拿着劳动人民的钱，把城里的公共厕所修得那么漂亮，安的是什么心？上厕所还兴收钱，搞的是什么主义？这是不是有点阶级报复的意思？还有那计划生育委员会主任，我也告她，她在那个什么计划生育中心里，尽放些个什么录像给人看？连娃娃从哪里出来的镜头都有，还有什么结扎输精管，纯粹是流氓教唆！请我去看那天，我忙，没顾上去，把票给我上小学的孙子了，他回来那么一学舌，我肺都要气炸……所以我写信上告，提出来‘救救孩子’！……我还反对搞什么假肢工厂，如今年轻姑娘涂脂抹粉，戴耳环、项链、戒指，就够荒唐的了，可还要再搞什么假胳膊假腿假手指头，破了相就破了相嘛，有个革命的红心就行了嘛，一美能遮百丑吗！我看见那报上登的什么读者来信，说戴的假手指头还不够好，还要求学习什么国外的新设计新工艺，给她换更好的，也把肺给气炸了……”

这时我看见身旁的那位女士目不转睛地盯住屏幕，双眼闪着气愤和蔑视的光芒。我想这一定是说到跟她有关的地方了。

那老太婆继续说：“……我就又告了那个写信的，还有报纸的总编辑，让查一查，是些什么人，走的什么路，搞的什么名堂……听说后来让他们检讨，他们不干，还差点给了处分……现在我也挺过意不去的……其实说到底我是个认识问题，没觉悟，没文化，没水平，我倒真不是‘左’派分子，所以，我也抗拒对我的安排，我不去那‘左’派村，我还留在这儿……就让我留这儿吧……”

她讲完以后，我问那女士：“你同意她留下吗？”

她说：“这次运动要严格按政策办事。凡愿留下的都可以留下。不强迫任何人。勉强留下，不适应，以后要走的，还可以送走。到了‘左’派村，不适应，要求回来的，不能马上回来，但住够了三年，则可自由迁回。”

我问：“究竟什么是‘左’派村呢？”

她说：“你会明白的。先看下一个吧！”

屏幕上的下一个票选“左”派分子是个六十多岁的瘦老头，他长得挺威武，穿着一件对襟褂子，也是在电视台的播音室里讲话。他绷着个脸，声音洪亮地说：“我感谢大家划定我为‘左’派分子。我感到无比光荣。我今天特意到这里来，进一步申诉我的思想观点。我认为当前你们多数人所选择的生活方式，完完全全是一种彻头彻尾的堕落……”

底下他滔滔不绝地在那里一、二、三、四，甲、乙、丙、丁……地高谈阔论，可是收看者有的已经“抽签”走掉，有的不禁打起了呵欠，那位女士也站起来打算离去，她对我说：“你再看看吧，多了解些情况。”我却也不忍再听，于是同她一起出了那间电视厅，我们互道晚安以后，她去咖啡厅喝咖啡，我因为实在太累，便回到了自己房间。

洗了个热水澡，我打开电视，选择了第十频路，里头正转播第一批“左”

派分子被欢送到“左”派村去的场面。我立即坐到沙发上，如饥似渴地观看起来。

镜头先展现车站月台全景，然后摇拍了一组中景，我看见欢送的人群个个面带笑容，甚而兴高采烈，一点也没有以往搞运动必有的那种肃杀气氛，不禁愕然。欢送队伍的男女老少打着横幅标语：“热烈欢送‘左’派分子去‘左’派村过自己喜欢的生活！”“‘左’派分子们，愿你们一去不返！”“祝‘左’派分子们一路顺风！”

“左”派分子们走过来了，响起了鞭炮声和锣鼓声。

“左”派分子们或面色阴沉，或坦然自若，或无动于衷，或颇为豪迈，提着简单的行李鱼贯登上了硬席车厢。镜头跟进了车厢。这是那种最陈旧的硬席车厢，座位都是木条钉成的。我看见“左”派分子们有秩序地坐到了各自的座位上。

电视广播员在现场介绍情况说：“根据‘左’派分子们自己的意愿，这列火车没有挂上卧铺车厢和餐车。他们在一天的旅途中将喝到开水和领到馒头与咸菜。”

列车徐徐开动，欢送的人群载歌载舞，仿佛在欢度一个喜庆的节日。

可惜实况转播很快就结束了。下面只有扩音员在那里干讲：“关于‘左’派村的情况，我们向观众朋友们作一简单的介绍。‘左’派村设立在一个自然条件较差的地方。这是‘左’派分子们自己选定的。他们在那里要每日工作十个小时，以种植粮食蔬菜、织布打铁，维持一种大体上自给自足的村社生活。那里将没有货币和商店，只有简单的以物易物的物资交流。没有节假日，但每星期放映一次电影。他们有一个打麦场，可兼作露天电影院。他们拥有八部电影拷贝，将反复轮流放映。不禁止吸叶子烟和土制酒，但禁止其他一切奢侈品和享受。他们的住房一般都是地窝子，并且严格保持同一样式。他们每天收工以后将再坚持两小时的斗争活动。主要是批判我们大家现在所选择的道路和生活方式；同时，也要不断揭发他们当中的动摇倾向和肃清我们对他们的残留影响。最后还将开展他们之间的互相揭发以及在揭发中形成批判重点和进行重点批判。到那时他们将每天十小时搞批判两小时搞生产……亲爱的观众朋友。我们曾提出随他们前往‘左’派村进行实地拍摄，好向大家提供直观的信息，但遭到了他们的拒绝。这也是可以理解的。他们一贯认为电视机及一切家用电器都是万恶之源，自然会采取这种令人遗憾的态度。不过，亲爱的观众朋友，通过这次反‘左’运动，我们可以更加顺畅地建设和发展我们的物质文明和精神文明，完全和完善我们大家自愿选择的生活方式，而‘左’派先生们也能不受我们牵制地过他们自愿去过的生活，成绩的确是很大的……”

我觉得自己终于明白了一切。困意全消。我又重新穿戴起来，我要到仍在开放的娱乐场所中高高兴兴地玩上一玩。

回想起来真后悔不迭！我一拉开屋门，便随地回到了无尽的长廊上！我要是不急着出屋去玩，哪怕再看看反“左”运动的电视节目也是好的啊！

一边朝前走，我一边叹息着。但我渐渐又疑惑起来：这种反“左”运动，真的存在吗？真能奏效吗？一切都像是梦。这无尽的长廊是不是也是一个梦呢？

长廊中回响着我的脚步声。长廊是实实在在的，并且确实是无尽的。

我还得坚韧地走下去。

头一回在长廊中听到一种隐隐传来的音乐声。

像钢琴，又像古筝。乐声单纯、明净、温馨。

我心中产生一种大期待。

我觉得那乐声是从前面一扇门后传出的。

我踮着脚尖走过去，轻轻、轻轻地推开了那扇门。我怕惊动了那清丽的乐音。

我面前似乎空空如也。

但我却能在只有光亮的无限空间中行走。

袅袅乐音，不知从何处传来。

从前，我曾幻想过在云海上漫步。理智上知道云海是托不住身躯的，感觉上却以为那一望无际的云朵毕竟是个依托。

现在我却在连云朵也没有的绝对晶莹透亮的空间中漫步。简直不可思议。

渐渐地我面前出现了一些人和事，不像电影和电视，也不像全息摄影，或者与其说是一些具体的影像，不如说是一些省略了某些细部和枝蔓然而又鲜活翔实的感觉组合，真是很难形容！恰如我在四周绝无依托的亮光中行走一样，那些人和事也在四周并不与其他事物相连接的亮光中独立出现。

乐声继续着，与所出现的一切相协调。

……我看见我正在窗前写作。一只肥皂泡飘飘悠悠地从窗外飞进，落到我的稿纸上，爆裂了，把已写出的文字弄湿而致使模糊，我生气地站了起来，想向窗外发作。然而窗外是邻居家那五岁男孩天真烂漫的笑脸，一双明亮无邪的眼睛。我跳出窗外，男孩捧住他的肥皂水杯，惊惧地望着我，我摩挲着他的头发，取过他的水杯，拿出吹管，吹着，吹着，一串串美丽的肥皂泡从吹管里欢快地迸出来，飘荡在我们四周，孩子拍着手笑了……我们两个一起轮流地吹着，吹着，吹出一个最大的，足有篮球那么大，泡膜上闪烁变幻着彩虹般的色泽，看去真像有仙山琼阁，我们两个头并头凝望着，仿佛就要一起跳进那美妙的境界中去……

啊，琐碎的往事。我早把你忘记，没想到你却安存在这莹澈的空间中……

……我看见一架木梯，架在瓦房的屋檐上。啊，那是二十多年前，我所在的那个工作单位，那时候我们一群大学生都刚刚参加工作，一位从江西来的大学生，同我一起在单位里值夜班——那正是国庆之夜，天安门开始放烟火，我们单位离天安门相当远，却也能听见那哔哔剥剥的烟火爆裂声。我扶住那木梯，激动地招呼着他："你快爬上去，爬上去看啊！好看极了！美极了！"我是从北京毕业的，我见过，而对他来说那却是一次全新的体验，当他往木梯上爬的时候，震动的木梯使我的双手也不禁震动，啊，那震动的感觉，又鲜活地复现于我的心间，并且我在那一瞬间的情绪，也再次强烈地飞扬涌动：让他看看吧！让他看看多好啊！

更加琐屑的往事。我也早已忘记。我记得的恰恰是另外的一些场景。他后来对我很不好。他认为我思想落后，他歧视我，"文革"中他甚至整我。那大量的往事怎么这里一个也没有？尽管我也并不乐于重温……啊，在那个国庆之夜，为了他早一分钟看上美丽的焰火，我给他搬来了木梯，我紧紧、紧紧地扶住木梯，我渴望他立即看见，并且惊喜……我错了吗？啊不，我感谢这小小场景的完整再现，我愿意别人得到美，得到快乐，这种淳朴的心境，如今我还有吗？还剩多少？是的，他一定也早就忘记，忘记了这架木梯，以及我扶住木梯的表情，甚至于他现在仍然认为我的血统和意识都不如他纯正，仍歧视我，但我不后悔，不后悔那小小的一幕……

……现在是武汉长江大桥，我和一位中学时代的同学一起在桥上漫步。那已是“文化大革命”的前夕，而我们对所孕育着的一切全然无知。我们从桥南走到桥北，又从桥北走到桥南。桥上那高耸在夜空中的路灯，它们始终默默无语。可是我们却说了许多，许多的知心话。他当时正研究鲁迅的杂文，他恳挚地对我说：“我爱读，又怕读，因为许多篇什竟然就像为眼前的事而写得那么新鲜……”“文革”爆发后，我又路过武汉，我给他所在单位打电话，说我要找他，电话里是一个恶狠狠的声音：“他？他是强奸犯，现行反革命，他给抓到监狱里去了！你是什么人？！”我跑到长江大桥上去，望着依旧默默流淌的江水，我的心在对自己说：“我相信他，我相信他，我相信他……”后来我想方设法打听他的消息，据说他的反革命帽子可以摘掉，但他的的确确犯了强奸罪……他后来死在了监狱里。我第三次来到长江大桥，对着路灯，望着江水，我问自己：“你还珍视你同他的友情吗？”我捶击着桥栏，说出了声来：“我对他的情感，一点也没有变，没有变，没有变……”

……这一切我尽管没有忘记，但封存许久，在记忆库中早变得模糊了，眼下那主要的可见可闻的要素却都逼真地浮现出来，我感谢，我领受，我喃喃地说：“没有变，不能变，也不可变……”

……我眼前是一个长途汽车站，一个表情凄楚的女子在向我乞讨，她讲述着她的悲惨遭遇，那是必得经历过的人才讲述得出的，充满了那么多悲凉的细节……我先给了她五毛钱，走出几步以后，立即惭愧了，我又走回去，往她手心里搁了两块钱。她眼中淌出大颗的泪珠。……几天以后我因事返回，在那长途汽车站附近的饭馆中，我偶然发现她正在一隅同几个男人进餐，她风骚地笑着，炫耀地把手中的一叠钞票数给他们看，我的心仿佛被一只硬拳重重地一击，我没有吃饭便退出了饭馆……我又去长途汽车站搭车，她依旧在那个位置，以同样的表情、同样的声调，泣诉着她的不幸遭遇，只是遭遇的内容有了改动，听来更惨不可闻；我鄙弃地从她眼前走过，进入了候车室；但我终于又从候车室里出来，往她手心里搁了五毛钱，我望着她那挂在腮边的泪水，突然产生了一种大悲悯：能够下如此大的决心，在人世的舞台上反复扮演如此的角色，该是多么凄惨的一件事！这件事本身的惨痛超过了她所编造的一切叙述……我就又往她手心里搁了两块钱……

……我也几乎早把这件事情忘记,但那一瞬间的大悲悯又充塞于我的灵魂。我这变得粗糙的灵魂啊，你可还能再容下这般的悲悯与宽容？……

在一片光亮中行走。没有上下左右。不知东南西北，无须祥云托举，也毋庸彩虹卫护。我想寻觅那些我一直引以为自豪的重大德行的出现,却并无所获。我所见到的，全是琐屑轻微的往事片断，全是我已经忘记和已然模糊的……

……我手中提着姑母给我的门钥匙，打开了姑母那个单元的门。姑母特意给了我这把钥匙，她说我随时可以去她那里，当她不在家的时候，我就可以用这把钥匙自己开门。我轻轻地把门打开了，我看见……小保姆正在偷米。我肯定没有看错。我知道我做出这个判断是绝对无误的。我……我迅速地闪出了门去,我把门又掩闭,并轻轻锁上。我站在单元门外,心里怦怦跳得好凶。倒仿佛是我偷了人家东西一样。我知道姑母对她一向满意。我知道她那在遥远农村的家是个缺粮户。我凭直觉知道她除了大米以外绝没有偷过别的东西。我慢慢地走下楼去。当我再在姑妈家时我什么也没有说。而姑母告诉我小保姆要走了。她家里来了信，让她一定回去。姑母说她毕竟还是个小姑娘，怕她捆不好行李,让我去帮她捆。小保姆惶急得不行。为怕姑母感到异常,我去了，去帮她捆行李。她床下有半口袋大米。当她看见我发现了那半口袋米时，她把拳头塞到了嘴里。我默默地把那半口袋米塞进了她的柳条箱中，默默地把她那柳条箱捆得紧紧的。我什么也没有说，她什么也没有说。我帮她把那柳条箱扛到了楼下……姑母始终什么也不知道。她的米是永远吃不完，永远不计数的。

……这算不了什么。我全忘了。但在这空间里，一切都丝毫无遗地再现了出来。我才知道我自己这类偶然地表现原来如此值得珍视……

……我走进宴会厅，寻找着自己的座位，我感到奇怪，我手里提着亮闪闪、挺刮刮的大请柬，可是我在宴会桌上却找不到自己的座位签。我走了一巡，就是没有。我不生气。我惶恐。我不好意思。我悄悄走出了宴会厅。许多赴宴的人正往里面走。我躲避他们的目光。我终于走到了大街上。我松了一口气。我没有一点埋怨情绪，我只感到自己刚才近乎被冒犯，我为自己摆脱了精神负担而庆幸——我总算没有在我并不该去的地方坐下。可是第二天我接到了电话。向我深深地致歉。他们说确确实实是工作上的疏忽。听那语气，他们判定我一定是在怨火冲天中拂袖而去的。后来他们也一致认为那是我傲慢自大的表现。少一个席位签有什么关系？请柬不是拿在手中吗？问一声不就行了吗？干吗那么大的气性？我无法向他们解释。我也不解释。尽管这件事我也淡忘很久了，但再现出来时我一点也没改变初衷，我珍惜我当时的那么一种心情……

……我到医院去拔牙,在候诊室里听到人们议论着儿科那边发生的一件事。我去儿科那边验证。果然，走廊的长椅上有一个弃婴。他大概才四、五个月。他脑袋上长了一个拳头那么大的瘤子。据说医生几天前已经宣布了他的死刑。但不是立即死，而是慢慢地死。他的父母在绝望中弃他而去。我本能地冲进诊疗室，问大夫。大夫说毫无办法。我要他们给那弃婴输液。他们说已经输过三天，但毫无效益。我又冲到挂号处去查阅他父母的姓名和住址，但查阅不到，那里的人说只知道他父母是从乡下来的。我又冲到公用电话亭去打电话。我打到妇联，她们说这件事应当找一个委员会，我打到那个委员会，他们说他们对这桩具体的事无力过问，我打到市政府，市政府的值班人员表示他可以记录下来向有关机构反映，我又急如星火地打到民政局，接电话的那位同志出乎意料地耐心，他甚至在电话里同我聊起了天来，他说这类事仅一年内他们记录在案的就有二十几桩，他劝慰我说，也许那对父母一两天还会回到医院的……我又急冲冲地跑上楼，跑到那张长椅边，望着那个垂死的婴儿，我听见过来过去的人都在叹息。我忽然产生出一个冲动，我要把他抱回家中！我要尽我所能照顾他！他要死也不应当死在这样的一张长椅上，他应当死在一个干净、温暖的襁褓中！……

我终于并没有那样做。当我拔完牙，再去看时，那孩子已经没有了。有人说已经送进了医院的太平间，他即使不是已经死去，也已经只有几个小时的气息了。我心里酸痛，我噙着泪珠走出了医院……

我也忘记这件事很久了。我很惊异我怎么一连串打了那么多个电话。每次都是先问询问台，问出了号码后再拨，每回都不是马上接通。我前后共打了一个小时……我久久地望着在这无所依托的亮光中出现的那个我，那个我正俯视着那垂危的小小生命，产生着将他抱回家中的冲动，我从未见我自己的面容这般美丽过……

我发现闪现在我面前的种种场景并不依据时间序列，也并不排列成行，犹如空中的星辰，它们分散在各个部位，有时密集，有时疏松，有时从远到近，有时从近到远，但总是伴随着那近乎宁静的淡淡的乐音。

……在街口我遇见了杂志的主编。那时他已被打倒。他刚被批斗过，难得允许他回家取换洗的衣物。他知道我不可能没见过批判他的文章，他可能主要是怕牵连到我这个最普通的投稿者，他低下眼皮要从我身边走开，我却唤住了他，我没有表示对他的同情，没有说宽慰他的话语，据他后来形容，我是自自然然地站在他的对面，向他说起我哥哥的癌症，说起我的忧愁，就仿佛我不知道他当时的身份和境况似的……对，一定就是我现在看到的那样，我可是已经忘记了，虽经他事后提及，当时我一笑，过后还是忘了，这算得了什么呢？这甚至远远比不上小王所捧上的那一碗馒头皮，但难怪他记得，他念念不忘，我明白了，一般的同情、劝慰乃至于激励，都还并不包括我当时的那种毫不经心的信赖与尊重，我是把他当作一个理所当然的长辈，一个生活中可以对之诉说纯属个人忧愁的熟人，而这对处于当时他那种境状的“走资派”来说，甚而是更可望而不可即的一种待遇……

原来这短暂的一次街头邂逅，也能构成一朵星光！

……我在看贴出的法院判决告示，我看到了我们那个居住区里一小伙子的名字，以及他的罪行和给予他的严厉惩罚，我心里竟涌动着阵阵的酸楚。我看完脚步沉重地走回家去。我同他毫无关系，也毫无来往。只是有一天我偶然地在汽车站那里遇上了他。我不小心将手里的一卷东西掉在了地上，那是亲戚托我购买的一卷教学挂图。其中有一张心脏挂图完全展开在地面上，并且被地面的污水玷污。我听见他同他的伙伴幸灾乐祸地怪笑。他把头伸过来，好奇地望着图上的那个心脏，怪声地叫着：“哟！什么玩意儿呀？是他妈的一只烂桃儿？”他不是幽默，不是调侃，甚而不是嘲弄，他真认为那上头画的是一只红得烂透的桃子。他顶着中学毕业的名儿，但他却不知道他胸膛里的那个跳动着的东西画在纸上也是这个模样……他是因打架斗殴并害死对方而被判决的,可以想见，他在殴斗中因为连丝毫的人体解剖学知识也没有，所以格外容易糊里糊涂地置人于死地……我不该痛恨他，唾弃他吗？我为什么一刹那竟至于为愚昧的灵魂而痛心？这种怜悯心难道不是有害的吗？……

眼前再现出那一组有关的场面，我不为自己心灵中闪现出的对这罪犯的怜悯而惭愧，我当时还曾冒出这样的想法：我真该去过问和干预一下中学里的人体解剖课的教授……我为什么竟并没有采取那样的行动呢？应当惭愧的倒是这个……

……我的一位朋友，他在科学技术上有了重大的发明，可是长期不能解决住房困难，几乎所有的人都为他感到不平，我也是其中一个。我甚至于为他去找我的一个远房亲戚，那亲戚在房屋分配上有着相当不小的权力。我与那远房亲戚很少来往，我这人又极为缺乏社交能力，可我还是硬着头皮去了，结结巴巴地提出了我的请求……我的努力毫无成效。后来，有一天，正如现在我所看到的一样，我去找那已经变得非常非常出名的朋友，我一如既往地为他的住房狭窄而愤愤不平，我说我还要想尽办法为他奔走呼号，他竟忽然笑了起来，他说他可以想象出我结结巴巴地求人的可怜神态，他还当着我模仿起来，就仿佛我为他乞求时他在场一样;他很忙，我不便多打搅，便告辞出来，他也不多送，我们分手了……而第二天他便迁入了相当不错的新居，他头天见到我时已经领到了新居的钥匙……当然他所得到的都是他早应得到的，但后来我一直迷惑不解，他何以会那样对待我的一片赤诚？我不再同他来往，因为他越来越高不可攀，我甚而渐渐忘记了我们曾有过贫贱之交，但当我与他那最后一次晤面的场景回闪在我面前时，我意识到我当时的那种心情和处境都是完全不应当自悔与自愧的……我深深地为他祝福，我的灵魂为一种高尚的宽宥与谅解而琴弦般地震动……

我这才知道那乐音原来就出自我的心中。

我泪眼模糊。当我把眼睛重新拭亮时，我又回到了无尽的长廊中。

从此我知道我应时时开启心中的一扇原来并不懂得珍视的门扉。

我又推开一扇门。

是一条湿漉漉的街道。从路灯照亮的区域里可以看出，正下着小雪。

我手中不知怎么有了把雨伞，我举着那伞，好奇地朝前方走去。

有个用彩色灯泡装饰的书报亭，我在那里停下来购买了一本我所熟悉的杂志。

前面是个咖啡厅。我走进去，找了个座位，搓着手，向服务员要了一杯热咖啡。

我翻开那本杂志，发现刊登在显赫位置的那篇作品署着我所熟悉的名字。我读了起来。

读完了，我愣愣地坐着。

一个人凑到了我身边，轻声地提醒我："嘿！咖啡都凉了！"

我盯着咖啡。果然已经不冒热气。

那人把一只手搭到我肩膀上，嘴唇贴到我耳边说："嘿！发什么愣！你是妒忌了吧？"

我生气地把他推开，拿眼瞪他。

他只对我冷笑。

我细一看，吓了一跳，那不是别人，正是我自己。只是似乎穿着不同的衣服。

"你别胡说！"我对他嚷："有人写得比他还好哩，我妒忌过吗？"

他摆摆手说："别装模作样了。一般来说，原来就比你高的人是不在你的妒忌圈内的。确定妒忌圈一般有三个参数：年龄上属于同辈，学历上属于同科，事业上属于同行并同时起步。他还不仅具有上述三个因素。你跟他是在一条街上长大的。你们怎么撅着屁股拉屎相互都是一清二楚的……"

我生气地驱赶他说："去去去！别在这里瞎扯！他已经写了那么多，而且早已名利双收，我要妒忌他早就妒忌了，何必等到今天？"

他竟又凑到我的身边，拍着我的肩膀说："那是因为他以往的作品，你觉得就算最叫得响的几篇也并没有超过你的，而这一篇……"

我望着那另一个我，瞪着他。他倒暂且退回去，沉默不语了。

我说了声："你乖乖地在这儿喝咖啡吧！"便提起雨伞，快步走了出去。

冲出好一大段路，我扭头朝身后望，还好，他没有跟来。

一辆小面包车停在我身边。下来几位，都是熟人。

"快上车吧！"他们跟我握手，请我往前排坐。

"我……"我迟疑着。

"就差来接你了！座谈会上你一定要头一个发言！"我身不由己地上了车，近乎哀求地说："我可发不了言，我是一点发言权也没有啊！"

"哪里哪里，你们从小一起长大，你最了解他！"

"他的作品你全看过，你可以从宏观的角度、发展的角度，敞开地谈。"

果然是开他那篇新作的讨论会。反应真够快的……有人从后面座位上拍着我的肩膀，我扭头一看，又是一个我！这回的我不修边幅，好像几天没睡觉，黑着两个眼圈。他趴在我耳边，愤愤地说："你不也有新作发表吗？他们怎么没有这么热情？"

我耸耸肩膀，让他退回去。让人家看见多不好！

接我的人在问我："你看了这篇，觉得怎么样啊？"

我刚要开口，却听见另一个我在那里代我以一种油滑的腔调回答："还用得着我给定调子呀？"

到了会场。

我走到跟我从小一起长大的同行面前，握住他的手，对他说："祝贺你又放了一颗卫星！"

诚恳的语调使我自己也很感动。

"谢谢你谢谢你……"他发自内心地高兴，眼里闪着感激的光。

我在会场上找了个不引人注意的位置坐下。立刻有另外一个我贴近我身边，指指坐在主要位置的那位同行，埋怨说："他怎么光是'谢谢谢谢'，连句谦虚的话也没有！"

我说："他自己内心里也认为这回是个完全的成功。这种心态他不向我掩饰，恰恰说明他对我完全信任……"

另一个我撇撇嘴说："什么信任！完全是狂妄！"

讨论开始了。

人们热情的称赞着。

另一个我几乎要缠绕到我的身上，软溜溜的活像一条蛇。他不住地在我耳边说："听见吗，听见吗？他们从不曾这么高度地评价过你……他配吗？他这篇玩意儿真那么好吗？……"

他缠得我出汗。我使劲瞪了他一眼："别妨碍我听发言！"

他委屈地暂且退缩到了一边。

有一位发言者持基本否定的意见。那是位脸颊上有颗大痣的女士。她明显带有强烈的个人偏见，导致立论的逻辑也比较混乱。

我正听着，并颇不以为然，另一个我又在用手指头敲我的后背。我扭过头去一看，他竟然是一副伦敦街头"朋克"的打扮，头发竖起来，染成草绿色，脸上用各色颜料画着些"？"号和"！"号。什么样子！

可是那一个我却凑拢我后脑勺，梦呓般地说："她多美啊，多聪敏啊，多了不起啊……你瞧哇你瞧哇！那位作者低着头装出认真记录的样子，可他的方寸已乱！你看桌子底下，瞧哇！他的两只腿在神经质地抖动哩！哈哈！他肯定是想一脚把她踢到窗外……"

什么话！我抖抖肩膀，让背后那个"崩克"我放老实些。这时那位女士发言已毕，主持者点名要我发言。

我真的惶恐。我连连推辞。声明我是来学习的，对这个作品我很佩服，但我实在讲不出什么新鲜而有价值的意见……

主持者却坚持要我发言，那位同行也诚恳地请我发言。

我嗽嗽了嗓子。从何说起呢？

另一个我——现在他推了个平头，穿着一身标准的中山服，表情严肃，煞有介事——凑拢我身边，紧紧地挤着我，使我慌乱中开口而不能发声，结果他倒替我说起话来。显然无论哪一个另外的我，别人都不能看见，因此他们只觉得是原来的我在那里讲话。

那发言的头一段，从文学长河的源头讲起，连我听了都不禁吃惊，何来那么大的口气？

……渐渐地转化为比较文学的角度。我斜眼瞥了瞥那另一个我，此刻他头上戴着瓜皮帽，身上却穿着蝙蝠衫，难怪他那语调越来越有点阴阳怪气，他盛赞同行的那篇作品，甚至认为刚才所有赞扬者所站的角度，都还不够高不够广，他极而言之地说："仅仅把它看成是一个好作品，那是远远不够的，在我国这实实在在构成了一种崭新的文学现象……"但他跟着话锋一转，便说到国外早有这样的文学现象，并立即举出了一整串作品，接着，他便仿佛是不经意地挑出了一部外国作家的作品，来同眼前的这部作品进行学术性的对照解剖……我看见满会议室的人都瞪圆了眼睛望着我坐的地方，一个个如聆佛音，不禁有点担心，这种华而不实的发言能自圆其说吗？我又斜视了一下旁边的那个我，他竟突然冲着我用一对食指扯开嘴角，一对拇指掰斜双眼，吐出舌头来做了一个大大的鬼脸……

我忙低头喝茶，仿佛是在润润嗓子。

那另一个我洋洋洒洒地继续讲下去。啊，原来那并不是一篇光有花架子的空洞发言……他所做的"中外作品平行比较"，实实在在地包含着一种暗示：那位同行的这篇新作，很可能便是对国外那篇作品的模仿！

散会了，我打着伞，冒着纷纷扬扬的鹅毛大雪向旅馆走去。地面上积了好厚一层雪。踩在上头嘎吱嘎吱的。我很后悔会上的那个发言。那毕竟得算我的发言。我想，尽管这纷扬的雪花每一片都轻柔得不占什么分量，可它们持续地堆积起来却可以掩盖住一切真实的东西，甚至可能酿成灾害……我心里很不是滋味。

夜里，我在旅馆的床上辗转反侧。

有人轻轻走到我的床边，坐下，用手轻轻摸着我的额头，关切地问我："你怎么了？不舒服吗？"

我抬眼一看，又是我。不过这回的我有着一双清亮的眼睛。

"心里不好受，"我对他说："很懊悔……"

"没有什么，"他倒了杯水递给我，鼓励地说："一切都还来得及，你现在就给他打个电话。如果你不好意思承认自己妒火中烧，那么你至少可以对你那不恰当的发言作一些真诚的弥补。打完电话以后你会轻松下来。你可以一切重新开始——冷静、客观地对待他的成就，并且重新发现你自己——你也有着同样的潜力和同样的机会……”

“真是这样的吗？”我握住他的手，贴到脸颊上，喃喃地说：“真该打电话吗？”

我伸出手去摸床头柜上的电话耳机，但又有一只手按住了我的手。

我一看，是另外一个我。他和刚才劝慰我的那个我同时出现在我的眼前。

这个乙我按住我摸电话机的手，眼里透出冷光，用一种牙缝里挤出来的声音说：“你要拍卖你的自尊心吗？”

那个甲我挺身同他争论：“自尊心的核心是自我尊重。而真诚是自我尊重的内核。一颗虚伪的心是永远谈不到自尊，也是得不到别人尊重的！”

我坐在床边，咬着嘴唇，痛苦地思索着。

甲我和乙我还在那里争吵，甚而至于推搡、扭打起来。我使劲地跺了一下脚，他们才暂且退到了暗处，安静下来。我心里忽然响起一种乐音，单纯而明澈，于是我隐隐记起我曾进入一扇门里，我在一片光亮中看到了那么多美好的东西，我又恍惚记起我曾在一个古怪的剧场里看过一出戏，那出戏里有着那么多的痛苦挣扎，但终究发出着一种不可抗拒的召唤……

“你打电话吧，打吧……”一个声音在我耳边轻轻地说，我抬眼看去，是甲我？不，仿佛又是一个我，他身上闪动着我在那光亮处所看到的虹彩……我眼角的余光仿佛还看到另外几个我躲在屋子里的各个角落，窥测着我，有的伸出手指头对我刮脸皮，有的冲我吐舌头，有的摊开着双手，也有的双手十指交叉，紧握在一起靠在胸前，还有一个冷静地睁着双眼……

我抓起了电话筒，拨了号码，电话机里“嘟嘟”地叫着，我就要搁下电话了，忽然听到了同行那熟悉的声音：“哪一位？”

我报出了名字。

对方很惊讶：“你还没睡吗？什么事？”

我感到有另外的我在抢电话筒，但我紧紧攥住电话筒不放，我诚心诚意地对他说：“今天我在会上的发言，你不介意吗？”

对方立即回答：“介意？为什么？你的发言很好嘛！”

一个我把嘴唇贴到我耳朵上，气愤地说：“撒谎！伪君子！”

可我用肩膀把他推开。我更加开诚布公地说：“我现在感到我的发言不够得体。我想向你承认，你这篇写得确实好，我甚至于……甚至于妒忌你了！”

对方的声调听来只能确定为高兴：“真的吗？你看你……你的发言没有什么不得体的，真的！对我很有启发……你干吗要这么说，我这篇不算什么，真的，刚发表出来的时候我是挺得意的，可现在每过一天我就至少发现一个毛病……”

另一个我把嘴唇贴到我另一只耳朵上，赌气地说：“算了吧算了吧，你不要自讨没趣！”

可我还是拼足勇气对那边说：“祝贺你！这回是排除了妒忌心的祝贺。我真希望你继续写出这样的和更好的作品！我们的民族和时代都需要大师，我祝愿你攀上高峰！”

他的声调突然变了，他一定大受震动，我听见他说：“谢谢你！谢谢你的这个电话！你给了我信心！我感受到了真正的友谊的力量！同行的友谊真是太宝贵了！……”

我也很感动，我接上去说：“还有同辈人的友谊……一条街上长大的友谊……”

我们互道了“再见”，挂上了电话。

一时间屋子里很静很静。那些不同的我都藏到哪儿去了？

隔了好久，我们在辗转反侧，一个最美丽最明智的我坐到了床沿，他俯身望着我的双眼，深沉地说：“这一切并不是坏事。完全不懂得妒忌的人未必是健全的人。好比完全没有毒蛇的世界未必是健全的世界一样。关键是如何制服妒忌，就如同被制服的毒蛇能够成为美味佳肴和良药补品一样……”

我终于睡着了。

早晨，我怀着全新的感情起床，我走到窗前，朝外面望去。我有了一种全新的体验。那纷纷扬扬的雪花尽管轻柔渺小，却可以堆塑出一个洁白动人的世界。

我回想起我仿佛到过一处地方，那里正在搞反“左”运动，那也许是一桩好事情。但是，难道仅仅反“左”，我们这个世界，我们自己，就一定能变得美好了吗？要使世界和人类进入更加理想的境界，还需要做出多方面的、巨大的、孜孜不倦的努力啊……

我带着新的启示走出了屋门，于是我又回到无尽的长廊。

长廊啊长廊，你究竟有没有尽头？

如果你有尽头，那尽头在何处？

如果你没有尽头，这又该如何理解？

你给了我欢乐，也给了我痛苦。你呈现给我的有时失之浅显，有时又过于神秘。你既单调又丰富，既可厌又可爱。你充满了危险，也充满了机会。

我知道，只要我一息尚存，我便要沿着你那漫漫的伸延，不懈地朝前走去。

我走。我推门。我既被动也主动，即主动也被动。

我推开的又一扇门里仿佛是混沌未开的世界。

我静静地伫立在那里。

忽然，从上方泻下一片朦胧的绿光。

一个 UFO 在我头顶上出现。

它的外形像两个巨大的对扣在一起的银盘，但看不到任何铆钉或焊缝。它有一圈亮着莹绿光芒的圆形舷窗。它毫无声响地降落在我面前，落定后我估量它的直径大概在三十米左右。它是用从底部伸出的三根有外倾度的银色立柱啄住地面的。从那底部开启的一个圆洞中，降下了一个银色的舷梯，我看见有绿色的人形生物从里面走了下来。

我站在那里一动不动。我被几个绿色的人形生物包围。他们的身材比我略矮，肩膀窄、腰身细、上下身相比较下身显得过长，他们脸上长着三只眼睛，两只的位置同我们相仿，但要大得多，另一只长在额头上，略小些，在我看来是竖长着。绝对没有眉毛。也没有隆起的鼻子。但相当于鼻子的地方有三个小圆孔，从里面喷出着淡淡的白气，我想那一定就是他们的呼吸器官。嘴巴是一条直线，没有嘴唇，因此我断定他们在恋爱中不会有接吻的动作。看不到耳朵。他们也没有头发。不过在他们光秃秃的头顶上伸出着一根我们称为天线的东西。他们全身都是一种难以形容的绿颜色，乍看上去很怕人，不能令人联想起森林或草坪，相反地却可能立刻联想到魔鬼。看不出他们穿没穿衣服。他们或许生来就是那么一种绿皮肤，或者他们是裹上了一层绿色的保护膜。他们的双脚是两个圆形的吸盘，自然也是绿色的。

我同他们默默地对峙了一会儿。他们用三只眼睛打量着我，他们互相之间还用那竖向的眼睛互递眼神，仿佛在商量应当按哪种事先拟定好的方案对付我。

他们当中正对着我的一个终于开口说："你好！我们不打扰你吗？"

他能说我们人类的这种语言，而且发音纯正。只是说话时他那一条线的嘴巴张开为宽度不等的长方形，看上去十分古怪。

"你们好！"我对他们说："你们当然打扰了我。"

"对不起！"那绿色人形生物又问："我们吓着你了吗？你害怕了吗？"

"我并不怎么害怕，"我告诉他："我们人类早有关于你们这类东西的预测和研究。我们拍摄过不少关于你们这一类东西的科学幻想电影，你们竟同我在那些影片中看到的外星人形象非常地接近。说实话，你们要让我感到恐怖，至少要变得让我感到根本不可思议才行。"

"我们的确来自你们所称的外星，"那绿色外星人告诉我："不过，在我们共享的这个宇宙中，实在也不可能有什么不可思议的东西。一切都是可思可议的。"

我想他们一定来自极其遥远的星系。我隐隐约约回忆起有一次我闯到沙漠上，一位富有的商人问我是不是上帝。我微笑了。于是我半正经半开玩笑地问他："你们是从上帝那里来的吗？"

他却严肃地回答我说："如果你想知道这一点，我们可以详谈。"他把双手伸到我的面前，我这才看出他们的手掌也是两个圆形的吸盘。他那三只眼睛都牢牢地盯住我，我听见他说："你能接受我们的邀请吗——到我们的飞行器上去，作一次特别的旅行。我们可以在那里面交换我们的看法。如果你同意，就请你用你的双手握住我的双手。"

我把自己的一双手伸了过去，我的手立即被他吸住了，接着我全身就有一种形容不出的感觉，我也不知道我是变轻了还是变重了，总之我已不是原来的状态。

不知不觉地已经随他们进入了那飞行器中。

飞行器内部可能分割成了若干相隔的部分，就仿佛莲蓬那样。我同那位吸住我的外星人独处在一个舱房里。同我所想象的相反，那里面看不见什么仪表和屏幕，除了两把靠近舷窗的转椅外，竟是空空洞洞的样子。舱内四壁和转椅都是发亮的深黄色。

那位外星人请我坐到转椅上。他自己坐上另一张转椅。他对我说："这里面只有我一个能运用你们的语言。破译和掌握你们的语言，在我们来说是最高深的学问之一。"

我问他："我们什么时候起航？"

他说："我们早已起航，并已远离刚才那个地方。"

我朝舷窗外望去。我很吃惊。从以往的科学幻想影像里，从宇宙飞行器的舷窗朝外望，总是一派散布着星辰的无边无际的空间，但我现在所望见的，却仿佛是在一个红色的通道中飞行，这圆筒形的红色通道类似地球上的地下隧道，只不过那构成隧道的材料望去非常特别——既陌生又似乎熟悉，那是一种什么东西呢？

隧道渐渐变粗，终于粗大得不见四壁，只感觉是一派红光，但仍能意识到是在一个巨大的通道中飞行。

我猛地意识到，我们就仿佛在人体内的血管中飞行。

我把这个想法向那外星人说了。

绿色外星人于是对我娓娓而谈："你这个感觉很对。你不是提出来上帝的问题吗？有没有上帝？他在哪里？他同我们是怎样的一种关系？这不仅是你们地球人日夜思索的问题，也是我们大家——所有宇宙人共同孜孜以求的问题。

"宇宙是无限的。这个观念我们都具有了。宇宙的无限包含着无限个层次，这个观念你们有吗？而在每一个层次中，宇宙又是绝对地多次衍生。我们正是这样看的。

"你们人类对自己身体的研究，起码已经有几千年的历史。到了近三百年来，你们对这方面的研究有了飞跃的发展。现在请你充分地想象一下，一个人的躯体内部，在未被打开的情况下，是怎样的一种状况？你们地球上的人，绝大多数一生一世是未能打开过躯体的。打开过躯体的人，无非是以下几种情况：因疾病而动外科手术，因意外伤害而导致躯体破裂，因死去而被解剖。至于一般的表皮受伤，极浅度的肌肉破裂及骨骼折断，都还称不上是躯体破裂，我们这里暂不讨论。

“那么，你可以意识到，一个未被打开的躯体，绝对是一个基本封闭的自我圆满的独立体系。这实际上就构成了宇宙的一个层次。对于流动在那躯体血管中的血液、淋巴管内的淋巴液，以及内分泌系统的各种分泌液来说，那躯体便是他们赖以生存的宇宙，并且也就是他们的上帝。你们地球人有一种论调，说上帝造就了人，人也造就了上帝。这个论点是正确的。对于流动在人体血管中的一个小小红细胞来说，人本身是他的上帝，但这个上帝本身，又是由无数的器官、无数的细胞、无数微小到难以形容的东西聚合而形成的。

“就是人体内部，也又有若干可能永不会被打开的封闭体系。人的身躯中的胸腔与腹腔之间有横膈膜，心、肺和胃、肠，他们统一在一个上帝之中，但他们之间却有可能永远不能看到对方的面目……

“你应当顺着我的启发往下深想。你肯定能悟出一些以往未曾意识到的道理。倘若我们现在确实好比是在人体的血管中飞行，从毛细血管飞入动脉，又飞入主动脉，飞过心脏，从一个心房到另一个心房，再进入静脉……那么，第一，我们应当承认血液循环系统便是我们的宇宙；第二，这个宇宙是有上帝的。上帝如果死了，我们一定会面临突变；第三，上帝也赖我们而健康，而存在，我们反过来又是上帝的主人；第四，宇宙的无限不仅在于血液循环系统本身的丰富和复杂，以及相对于我们来说的无比宏伟和莫测，还在于在血液循环系统以外，尚有无数其他的系统和器官，因而宇宙绝对是多层次的；第五，宇宙的各个层次之间绝不是均等地渐变，比如人的躯体突然破裂，一直隐藏在连人自己也看不见的转闭腔内的器官流泻了出来，血管大破裂，血液喷溅出来，那么对于构成那器官的细胞和血管中的红细胞，白细胞、血小板及其他成分来说，便是一种宇宙毁灭般的灾变；第六，人类目前在地球上所搞的军备竞赛，等于自己从内部促进上述那样的灾变，用不着外来的打击，人类自己的厮杀，就足以使构成人类所依附的宇宙体系的自我溃烂与破裂；第七，还可以有另外一种思考的角度，人类在大地上生存，因为自身的渺小，仰望着日月星辰，俯看着深谷大川，便觉得生存于其中的世界无比宏大，现在你向舷窗外望，只剩下一派不见边际的红光，不也容易产生同样的感觉吗？其实人类周围的世界，也不过是另一种形态的更巨大更复杂更莫测的巨人的某一部分器官的内部封闭体系罢了，而那巨人，也便可以称为人类的上帝，而对于这个上帝来说，他又不过是更宏伟的一个层次中的一个平凡而渺小的生命罢了……你明白我的意思了吗？”

我听得入神。我明白他的意思，而我自己在内心里又联想到许多，发展了许多。

“有没有灵魂这个问题，你们地球人讨论得也很多吧？”我的外星伙伴兴致甚浓，他又侃侃而谈起来：“那种认为没有灵魂的说法，当然是站不住脚的。你们，一个活着的人，不光有他的躯体，还有他的思想、感情、欲望、冲动、潜意识……那就是最一般意义上的灵魂。当然，如果这个最一般意义上的灵魂不能凝聚出转化的东西，那么，随着躯体的湮灭，它也便湮灭了。然而绝大多数人的灵魂，都能转化为应当称作文明的东西。一种是群体转化，如你们建造起的城市、农田、园林，以及你们创造出的一切地球中原所未有过的东西……那难道不是灵魂吗？你们可以分别把它们称之为国魂、民族魂、人类的灵魂……另一种是个体外化，如你们贝多芬谱写的音乐，你们李白创作的诗篇，你们爱因斯坦创建的相对论等等，你们的书店、图书馆、博物院等等，便是一座座的灵魂库嘛！当然，个体外化中最崇高的灵魂，也许便是深邃优美的音乐和变化无穷的高等数学，对这个论断也许你还不能接受，我们以后还可以慢慢讨论……不过，面对着整个人类的文明所凝聚成的一个人类魂，却在那里否定灵魂的存在，在我们看来，真是个不可思议的悲剧！当然，人类的邪恶，也凝聚成了另一种灵魂，这种灵魂首先体现为军备竞赛，体现为制造越来越多的足以毁掉人类摇篮——地球——的核武器，究竟是人类那善良而美丽的灵魂——它的核心是良知——战胜这邪恶的灵魂，还是邪恶的灵魂终于酿成一场毁灭地球的灾变，我们正密切地注视着。你不要以为我们是离你们非常遥远的一种存在，相对而言，我们还是在一个层次之中，我们共有着一个上帝。”

我感到思路顿开。我向舷窗外望去。外面的红光渐渐变为了空漾的紫光，并开始闪烁着无数迎面而来又相继远去的亮点，我体会到一种最全面、最丰富、最深刻意义上的无限。

“欢迎你去我们星球做客，”我身边的外星伙伴召唤我说：“我们马上就要到达。”

“这么快？”我吃了一惊：“我们不是刚上来没多久吗？”他说了一个巨大得不可思议的数字，单位是光年，他说我们已经飞历了那么长的一段距离。

正说着，我看见舷窗外出现了一个星球，开头只有乒乓球那么大，呈暗红色，很快地它便由西瓜般大变为车轮般大，然后便一直逼近到眼前。我原以为我会看到那上面密布着山川河流，城市乡村，就像我在地球上看电影和电视，那空中鸟瞰镜头所展示的那样，但我在这个星球表面所看到的却是一片片死寂的褐色沙漠，越来越近以后，我更发现那沙漠甚至连地球沙漠都不如，绝无一星绿洲，并且构成沙漠的也不是细细的沙子，而是些丑陋不堪的岩砾。

正吃惊着，我们的飞行器已突然穿过星球的外壳，进入了它的内部，舷窗外经过短时间的灰暗后，突然大放光明，原来我们的飞行器已经停靠在他们的航天港中。

外星伙伴将我携出飞行器。我对眼前的一切所产生的反应，已经超出了惊奇，而达于叹佩的地步。

尽管我不能完全懂得眼前的各种事物究竟各具什么功能，但我深深地意识到，它们组合成一种远远超出我们地球的高级文明。

懂得地球语言的外星伙伴请我进入一种在他们世界中运行的交通工具——不同于地球上的小轿车，那外观倒有点像地球上那种手按自动泄水的热水瓶，当然，按体积来说那是扩大了无数倍——进去后我俩各斜倚在一张软垫上，他驾驶时也不是使用地球上的那种方向盘，而是将他的吸盘手吸附在内壁上的一个特别标出的部位上。

从这交通工具的大玻璃窗望出去，一条条的地下街道修筑得十分宽敞、十分美丽，并且极为洁净，交通秩序也极好；街道之间都有带喷泉的广场；街上步行的人们，都采取一种让我感到好笑的步伐——当他们行走时，他们双脚的吸盘便离开地面，像滑动似的朝前运动，吸盘离地面越远，则滑动速度越快，我看见有几个小孩竟爽性离地有两丈高，在街上立着飞了起来；当他们要停住时，他们双脚的吸盘便立即吸住地面。我们所乘坐的那种交通工具，底下也并没有轱辘，似乎是人造的大吸盘，当然，它的运行速度是步行人无法可比的。也有让我乍看上去很不习惯的事物，这就是那些树木，它们的叶子都是黑色的，当然，不是一种黑色，有油黑、漆黑、浓黑、淡黑、蓝黑、红黑……以及各种程度的灰黑色，不过看久了，发现它们是饱含水分的、有生命力的、形态各异的，并且与周围景观的明黄色、浅褐色、玫瑰色、正赤色、乳白色、藕荷色……以及金色和银色配合起来，倒也协调。满街的人都是绿皮肤，绿得各有不同，因此一切人和物的色彩综合起来，这个世界倒也还是丰富悦目的。街上的人穿着各式各样的服装，最流行的是一种柠檬黄的套衫，因此我断定身边这位通体浓绿是因为穿上了一种膜状的宇航服。

我这人真没有出息，说出来真是给地球人丢脸！我竟突然感觉到腹急。憋了半天，终于憋不住，只好向外星伙伴提出来，我希望能方便一下。外星伙伴倒并不介意，他煞住了“车”，指指一个处所说：“你自己去吧，一切同你们地球上的都很相似。”我走近一栋八面球形状的小房子，我发现它是用地地道道的白银做成的，我打开门走了进去，发现里面有一只金子铸的马桶，当我坐到马桶上方便时，我发现洗脸池是羊脂玉雕的，上方的镜面周围镶嵌着豌豆大的珍珠，而水龙头则是碧玉和玛瑙制作的……

我走出来时对外星伙伴说：“衡量一个地方文明程度的最准确最灵敏最可靠的标准，便是看它的公共厕所的状态，这话真是一点不错！不过，你们公共厕所设施的完备、通体的清洁、气息的芬芳固然很好，只是为什么要搞得那么奢侈？”

“奢侈？”外星伙伴那横着的两只眼睛眨个不停：“你为什么会觉得奢侈？”

“你们用的材料是多么惊人：黄金白银、珍珠玛瑙……”

他那抿成直线的嘴裂成了一个大大的长方形：“啊呀，这些材料在我们这里恰恰是最没有价值的，我们认为是在废物利用呢！”

我猛地想起，地球上的一个伟人讲过，等我们地球上实现了共产主义，我们也要用黄金修造厕所……

当我们又坐进那交通工具时，我便问他："你们这里是不是已经实现了共产主义？"

外星伙伴说："真对不起，你们地球上的一些高深的学问我还没有弄懂。关于共产主义，我现在还一无所知。不过我可以告诉你，我们这里现在没有一个一个不同的国家，自然也没有战争、没有暴力……可我们从历史课上学到，几万年以前，这个星球表面也生活着高智能的生物，他们也创造出了灿烂的文明，可是他们终于将国家间的矛盾酿成了大规模的战争，最后竟动用了核武器，于是整个星球表面的文明归于毁灭……我们的祖先是从另外更遥远的星球上移民来这里的，本想在这星球表面定居，后来发现那核战争所造成的后果竟使得起码几万年间再难在它表面上创造文明，于是才不得不转入开发地壳之下……你以为我们在这地下世界中生活得完全无忧无虑吗？不，我们这里的人全都不能平卧着睡觉，谁一平卧，那当年球面上爆发核战争的惨景便会在噩梦中出现，有的人竟在平卧的噩梦中暴死！好，前面到宾馆了，我现在就得嘱咐你，你的房间里也没有地球上的那种床，只有像你我现在这样斜倚的软垫，你也不要试着把它平放在地上睡觉，因为我很难估计你会不会也要做同样的噩梦……"

在宾馆的房间里，果然有一张放在同地面成七十度角的架子上的软垫，我很难想象自己能倚在它上面睡觉。

外星伙伴对我说："这个房间里许多的设备要么跟地球上的类似，要么你能够猜出它们的用途，只有几样东西我要特别给你指点一下……"

他指着一个望去活像我们地球上南瓜的那么一个东西对我说："你手上没有吸盘，可是你可以用你的手掌顶住这里使用它。这是通话机。当我走了以后，你可以用它同我通话。你只要心里想着我，我自然就来同你通话，用不着像你们地球上打电话那样地拨号或用手指按键。"

他又指着写字台上的一个活像我们地球上荷叶的那么一个东西说："你感到烦闷的时候可以用它自娱……"

"这是一个电唱机吗？"我问。

"不，这是一个高等数学自娱机，我们这里几乎家家都有，有的人外出时也带着袖珍的。我们都认为这是一切艺术中最高的艺术……听音乐的设备则在那边……”

我想我大概不会用它。我对高等数学一窍不通，可在地球上我还算得是一个懂艺术的人哩！

他把我带到屋子一隅，指着一个看去活像我们地球上落地方花瓶的东西说：“这是心灵回忆机。你只要用脚踏一下它前面的这块地板，你心里想到什么往事，它便可以立即在你眼前再现出来……它能使你重温美好的时光，慰藉你的心灵，也能让你从旁看到你的丑行，催你反省……”

我惊叹说：“我们地球人可还没能发明出这种东西来啊！”

我转转身子，用眼睛搜寻了一番，问他：“电视机呢？电视机在哪儿？”

他笑了：“我们这里没有电视台，也没有电视机。”

我问：“那么，你们怎么交换信息呢？”

他说：“你们电视的价值，主要在于传播新闻信息。而我们额头上的第三只眼睛，本身便具有随心所欲地获取一天中的新闻的功能。而你们电视中的广告及娱乐性、教育性节目，我们都有别的东西替代，所以我们没有电视。”

说完他同我暂且告别，让我好好休息并说他将还来接我出去进行广泛的参观访问。

我真累坏了，我倚到那床垫上休息，开始还觉得舒服，过了一会儿便一个劲地想躺下，但又不敢躺下，于是我便坐到了沙发上去，但他们的沙发跟我们地球上的有根本的不同，一坐上去便总在微微地前后左右晃荡，弄得我又只好起来，在屋子中踱来踱去。我去打开那音响设备，奇怪的是那音乐不仅旋律古怪，而且时断时续，我只好又关掉它。我走到那“荷叶”面前，只能是望“叶”兴叹，这高等数学可怎么个玩法呢？于是我踱到那心灵回忆机前。我踩了一下它前面的那块颜色特别的地板，我想我首先要回忆一下地球上的那绿色的山野，乃至于回忆一下我在那绿色山野中遇见过的那个狂热地要成为知名女作家的姑娘，连她，此刻我也有一种亲人般的感觉，也不知她现在怎么样了。也许她已经改变了她的偏执，真的获得了成功吧？……但我只看见从那瓶子口里冒出来一些干冰似的白雾，既没有呈现出那令我怀想的绿色交响乐，也没有出现那位姑娘，我想他们这里的东西质量也真不可靠……我想起了那一直陪着我的外星伙伴，而那外星伙伴同我坐在飞行器舱房中的情景立时便呈现在了我的面前，不像电影，也不像全息摄影，而确确实实是一种身临其境的感觉，我高兴得不禁拍起了巴掌，但这情景其实刚经历过不久，并不值得特别回忆我还是回忆别的吧！我突然想到了小王，那我对之已经很有看法的小王，但在这非常可怕的一个数字的光年之外，连想起他来心里也是亲切的，甚至于我觉得也许有他的一部分道理……然而我所想到的一点也没有呈现出来！

我走到那“南瓜”面前，把手掌按到了指定的地方，“南瓜”立刻裂开了，里面竟伸出了外星伙伴的头，我要用手去摸他，他对我说：“你不要摸，你一摸这工具就不灵了，这当然只是我的一个投影。我在家里哩。你有什么事吗？”

我便告诉他那音响设备肯定有毛病。

他想了想说：“我明白了。你是用你的耳朵听音乐，所以有些你们人类称之为超高频或超低频的信号你是接收不到的。而我们是用头顶上的天然天线收听，我们能够听全所有的信号。”

我又告诉他那台心灵回忆机根本不灵。

他恍然大悟地说：“啊呀，我想肯定是这么个道理——关于你们地球的种种信息，我们的心灵回忆机是没有能力再现的，真对不起，让你扫兴了。这样吧，你抓紧时间休息，过一会儿我去接你，带你参观访问。”

“南瓜”合拢了。他也消失了。

我突然感到深深、深深的寂寞。

我再靠到那斜立的垫子上去休息，越靠却越感到疲劳。

我想既然这里的许多东西并不适用于我，我平卧着休息又怎会遇到他们那样的命运呢？

我大胆地把软垫从椅子上取下，平放在地上，并立刻卧了上去。

真舒服！

不一会儿我睡熟了。

我被一种突如其来的巨响惊醒。刚一睁眼，我就立即明白：是核战争！先是一道白到掩灭其他一切的白光，随之，便是一股灼热的气流猛扑而来，瞬间使房屋如同纸片似的倒塌。我想我双眼一定已经失明，我浑身像被烙铁烫过，我耳边是一片凄惨的呻吟……最要命的是我感到我的身体被无数尖锐的东西穿过，我活像是一个被抛到硫酸池中的筛子！……我挣扎着，朝前爬，我居然还看得见，我看见了什么？就像电影中的慢镜头一样，美丽的城市和田园，在我眼前一点一点地倒塌，燃烧，被黑雾笼罩，从一片灰色中呈现出它们破烂的废墟，而许许多多的生命，在其中蜷曲、翻滚、扭动、僵挺……我居然还在朝前爬、爬、爬，没有遭到损害的地方在哪里呢？胜利者在哪里呢？我只看见火光、黑雨、灰烬、尖埃……原来双方甚至于是同时按下电钮的，都是胜利者，也都遭到了毁灭……我眼前的大地渐渐凝缩为一个丑陋、荒凉、冷寂，如同用癞蛤蟆皮包裹的发散着刺鼻浊气的球体，而我也便仿佛就要断掉游丝般的最后一口气……

我猛地从垫子上跳了起来，一身淋漓的冷汗，心头突突突地跳着，我看见外星伙伴站在我面前，焦急地问我："你怎么样？你没事吧？你怎么非要平卧着呢？" 我总算平静了下来。"让我们去参观美好的事物吧！把你那噩梦忘得干干净净！" 他热情地邀请我说。

"不，"我坚定地对他说："把我送回地球。我要回去。我一定要回去。立刻回去。"

他的三只眼都望着我。他看出来我的想法是不可更移的。

"那好吧。送你回去。"

他又用那交通工具把我送到了航天港。

我以为他要让我乘坐那种地球人称之为 UFO 的飞行器，没想到他却把我带到了一个类似地球上的体重计那样的物件旁。

"站上去，"他嘱咐我说："闭上双眼，这样你就可以极快地回到地球。"

我在站上去之前对他说："谢谢你们，特别是要谢谢你。回去以后，我一定把我的经历一五二十地讲给地球上的同胞们听。"

"你会忘记掉一切的，"他安详地告诉我："祝你一路平安！"

我踏上那个东西，闭上我的双眼。

仿佛只有一瞬，我便感到自己已经降落。

我睁开眼。我已在无尽的长廊里。

我从哪扇门里出来的？刚才我进到了一扇什么门里去？我遇上了些什么？

我仿佛害过一场大病。怎么我的记忆力衰弱到了这种地步？

我仔细回想，用心回想。啊，想起来了，我刚从一个大雪的地方回来。我在那里见到过另外一些个我，并且得到过一些有益的教益……当然啦，我应当记住这些教益。

现在我觉得长廊的无尽是正常的。倘若长廊竟突然在前面终止，我将会怎样呢？我肯定不甘心就那么走出去，我会扭转身，再朝长廊的另一头走。我祝福这长廊的无尽，祝福这无尽的长廊。我还有那么多的门没有来得及去推开哩！

我决定从这一扇门开始，往下两边的每一扇门我都要推开。我从衣兜里掏出笔来，在那门上作了一个记号。

推开门一看，又是个旅馆的房间。这是我去过两回的那个宾馆吗？有点像。我不禁高兴起来。这个地方的反“左”运动进行得怎么样了？我该立刻打开电视机看看！

但那电视机上并没有第十频道。我打开了第一频道，正在播出新闻。啊，原来我来到了一个欧洲国家。我怎么又跑到欧洲来？我想起了蒙娜丽莎，她近来身体可好？在没在王子饭店开新的酒会？

我坐在沙发上看新闻。

忽然，播音员以异乎寻常的表情和声调宣布：“现在公布一条刚收到的消息，长生不老药已由 HD 研究所研制成功。服用第一批实验性药丸的豚鼠、狗和猴子，经人为暴力袭击和人为干涉病毒侵袭后，依然健康如初……”

我吃了一惊。竟会有这样的事情！

电视屏幕上映出了实验的情况：先让一些豚鼠、狗和猴子分别服用一种白色的药丸，然后，再分别将它们用木棍、手枪打得鲜血淋漓、倒躺在地，甚至故意用汽车去撞、轧它们，看去真是惨不忍睹，但几分钟以后，它们竟纷纷站立起来，伤口、枪眼和残破肢体竟完好如初！正当我目瞪口呆之时，又映出有意用病菌和病毒去使它们患病的场景，据说所使用的病菌和病毒都是当今世界上最难制服、一旦感染上有关疾病死亡率最高的，但那些豚鼠、狗和猴子在遭受这些病菌、病毒袭击后，只不过各自打了一连串喷嚏而已，竟没有一个发病者萎靡……

接下去电视播音员告诉大家："目前已试制出第一批供人类服用的药丸一千粒。据悉制作此种药丸的特殊原料目前已告罄。鉴于此种药丸的特殊性质，无法在人的身上先做试验以证明其效力，但据发明者说，可保证服用者和上述豚鼠、狗与猴子一样，获得长生不老的生命！……"

我忽然想：今天莫不是西方的狂欢节或愚人节？显然电视台穿插这样的节目是为了博得观众一笑！

我很疲倦，哪有心思陪他们瞎起哄！

于是我关了电视机，上床歇息了。

我在睡梦中忽然被人弄醒。睁眼一看，几个蒙面人围住我，其中一个人一手揪住我睡衣领口，一手拿手枪对准我的胸口，恶狠狠地问我："你把长生不老药藏到哪儿去了？！"

我惊诧莫名。我对他们说："我是外国游客，我不参与你们的狂欢节胡闹，你们不要拿我开心！"

"你不要装糊涂！"那拿枪对着我心口的蒙面汉依旧恶狠狠地说："现在全世界所有的人都知道 HD 研究所的主持者是个华裔，并且已带着装有一千粒药丸的箱子躲藏起来，我们查出来那就是你！你不要耍赖，你把那药箱子交出来！

他这么跟我说话的时候，另外几名蒙面人已经开始满屋子搜查起来。

我心里这才紧张起来。看来他们真是强盗，并非开玩笑的家伙。

我挣脱了那人的揪拽，厉声对他说："你别吓唬我！你们这样半夜闯入我包租的房间，对我进行污辱、恐吓和搜查，完全是侵犯人权的行为，我抗议！而且我根本不是你们要找的那个人！我跟什么长生不老药毫无关系！我也根本不相信世界上有什么长生不老药！请你们赶快出去！"

"你敢反抗？你不交出药箱？我枪毙了你！"他狂怒地向我扑来。

我把他狠狠推向一边。其他几个歹徒立即过来帮助他。把我团团围住，看样子要一齐朝我动手。

我镇静下来，打出个禁止他们的手势，沉稳地说："你们真好笑！倘若我是那个发明家，你们向我开枪有什么意义呢？如果我服用了那长生不老丸，你们就打不死我。如果我自己并没有服用，打死我你们更永远找不到那个药箱。所以我劝你们不要胡来。你们还是先退出这间房子去吧！"

这是个"缓兵之计"，我想只要他们一出屋，我便立即打电话报警，或者干脆从窗口跳下去，大声呼救——我住的是二楼，只要掌握好姿势和重心，大约摔不死的。

他们才不上当呢。为首的那人一摆手，他手下的人立即扔出一块黑布，把我罩了起来，然后他们便把我扛走了。我在黑布包裹中窒息过去。等我醒过来时，我已经被关在一间形同监狱的小屋子里。

一个歹徒来给我送水和面包。我问他："你们为什么要这样对待我？！"

他说："告诉我们你把那药箱藏在哪儿了？我们找到了药箱，就放掉你。"

我说："我确实根本不是你们要找的那个人。你们弄错了！"

他说："老实告诉你，我们研究过了，你既然是药丸的发明者，那么你一定已经吞服过药丸，所以我们杀你是没有意义的。但我们要让你不得好活。如果你不把秘密告诉我们，交出药箱，我们就永远把你关下去！你想想吧，这种长生不老不是比死还可怕吗？"

我问他："你们是些什么人？"

他傲慢地说："这你用不着知道！"

我便对他说："倘若我真是那个发明家，我是绝不能让你们得到药丸的！怎么能让你们这些人在世界上长生不老？"

他恶狠狠地把拿来的面包和水壶一下子全扔到窗外，指着我鼻子说："你反正是不死的，那你就永远渴着饿着活受罪吧！"

他走了，把门锁得牢牢的。我气坏了，但又无可奈何。我知道我一定是落到黑社会手中了。

忽然听见一排枪声，紧跟着是直升机来临的声音。又有激昂的呼叫声和对射声。最后我从铁栅栏窗看见直升机降落在院心里，几名穿制服的警察从直升机里出来，立即奔向关我的小屋。

我被警察救了出来。

我感谢他们，告诉他们我要回国，请他们直接送我到飞机场。他们只是彬彬有礼地微笑着请我登上直升机。

直升机却把我送到了一座豪华的郊外别墅中。

他们先请我洗澡、更衣，再请我进餐。进餐时，我对陪我进餐的一位显然是警察长的先生说："请快些送我回国。"

他只是劝我尽量多吃一些，并且说："您先需要好好地休息一下，而且，您被劫持以后，世界上又有许多的变化，您也应当了解一下，请您先睡一觉，起来看看电视，然后自然会有人来同您商定一切。"

我想那样也好。

在一间相当奢华的卧室中睡过一觉，我被别墅中的仆人请到客厅，他把我安排到舒适的沙发上，在我面前的茶几上摆上咖啡和威士忌，然后又给我打开正前方的电视机，之后便退出了屋子去。

电视里正报导新闻。居然全是关于长生不老药的。

播音员宣布："鉴于长生不老药的发明者携带装有一千粒长生不老药丸的药箱神秘失踪，世界局势更趋于动荡……"

屏幕上显示出许多地方的航空港戒备森严的镜头。播音员在画外解释说："……许多国家和地区的政府怀着极其复杂的心情检查着每一位入境和出境的旅客，他们既欢迎那种神秘的药箱来到他们那里，又担心随着药箱的到来可能出现无法控制的混乱……"

屏幕上显示出一个国境线上的高速公路关卡，一群人乱作一团，仿佛在进行集体斗殴，然后换成医院里的镜头，一些病人正躺在病床上打点滴。解说是："……前天在该两国边境发生的这场悲剧，起因就是因为边境检查站的人员误以为他们截获了那个药箱，当他们想到无论自己如何违反纪律、丢丑乃至于流血，终归是可以长生不老时，他们便不顾一切地带头砸破那药箱，抢里面的药丸吃，结果却造成了踩死三十人，踩伤挤伤十六人，以及因误吞药丸而暴发急病四十一人的惨剧……”

屏幕上又显示出一些各色各样的会议场景，解说是：“……世界上许多有影响的组织纷纷召开紧急会议，讨论有关长生不老药丸的问题，其最中心的议题是：在找到了那一千粒药丸以后，如何分配这些药丸？有的认为应优先提供给那些优秀的政治家、本族的伟大领袖以及那些能对保障世界永久和平起关键作用的人物……一个自称是‘维护诺贝尔奖奖金委员会’的组织则认为，应将药丸率先发给所有仍在世的诺贝尔奖奖金获得者，并应提供一部分药丸作为评奖委员会的正当储藏，以备下几届获奖者服用……一些国际金融和企业界人士则认为，药丸应在世界上公开拍卖，谁出钱最多，就卖给谁，但在究竟是一粒一粒地卖还是分成几批卖这一细节问题上，他们之间还有尖锐分歧……梵蒂冈红衣大主教发表声明，认为只有最虔诚的天主教徒方可享用此药……万国文学艺术家协会则认为，他们有理由分享一千粒药丸中的三分之一，因为他们是人类文明的核心……世界爱犬协会则提出，应从一千粒药丸中拨出三百粒，使目前世界上最可爱的三百只狗永葆青春……”

紧接着却是些街头示威镜头，以及一些抗议集会的镜头，解说是：“……关于长生不老药的发明也引起了广泛的抗议活动……西方一些大城市的医生和护士举行了大规模的游行，他们举出的横幅上写着：‘大骗局！’‘只有科学治疗，没有长生不老！’但有人认为他们主要是担心长生不老药的大量制造会导致他们全部失业……一群年轻的无神论者集会，他们认为有关长生不老药的宣传是有害的，这必将导致人性的堕落，因为既然无所事事乃至胡作非为都能因吞服一粒药丸而长生不老，谁还愿诚实地劳动、友爱地与他人相处呢？……”

再下面是一些各种各样的呆照和地区报纸的文章标题特写。播音员以忧心忡忡的语调说：“……许多地方的黑社会也纷纷活动，搜索那装有一千粒药丸的药箱，这导致了犯罪率的普遍提高……有的地区更出现了诈骗者，他们佯称自己已吞服了一丸长生不老药，并掌握着那另外的九百九十九丸，他们向有关部门索要高达数亿美元的转让费……”

再接下去竟是一些我很熟悉的场景，播音员提高声调宣传：“最新消息！本地警察局的特别行动队已于今日中午在某地从黑手党手中救出长生不老药的发明者，预计那神秘药箱的出现指日可待……”

我看得晕头转向，看到最后我真有点以为我自己是那长生不老药的发明者了。但我哪儿有那装有一千粒药丸的神秘药箱！见鬼！

晚餐后来了一个由十一个人组成的什么特别委员会，他们郑重其事地坐在我对面，说是要跟我会谈。

我对他们说的头一句话便是：“我不是那个发明家，我也根本不相信有什么长生不老药。”

他们却不慌不忙。为首的是一位满头银发的女士，她年龄已经不轻，但面容修饰得十分细心，看去倒还顺眼。她微笑着说：“这个问题我们不想浪费时间讨论。因为黑手党对劫持对象的身份确认，一向是比刑警队、检察官和律师们更少失误的。我们现在想同您讨论的问题是：您打算让我们付出什么样的代价，才乐于说出那一箱药丸的隐藏地点？”

我还是坚持对他们说：“我确实跟长生不老药毫无关系。你们为什么不把HD研究所的人找来呢？我保证他们没有一个人认识我。”

那女士依旧保持着动人的微笑：“HD研究所是您主持的私人研究所，您在出走之前并没有告诉您所雇佣的助手们您究竟在研制什么东西，那最后阶段的动物试验是由您自己一个人完成的，他们也是直到从电视上看见试验结果时才恍然大悟。而且我们都知道您总是通过声音指挥您的助手们，他们几乎就从来没见过您本人。谁又能保证您那声音不是用物理方法改变过的呢？因此他们自然都无法来确认您。现在希望您能告诉我们，您为什么要把有关实验成功的录像带和消息通过邮局提供给电视台？您又为什么在此之后带着药箱出走？”

我赌气地说：“因为我是个骗子！我想行骗！或者我是个爱开玩笑的人，我在同全世界开玩笑！”

他们十一个人几乎同时对着我说：“那么您现在结束这个玩笑吧，把您那只箱子交出来吧！”

我叫了起来：“我根本就没有什么药箱！”

他们互相望了望，最后还是那位女士对我说：“看来您的情绪不好。我们可以明天再谈。不过希望您今天晚上再仔细考虑一下，看您究竟打算要我们付出怎样的代价……”

我站起来说：“明天再谈？我现在就不跟你们谈了，我要回家去！”

他们也站了起来，那女士真是好脾气，她仍旧满脸微笑，劝慰我说：“您别生气，您已经被保护起来了，您出了这个别墅便有生命危险……”

原来我已然被他们软禁！

晚上我又看电视，电视中特辟了题为“要？不要？”的专栏节目。里面陆续出现着若干电视台记者在街头、咖啡馆、家庭、办公室、工厂、商店、旅馆、飞机场及其他场所进行临时采访的镜头，据称是由世界的许多不同国家不同地区提供，由本地电视台综合编制的。

……在一个街头喷水池旁，一个小学生告诉记者：“我不要吃。不想现在就吃。因为我想长大。”

……咖啡馆里的一个舞女却说：“我恨不得现在就要一丸吃。我要永远这么年轻漂亮，该多好啊！”旁边一个客人拍拍她屁股说：“不过你一样会发胖的。”周围的人当即发出一片哄笑。

……一个白胡须的东方老人坐在家中的藤椅说：“我把以往的岁月献给了使祖国强大、繁荣的壮丽事业，我认为在这事业中我已经获得了永恒的价值，所以我不要什么长生不老药丸——再说我也不相信有那种东西……老年人应该高高兴兴地自然谢世，把这个世界留给富有创造力的青年人……”

……一个经理在办公室里说：“我是想要那药丸的，并且不仅想要一丸，倒不一定我自己来吃，我是想让那最有独创性的工程师和最出色的工人吃……”

……一个工人却在车间里说：“我对长生不老不感兴趣。我的兴趣是：诚实的劳动，幸福的家庭，有出息的子女，人生途程的没有悔恨的结束……”

……一个商店里的年轻姑娘甩甩头发说：“我也不知道是要好，还是不要好，因为我还没有问过杰尼……”记者问她：“杰尼是谁？”姑娘的眼睛亮了：“还用说吗？我一切都听他的，因为我是那么样地爱他！”

……一个旅馆里的老太太转过身子，又扭回头来说：“我不是疯子，所以我拒绝回答这个问题！”

……一个飞机场候机室里的男子说：“应该给所有的飞机各服一丸！”

……一个警察在警车边说："我只希望不要让黑手党分子吃上！"

……一个学龄前儿童抱着绒布熊说："药是苦的，我不吃！"

我被这个镜头逗笑了。同时我为世界上大多数普通人的明智和善良所感动。

正在这时门外忽然发出一阵骚动声。有许多人在嚷："为什么不让我们进去！""我们要见他！"

我以为黑手党又来了，不禁十分紧张。

门被"砰"地撞开了，原来是一群新闻记者。几个阻拦他们的便衣被推到了一边，他们冲进门以后便抢着给我拍照，有跪着的，有跳到椅子上去的，有互相推搡的，有边照边嚷的，闪光灯此灭彼亮，我一时给弄蒙了，直用手掌挡那强光，等到我想逃回卧室时，已经逃不掉，他们把我围个水泄不通，一大堆的收音筒挤到了我的嘴边，各种问题搅成一片：

"说说您发明长生不老药的动机？"

"您为什么要把药丸隐藏起来？"

"您对由您引起的世界动荡有何感想？"

"您打算在什么情况下交出药箱？"

"您是想发财，还是想惩罚人类？"

"您自己服用过长生不老丸了吗？"

"您究竟是不是个江湖骗子？"

"对于认为根本不可能长生不老的论点，您打算怎样驳斥？"

"药丸的成分能否公开？"

"药丸今后能否大规模生产？"

"如果吞吃了药丸后又想死，该怎么办？"

"给死人吞服药丸，能否让他活过来？"

"一只溶解了药丸的玻璃杯是否永远打不碎？"

"一支吞服了药丸的侵略军是否会称霸全球？"

"您现在是感到充实还是感到空虚？"

"您认为自己是人类的救星还是人类的罪人？"

"请您披露您的家庭情况……"

“您早餐爱喝哪一种果汁？”

“您穿的鞋是多大的尺码？”

“您中学时代最崇拜的电影明星是谁？”

“您的肚脐眼是朝外鼓还是朝里凹？”

我拼足力气冲出重围，逃进卧室，紧闭屋门，并用身子抵住那似乎就要被冲撞开的门扉。

我估计他们是冲不进来了，这才站定喘气。原来我已回到无尽的长廊中。

我朝那门上望，门上并无我作下的记号。

我两边寻找着，全不见有我做过记号的门扇。

做记号原来没有用。

看来，我是不可能每扇门里都去的。因为我永远无从判断哪扇门是我进去过的，哪扇门是我没进去过的。

我一边回味着关于长生不老药的咄咄怪事，一边朝前走。我庆幸自己活到头后依然能够死去。

无尽的长廊。

你这无尽的长廊啊！

我忽然发觉，它实在很像我写作时用的那种稿纸上的行距，而一扇扇的门，恰似一个又一个的格子……

天与地，人与兽，是与非，美与丑，平与奇，实与虚，深与浅，曲与直，悲与喜，动与静，恒与变，道与理……在这无尽的长廊里，我永不停息地前行，永不厌烦地推门进入新的境域……

正当人生的中途。

1985 年 11 月

附录

刘心武文学活动大事记

1942年

6月4日生于四川省成都市育婴堂街。

后在重庆度过童年。

父母兄姊均热爱文学艺术，深受家庭熏陶。

1950年

随父母迁居北京，从此定居北京。

在隆福寺小学上小学，在北京二十一中上初中。

1958年

在北京六十五中上高中。

给若干报刊投稿，屡被退稿。

8月，在《读书》杂志发表《谈〈第四十一〉》一文，是投稿第一次成功。

1959年

在《北京晚报》“五色土”副刊陆续发表一些儿童诗、小小说。

为中央人民广播电台少儿部《小喇叭》(对学龄前儿童广播)编写若干

节目；其中快板剧《咕咚》经编辑加工、录制后大受欢迎；“文革”中录音带被销毁；1991 年重新录制播出。

1961年

毕业于北京师范专科学校，分配到北京十三中任教。

至“文革”前，在《北京晚报》《中国青年报》《人民日报》《光明日报》《大公报》《北京日报》《体育报》《儿童时代》《大众电影》等报刊上发表了约 70 篇小小说、散文、杂文、评论等文章。

1966年—1976年

“文革”中，因 1964 年曾发表过一篇关于京剧的文章，被以“反江青”罪名冲击。

1974 年后再试写作，曾写一关于“教育革命”的长篇小说，由出版社联系获准脱产修改，但终未达到当时出版要求。

1976年

写出一个大院里孩子们同坏蛋斗争的中篇小说《睁大你的眼睛》并得以出版（北京人民出版社）。

按照当时政治要求写出一些短篇小说、散文，有的到次年才收入多人合集中出版。

调到北京人民出版社（后恢复“文革”前社名：北京出版社）文艺编辑室当编辑。

1977年

11 月，在《人民文学》杂志发表短篇小说《班主任》，产生重大影响——被认为是“伤痕文学”的开山作，也是“新时期文学”的发端；从此成名。

从《班主任》后，写作冲破懵懂，沿着认定的方向跋涉，穿越风云，锲而不舍。

1978年

参加《十月》杂志（开始以丛书名义出版）创刊工作，在创刊号上发表短篇小说《爱情的位置》，经转载和广播，影响巨大。

在《中国青年》杂志上发表短篇小说《醒来吧，弟弟》，反应亦极强烈。

《班主任》《爱情的位置》《醒来吧，弟弟》均被改编为广播剧，由中央人民广播电台多次广播，《醒来吧，弟弟》被搬上话剧舞台；此年发表的短篇小说《穿米黄色大衣的青年》亦由电台播出。

1979年

在首届全国优秀短篇小说评奖中《班主任》获第一名。颁奖会上，从茅盾先生手中接过奖状。

参加中国作家协会第三次全国代表大会，被选为中国作家协会理事。

成为中华全国青年联合会常务委员，至 1993 年卸任。

9 月，参加中国作家代表团访问罗马尼亚，此系“文革”后第一个作家出访团。

在《人民文学》杂志发表短篇小说《我爱每一片绿叶》，写作技巧有长足进步。

1980年

调至北京市文联当专业作家。

《我爱每一片绿叶》获 1979 年全国优秀短篇小说奖。

《看不见的朋友》获 1954—1979 年第二届全国少年儿童文学创作奖。

在《十月》杂志发表中篇小说《如意》，其弘扬人道主义的追求引起争议。

出版《刘心武短篇小说选》（北京出版社）。

1981年

在《十月》杂志发表中篇小说《立体交叉桥》，引起更大争议，一些评论家认为“调子低沉”是步入了写作上的歧途，另有评论家则认为此作标志着刘心武的小说创作在反映现实、探索人性及艺术功力上均达到了新的水平。

5月，应日本文艺春秋社邀请访问日本。

1982年

应导演黄建中之请，改编《如意》；北京电影制片厂拍成彩色艺术片《如意》。

1983年

11月，参加中国电影代表团赴法国，在南特“三大洲电影节”上，《如意》在开幕式上放映，获好评；后陆续在法国、西德电视台播出。

1984年

冬，应邀访问西德，参加“中德大学生会见活动”，并在波恩大学、波鸿大学与威尔兹堡大学介绍中国当代文学。

年底，参加中国作家协会第四次全国代表大会，再次当选为理事。

在《当代》文学双月刊第5、6期连载长篇小说《钟鼓楼》。

1985年

出版长篇小说《钟鼓楼》（人民文学出版社），并获第二届茅盾文学奖。

因《钟鼓楼》获北京市政府嘉奖。

7月，在《人民文学》杂志发表纪实小说《5·19长镜头》，反响强烈。

11月，又在《人民文学》杂志发表纪实小说《公共汽车咏叹调》，引起轰动。

1986年

年初，应当代文艺出版社邀请访问香港。

6月，调中国作家协会《人民文学》杂志社，任常务副主编。

在《收获》杂志设《私人照相簿》专栏，进行图文交融的文本尝试。

散文集《垂柳集》出版，冰心为之作序。

1987年

1月，被任命为《人民文学》杂志主编。

2月，《人民文学》杂志1、2期合刊发表马建写的小说《亮出你的舌苔或空空荡荡》违反民族政策，承担责任，停职检查。

9月，复职。

冬，应邀赴美国访问。参观《美洲华侨日报》；在哥伦比亚大学，三一学院，哈佛大学，麻省理工学院，康奈尔大学，芝加哥大学，旧金山大学，史坦福大学，加州大学伯克利分校、洛杉矶分校、圣迭戈分校等处演讲，介绍中国当代文学，并参观耶鲁大学；参加爱荷华大学“作家写作中心”的纪念活动；游览华盛顿等地。

1988年

3月，应香港《大公报》邀请，赴香港参加五十周年报庆活动；在《大公报》安排的大型报告会上作关于改革开放与文学创作的报告。

5月，应法国文化部邀请，参加中国作家代表团访问法国，除在巴黎活动外，还访问了西部港口城市圣·拉扎尔。

《私人照相簿》在香港出版（南粤出版社）。

《我可不怕十三岁》获1980—1985年全国优秀儿童文学奖。

以上数年中，若干小说、散文还分别获得过《当代》《十月》《小说月报》《小说选刊》《中篇小说选刊》《儿童文学》《北方文学》等杂志，《人民日报》《文汇报》等报纸副刊的奖；拍成电视剧播出的有《没工夫叹息》《熄灭》（电视剧名《火苗》）《今夏流行明黄色》《到远处去发信》《非重点》《公共汽车咏叹调》和八集连续剧《钟鼓楼》；若干作品被英国、美国、西德、苏联、日本、法国、意大利、瑞士、瑞典等国翻译为英、德、俄、日、法、意、瑞典等文字出版；自1987年起被世界上有威望的英国欧罗巴出版社《世界名人录》收入辞条。

1989年

春，应香港中文大学翻译中心邀请，与妻子吕晓歌赴香港访问。

1990年

3月，以任届期满，免去《人民文学》杂志主编职务。

香港中文大学翻译中心编译的英文小说集《黑墙与其他故事》出版。

秋，以“鱼山”笔名在《钟山》杂志发表中篇小说《曹叔》。

1991年

出版小说集《一窗灯火》。

除小说外，开始发表大量散文、随笔。

1992年

长篇小说《风过耳》在内地（中国青年出版社）、香港（勤+缘出版社）分别出版，反响颇为强烈。

长篇小说《四牌楼》完稿，交上海文艺出版社出版。

《献给命运的紫罗兰——刘心武谈生存智慧》由上海人民出版社出版，受到读者欢迎。

在《收获》杂志发表中篇小说《小墩子》，后由中国电视剧制作中心改编拍摄为电视连续剧。

至该年，在海内外出版的个人专著按不同版本计已达43种。

在《红楼梦学刊》1992年第二辑上发表论文《秦可卿出身未必寒微》，在“红学”界和读者中均引起注意；另有若干《红楼梦》人物论和《红楼边角》专栏文章发表。

冬，应瑞典学院邀请（斯堪的纳维亚航空公司赞助）赴北欧访问；在挪威奥斯陆大学、瑞典斯德哥尔摩大学和隆德大学、丹麦哥本哈根大学和奥胡斯大学的东亚系汉学专业以《九十年代初的中国小说》为题作学术报告；12月7日，参加诺贝尔文学奖有关活动，听1992年得主德里克·沃尔科特发表受奖演说。

1993年

华艺出版社出版《刘心武文集》（1—8卷）。

出版长篇小说《四牌楼》。

1994年

1月，应台湾《中国时报》邀请赴台参加“两岸三地文学研讨会”。

《四牌楼》获上海优秀长篇小说大奖，到沪领奖。

1995年

出版随笔集《人生非梦总难醒》（上海人民出版社）。

出版小说集《仙人承露盘》（华艺出版社）。

1996年

出版长篇小说《栖凤楼》（人民文学出版社）。至此，由《钟鼓楼》《四牌楼》《栖凤楼》构成的“三楼”长篇小说系列竣工。

应《南洋商报》邀请赴马来西亚访问并顺访新加坡。

1997年

应日本国际交流基金会邀请，与妻子吕晓歌访问日本。长篇小说《钟鼓楼》、儿童文学作品《我是你的朋友》、短篇小说《王府井万花筒》等此前已相继译为日文在日本出版。

1998年

建筑评论集《我眼中的建筑与环境》由中国建筑工业出版社出版，在建筑界产生影响。

应美国科罗拉多大学邀请，赴美参加金庸作品国际研讨会，在会上提交关于《鹿鼎记》的论文《失父：一种生存困境》。

1999年

出版纪实性长篇小说《树与林同在》(山东画报出版社)。

出版《红楼三钗之谜》(华艺出版社)。

赴新加坡出席国际环境文学研讨会。

2000年

应邀访问法国,并应英中协会和伦敦大学邀请,从巴黎赴伦敦讲《红楼梦》。

至此年底在海内外出版的个人专著(不含文集)按不同版本计达101种。

2001年

出版包含建筑评论的随笔集《从忧郁中升华》(文汇出版社)。

在北京电视台录制播出《刘心武谈建筑》系列节目。

2002年

出版小说集《京漂女》(中国文联出版社),自绘插图。

应澳大利亚雪梨华文写作协会邀请赴澳大利亚访问。

2003年

以马来西亚《星洲日报》世界华人文学“花踪奖”评委身份赴吉隆坡参加相关活动。

台湾联经出版社出版小说集《人面鱼》。此前台湾已出版过刘心武多种作品，如皇冠出版社出版了《钟鼓楼》，幼狮文化事业公司出版了《四牌楼》《为他人默默许愿》(散文集)。

2004年

赴法参加巴黎书展活动。书展上展出了译为法文的著作有小说《树与林同在》《护城河边的灰姑娘》《尘与汗》《人面鱼》《如意》与歌剧剧本《老舍之死》。

建筑评论集《材质之美》由中国建材工业出版社出版。

小说集《站冰》出版（人民文学出版社），自绘封面插图。

2005年

出版集历年研红成果的《红楼望月》（书海出版社）。

应CCTV-10（中央电视台科学教育频道）《百家讲坛》邀请，录制播出《刘心武揭秘〈红楼梦〉》系列节目23集，反响强烈，引起争议。

《刘心武揭秘〈红楼梦〉》第一、二部相继出版（东方出版社），畅销。

2006年

应美国华美协会邀请，赴纽约在哥伦比亚大学讲《红楼梦》。

应邀参加香港书展。

出版《刘心武揭秘古本〈红楼梦〉》（人民出版社）。

2007年

继续应邀到CCTV-10《百家讲坛》录制节目，并出版《刘心武揭秘〈红楼梦〉》第三部、第四部（东方出版社）。

访问俄罗斯。

2008年

出版随笔集《健康携梦人》（中国海关出版社）。

自1986年出版《垂柳集》，至此所出版的散文随笔集已逾三十种。

2009年

在《上海文学》杂志开《十二幅画》专栏，每期发表一篇写人物命运的大散文，并配发自己的画作。

4月，妻子吕晓歌病逝，著长文《那边多美呀！》悼念。

2010年

再应CCTV-10《百家讲坛》邀请，录制播出《〈红楼梦〉的真故事》系列节目。至此在《百家讲坛》录制播出关于《红楼梦》的个人系列讲座累计达61集。

出版《〈红楼梦〉的真故事》(凤凰联动·江苏人民出版社)，在争议声中畅销。

4月，应台湾新地文学社邀请赴台参加“21世纪世界华文文学高峰会议”。

出版《命中相遇——刘心武话里有画》(上海文艺出版社)。

加快《刘心武续〈红楼梦〉》的写作。

至本年底，在海内外出版的个人专著，《文集》不算在内，重印亦不算，按不同版本计达182种(按不同书名计则为141种)。

年底，筹备编辑《刘心武文存》。

2011年

由江苏人民出版社出版《刘心武续〈红楼梦〉》。

至2011年底在海内外出版的个人专著以不同版本计达193种(《刘心武文集》不计算在内)。

2012年

江苏人民出版社出版散文集《人生有信》。

漓江出版社出版《刘心武评点〈金瓶梅〉》。

法国伽里玛出版社出版《尘与汗》《护城河边的灰姑娘》法译版的袖珍本。

江苏人民出版社出版《刘心武文存》40卷，收录1958年至2010年所能搜集到的全部公开发表过的作品。

2013年

漓江出版社出版散文集《空间感》。

2014年

漓江出版社出版长篇小说《飘窗》。

台湾学生书局出版宣纸线装本《刘心武评点全本金瓶梅词话》。

人民文学出版社出版“刘心武长篇小说系列”包括《钟鼓楼》《四牌楼》《栖凤楼》《风过耳》《刘心武续〈红楼梦〉》（修订版）五部作品。

2015年

漓江出版社出版《跨世纪的文化瞭望——刘心武张颐武对谈录》增订版。

至此年4月，不算《刘心武文集》《刘心武文存》，以单本著作计，已达227种，再剔除同一书名的不同版本，则有160种。

漓江出版社出版自2013年以来未入集的作品汇编《润》。

2016年

出版《刘心武文粹》26卷。

图书在版编目（CIP）数据

飘窗·无尽的长廊 / 刘心武著．— 南京：译林出版社，2016.2

（刘心武文粹）

ISBN 978-7-5447-6014-0

Ⅰ．①飘… Ⅱ．①刘… Ⅲ．①长篇小说－小说集－中国－当代 Ⅳ．①I247.5

中国版本图书馆 CIP 数据核字（2015）第 297148 号

书　　名　**飘窗·无尽的长廊**
作　　者　刘心武
责任编辑　陆元昶
特约编辑　王正磊
出版发行　凤凰出版传媒股份有限公司
　　　　　　译林出版社
出版社地址　南京市湖南路 1 号 A 楼，邮编：210009
电子邮箱　yilin@yilin.com
出版社网址　http://www.yilin.com
印　　刷　三河市天润建兴印务有限公司
开　　本　710×1000 毫米　1/16
印　　张　20.25
字　　数　241 千字
版　　次　2016 年 2 月第 1 版　2016 年 2 月第 1 次印刷
书　　号　ISBN 978-7-5447-6014-0
定　　价　32.00 元

译林版图书若有印装错误可向承印厂调换